Diogenes Taschenbuch 24208

de te be

£2,- Gtt

W52

D1329002

Anthony McCarten
Liebe am Ende der Welt

Roman
*Aus dem Englischen von
Manfred Allié*

Diogenes

Titel der 1999 bei
William Morrow, Inc., New York,
erschienenen Originalausgabe: ›Spinners‹
Copyright © 1999 by Anthony McCarten
Die deutsche Erstausgabe
erschien 2011 im Diogenes Verlag
Umschlagillustration:
Andy Warhol, ›Shoes (Parallel)‹, 1980
Synthetic polymer paint,
diamond dust & silkscreen ink on canvas, 90" x 70"
Copyright © The Andy Warhol Foundation
for the Visual Arts, Inc./ARS, New York /
2012 ProLitteris, Zürich
Foto: Copyright © Art Resource,
New York

Veröffentlicht als Diogenes Taschenbuch, 2012
All rights reserved
Alle Rechte vorbehalten
Copyright © 2011
Diogenes Verlag AG Zürich
www.diogenes.ch
150/12/44/1
ISBN 978 3 257 24208 9

Arbeiterinnen

Es war am Samstagabend, nach der Arbeit, aber noch bevor der Pub zumachte, dass Delia Chapman einen Außerirdischen sah. Na ja, genau genommen stimmt das nicht ganz – es waren zehn Außerirdische. Sie blieben etwa eine halbe Stunde. Und sie nahmen Delia mit auf ihr Raumschiff. Sie trugen silberne Anzüge und Edelstahlstiefel. Das Schiff war ultramodern und äußerst eindrucksvoll.

Delia hatte ihre dritte Halbschicht in Folge in der Packerei von Borthwicks Fleischfabrik hinter sich. Mit anderen Worten: Ihr Körper war noch beim Frühstück, in ihrem Kopf war es Mitternacht, und ihre innere Uhr war so durcheinander wie die einer Stewardess, die Langstrecken fliegt. Trotz ihrer Erschöpfung war sie zu aufgekratzt, um zu schlafen. Als sie die Farm ihrer Familie verließ, hatte sie noch immer die weiße Kittelschürze und die Gummistiefel an, die sie bei der Arbeit trug. Sie kaufte sich am Texacana-Take-away eine Tüte Fritten und schlenderte am Fluss entlang in Richtung Schnellstraße, hinaus aus der Stadt.

Wie konnte man auch damit rechnen, in Opunake einen Außerirdischen zu treffen? Da Delia auf ein so spektakuläres Ereignis nicht gefasst war, blieben ihre Auskünfte darüber, um es vorsichtig zu sagen, bruchstückhaft. Zwei Stunden später konnte sie immerhin berichten, dass es schön gewesen sei, sie habe Lichter und ein paar Umrisse gesehen und ungefähr ein Dutzend – wortlose – Aufforderungen erhalten. Aber darüber hinaus und als die Leute die pikanteren Einzelheiten hören wollten, konnte Delia nur noch sagen, dass ihre Besucher während des gesamten Vorfalls ausgesprochen höflich gewesen seien und sie behandelt hätten wie eine hochwichtige Person.

Erst als beim Bäcker, im Wettbüro und an der Kasse des New-World-Supermarkts die ersten und äußerst amüsierten Reaktionen auf Delias Bericht die Runde gemacht hatten und jeder sein »bescheuertes Huhn« oder »bekloppte Tussi« oder »nicht alle Tassen im Schrank« beigesteuert hatte, war auch für eine etwas abgeklärtere Sicht der Dinge Platz.

Delia Chapman war sechzehn Jahre alt. Sie war im vorletzten Highschooljahr und hatte, genau wie ein ganzer Schwarm anderer ahnungsloser junger Frauen, einen Ferienjob bei Borthwick angenommen. Die Firma unterwarf um diese Zeit, wo die Schlachtquote den jährlichen Höhepunkt erreichte, ihre Angestellten einer gnadenlosen Folge von Tag- und Nachtschichten. Jeder wusste, dass 80 Prozent der weiblichen Bevölkerung der Stadt wegen dieser unmenschlichen Anforderungen am Rand des Nervenzusammenbruchs waren. Delias hysterische Behauptungen mussten also vor diesem Hintergrund gesehen werden.

Es gab andere Erklärungen dafür, wieso sie auf die Idee kam, sich eine solche Geschichte auszudenken. Alle wussten, dass Delia Chapman immer eine Baseballkappe der Los Angeles Lakers aufhatte, egal, wohin sie ging. Oft trug sie dazu ein T-Shirt der University of North Carolina sowie amerikanische Turnschuhe, und mit dem Walkman am Hüftgürtel und dem Kaugummi im Mund erschien sie geradezu als Inbegriff des American Way of Life. War denn da die Vision eines Ufos nicht nur der nächste logische Schritt ihrer Verwandlung in einen Yankee?

Zum Zeitpunkt des Besuches aus dem Weltall, den der Ortspolizist später auf ca. 9 Uhr 20 abends schätzte, saß der Großteil der Einwohnerschaft wie gebannt vor dem Fernseher in der Bar und verfolgte ein Rugby-Endspiel zwischen der neuseeländischen Nationalmannschaft und England, eine Aufzeichnung aus Twickenham. Erbitterte Kämpfe um die Senderechte hatten dazu geführt, dass es hier keine Live-Übertragung gab, und alle waren gespannt bis zum Platzen, weil sie es sich den ganzen Tag lang versagt hatten, von irgendwoher den Ausgang des Spiels vorab zu erfahren.

Um 9 Uhr 50, als das Spiel noch im Gange und der Ausgang mehr als ungewiss war, hatte sich Delias Leben bereits für immer verändert. Nur der Verkäufer im Texacana, ein einfältiger Trottel, erinnerte sich, dass Delia eine Portion Fritten und keinen Essig genommen hatte; das war der einzige Teil ihrer seltsamen Geschichte, für den es einen Zeugen gab.

Ortspolizist Harvey Watson, der am Wochenende auch als Delias Basketball-Trainer fungierte, redete sanft auf sie ein – eher wie ein Priester, der eine verwirrte Beichte abnimmt –, als er sie eine Stunde nach dem Ereignis nach Hause fuhr. Er wollte wissen, warum sie ihm so eine Geschichte erzählte. Hatte sie so etwas im Film gesehen? Die Hälfte des Weihnachtsprogramms im Kino und praktisch sämtliche Fernsehserien handelten ja dieser Tage von Aliens. Vielleicht habe sie einfach zu viele davon gesehen. Ihm sei gleich aufgefallen, dass Delia unter einer Art Schock stehe, sagte er; es werde ihr sofort bessergehen, wenn sie ihm die Wahrheit sage. Er spürte, wie sie innerlich mit sich rang auf der Suche nach einer anderen Geschichte, mit der sie das zerzauste Haar, die Schrammen am Arm und den unsteten Blick erklären konnte. Aber dann schien es doch etwas zu geben, was sie von einer anderen Erklärung ihrer Verwirrung abhielt. Sie öffnete den Mund, doch ihre Konzentration schwand schon wieder. Und als Worte kamen, da waren es nur die gleichen wie zuvor.

»Das Schiff war wie ein … na, so eine Art … Lichtkugel, könnte man sagen. Eine große Lichtkugel. Und es stand auf … auf so einem …«

»Ja? Worauf stand es?«, fragte der Polizist und hörte gebannt zu. »Es stand …?«

»Auf einem Stativ.«

Delia war nicht gerade passend für eine Botschafterin angezogen gewesen, als sie so unvermutet erwählt wurde. Wie musste sie diesen Besuchern erschienen sein, als sie in ihren Gummistiefeln vor ihnen stand, eine Tüte Fritten in der Hand? Mit ihrer weißen Kittelschürze musste den Außerirdischen die Menschheit als eine weitaus praktischer denkende Lebensform vorgekommen sein, als sie in Wirklichkeit war; eine bleiche Rasse, dunkelblond mit weit aufgerissenen Augen, schüchtern, stumm, folgsam, harmlose Vegetarier.

Delia stand an diesem Samstagabend für Milliarden ihrer Art.

Am anderen Ende des Städtchens saß Delias Vater vor dem Fernseher. Marty Chapman war im Glauben, dass seine

8

Tochter mit genau der Art von brennendem Kopfschmerz zu Bett gegangen war, die ihn jetzt quälte. Sein Interesse an Sport war ihm, wie so vieles andere in den letzten Jahren, abhandengekommen. Es hatte sich verflüchtigt wie Brennspiritus aus einer offenen Flasche. Er sah sich eine Gartensendung im zweiten Programm an.

Es ging um die Aufzucht von Dahlien in einem Gewächshaus, und Marty verfolgte die Sendung mit schwindender Begeisterung, ein Bein über die Lehne seines Sessels gelegt, während im Schaum seines halbleeren Bierglases unbemerkt eine Motte um ihr Leben kämpfte. Auf dem Bildschirm erläuterte eine füllige englische Dame ihr Patentrezept für die Dahlienzucht. Als die Stimmung umschlug und sie sich zu Hetztiraden über Unkraut hinreißen ließ, stand Marty auf und schaltete das Gerät ab. Es wurde still im Haus, und die Angst vor einem Leben in Einsamkeit stieg um ihn auf wie ein Nebel.

Sein weißes Hemd klebte ihm vor Schweiß unter den Armen, und seine Schläfen pochten. Er beschloss, Aspirin und Wasser mit nach oben in sein einsames Witwerbett zu nehmen.

Bevor er hinaufging, trat er auf die von den Topfpflanzen seiner verstorbenen Frau gesäumte Veranda und wässerte mit seinem Urin ausgiebig das Gras. Auf der Farm durfte man keine Flüssigkeit verschwenden. In der Ferne sah er im Mondlicht seine mageren, halbverdursteten Rinder auf den Hügeln. Im Winter überschwemmte der Fluss die tiefer gelegenen Wiesen und überzog sie mit einer Schlammschicht; jetzt musste er sehen, wie er mit einer frühen Dürre fertig wurde, mit der heißesten Weihnachtswoche seit zweiundvierzig Jahren. Er machte seine Hose zu und lehnte sich an den Türrahmen, wo die Größe seiner Tochter in zehn Stufen mit Kerben markiert war, von der Kindheit bis vor einem Jahr, wo er sie für ausgewachsen erklärt hatte. Er zerrte an den vom Schlamm steifen Schnürsenkeln, streifte mühsam die Stiefel von den Füßen und ließ sie zum Lüften draußen.

Oben blieb Marty vor der Tür seiner Tochter stehen. Er tat es hauptsächlich, weil es seine Gewohnheit war. Nicht selten war sie in diesem Zimmer, weil er sie dorthin verbannt hatte, und so blieb er automatisch stehen und horchte, ob Protestlaute von jenseits der geschlossenen Tür kamen. Sein Patentrezept für die schwierige Rolle des alleinerziehenden Vaters war Delias lückenlose Überwachung. Doch wo Weisheit und Erfahrung ihm erlaubt hätten, seine Energien für die Augenblicke aufzusparen, in denen Sorge wirklich angebracht war, wurde er immer ratloser, je erwachsener seine Tochter wurde, und geriet schließlich in einen Zustand permanenter Wachsamkeit, der seine Kräfte fast vollständig aufzehrte. Frauen waren ihm immer ein Buch mit sieben Siegeln gewesen, und nun, da seine Tochter zur Frau wurde, trieb ihn dieses Problem zur Verzweiflung.

Mit seinen Zähnen riss Marty das Aspirin aus der Folie, ließ es ins Glas fallen und sah den Linderung versprechenden weißen Bläschen zu. Mit pochenden Schläfen wartete er, bis die Tablette auf den Boden des Glases sank, das Wasser milchig wurde und die brausende Scheibe wieder an die Oberfläche stieg, inzwischen zu einem kleinen weißen Plättchen geschrumpft. Er trank gierig, dann legte er zum letzten Mal das Ohr an Delias Tür. Er widmete sich dieser Aufgabe mit aller Aufmerksamkeit, lauschte nach Schluchzern oder dem Radio oder tonlosem Gesang zu einem unhörbaren Walkman. Er klopfte, dann rief er laut ihren Namen, doch es kam keine Antwort.

Das vielfach reparierte Schloss an Delias Tür zerbarst in seine sämtlichen Bestandteile.

Das Fenster stand weit offen. Marty Chapman konnte nicht sagen, wie lange seine Tochter schon fort war. Frauen konnte man einfach nicht trauen.

Phillip Sullivan war schon den ganzen Tag lang unterwegs. Nun wurde es allmählich dunkel. Es war eine langweilige Fahrt gewesen, abgesehen von dem einen Vorfall, als er auf der Schnellstraße eine lange Reihe vor sich hin zockelnder Wagen überholt und dabei verächtlich auf die Hupe gedrückt hatte. Erst als er kavaliersmäßig alle acht auf einen Streich nahm, sah er, dass er einen Trauerzug angehupt hatte. Im Rückspiegel betrachtete er die Wagen der Trauernden mit ihren vorschriftsmäßig eingeschalteten Scheinwerfern, und als er den Leichenwagen an der Spitze des Konvois passierte, warf ihm der Beerdigungsunternehmer mit steinerner Miene einen dermaßen strafenden Blick zu, dass es ihm vorkam wie ein Tadel direkt vom Himmel. In diesem Augenblick, in dem ihm vor Scham schwindlig wurde, beschloss Phillip, dass sein Leben nicht so weitergehen konnte.

Manchmal kann ein einziger Blick der Auslöser zu gewaltigen Veränderungen sein, und nach einem Monat voller ernüchternder Erlebnisse sollte dieser hier für Phillip der letzte Anstoß sein, seine größte Schwäche – einen zwar nicht häufigen, doch beängstigenden Jähzorn – ein für allemal zu überwinden. Er nahm den Fuß vom Gas und schwor sich, sein stürmisches Temperament zu bezwingen; er wollte Ruhe und Geduld an die Stelle der Wut setzen, die ihn seine Karriere gekostet hatte.

Im Westen versank die Sonne in der Tasmanischen See, und vor ihm tauchte Mount Taranaki auf. Zweieinhalbtausend Meter erhob sich der Zuckerhutberg über dem Farmland im dramatischen Licht des langen Dezemberabends. Am Picknickplatz von Patea hielt Phillip an, und nun, wo die Hitze endlich erträglich war, aß er ein Sandwich und sah dem Spiel des Abendlichts auf der Bergflanke zu. Er warf einen Blick auf die Landkarte des Automobilclubs, die er auf dem Beifahrersitz neben einer extrem seltenen Ausgabe von Turgenjews *Aufzeichnungen eines Jägers* liegen hatte, und sah, dass er schon fast in Hawera war; nur noch fünfzehn Kilometer Küstenstraße bis Opunake.

Hinter Hawera kam Phillip an einem armseligen Jahrmarkt vorüber, einer bunten Versammlung von Lastwagen und Anhängern mit einem Zaun drum herum. Der Jahrmarkt war winzig und heruntergekommen. Phillip sah einem kleinen Mann mit buschigem Backenbart und tätowierten Armen zu, wie er uralte Bahnschienen schleppte, vier- oder fünfmal so lang wie er. Als ganz kleiner Junge war Phillip einmal Geisterbahn gefahren. Seine Mutter, überzeugt, dass man sich seinen Ängsten stellen müsse, hatte Karten gekauft, in der Hoffnung, dass die Fahrt den Jungen von seiner kindlichen Furcht vor dem Dunkeln kurieren werde. Doch als er erst einmal in die Tunnel eingetaucht war, war Phillip in ein tiefes Schweigen verfallen, nicht vor Schrecken starr, sondern vor schierer Langeweile. Die Schreie der anderen Kinder klangen ihm in den Ohren, doch Phillip sah nur, wie oberflächlich die Illusionen waren, wie stümperhaft die Effekte, wie unvollkommen die ganze Unternehmung. Die Skelette, die von der Decke baumelten, waren eindeutig aus Plastik, und die Feuer, die gespenstisch in den Augenhöhlen der Totenschädel brennen sollten, waren einfach blinkende rote Lichter wie an der Stereoanlage im Wohnzimmer; und das eine echte Gesicht, das manche von den Gestalten animierte, indem es mit jeweils passendem Hut oberhalb ihrer Schultern auftauchte – eine Hexe, die ihre Flüche schleuderte, ein versoffener Seemann, ein Irrer in seinem Kerker, der in Handschellen den König um Gerechtigkeit anflehte –, war das Gesicht der Frau, die die Eintrittskarten verkaufte. Atemlos, untalentiert und hörbar rannte sie außen um das Gehäuse herum und reckte den kostümierten Kopf durch eine Reihe von kleinen Löchern in der Wand ins Dunkle. Phillips Mutter hatte sich im Glauben mit auf die Sitzbank gequetscht, ihr Sohn werde, von kathartischen Kräften gepackt, aus dem Zug ins Dunkle springen, und so hielt sie ihn fest umklammert. Aber Phillip hatte keine Angst. Er wollte nur einfach in Ruhe über die Dummheit der anderen nachdenken. Warum schrien die Leute? Sahen sie etwas, das er nicht sah? War es möglich – eine Frage, mit der man sein ganzes Leben zubringen konnte! –, ein und dasselbe Ereignis auf mehreren Ebenen zu erleben? Phillip sollte fünfzehn Jahre brauchen, bis ihm aufging, dass damals in diesem Tunnel seine Neigung zum Analytischen geboren wurde, dass sich bei der Geisterbahnfahrt zum allerersten Mal der Zyniker in ihm gezeigt hatte und dass er schon im zarten Alter von sieben Jahren dem Tageslicht den Rücken gekehrt hatte und sich in jenen düsteren Katakomben einzurichten begann, die die Heimat des Intellektuellen sind.

Phillip Sullivan bog um eine Kurve, die Scheinwerfer leuchteten forschend in die nun finstere Nacht, und beinahe hätte er eine gespenstische Gestalt in Weiß überfahren, die dort mitten auf der Straße stand. Es war eine junge Frau, eher eine Erscheinung, die Arme erhoben, um das Licht seiner Scheinwerfer abzuschirmen. Sie machte keine Anstalten auszuweichen. Phillips Wagen kam nur Zentimeter vor ihren Stiefeln zum Stehen, mit qualmenden Reifen. Dem jungen Mann schlug das Herz bis zum Hals. Er beugte sich auf dem Autositz vor, vergewisserte sich, dass das, was er sah, Wirklichkeit war: schulterlanges dunkelblondes Haar, weißer Kittel, nackte Beine in weißen Gummistiefeln. Sekundenlang starrte er sie nur an, bevor er dann doch ausstieg.

»Ich hätte Sie beinahe nicht gesehen.« Er atmete tief durch. »Alles … in Ordnung?«

Teilnahmslos sah sie ihn an: mit weiten aufgerissenen Augen, Schultern eingezogen, knochig, eine spröde Schönheit von vielleicht sechzehn Jahren. Nach einer ganzen Weile fragte sie mit einer Stimme, die kaum mehr als ein Flüstern war, ob er in die nächste Stadt fahre. Sie wandte ihr Gesicht vom Licht ab.

»Ich glaube, der nächste Ort ist Opunake«, antwortete er und musterte dabei ihr Profil. Er stellte fest, dass sie nicht gerade gesprächig war.

»Oh«, sagte sie.

»Kann ich Sie denn dahin mitnehmen?«

Nach einem Augenblick nickte sie verstört.

»Kennen Sie es?«, fragte er. Allmählich verlor er die Geduld.

Sie sah ihn wieder an. »Was?«

»Kennen Sie Opunake überhaupt?«

Wieder nickte sie. »Ich wohne da.«

Das waren die letzten Worte, die sie während der ganzen Fahrt sprach.

Die Straße führte in einem Bogen zwischen Meer und Gebirge in die Stadt hinein. Aus den Augenwinkeln beobachtete Phillip die Bewegungen des Mädchens. Die Finger in ihrem Schoß, schmutzig unter den Nägeln, blieben keine Sekunde ruhig. Außerdem roch Delia auch ein wenig nach Erde, nach Landleben beziehungsweise Gülle. Der Geruch und die rastlosen Bewegungen ihrer Finger ließen ihn erwarten, dass sie im nächsten Moment mit einer sensationellen Erklärung darüber herausplatzen würde, was mit ihr geschehen war. Doch nichts kam. Was immer ihre Geschichte war, er war ihrer nicht würdig.

Um das peinliche Schweigen zu vertreiben, berichtete er ihr auf den Kilometer genau, wie weit er an jenem Tag gefahren war. Er erkundigte sich nach der alten Stadtbibliothek von Opunake und erwähnte dabei auch beiläufig, dass er der neue Bibliothekar sei. Er habe sich sagen lassen, das Gebäude sei nicht größer als ein Schuhkarton, um den sich zehn Jahre kein Mensch gekümmert habe und der zu einem Tummelplatz für Vögel, Spinnen und Mäuse geworden sei.

Doch nichts konnte ihr eine Antwort entlocken, ja, sie drehte nicht einmal ihren hübschen Kopf.

Eher zum eigenen Vergnügen rezitierte er ihr dann die lange Liste von erforderlichen Neuanschaffungen, Klassikern und Übersetzungen, Enzyklopädien und Nachschlagewerken, die er als Erstes beim staatlichen Bibliotheksdienst in Wellington anfordern würde. Es waren allesamt Werke, die nach seiner Vorstellung in keiner halbwegs anständigen Bibliothek fehlen durften, und es stehe in seiner Verantwortung, dafür zu sorgen, dass Opunake diese Titel bekam, so dass die Landbevölkerung wieder Zugang zu jener Schatztruhe erhalte, die so lange für sie verschlossen gewesen war.

Delia Chapman bildete sich kein Urteil über den jungen Mann, während sie im Schatten eines großen Vulkans dahinfuhren, außer dass der antiseptische Geruch seines Rasierwassers sie irgendwie an den Zahnarzt erinnerte.

Opunake, in das sie endlich kamen, sah aus wie nach einer Katastrophe. Die gesamte Hauptstraße entlang standen leere Autos. Die Geschäfte, zwei gleichförmige Reihen mit Schindelfassaden, waren alle dunkel, die Straßen menschenleer. Zwischen den Leitungsmasten waren hoch oben bunte Lichterketten gespannt, an denen viele Birnen nicht mehr brannten, so dass dem MERRY X-MAS das X, einem Weihnachtsmann der Kopf und einigen Kerzen die Flammen fehlten.

Phillip hielt vor dem White Hart Hotel, dem einzigen Ort in der Stadt, an dem noch so etwas wie Leben herrschte.

Sein Fahrgast rührte sich nicht.

Sergeant Harvey Watson fühlte sich ziemlich mitgenommen. Seit seiner Vasektomie schlief er nicht mehr gut, und auf die Versammlung an diesem Abend freute er sich auch nicht gerade. Die Einwohner von Opunake, übergewichtig und sonnenverbrannt, waren nach dem niederschmetternden Ausgang des Rugbyspiels noch immer um die Bar des White Hart Hotels versammelt.

Der Sergeant hatte mit einem triumphalen Sieg gerechnet und sich ausgemalt, dass er zu einem gutgelaunten Publikum sprechen würde, das ihm wohlwollend Aufmerksamkeit schenkte. Dieser Wunsch war nicht in Erfüllung gegangen. Nach der völlig unerwarteten Niederlage der Nationalmannschaft wollte die Menge Blut sehen. Alle gaben dem unfähigen französischen Schiedsrichter die Schuld und würden sich keine weiteren schlechten Nachrichten offizieller Natur mehr bieten lassen. In einem so gefährlichen Klima musste Harvey unumwunden zur Sache kommen, und er sehnte sich danach, wieder zu Hause zu sein, bei seiner Frau, wo die Dienstmütze am Haken hinter der Tür hing. Er sehnte sich nach der Sicherheit seines Bettes und dem seligen Vergessen des Schlafs.

Er mischte sich unter die Streitlustigeren unter den Gästen an der Bar, schüttelte Hände, tröstete die besonders niedergeschlagenen Sportler, frischte alte Allianzen auf wie ein gestandener Politiker, schlug alle Einladungen zu einem Drink aus, ganz damit beschäftigt, vor seiner Rede eine wohlwollende Stimmung zu schaffen. Er ließ sich nicht anmerken, wie müde er war, und den chirurgischen Eingriff erwähnte er mit keinem Wort. In einem Ort wie Opunake war allein der Gedanke an eine Sterilisation noch etwas Unerhörtes. Er hatte peinlich darauf geachtet, dass der Eingriff außerhalb der Stadt und unter strenger Geheimhaltung vorgenommen wurde. Es hatte nur eine halbe Stunde gedauert, und mit Ausnahme eines kleinen, allerdings besorgniserregenden Blutflecks, den er am nächsten Morgen in seiner großzügig bemessenen weißen Unterhose fand, hatte sich an seinem Alltagsleben anscheinend nichts verändert. Als Ordnungshüter in einer Kleinstadt wusste Watson nur zu genau, wie Menschen auch die kleinsten persönlichen Eigenheiten zum Vorwand für gehässiges Gerede nahmen. Da war es doppelt wichtig, dass der einzige Polizist der Stadt über jedes Gerücht und jede Zwistigkeit erhaben war.

»So, jetzt hört mir mal alle zu«, begann er, worauf in die Bar nach und nach Ruhe einkehrte.

»Ihr fragt euch bestimmt, wieso ich diese Bürgerversammlung einberufen habe. Wie ihr alle wisst, ist es uns nie so richtig gelungen, das Tempo des Verkehrs zu drosseln, der von der Schnellstraße um den Berg herum in die Stadt und weiter in Richtung New Plymouth geht. Seit je nehmen zahllose Fahrer keinerlei Rücksicht auf Menschen, die in Kleinstädten wie unserer leben, und seit langem habe ich es mir zur Aufgabe gemacht, dem Abhilfe zu schaffen, und sitze endlose Stunden mit einem Radarmessgerät im Streifenwagen am Ortseingang, leider bisher mit geringem Erfolg. Ein paar Gauner, die sich für besonders schlau halten, machen immer wieder entgegenkommende Autofahrer auf mich aufmerksam, und es ist mir noch nicht gelungen, einen Standort zu finden, an dem ich meine Ausrüstung unbemerkt aufstellen kann. Doch jetzt habe ich aus Wellington Nachricht erhalten …« Er zog einen eindrucksvollen Packen amtlicher Papiere aus der Tasche und hielt sie in die Höhe. »Das ist die Bewilligung zur Installation einer stationären Kamera zur Geschwindigkeitsüberwachung.«

Alle Gesichter im Raum blickten verständnislos drein. Watson fuhr in seiner Darstellung fort.

»Für diejenigen unter euch, die sich nicht damit auskennen: Diese Kameras nehmen, bei Tag und bei Nacht, hochwertige Fotografien von Geschwindigkeitsübertretungen auf, unabhängig davon, wer am Steuer sitzt. Zunächst einmal wird eine solche Kamera an der Fahrbahn Richtung Süden außerhalb der Stadtgrenze aufgestellt. Für einen Probezeitraum von einem Jahr. Nun bin ich ja bisher nachsichtig mit den Einheimischen gewesen und habe mich eher an die ortsfremden Raser gehalten; aber mit dieser Kamera beginnt eine Zeit des gleichen Rechts für alle.«

Wiederum riefen die Äußerungen des Sergeants keinerlei Reaktion hervor. Die Mauer aus versteinerten Gesichtern blickte ihn an wie einen vollkommen Fremden – obwohl er als einziger Basketballtrainer der Stadt verantwortlich für die körperliche Ertüchtigung der Töchter vieler Anwesender war.

»Deshalb habe ich euch alle hier zusammengerufen, um euch das klarzumachen. Ich will nicht, dass ihr später mit euren Strafzetteln kommt und glaubt, ich könne das rückgängig machen. Wenn die Kamera euch erst mal aufgenommen hat, ist nichts mehr zu machen, nicht im Himmel, nicht auf Erden. Alles, was diese Kamera aufnimmt, geht direkt nach Wellington. Die Zeiten haben sich geändert.«

Nach einem neuerlichen Schweigen erhob sich erster Widerspruch. Whittaker, der Friseur und Tabakhändler, fragte, ob Wellington auch einen raschen Schlag mit dem Vorschlaghammer spät in der Nacht verarbeiten könne. Watson entgegnete, die mutwillige Zerstörung von Polizeieigentum sei eine Straftat, und jeder, der sich mit solchen Gedanken trage, müsse auch an die Folgen denken.

Das war der Punkt, an dem all der aufgestaute Ärger über diesen und all die anderen angeblichen Eingriffe in die Privatsphäre der Einwohner überall an der Bar zum Ausbruch kam, und es drohte eine Neuauflage jenes Aufruhrs vor neun Jahren, als die Fleischfabrik trotz Gewerkschaftsprotesten zwei von ihren vier Produktionsstraßen stillgelegt hatte. Damals war die Inneneinrichtung des White Hart Hotels zum großen Teil zu Bruch gegangen, und das Mahagonidekor hatte sich nie wieder davon erholt. Selbst von dem Zwölfender, der über der Bar gehangen hatte, waren nur ein paar armselige Stümpfe geblieben. Es war, konnte man sagen, die letzte Aktion der Gewerkschaft gewesen, bevor die Regierung ihre Macht gebrochen hatte.

Aber Watson griff schon zur Mütze und war auf dem Weg zum Nebeneingang, durch den man auf den Parkplatz gelangte. An der Tür, wo ihm niemand mehr den Fluchtweg abschneiden konnte, blieb er noch einmal stehen und blickte sich um. Er hob beide Hände.

»Jetzt beruhigt euch mal! Nehmt einfach den Fuß vom Gas, dann hat keiner etwas zu befürchten. Nur die Gesetzesbrecher müssen sich Sorgen machen.«

Mit diesen Worten schlüpfte er hinaus und zog die Tür hinter sich zu. Die allgemeine Entrüstung verhallte in einem leisen Grollen. Als Watson am Streifenwagen ankam, sagte er nur ein einziges Wort. »Scheiße.« Man hatte ihm den rechten Vorderreifen durchstochen.

Als ihn jemand sanft von hinten auf die Schulter tippte, zuckte der Sergeant vor Schreck zusammen.

Phillip Sullivan führte Sergeant Watson zu seinem Ford an der Hauptstraße. Als sie ihn erreichten, sah Phillip, dass die junge Frau, die er ihm beschrieben hatte, nicht mehr da war.

»Vor einer Minute saß sie noch hier«, versicherte er ihm. Zu zweit spähten sie in das Innere des Wagens.

»Und Sie sagen, sie hat ihren Namen nicht genannt?«

»Nein.«

»Wie heißen denn Sie?«

Watson fixierte den Fremden mit festem, wenn auch müdem Blick. Er hatte keine Lust, sich jetzt spätabends noch Ärger einzuhandeln. Jede Faser seines Körpers flehte um Schlaf, und diese konfuse Geschichte von einer Rettungsaktion für eine Unbekannte war kein guter Ersatz dafür. Die Sache mit seinem eigenen durchstochenen Reifen war weitaus dringender, ebenso wie die ersten Anzeichen einer Unbeliebtheit im Ort, die er sich in seiner Position nicht erlauben konnte.

»Also, was meinen Sie, wo ist sie hingegangen?«

»Das weiß ich nicht«, sagte Phillip.

»Das wissen Sie nicht?«

»Nein.«

Phillip blickte hilflos die Straße hinunter, bis dahin, wo sie im Dunkel verschwand.

An der dichtbelagerten Bar hatte Delia schon bald einen Drink in der Hand. Sie verdankte ihn der Großzügigkeit der Wirtsfrau Lucille, die keine eigene Tochter hatte und deshalb unendlich viel Geduld für Liebesverstrickungen junger Frauen aufbrachte.

Inzwischen hatten die Barbesucher kleine Grüppchen gebildet, ganz hinten die Farmer von den Höfen weit draußen, Besitzer von schweren Holden Commodores mit V8-Maschinen, diejenigen, die von der drohenden Kamera am meisten zu befürchten hatten, und von dort nach vorn in Rängen abnehmender Empörung bis hin zu den alten Frauen an der Bar, von denen die meisten dem örtlichen Bowlingclub angehörten und die nur selten fuhren, und wenn, dann nie schnell.

»Alles in Ordnung, Delia, Liebes? Du siehst ein bisschen blass aus. Trink das, dann kriegst du wieder Farbe ins Gesicht.« Lucille kümmerte sich nicht groß um die Ausschankgesetze und schenkte lieber nach eigenem Gutdünken ein.

»Danke.« Delia hob das Glas. Kaum hatte sie es an die Lippen gesetzt, tauchten zwei massige junge Männer rechts und links von ihr auf, und ein Dritter legte ihr den Kopf auf die linke Schulter.

»Hey«, sagte einer.

»Hey, hey«, sagte ein anderer.

»Hey, hey, hey«, sagte der Dritte.

Mit der Präzision häufiger Übung wurden drei leere Biergläser im selben Moment auf den Tresen geknallt, und die Körper ihrer Besitzer verschmolzen zu einem einzigen mit drei Köpfen – einer dreiköpfigen, sechsarmigen, biertrinkenden Medusa, dem Schrecken aller jungen Frauen von Opunake. Obwohl sie sich wie Teenager benahmen, waren sie in Wirklichkeit schon über dreißig, und nur die Mischung aus Übermut und aufgesetzter Idiotie hielt sie in einem Stadium immerwährender Jugend fest.

»Deeeee…«, begann der Erste, ein Sänger in einem Chor.

»…eeee…«, sang der Zweite.

»… lliiiaaa!«, sang der Dritte.

Das Gewicht dreier massiger Unterarme drückte auf Delias Schultern, so dass ihr nichts anderes übrigblieb, als sich nach vorn über den Tresen zu lehnen. Sie schloss die Augen.

Das war genau die Art von versoffenen Kerlen, derentwegen sie ihr Teenagerleben so hasste. Seit Beginn der Pubertät hatte sie versucht, ihr eigenes Aufblühen hinauszuzögern, indem sie ihr Haar kurz geschnitten, möglichst weite Kleider angezogen und einen schlurfenden, vornübergebeugten Gang entwickelt hatte, der die lüsternen Augen der männlichen Kleinstadtjugend von ihr ablenken sollte. Aber dieser Schuss war nach hinten losgegangen. Die einzige Auswirkung ihrer Tarnung war gewesen, dass ihre beträchtlichen Qualitäten umso deutlicher zutage traten, und der unbezwingbare Drang zu besitzen, was unerreichbar ist, machte sie nur umso begehrenswerter.

»Lasst sie in Ruhe, Jungs!«, brummte die Wirtsfrau. »Hört ihr! Lasst sie in Ruhe. Ab mit euch. Und zwar sofort!«

Jeder und alles gehorchte, wenn Lucille etwas befahl; die jungen Männer trollten sich, und Lucille geleitete Delia ans ruhigere Ende der Bar.

Delia würde auch nie heiraten, niemals. Zum Glück war ihr die Demütigung eigener fleischlicher Gelüste erspart geblieben. Sex, das war in Delias Vorstellung, wie sich von einem Aal aus dem Fluss verführen zu lassen: undenkbar. Egal, wie lang die Reihe der Interessenten war, egal, wie vehement die Flüche wurden, dass sie ein arrogantes Luder sei, dass ihre Beine mit dem Schweißbrenner zusammengeschweißt seien, Delia war und blieb eine eiserne Jungfrau. Was das Sexuelle anging, war alles nach Plan gegangen, bis sie vor zwei Stunden auf die blödsinnige Idee gekommen war, sich eine Tüte Fritten zu holen.

»Wo bist du gewesen? Alles in Ordnung?«, fragte Lucille.

»Hm-hm.«

»Dein Kittel ist ganz dreckig. Riecht wie Dung oder so was.«

»Ich bin bloß ausgerutscht. Glaube ich. Alles in Ordnung. Danke. Mir fehlt nichts.«

Als Sergeant Harvey Watson die Wirtsstube wieder betrat, mit Phillip Sullivan an seiner Seite, breitete sich die Ruhe im Raum aus wie eine Handvoll geworfenes Vogelfutter, und einen Moment lang schienen alle verwirrt. Phillip entdeckte Delia in ihrer Ecke, wo sie, mit dem Rücken zu ihnen, still vor sich hin trank, bevor der Sergeant sie auch sah. Wortlos, geschäftsmäßig, ging Watson zu ihr und lotste sie dann durch die Menschenmenge zum Nebenausgang.

Die Einheimischen hatten die Luft angehalten, und nun, wo die Tür sich schloss, gingen Geschnatter, Beratungen und Beschimpfungen von neuem los.

Damit er in der Nähe bleiben konnte und noch möglichst viel über das Mädchen erfuhr, hatte Phillip angeboten, Watsons Reifen zu wechseln. Der Beamte sprach derweil mit Delia, ein paar Schritt entfernt im diskreten Licht einer Straßenlaterne.

Phillip kurbelte den Streifenwagen hoch, bis der durchstochene Reifen sich vom Boden hob. Als er zu den beiden hinübersah, redete Delia, und Watson schien schweigend zu akzeptieren, was immer sie ihm sagte. Die Hände hatte er fest in die Hüften gestemmt, und den Kopf drehte er nur dann und wann, um sich zu vergewissern, dass niemand sie belauschte.

Phillip legte die vier verchromten Muttern in der Radkappe ab und zog das Rad von der Nabe. Er ging zum Kofferraum und holte das Reserverad heraus.

Jetzt schüttelte Watson den Kopf, kratzte sich hinter dem Ohr, schien verwirrt von dem, was er zu hören bekam. Er wandte sich von Delia ab, ging drei Schritte, dann machte er kehrt und stellte ihr eine neue Frage. Sie zündete sich eine Zigarette an, und Phillip hätte nicht sagen können, ob die Unterhaltung ihr unangenehm war oder ob sie ihr überhaupt nichts ausmachte.

Phillip brachte seine Arbeit zu Ende, zog die letzte Radmutter sorgfältig an und drückte die Radkappe wieder auf. Er wischte sich die Hände ab und signalisierte den beiden diskret, dass er fertig war. Dabei vernahm er die mahnende Stimme des Beamten. »Jetzt reicht es aber mit dem Unsinn, Delia. Jetzt hör… Himmel, jetzt hör mir doch mal zu…« Das Gesicht des Beamten, im Lampenlicht gut zu erkennen, war mittlerweile deutlich gerötet. Delia blieb im Schatten, und noch immer hätte Phillip nichts über ihre Verfassung sagen können.

Watson kam dann zu ihm herüber.

»Fertig? Tausend Dank. Also, ich… ähm… ich fahre sie jetzt nach Hause.«

Phillip nickte und sah zu Delia hinüber. Sie hatte ihnen noch immer den Rücken zugewandt, aber jetzt stand sie im Lichtkegel der Lampe und paffte ihre Zigarette. Er wollte zu ihr hingehen und sich verabschieden, doch der Sergeant packte ihn mit fester Hand an der Schulter. Watson schüttelte den Kopf so gebieterisch, dass Phillip nur einmal kurz nickte und dann sofort zu seinem Wagen ging. Er ließ den Motor aufheulen und fuhr davon.

Unter der Straßenlaterne blickte der Sergeant dem Wagen nach, wie er im Dunkel verschwand, und seufzte schwer. Er schwor sich hoch und heilig, dass er von dem, was er zu hören bekommen hatte, keiner Menschenseele etwas erzählen würde – mit Ausnahme seiner Frau, denn der erzählte er alles.

»Also, lass uns das noch einmal durchgehen, Delia. Noch mal von vorn. Und bitte, lass um Himmels willen diesmal den ganzen Unsinn sein.«

Der Bürgermeister von Opunake, Jim Sullivan, saß in seinem Wohnzimmer und klebte Zeitungsausschnitte ein, Berichte über die jüngsten Feierlichkeiten der Gemeinde, als seine Frau von draußen rief, sein Neffe sei eingetroffen und warte auf der Veranda.

Er ging ans Fliegengitter, den Leimtopf noch in der Hand, und betrachtete den Jungen durch das Drahtgeflecht der Tür. Der Besucher, den niemand hereingebeten hatte, war so von Motten umschwirrt, dass kaum etwas von ihm zu erkennen war.

Schon seit Stunden hatte Sullivan sich vor dem Augenblick von Phillips Ankunft gefürchtet, und da er so spät kam, hatte er erst recht keine Lust, seinen Neffen ins Haus zu lassen. Im Laufe der letzten beiden Jahre war ihm einiges über die äußerst mäßigen Leistungen des jungen Mannes beim Militär zu Ohren gekommen. Jetzt, wo Phillips unehrenhafte Entlassung nach einer Küchenschlägerei, bei der ein Soldat bleibenden Schaden genommen hatte, ihm noch frisch im Gedächtnis war, konnte er nicht so tun, als ob er den Jungen mochte. Nur seiner Schwester, die er gern hatte, zuliebe hatte er sich bereit erklärt, »irgendwo bei der Gemeinde« einen Arbeitsplatz für seinen Neffen zu finden, und so hatte er sich einen kleinen, unbedeutenden Job ausgedacht, bei dem Phillip mit dem weitermachen konnte, womit er schon bei der Armee beschäftigt gewesen war: Wiedereröffnung und Betrieb der winzigen Stadtbibliothek von Opunake. In der Stadt gab es praktisch niemanden, der mehr las als Groschenhefte und die Skandalblätter am Sonntag, und so konnte man sich einen unwichtigeren Arbeitsplatz kaum vorstellen.

»Da bist du also.«

»Hallo, Onkel Jim.«

Sullivan nickte kühl. »Also, Flo hat Bettzeug herausgesucht und in den Wohnwagen hinter dem Haus gebracht. Wir haben den Strom eingeschaltet. Das sollte fürs Erste reichen, bis du etwas Eigenes hast. Wir unterhalten uns morgen früh. Immerhin hast du hergefunden. Alles in Ordnung?«

»Bestens. Ich gehe dann gleich nach hinten.«

»Wie geht es meiner lieben Schwester?«

»Bestens.«

Der Bürgermeister blickte dem Jungen ins Gesicht, forschte nach Familienähnlichkeit. Die Kinnpartie bot Anlass zu einem gewissen Optimismus, das vertraute Raubvogelgesicht, die Andeutung einer Adlernase; alles andere musste von diesem verweichlichten Taugenichts von Vater herkommen. Als Sullivan ihn das letzte Mal gesehen hatte, war Phillip noch ein Kind gewesen und schon da das genaue Gegenteil eines Teamplayers. Ein schüchternes Kind mit einem schlaffen Händedruck. Es war eine absurde Idee von ihm gewesen, zur Armee zu gehen. Sullivan konnte es sich lebhaft vorstellen: ein Außenseiter vom ersten Tag an, unfähig zu jeder Kameradschaft, langweilig, humorlos, ein gefundenes Fressen für jeden Unteroffizier. Jede Kaserne braucht eine Zielscheibe für Gehässigkeiten, und niemand musste Jim Sullivan erzählen, wie sie seinen Neffen gehänselt, getreten und getriezt hatten, Stunde um Stunde – Gott stehe einem solchen armen Bastard bei –, bis hin zur unehrenhaften Entlassung wegen tätlichen Angriffs auf einen Kameraden – und das alles wegen einer Nichtigkeit, eines Disputs um die Sitzordnung im Kasino: Mehr als das brauchte man doch nicht, um zu sehen, dass der Charakter dieses Jungen von Anfang an verdorben war. Er hatte nicht gehalten, was das edle Kinn seiner Vorväter versprach.

»Gut dann. Der Wohnwagen steht hinter dem Haus. Vielleicht kann ich eine Sozialwohnung für dich auftreiben, aber fürs Erste sollte das hier reichen.«

Phillip nickte und verschwand mit seiner Reisetasche in der Dunkelheit, und am Fliegendraht blieben nur die Motten zurück.

Der Bürgermeister hatte erst vor kurzem das Prinzip der Collage für sich entdeckt und wandte sich jetzt gedankenverloren wieder seinem Album zu; auf die Idee, sein Neffe könnte nach der langen Fahrt gern etwas essen oder trinken, kam er nicht.

In dem Wohnwagen würde er es schon eine Weile aushalten. Der stand ganz hinten in der Ecke des Grundstücks unter einem Pflaumenbaum, ohne Räder, ein Wrack auf Hohlblocksteinen, ein erstes Signal des Bürgermeisters, dass Phillip Strafe verdiente. Phillip lächelte; er fand den Knauf, öffnete die Tür von der Größe einer Kühlschranktür und tauchte ein in das muffige Aroma von Moder und Schimmel. Er holte sofort den Schlafsack aus seinem Gepäck, denn ihm war nicht danach, die Umgebung näher in Augenschein zu nehmen, und legte sich auf die schmale, nach Schweiß stinkende Pritsche, die Nase in das ranzige Potpourri einer sich in ihre Bestandteile auflösenden Matratze gesteckt. Eine Mücke stach ihn in den Arm, bevor sie sich laut hörbar davonmachte, und er spürte, wie der Stich anschwoll; doch eine Viertelstunde später, noch immer in Gedanken verloren, konnte Phillip zu seiner großen Genugtuung genau diesen Plagegeist erlegen. Er zerquetschte ihn blind auf seinem Unterarm. Die Mücke gab das geraubte Blut sofort wieder frei, doch nun war es verseucht, nicht mehr zu gebrauchen, seine eigenen Blutkörperchen vermischt mit denen, die sie gewiss von einem Hundehintern abgezapft hatte; aber immerhin war es wieder da, wo es hingehörte.

Der Sergeant brachte Delia nach Hause. Sein Streifenwagen schlingerte, als er von der Straße in den Feldweg zur Farm hinaufbog, einem einfachen weißen Holzhaus, das fast ganz hinter Pohutukawabäumen verborgen blieb.

Marty Chapman stand auf der Veranda, als der Wagen sich näherte, und wieder musste Harvey Watson all seine Kräfte zusammennehmen, seine gesamte Geistesgegenwart aufbieten und seine Einkehr in den wohligen Hafen des Schlafes ein weiteres Mal verschieben.

Delia Chapman würdigte ihren Vater keines Blickes und ging an ihm vorbei ins Haus. Die Details konnten die beiden Männer unter sich abmachen. Watson tat sein Bestes, um die Spannung abzubauen, aber ihm war klar, dass man bei Marty Chapman nie genau wusste, woran man war. Er versuchte es mit einem Seiteneinstieg und sprach über das bevorstehende Basketballspiel gegen ein Lehrerinnenteam aus Hawera.

»Delia ist nach wie vor die beste Werferin im ganzen Bezirk.«

Aber Marty wollte eine Erklärung. Wieso wurde seine Tochter im Streifenwagen nach Hause gebracht? Was hatte sie jetzt wieder angestellt?

Der Sergeant erklärte, er sei Delia einfach nur unterwegs begegnet und habe sich gedacht, dass es gefährlich sei, wenn sie so spät abends noch zu Fuß unterwegs sei. Es liege nichts gegen sie vor. Und es gebe auch keinerlei Grund zur Besorgnis. Außerdem werde es spät und – ihm ging auf, dass er das schon den ganzen Abend sagte – es sei Zeit, dass alle ins Bett gingen.

Marty Chapman nahm diese Erklärung schweigend und mit versteinerter Miene zur Kenntnis, und so kehrte Watson zu seinem Wagen zurück. Der Sergeant ging allerdings nicht guten Gewissens davon und dachte bei sich, dass das, was sich in den nächsten Minuten unter dem Vorwand erzieherischer Fragen zweifellos zwischen Marty und Delia abspielen würde, besser eindeutig innerhalb der Grenzen von Recht und Ordnung bleiben und den höchsten moralischen Standards genügen sollte. Zweimal im Laufe des letzten Jahres war ihm aufgefallen, dass seine beste Werferin blaue

Flecken an Armen und Beinen hatte, und er nahm an, dass er bei der Frage nach dem Urheber nicht weiter zu suchen brauchte. Er hatte seinen Eid darauf geschworen, die Unschuldigen zu schützen, und auch wenn man seine Zuständigkeit bestreiten konnte, wenn die Haustür erst einmal geschlossen war, würde er keinen Augenblick zögern, in die Intimsphäre einer Familie einzudringen, um dieser Pflicht Genüge zu tun. Aus Erfahrung wusste er, dass dramatische Abende wie dieser selten mit der Abfahrt der Polizei endeten.

Watson stieg in seinen Wagen und fuhr nach Hause, immer gerade knapp unterhalb der zulässigen Höchstgeschwindigkeit.

Marty Chapman hatte die Nase voll. Er saß, nur mit seiner Pyjamahose bekleidet, am offenen Fenster im Erdgeschoss, starrte auf die leere Mattscheibe des Fernsehers und überlegte, was er als Nächstes tun sollte. Trotz Aspirin waren seine Kopfschmerzen schlimmer geworden. Delia war oben in ihrem Zimmer, und die Tür mit dem zertrümmerten Schloss war zu.

Die Kopfhörer über die Ohren gestülpt, hörte Delia Musik auf ihrem Walkman. Die Wände waren übersät mit Bildern der neuseeländischen Basketball-Nationalmannschaft aus fünfzehn siegreichen Jahren und einer eindrucksvollen Sammlung von eigenen Trophäen, Medaillen, Plaketten und Ehrenurkunden, die sie über dem Bett drapiert hatte. Es war eine kindliche Collage, für die sie eigentlich mittlerweile zu alt war, doch es sollte noch ein paar Monate dauern, bevor sie sie abnahm. Als der Song zu Ende war, nahm sie die Kopfhörer ab, aber sie schaltete das Licht nicht aus und legte sich auch nicht aufs Bett. Stattdessen zog sie die schmutzigen Sachen aus, die tatsächlich nach Dung rochen, ging zum Schrank und griff zu einem Kleid, das sie seit Monaten nicht mehr angehabt hatte. Sie zog es an und betrachtete sich im Spiegel. Als sie sich hinsetzte und ihr Spiegelbild musterte, war es so, als warte sie auf jemanden, auf irgendetwas, und als könne nur das Geräusch von dessen Ankunft den Bann brechen. Und dann kam tatsächlich jemand.

Das bereits aufgebrochene Schloss war kein Hindernis für ihren Vater.

»Was ist hier eigentlich los?«, fragte er aus einem Gefühl der Demütigung und Machtlosigkeit heraus. Was immer er zu hören bekam, würde seine Wut nur noch steigern.

»Harvey hat mich im Auto mitgenommen«, sagte sie.

»Wo bist du gewesen?«

Dann erzählte sie ihm von dem ersten Mann, dem Fremden. Einer Tüte Fritten. Der Landstraße. Marty war nicht zufrieden: All das war keine Entschuldigung dafür, dass sie überhaupt draußen war. Er wollte den Namen des jungen Mannes wissen, aber sie konnte ihm keinen Namen nennen. Sie sei alt genug, um auf sich selbst aufzupassen, sagte sie. Schließlich ging er aus dem Zimmer, und sie legte sich in ihrem Sommerkleid aufs Bett, die Beine angewinkelt, und blickte hinauf zur Decke, die sie vor der unendlichen Zahl leise rotierender Galaxien dort oben schützte.

Harvey Watson ließ den Wagen so sanft wie nur möglich in die Garage rollen, doch es nutzte nichts. Seine Frau war schon eine Stunde zuvor von einem Fehlalarm ihres Weckers im Queen-Anne-Stil aufgeschreckt. Als Watson sich ins Schlafzimmer schlich, nackt und so leise wie ein Mäuschen, lag sie auf den Ellbogen gestützt da und wartete auf ihn.

Er setzte sich unglücklich auf die Bettkante und zog die Uhr auf. Ihm blieben nur vier Stunden, dann musste er schon wieder zum Dienst. Seine Augen brannten, er hatte Rückenschmerzen. Ihm war nicht nach Reden zumute.

»Na, wie war's?«

»Bestens. Ein paar haben gemurrt. Aber alles in allem bestens.«

»Erzähl mir, wie es war. Wer war da? Was ist passiert?«

»Alles bestens. Zehn Minuten, dann war es vorbei.«

»Und wieso kommst du dann erst so spät?«

Watson stieß einen tiefen Seufzer aus. Ohne die Weckzeit neu einzustellen, rückte er die Uhr beiseite und warf das letzte bisschen Hoffnung auf ein paar friedliche Stunden im Bett über Bord.

Aber vielleicht war es besser so. Margaret, seine Liebste, seine Frau und einzige Vertraute seit acht Jahren, sein Großstadtmädchen, eine geschiedene Mutter von zwei Kindern, bevor sie ihren »dicken alten Bullen« kennenlernte, war die Einzige, die ihn in echten Krisenzeiten trösten konnte. Als einziger Polizist vor Ort war man einsam, und Einsamkeit führte leicht zu Verzweiflung.

»Wenn ich dir erzähle, was passiert ist, musst du mir schwören, dass du es strikt für dich behältst. Das sind Polizeiangelegenheiten. Verstanden?«

Im Halbdunkel zuckte seine Frau mit keiner Wimper. Acht Jahre lang hatte er alles, was er ihr vor dem Schlafengehen erzählt hatte, mit einer solchen Präambel begonnen, und acht Jahre lang hatte sie ihn daraufhin mit unschuldigen Augen angeblickt, aber nie hatte sie ihm das geforderte Versprechen gegeben. Der Streit darum hatte Tradition: Sie ließ es einfach nicht zu, dass ihr Schlafzimmer zum Zeugenstand wurde, wo sie Nacht für Nacht einen Schwur leisten sollte, ihrem eigenen Mann! Wo war denn da das Vertrauen zwischen Eheleuten? Wann würde er endlich begreifen, dass es eine Kränkung war, die ihnen den Weg zu wahrer, inniger Zweisamkeit versperrte?

Watson seinerseits kannte nur zu gut die Stärken und Schwächen einer Frau, die vier Jahre lang die Ehe mit ihm aufgeschoben hatte, nur weil sie eine Abneigung gegen Polizisten hatte. Er wusste auch, dass das Leben, in dem sie sich eingerichtet hatte, langweilig war im Vergleich zu seinem eigenen, in dem so viel geschah, und dass sie, allein schon um ihr Hirn vor dem Schrumpfen zu bewahren und jeden Tag von neuem ihr beachtliches Gedächtnis zu trainieren, sich Ausgleich damit verschaffte, dass sie mit anderen so ausführlich wie nur möglich Klatschgeschichten tauschte. Er wusste all das, und trotzdem erzählte er ihr die vertraulichsten Einzelheiten seiner Arbeit. Im Grunde war es eine späte Belohnung für all die Opfer, die sie mit ihrer Heirat gebracht hatte.

»Jim Sullivans Neffe, Phillip oder so, der anscheinend die alte Stadtbibliothek wieder aufmachen soll, der kam vor ein paar Stunden in die Stadt … mit Marty Chapmans Mädchen, Delia.«

»Delia?«

»Ich hab sie im Pub aufgelesen. Eine unglaubliche Geschichte.«

»Was war?«

»Sie war völlig durcheinander. Jims Neffe sagt, er hat sie auf der Schnellstraße gefunden, im Süden. Sie stand mitten auf der Fahrbahn, anscheinend vollkommen weggetreten.«

»Was war passiert?«

»Keine Ahnung.«

»Hast du mit Delia gesprochen?«

»Hm-hm.«

»Was hat sie gesagt?«

»Also, ich denke, das hat was mit ihrem Vater zu tun.«

»Wieso?«

»Na, weil er ein Psychopath ist, deswegen. Sie hat eine Heidenangst vor ihm. Kein Wunder, dass das Mädchen seine Probleme hat.«

»Harvey! Was ist mit ihr?«

»Ich habe mit ihr geredet.«

»Ja.«

»Ich …«, sagte er. »Sie …«

»Was war los?!«

»Sie sagt …«

»Harvey, jetzt mach schon!«

»Draußen im Feld … Hör mal, jetzt muss ich aber schlafen. In vier Stunden muss ich schon wieder raus.«

»Irgendwas ist gewesen, da draußen im Feld?«

»Denk nicht mehr dran. Wahrscheinlich ist sie nur gestürzt oder so was, mehr war es nicht.«

»Was hat sie dir erzählt?«

»Sie hat gesagt, sie hat ein Raumschiff da draußen im Feld gesehen, ein Ufo, und einer von den Burschen kam raus und hat sie mit an Bord genommen, so was in der Art, eine halbe

Stunde vielleicht, und dann haben sie sie wieder gehen lassen.«

»Was?«

»Ich brauche sie nächsten Samstag beim Basketballspiel. Ich will nicht, dass das rumerzählt wird. Oh, und ich habe den Backofen abgestellt. Ich kann heute Abend keine Fritten essen.«

»Ein was? Ein *Raum*schiff?« Sie lachte laut.

»Margaret, das kann alles Mögliche gewesen sein. Wer weiß, was das war. Das Mädchen lügt nicht. Und sie ist auch nicht verrückt.«

»Moment! Du hast gesagt, sie hätten sie an Bord geholt!«

»Egal, ich will auf keinen Fall, dass das rumerzählt wird. Sie ist ein anständiges Mädchen. Das netteste Mädchen im ganzen Team.«

Margaret lehnte sich zurück, die Hand auf Watsons Schulter. »Harvey, sie macht sich über dich lustig! Sie macht sich ihren Spaß mit dir, Schatz.«

»Ich will nicht, dass die Leute das erfahren. Hast du verstanden, Margaret? Meinetwegen können da hundert bescheuerte Raumschiffe direkt vom Mars landen, jetzt, in diesem Augenblick, aber Delia hat es schon schwer genug mit ihrem Vater.«

»Hast du es ihm erzählt?« Sie lachte noch einmal.

»Natürlich nicht. Schon morgen hat sie die Geschichte vergessen.«

»Wahrscheinlich war sie betrunken.«

»Sie war nüchtern, und es war ihr todernst. Egal, was ich versucht habe, um ihr das auszureden, sie hat immer nur gesagt: ›Ist mir egal, ob Sie mir glauben oder nicht.‹«

»Übergeschnappt, genau wie ihre Mutter, Friede ihrer Asche. Die ganze Familie, glaub mir. Irgendwas stimmt da nicht auf dieser Farm. Ein junges Mädchen erzählt so was nicht ohne Grund, Harvey.«

Watson legte sich hin. Margaret küsste ihn. Schon bald war er bei der Sache, ganz der Alte, hievte sich auf sie und begann mit langsamen Bewegungen, bis sie ihn mit einem zärtlichen Kuss auf die Lippen stoppte und unter dem Kopfkissen vier Seidenschals hervorzog

»Nein, Margaret, nicht jetzt«, flehte Watson mit einem Blick auf den Queen-Anne-Wecker. »Bitte. Meine Güte, es ist doch fast schon … zwei Uhr morgens. Ich habe schon seit Wochen nicht mehr geschlafen.«

»Schon gut«, flüsterte sie verführerisch. »Dann will ich mal nicht zu streng sein. Du darfst sie locker knoten.«

Er hielt inne, gefangen, eingesperrt im Dienst des Lebens. Mit seinen großen Händen nahm er von seiner Frau die seidenen Bänder entgegen, und in geduldigem, liebevollem Ritual machte er sich daran, die Schals an die Bettpfosten zu knoten, einen an jede Ecke ihres Ehebetts.

Sex

Wie mit einem Stromstoß ging am Sonntagmorgen in der Kirche Unserer hilfreichen Jungfrau und in dem Tabakladen schräg gegenüber gleichzeitig das Licht an. Agnes Whittaker stellte das Plakat mit der jüngsten Schlagzeile eines Revolverblatts an den gestreiften Pfosten, rieb sich dabei den Schlaf aus den Augen und sah dem ersten Milchwagen nach, der in einer Wolke aus schwarzem Dieselqualm durch die Straßen rumpelte. Der brenzlige Gestank vermischte sich mit dem Duft von gebratenem Speck, der von der Cafeteria des Sahara Desert Motor Inn einen Häuserblock hinter ihr herüberwehte. Die Aromen trieben sie in den Laden zurück, wo sie feststellte, dass ihr Mann schon wieder einmal gegen die Gewerbeordnung verstieß, indem er dem Priester an einem Sonntag die Haare schnitt.

Seit über fünfundzwanzig Jahren stand dieser einsame Frisierstuhl nun schon hinten im Tabakladen, und in all der Zeit und mit einem Minimum an Kenntnissen hatte Whittaker seine Pflicht in seinem Zweitberuf als Friseur getan. Doch vor kurzem hatte in der Stadt ein mit allem Luxus ausgestatteter moderner Frisiersalon eröffnet, der noch dazu mit der lächerlichen Idee von »Haarkonzepten« warb und selbst an die männlichen Kunden Pröbchen mit Feuchtigkeitscreme verteilte – eine Entwicklung, mit der wirklich niemand gerechnet hätte –, und Whittaker musste der Tatsache ins Auge sehen, dass er nicht mehr gebraucht wurde. Unter diesen Umständen war es undenkbar, dass er die Bitte des Priesters abschlug, der einmal jedes Vierteljahr vor der Sonntagsmesse zum Haareschneiden kam, denn wenn überhaupt noch jemand seine Dienste als Figaro in Anspruch nahm, dann war das wirklich ein Wunder.

Die schon ein wenig ergrauten Locken von Pater James O'Brien fielen auf den karierten Linoleumboden – die herbstliche Haarpracht eines Mannes, der mit Gott und der Welt im Reinen ist. Zum ersten Mal seit Monaten ließen sich wieder die Umrisse seines Schädels erahnen, und während der Figaro seine Schere schwang, widmete sich der Gottesmann dem Studium einer alten Zeitung.

»Sie waren gestern Abend nicht bei dem Treffen, Pater?«, fragte Whittaker und zauberte mit raschen Schnitten die Frisur zurecht, die sein Markenzeichen war, die einzige, die er je geschnitten hatte.

»Ich hoffe, ich habe nichts verpasst.« O'Brien sprach mit wohltönender, würdiger Stimme.

»Oh, wieder mal nur die Behörden, die in unser Privatleben hineinpfuschen wollen.«

»Das Übliche also«, sagte der Priester, der bei der Sportseite angelangt war und dort einen Augenblick verweilte, bevor er seinen nächsten Kommentar abgab. »Offenbar hat jene kleinliche und bedauerliche Maxime des Wirtschaftslebens, dass man Profit machen soll, einen weiteren einst sakrosankten Bereich unseres Lebens erobert.«

Der Friseur nickte und wandte sich nun dem Hinterkopf des Priesters zu, wo er, jetzt außerhalb von O'Briens Blickfeld, die schiere Luft schnippte, um sich einen professionellen Anstrich zu geben. Schon seit Jahren hatte Whittaker immer wieder beobachtet, dass die geistreicheren Momente ihrer Plauderei am Sonntagmorgen eine bemerkenswerte Tendenz hatten, ein paar Stunden darauf in der Predigt wiederzuerscheinen. Dass er somit die Gelegenheit zur Generalprobe für die Ausgießung von Gottes Wort bot, war eine Ehre, die er nicht auf die leichte Schulter nahm. Der Friseur lachte.

»Das können Sie noch einmal sagen, Pater.«

»Das werde ich vielleicht.« O'Brien lächelte sein eigenes Spiegelbild an.

Whittaker verließ seinen Kunden für einen Augenblick und widmete sich seiner zweiten Aufgabe als Tabakhändler vorn im Laden. Einem Arbeiter aus der Fleischfabrik verkaufte er ein Boulevardblatt und ein Päckchen Zigaretten und hörte bei dieser Gelegenheit zum ersten Mal von der Geschichte, die seine Kundschaft noch monatelang beschäftigen sollte. Als die Nachricht von Delias Abenteuer bei ihm anlangte, war sie bereits durch eine beachtliche Zahl von Mündern und Ohren gegangen. Whittaker quittierte sie mit einem ungläubigen Lachen. So ein dummes Stück.

Eine Stunde vor Sonnenaufgang, um 6 Uhr 15 morgens, war diese Geschichte an die Öffentlichkeit gekommen, als der Milchmann, der auf seinem mäandernden Weg die Flaschen vor die Türen stellte, die Frau des Polizisten an ihrem Gartentor traf. Ein paar Worte, während sie die Milch entgegennahm, und ein rascher Umlauf war garantiert.

Um 7 Uhr 26 loderte das Lauffeuer bereits. Der Milchmann zog von Tür zu Tür wie eine Biene, die eine blühende Wiese bestäubt. Von den Delaneys ging er zu den Rudjovics.

Die Clapcotts bekamen die unglaubliche Menge von zwölf Litern geliefert, mitsamt den neuesten Neuigkeiten an der Haustür.

Um acht Uhr morgens schlug sich bereits ein Gutteil der Südwestecke von Opunake auf die Schenkel, von der Simon Street südwärts und vom Hubbard Place in Richtung Osten. Wäre es eine Geschichte gewesen, die Kinder ausgeplaudert hätten, so wären diese gewiss rasch durch einen elterlich tadelnden Klaps unterbunden worden. Aber es war eine Geschichte unter Erwachsenen, und von dort aus verbreitete sie sich abwärts. Die Sache war bei der Polizei aktenkundig, und Fälle für die Polizei erzählten sich die Großen. Delias Geschichte wanderte weiter und weiter.

Gegen 8 Uhr 15 machten sich die ersten Kirchgänger auf den Weg. Hier schnappte Lucinda Evans die Geschichte auf – eine exzentrische und mehr als füllige junge Dame, Anhängerin der schwarzen Magie, die in Borthwicks Fleischfabrik am selben Fließband wie Delia Chapman arbeitete und die für die weitere Ausbreitung nordwärts sorgte.

Auf ihrem Weg zum Arbeitsbeginn um 8 Uhr 25 – ein Termin, den sie nur selten einhielt – überquerte Lucinda den künstlerisch gestalteten Hof des Sozialwohnungsprojekts an der Harrison Street, einer Ansammlung von dreigeschossigen Wohnhäusern um einen betonierten Platz. Dort erspähte ihre Kollegin Deborah Kerr sie, die beim Zähneputzen aus dem Fenster schaute, gerade als Lucinda vorbeikam.

»He, Cinda!«, rief Deborah, und aus ihrem Mund tropfte dabei Schaum.

Lucinda blieb stehen, blickte hoch, winkte. Sie hatte bereits ihren weißen Arbeitskittel an. »He!«, rief sie zurück, atemlos.

»Was gibt's Neues?« Deborah ließ sich oft auf diese Art, und um diese Uhrzeit, von ihrer Kollegin das Neueste berichten, und jedes Mal ärgerten sich die Nachbarn, besonders natürlich am Sonntag.

»Delia Chapman hat einen Marsmenschen gesehen!«, verkündete Lucinda.

»Was?« Deborah traute ihren Ohren nicht.

»Delia sagt, sie hat einen Marsmenschen gesehen!«

In einem Fenster im dritten Stock gegenüber erschien ein Gesicht.

»Haltet euren blöden Rand!« Das war der alte Percy, im Unterhemd, Haare unter den Armen wie Gerstenähren.

»Halt du doch deinen!«, rief Lucinda verärgert über die Zurechtweisung zurück.

Deborah Kerr wollte alles wissen, sofort. »*Was* hat sie gesehen?«

»Einen Marsmenschen. Das hat sie Harvey gesagt. Gestern Abend.«

»Wer hat das gesehen?« Eine neue Stimme, vom Nachbarhaus.

»Delia Chapman«, erklärte Lucinda. »Das hat sie den Bullen erzählt.« Das Wort »Bullen« wurde immer in der Mehrzahl verwendet, auch wenn alle wussten, dass es außer Harvey niemanden gab.

»Das ist doch ein blöder Witz.«

»Nein, das stimmt. Zehn Stück hat sie gesehen, sagt sie.«

»Nie im Leben!«, rief Deborah Kerr verdattert, die Zahnbürste jetzt in der Backentasche geparkt.

»Schluss jetzt!« Inzwischen hatte Percy sein Hemd angezogen. »Bleib da unten stehen. Ich komme runter. Dir werd ich's zeigen, du rotzfreche Göre.«

»Fick dich ins Knie«, rief Lucinda und zeigte ihm zur Untermalung noch den Stinkefinger.

Während Percy nach unten polterte, erzählte Lucinda ihrem zunehmend größer werdenden Publikum in den Fenstern rundum noch einmal alles von Anfang an.

»Wir reden bei der Arbeit«, sagte Deborah, dann schloss sie das Fenster, als Percy, ein Tattergreis, auf dem Vorplatz erschien.

»Okay«, rief Lucinda, und mit einem kurzen Sprint war sie den alten Knacker los.

Und so war die Neuigkeit schließlich auch beim Friseur Whittaker angekommen. Er vernahm sie, fand, dass sie unvereinbar mit traditionellen Werten war, und verknüpfte sie deshalb – auch wenn es eine obskure Verknüpfung war – in Gedanken sofort mit dem unerhörten Auftauchen von Feuchtigkeitscremepröbchen. Er kehrte zu Pater O'Brien zurück und berichtete ihm diese Merkwürdigkeit.

Der Priester nickte, seine Denkerstirn jetzt entblößt, nicht so schockiert, wie Whittaker erwartet hätte. Genauer gesagt, war es ein wissendes Nicken, denn für den Priester stand fest, dass solche Vorfälle in diesen Zeiten zu erwarten waren. Gerade jetzt träten Visionen Außerirdischer beinahe wie Epidemien auf, erklärte er; es seien die Wahngespinste vor der Schlacht. Doch es gebe eine einfache, ja banale Erklärung – nämlich die, dass die Phantasie der Menschen nicht groß genug sei, mit der Macht der spirituellen Fragen fertig zu werden, die sich mit dem Beginn eines neuen Jahrhunderts stellten. Zu einem so symbolkräftigen Datum mache sich unser alter Wunsch, uns bei Gott Gehör zu verschaffen, neu bemerkbar. Und dieser ursprüngliche Impuls, den Blick zum Himmel zu erheben und sich von dort eine Antwort zu erhoffen, werde durch den Technikglauben unserer Zeit verzerrt: anstelle Gottes erscheine ein Besucher von einem anderen Stern.

Es war ein Bild, das dem Priester sehr gefiel, doch als er wieder aufblickte, um sich im Spiegel zu betrachten, verfinsterte sich seine Miene. Nicht nur wirkte er nach dem Haarschnitt nun um vieles älter, sondern ohne seinen Kragen sah er überhaupt nicht mehr wie ein Priester aus.

In der Cafeteria des Sahara Desert Motor Inn und weit fort von alldem aß Phillip Spiegeleier. Um ihn herum lasen andere Gäste die Sonntagszeitung mit stiller Konzentration, umweht vom Geruch nach gebratenem Speck.

Von seinem Ecktisch aus konnte er die Schlagzeilen lesen und erwarb sich auf diese Weise ein komplexes Bild des Universums. In Hawera war eine zweiköpfige Kuh zur Welt gekommen; ein Foto zeigte zwei Köpfe. Eine alte Frau war fünf Stockwerke tief aus einem brennenden Haus gesprungen: DER SPRUNG IHRES LEBENS, lautete die Schlagzeile. In der Bay of Islands waren vergangene Nacht Diebe in eine Villa eingedrungen und hatten vier Wachhunde gestohlen. Irgendwo war ein Betrunkener im Zoo in die Bärengrube gefallen. MIT YOGI AUF DU UND DU, las er. Es hätte auch lauten können: »Ach du je.« Der Eigentümer des Motor Inn kam mit einer Kanne heißen Wassers und füllte Phillips Teetopf wieder auf; er zwinkerte ihm zu, dann zog er weiter zum nächsten Tisch.

In der Tasche hatte Phillip den Schlüssel zur Stadtbibliothek von Opunake. Vor zwanzig Minuten war er daran vorbeigefahren. Es war ein kleiner Holzbau, für sich allein auf einer Rasenfläche, gegenüber dem Rathaus und neben der zahnärztlichen Klinik. Die Bibliothek brauchte dringend einen Anstrich und, wie er von seinem Onkel wusste, ein neues Blechdach, bevor die Regenzeit begann. Auch wenn die Erwartungen noch so gering waren, hatte Phillip fest vor, an seinem Posten erfolgreich zu sein. Er war schon seit zwei Stunden auf, hatte sich in dem engen Wohnwagen hinter dem Haus seines Onkels mit soldatischer Präzision angekleidet. Er wollte einen guten Eindruck machen und an seinem ersten Morgen nicht zu spät kommen, auch nicht am Sonntag.

Er ließ das halbaufgegessene Frühstück stehen und ging zur Arbeit.

Der plötzliche Luftzug, als er die Tür öffnete, scheuchte den Staub von Jahren auf. Der Lichtstrahl teilte wie ein massiver Schaft vom Himmel den Innenraum der alten Bibliothek in zwei Hälften. Phillip tauchte ein in den muffigen Geruch vertrockneter Bucheinbände, zog die Gardinen auf; eine davon riss, und er behielt sie in der Hand. Tageslicht durchflutete den Raum. Es war ein entsetzlicher Anblick. Wasser war durch das undichte Dach gedrungen, und mindestens ein Drittel der Bücher war durch Schimmel und Feuchtigkeit verdorben. Im schlimmsten Fall waren die Bände dem Regen ausgesetzt gewesen, im Sommer getrocknet und dann von neuem nass geworden, und viele waren zum Doppelten ihrer ursprünglichen Dicke aufgequollen. Die Pappe der Deckel hatte sich gewellt, und so waren viele von ihren ebenfalls quellenden Nachbarn aus den Regalen gezwängt worden. Es war ein Prozess, der sich über ein ganzes Jahrzehnt hingezogen hatte und der unmerklich langsam exakt die Bewegungen umgekehrt hatte, mit denen sie vor langer Zeit achtlos dort hingestellt worden waren. Phillip fuhr mit der Hand an ihren Rücken entlang, drückte die Vorwitzigen wieder in die Reihe und machte so die Arbeit von Jahren, in denen sie um Millimeterbruchteile vorgekrochen waren, zunichte. Es war seine erste Amtshandlung als Bibliothekar.

Staub so fein wie Talkumpuder legte sich auf seine Lungen, und mit jedem Husten entfachte er einen kleinen Wirbelsturm. Das Schiebefenster ließ sich nicht öffnen. Er brauchte etwas Schweres als Hebel und entschied sich für einen Roman von Thomas Hardy, *Judas der Unberühmte*. Mit einem heftigen Stoß, bei dem das Buch in seiner Hand in die Bestandteile zerfiel, zwängte er das Fenster auf, und der Luftzug sog ganze Wolken von Staub hinaus ins Freie. Nun, wo die Sicht besser wurde, konnte er sich ein Bild von der Aufgabe machen, die vor ihm lag.

Eine tote Katze lag auf dem Ausgabetisch. Das kranke Tier war zum Sterben hierhergekommen. Die letzte Tat ihres Lebens war es gewesen, auf die Glasplatte zu klettern, die den Tisch schützte. Phillip packte die vertrocknete Leiche in eine alte Zeitung und warf sie draußen in den Mülleimer. Er fand einen Besen in der Mauser – die Hälfte seiner Haare hatte er bereits verloren – und machte sich daran, den Raum auszufegen. Schon bald hatte er eine lange Liste von anderen Nutzungsmöglichkeiten für eine ehemalige öffentliche Bibliothek beisammen.

Neben ihrer Funktion als Mausoleum für Haustiere war

sie eine Zuflucht für zahlreiche heimlich Liebende gewesen, denen ein zerbrochenes Fenster im Archivraum die Möglichkeit zum Einstieg geboten hatte. Ein alter Teppich war auf dem Boden ausgebreitet, daneben lagen ein Kerzenstumpf, abgebrannte Streichhölzer, ausgedrückte Zigaretten und Dutzende von Kondomverpackungen, die ein Windstoß in die Ecke geblasen hatte. Phillip fragte sich, was sich hier wohl alles ereignet hatte: Entjungferung, Unzucht, Ehebruch, vielleicht alle drei. Er musterte die Indizien und zog rasch seine Schlüsse. In einer anderen Ecke lag eine Nummer des *Playboy* noch aufgeschlagen, Zeuge der einsamen erotischen Erziehung eines Knaben. Und auf dem Fußboden im Eingang war mit Kreide ein auf dem Kopf stehender Druidenfuß gezeichnet: Wo hätte es in einer kleinen Stadt einen besseren Ort als diesen gegeben, um Gespenster zu beschwören und in heimlichen Séancen jungen Herzen Angst einzujagen? Rasch wischte Phillip mit dem Fuß das Teufelszeichen aus.

Offensichtlich war die Bibliothek keineswegs verlassen gewesen. Ganze Armeen zwielichtiger Gestalten hatten einen Salon für ihre frevelhaften Vergnügungen daraus gemacht, waren durch das zerbrochene Fenster gekommen und gegangen und hatten nur wenige kriminaltechnisch auswertbare Spuren hinterlassen. Mit energischen Besenstrichen endete eine Ära. Dann fand er zwischen Gerümpel ein altes Schild: GEÖFFNET. Er wischte es mit dem Ärmel ab, stellte es ins Fenster, und ohne weiteres Zeremoniell war die kleine Bibliothek damit neu und ihrer alten Bestimmung gemäß eröffnet.

Auf dem Weg zur Arbeit, wieder in Gummistiefeln und weißem Kittel, blickte Delia Chapman plötzlich auf, denn sie hatte das Gefühl, dass da etwas in der Luft über ihr war. In diesem Augenblick war der kobaltblaue Himmel leer, doch sie brauchte nur eine Sekunde zu warten, bis ihre Vorahnung sich erfüllte.

Genau über ihrem Kopf erschien ein Düsenjäger und war genauso unvermittelt, wie er gekommen war, wieder fort, und er flog so tief, dass er beinahe die Fahnenstange auf dem Uhrenturm des Rathauses berührte. So, wie es über sie hinwegraste, wirkte das Flugzeug riesig und doch auch irreal. Erst als es schon mehrere Sekunden fort war, ließ das Dröhnen der Triebwerke die Scheiben in den Fenstern klirren. Bis alle anderen Passanten stehen geblieben waren und nach oben blickten, war die Maschine schon fast in einer anderen Provinz. Delia hatte das Gefühl, dass sie die Einzige war, die es gesehen hatte. Sie zündete sich eine Zigarette an und ging weiter Richtung Fleischfabrik. Ihr Weg führte sie an der Mobil-Tankstelle vorbei.

Flankiert von Zapfsäulen schimpfte Max Hardy seinen einzigen Mechaniker und Tankwart aus, Gilbert Haines. Er sei ein Trottel, sagte er.

»Ich habe gerade mal die Rechnungen von ein paar Reparaturen durchgesehen, und du hast hundertfünfzig Dollar zu wenig berechnet.«

Gilbert füllte den Tank eines Wagens mit Benzin aus dem Notfallreservoir, und Max fuchtelte ihm dazu mit den Rechnungen vor der Nase herum. Gilbert war klein, mickrig, mit spindeldürren Armen und Beinen. Er war stets obenauf, aber immer schmutzig. Allein das Lächeln, das ihm von Geburt an ins Gesicht geklebt war, verhinderte, dass er in einen Abgrund von Einsamkeit stürzte. Frauen fühlten sich nicht wohl in seiner Gesellschaft: Das war sein Schicksal. Zwar war er ein empfindsamer Mensch und damit eigentlich ein Kandidat dafür, geliebt zu werden, aber das konnte die widersprüchlichen Gefühle nicht verhindern, die er bei anderen weckte: Sympathie und Schuld.

Gilbert vergaß alles, als Delia vorüberging, eine Vision in reinstem Weiß. Blut strömte in seine verkümmerte Seele.

Er war so verrückt nach diesem Mädchen, dass er kaum noch wusste, was er tat. Leidenschaft hauste in ihm wie ein verkümmertes Tier, das nach Nahrung schrie. Er wusste, wie unglücklich Liebende es meistens wissen, dass es nun nicht mehr lange dauern konnte, bis dieses Tier sich in seinem Hunger auf seinen Herrn stürzen würde.

Er war verliebt in Delia Chapman, seit er sie einmal in der Turnhalle der Highschool gesehen hatte, wie sie nach einem Federball schlug, gerade erst dreizehn, auf Zehenspitzen, die Zunge zwischen den Zähnen. Er war zwei Jahre älter als sie und hatte es so eingerichtet, dass er mit fünfzehn von der Schule flog, damit er die Mechanikerlehre machen konnte. Jetzt saß die Wagenschmiere so tief in seinen dünnen Fingern, dass sie wirkten wie Reptilien.

»Zu wenig?«

»Gilbert!«

»Hm?«

»Hörst du überhaupt zu? Ich habe gesagt, du hast dem Kunden hier zu wenig berechnet!«

»Bin gleich wieder da.«

Max konnte es nicht glauben.

Gilbert ließ die Zapfpistole in dem Wagen stecken, lief auf die andere Straßenseite und Delia nach.

Sie blieb für ihn stehen. »Hi«, sagte sie.

»Was ist los? Delia? Ich muss mit dir reden. Was war gestern Abend? Was hast du Sergeant Watson erzählt?«

Sie war verblüfft, dass er davon wusste. Gilbert erklärte ihr hastig, dass fast ganz Opunake bereits im Bilde sei. Ungeduldig ging sie weiter. Er lief ihr nach, um sie aufzuhalten.

»Delia! Bitte –«

Er nahm mehrere Schritte vor ihr Aufstellung.

»Delia? Dee-lia!«

Er stand felsenfest, wartete, dass seine Pose ihre Wirkung tat, doch Delia machte einfach einen kleinen Bogen um ihn und ging die Straße hinunter davon. Er sah ihr nach und konnte nur noch bestätigen, dass er keinerlei Eindruck auf sie gemacht hatte, dass er seit je keinerlei Eindruck auf sie machte. Und drinnen leckte das hungrige Tier von neuem an seinem bleischweren Herzen, schnüffelte mit heißem Atem und feuchter Schnauze, entblößte die Reißzähne, und dann biss es ein Stück von seinem Herzen ab. Das tat weh. Zum ersten Mal spürte Gilbert Haines das Elend, die ganze Wucht einer unerwiderten Liebe.

Max packte ihn am Arm. »Was ist los? Lauf ja nicht noch mal weg, wenn ich gerade mit dir rede, klar?«

Gilbert war wie hypnotisiert.

»Gilbert? Alles in Ordnung? Du bist mit deinen Gedanken überhaupt nicht mehr bei der Arbeit. Du hast diesem Kunden hier hundertfünfzig Dollar zu wenig berechnet.

Wenn du so scheißgroßzügig sein willst, dann nicht auf meine Kosten, klar? Und – was hast du dazu zu sagen?«

Gilbert entschuldigte sich. »Es geht gleich wieder.«

Max setzte eine weise Miene auf. »Wenn du Ärger mit den Frauen hast, dann kümmere dich in deiner Freizeit darum!«

Gilbert nickte. Doch was Max dann noch sagte, und mit einer Stimme, als sei nichts dabei, holte ihn schlagartig auf den Boden der Tatsachen zurück, und er sah seinen Arbeitgeber mit völlig neuem Respekt an. »Ich zum Beispiel, mir würdest du nie ansehen, dass Jenny gestern Schluss mit mir gemacht hat … aus … nach siebenundzwanzig Jahren. Einfach so. Und ich wette, du hast nichts gemerkt, oder?«

Es stimmte. Max drehte sich um und ging davon, und nichts verriet der Welt seinen Schmerz.

In dem Kasten, in den man nach Feierabend Bücher zur Rückgabe werfen konnte, hatten sich Mäuse eingenistet. Phillip machte ihn gerade sauber, da sah er Delia Chapman kommen, und ohne anzuhalten und ohne dass sie ihn dabei ansah, warf sie ein Buch in den Kasten.

Sie war genauso gekleidet wie am Abend zuvor, mit einer Ausnahme. Um ihren Hals baumelte ein Mundschutz, wie bei einem Chirurgen.

Phillip brachte kein Wort hervor. Erst als Delia fünf Meter weiter schon um die Ecke bog, fielen ihm mindestens zehn Fragen ein, die er hätte stellen können.

Er griff in den Kasten und holte das Buch heraus. Ein Lehrbuch: *Lesen – ein Selbstlernkurs.*

Das Vorsatzblatt bestätigte, dass es vor elf Jahren ausgeliehen worden war, und es trug den Stempel der Stadtbibliothek.

Phillip war perplex. Soweit er sich erinnern konnte, hatte er dem Mädchen nicht gesagt, wann die Bibliothek wieder öffnen würde. Er war ja selbst überrascht davon, wie schnell er den Betrieb wiederaufnehmen konnte. Er wusste auch, dass in den vergangenen zehn Jahren kein einziges abgelaufenes Buch in diesen Rückgabekasten gesteckt worden war – es sei denn, Generationen von Mäusen hätten es ratzeputz aufgefressen. Woher wusste dieses seltsame Mädchen, dass, wenn sie an diesem Sonntagmorgen und in diesem Augenblick das Buch zurückgab, endlich wieder ein Bibliothekar am Ort sein würde, der es entgegennehmen konnte?

Als er am Vorabend zu Bett gegangen war, hatte sein Kopf vor Gedanken an Delia geschwirrt. Aber am heutigen Vormittag hatte er gar nicht mehr an sie gedacht. Nach diesem Vorfall wiederum fiel es ihm schwer, überhaupt an etwas anderes oder jemand anderen zu denken.

Der Bürgermeister erwachte mit einem Donnern in den Ohren und mühte sich, die Schuhe anzuziehen. Er machte sich im Geiste eine Notiz, dass er sich sowohl beim Verteidigungsministerium als auch bei der Pilotenausbildung der Royal Air Force beschweren sollte. Er ging ins Wohnzimmer und fragte seine Frau nach dem Schuhlöffel. Florence Sullivan saß am Schreibtisch und schrieb an ihre Schwägerin, um ihr zu berichten, dass Phillip eingetroffen sei und gerade eben die neue Bibliothek inspiziere.

»Zieh die nicht an. Du weißt doch, dass du immer schlechte Laune bekommst, wenn du diese Schuhe anhast.«

»Die haben mich hundertfünfzig Dollar gekostet. Wenn

ich sie an Tagen wie diesem nicht anziehe, wann soll ich sie denn dann überhaupt anziehen?«

»Er ist in dem Holzkästchen an der Hintertür.«

Jim Sullivan holte den großen Messinglöffel aus dem Kasten, setzte sich auf die Treppe und versuchte einen Fuß in einen der italienischen Schuhe zu zwängen. Er hatte sie leichtfertig in Rom gekauft, bei einem Zwischenstopp auf der Rückreise von London nach Neuseeland. Die Schuhe waren stark heruntergesetzt und nur noch in einer wenig gängigen Größe zu haben gewesen. Gegen Florences Rat hatte er in der Via del Corso nonchalant die Kreditkarte gezückt, obwohl er schon da in den Schuhen gewatschelt war wie ein Pinguin, sodass sie es überhaupt nicht mit ansehen konnte.

Als er nun noch ein wenig fester drückte, riss die Rückseite komplett auf. »Verfluchte Scheiße!«, schrie er und schmiss den Schuhlöffel quer durch den Raum und den malträtierten Schuh hinterher. Er kehrte ins Wohnzimmer zurück und fragte seine Frau, wo seine irischen Brogues versteckt seien, fluchte weiter vor sich hin und machte sich im Geist eine Notiz, »teure italienische Schuhe« auf die nächste Versicherungsrechnung zu setzen.

Später am Vormittag saß Sergeant Harvey Watson im Fenster der Cafeteria des Sahara Desert Motor Inn und bestellte ein üppiges Frühstück aus gebratener Leber und Brotsuppe. Der Geruch sorgte dafür, dass sämtliche Tische im Umkreis frei blieben.

Er war in ein Buch vertieft, das er etwa bis zur Hälfte gelesen hatte, *Basketball für Champions*. Eine ganze Reihe komplexer Einsichten in dieses geliebte Spiel, die er noch nicht vollständig verdaut hatte, war vom Autor, einer australischen Koryphäe, in bewundernswerte Worte gefasst. Seite um Seite war er von dieser *tour de force* stärker beeindruckt, und zweimal hatte er schon zur Biographie auf dem Vorsatzblatt zurückgeblättert, um mehr über den Autor zu erfahren. Glasklar legte dieser die Vorteile einer Angriffsspitze an der linken Flanke dar, und die Beschreibung der Meriten einer Ballabgabe in 3-4-3-Formation war das reinste Prosagedicht. Der Stil dieses Buches weckte in dem Sergeant eine solche Verzückung des Nichtsorechtverstehens, dass er am liebsten auf der Stelle das Team zusammengerufen hätte, um diese revolutionären Taktiken in die Tat umzusetzen.

»Wie ist das Frühstück?«, fragte Harry, der Besitzer, und brachte mehr Toast in der Hoffnung, den Officer auf andere Gedanken zu bringen.

»Die Küche stinkt, als ob du da eine Katze geschlachtet hättest.«

Harry räumte den Tisch ab, Watson las weiter und butterte dabei eine Scheibe Toast, ohne hinzusehen.

»Gutes Buch?«

»Hm-hm.«

Harry goss Tee nach. »Merkwürdige Geschichte, das mit Delia Chapman.«

»Hm-hm.« Watson blickte nicht auf.

»Irrsinn liegt in der Familie, klarer Fall.«

»Irrsinn …« Das Wort sickerte durch den Basketball-Jargon. »Irrsinn? Wer? Wer ist irrsinnig?«

»Delia Chapman.«

»Was weißt du denn über Delia Chapman?«

»Nur das, was ich gehört habe.«

»Was hast du gehört, Harry?«

Der Wechsel im Tonfall des Sergeants erinnerte Harry daran, auf wie dünnem Eis er stand, und er trat den Rückzug an.

»Nichts.«

»Was hast du gehört? Was sagen die Leute?«

»Es ist doch nur Gerede.«

»Geh mir nicht auf die Nerven.«

»Himmel, ich weiß auch nicht. Ich habe einfach nur gehört ... vielleicht stimmt es ja gar nicht ...«

»Erzähl schon.«

»... Raumschiff?« Harry zuckte mit den Schultern und sah den Sergeant mit den feuchten Augen eines unschuldigen Opfers der Umstände an.

»Wer hat dir das erzählt?«, fragte Watson streng.

»Ist es denn wahr?«

»Wer hat dir das erzählt, Harry?«

»Wer mir das erzählt hat? Das weiß ich nicht mehr. Ich hab's einfach gehört. Es wird getratscht. Hier kommen viele zum Frühstück her, Harvey.«

Watson schob seinen Teller fort, jetzt mit anderem beschäftigt.

»Getratscht«, murmelte er und spürte, wie die schlechte Laune in ihm aufstieg. »Getratscht? So lange kann das ja noch nicht her sein, mein Freund. Es ist gerade mal neun Uhr morgens.«

»Na, für hier ist das schon ziemlich lange.«

Watson sah Harry an. Er konnte nicht leugnen, dass Harry mit diesem Satz den Nagel auf den Kopf getroffen hatte.

»Also, sie hat nie etwas in der Art gesagt«, stellte der Sergeant offiziell klar und konnte nur hoffen, dass diese Auskunft mit der gleichen Geschwindigkeit die Runde machen würde. »Und ich muss es wissen, denn ich habe Delia schließlich aufgelesen. Von jetzt an kannst du jedem, der dir solches Zeug erzählt, sagen, dass das Unsinn ist. Klar?«

»Gut.«

»Sie ist nämlich einfach nur… spazieren gegangen. Man kann den Leuten einfach nicht mehr trauen.«

»Konnte man noch nie.«

»Man sollte doch meinen, die kapieren es irgendwann. Dass man nicht alles weitererzählt.«

»Es stimmt also doch?«

»Was stimmt also doch?«

»Dass Delia ein Raumschiff oder so was gesehen hat?«

Der Sergeant explodierte. »Ich dachte, ich hätte dir das gerade gesagt, Harry! Ich habe dir gerade gesagt, dass sie *keins* gesehen hat.«

»Ja doch. Das hast du. Ich weiß, Harvey. Aber du musst zugeben. Ein junges Ding, das erzählt, sie hätte… und wäre zu denen…«

Der Sergeant blickte Harry fest ins Gesicht. »Diese Geschichten sollten nicht herumerzählt werden, Harry. Hast du mich verstanden? Das ist nicht gut.«

Harry nickte. »Aber es stimmt, oder?«

»Es spielt keine Rolle, ob es stimmt oder nicht. Delia ist ein anständiges Mädchen. Es ist nicht gut für sie, wenn so was erzählt wird.«

Sofort nickte Harry noch einmal, denn mit dieser Bestätigung war er vollauf zufrieden. »Irgendwas, was ich tun kann?«

Der Sergeant blickte auf. »Hat wohl keinen Zweck, dich zu bitten, dass du's für dich behältst.«

»Schon versprochen. Wenn das hilft. Aber eine komische Geschichte ist es schon.«

Watson musterte Harry, dessen zufriedenes Lächeln alles sagte, was man über aus dem Sack gelassene Katzen sagen konnte.

»Sie ist die beste Werferin der ganzen Provinz, Harry.«

»Das steht fest.«

»Sie hat einfach nur eine blühende Phantasie, wie alle in ihrem Alter.«

»Mehr ist wahrscheinlich nicht dran.«

»Aber wenn wir die Leute erst einmal auf sie loslassen …« Watson schüttelte den Kopf, er sah die Zukunft so deutlich, als läge sie gleich drüben auf der anderen Seite des Parkplatzes.

»Das hätte nie einer erfahren sollen, Harvey. Hast du eine Ahnung, wer's ausgeplaudert hat?«

Der Sergeant erhob sich und verließ die Cafeteria. Ihm war ein wenig übel von dem üppigen Frühstück und den kleinen, doch millionenfachen Missetaten, die ganz gewöhnliche Menschen begingen, nur damit sie etwas hatten, worüber sie reden konnten. Auf seine Art war das genauso traurig wie ein Highschool-Klassentreffen.

Die Sirene von Borthwicks Fleischfabrik rief die Arbeiter der Frühschicht an ihre Plätze, und als die Männer und Frauen in Weiß mit ihren Gummistiefeln die metallenen Treppenstufen erklommen, stapften sie wieder einmal das immer gleiche Arpeggio, das schon so viele Male die Ruhe eines

Sonntagmorgens gestört hatte. Es war Hochsaison, und in rasendem Tempo wurde Vieh geschlachtet, eine einzige große Anstrengung, um die geforderten Mengen zu liefern, und die fünf Fließbänder der Fabrik liefen nonstop sieben Tage die Woche.

An der Wand zum Schlachthaus, von wo man das Knirschen von Sägen hören konnte, kamen auf einem Fließband die ersten abgetrennten Rindsköpfe des Tages aus einer Klappe heraus. Die Köpfe, jeweils mit zwei Metern Abstand, bewegten sich mit dem Tempo eines gemütlichen Ausflugs über grüne Wiesen, und jeder von ihnen schien noch beinahe lebendig, nur dass die Augen schon den Schleier des Todes trugen. Es war eine gespenstische Herde, und als Delia vorbeikam, rechnete sie halb mit einem Muhen.

Die Körper der Rinder nahmen einen anderen Weg. Nach dem Schlachthaus kamen sie in die Enthäutungsmaschine. In einer einzigen Bewegung zog sie jedem Leichnam das Fell ab, schälte sie wie eine Banane. Delia zog sich die Schutzmaske übers Gesicht, blendete all diese Eindrücke aus und hastete weiter. Als Nächstes wurden die Karkassen zerlegt: Sechzig Männer und Frauen in weißen Kitteln und Gummistiefeln nahmen sich die Leiber einer nach dem anderen vor, setzten geschickt bei jedem Tier, das vorüberglitt, das Messer an, zunächst, wie es schien, mit wenig Erfolg. Doch mit jedem Schnitt wurde unsichtbar das Fleisch gelöst, und am Ende des Fließbands, als nur noch ein halbes Dutzend Schlächter übrig war, purzelten schon auf den kleinsten Anstoß perfekt ausgeschnittene Teile des Tiers in Plastikwannen. Der letzte Schlächter ganz am Ende der Reihe hatte es wie von Zauberhand nur noch mit einem Skelett zu tun.

Das viele Blut rann in einem Delta von Rinnen ab, wo es schließlich aus dem Schlachthaus hinauslief und in den Fluss geleitet wurde.

Im Packraum machten sich zwei Dutzend Mädchen für die Parade der ausgelösten Herzen bereit. Dies war ein keimfreier Bereich. Ihr Haar verschwand unter weißen Kappen, und den Mädchen wurde eingeschärft, stets auf die allgegenwärtige Gefahr der Verunreinigung zu achten. Vor einigen Jahren war einmal die Produktion einer ganzen Saison beschlagnahmt worden, weil sich Kopfläuse in der Ware gefunden hatten. In diesem Schlachthaus mussten die Mädchen so reinlich wie japanische Geishas sein, und jede packte 120 Herzen pro Stunde in Pappschachteln für den Versand.

»Hast du das mit Delia gehört? Die hat einen Marsmenschen gesehen.«

»Stimmt. Hab ich gehört.«

»Hat sie ehrlich.«

»Nie im Leben. Wann denn?«

»Doch, echt wahr. Gestern Abend.«

»Also hör mal. Erzähl keine Märchen.«

»*Was* hat sie gesehen?«, fragte Yvonne McKay, die zu spät dazugekommen war.

»Ehrlich. Sie hat's den Bullen erzählt. Ehrlich.«

»Was hat sie ihnen erzählt?«

Die Mädchen schauten kaum auf, als Delia eintrat, die Maske aufgesetzt, den Blick gesenkt. Mit einem schnappenden Laut streifte sie ihre Gummihandschuhe über und wartete, dass das Fließband anlief. Sie hatte den Blick fest auf die Klappe zur Schlachterei geheftet, durch die die Herzen kommen würden. Sie wollte sich ganz auf ihre Arbeit konzentrieren. Letzte Nacht hatte sie gerade einmal eine Stunde geschlafen, und da musste sie aufpassen, dass sie mit dem endlosen Strom der Organe mithielt.

Am anderen Ende standen die Mädchen beisammen und begeisterten sich an der sensationellsten Neuigkeit des Tages, genossen die letzten Minuten, bevor das Fließband sie zur Arbeit rief. Delia ging nicht zu ihnen. Sie blieb stehen, wo sie war. Und nach fünf Minuten, fünf Minuten der schrillen Schreie und des gellenden Gelächters, kam die Vorarbeiterin herein und wedelte mit den Händen, als scheuche sie Tauben davon. Die größere Gruppe löste sich auf, nur ein harter Kern von vier jungen Frauen blieb noch, die nicht weichen wollten, bevor das Fließband lief.

»Was ist denn mit euch los?«, fragte die Vorarbeiterin.

»Wir haben Marsmenschen gesehen, stimmt's, Mädels? Dick und hässlich. Sahen fast aus wie Sie.«

Die Vorarbeiterin fand das nicht lustig. »Weiß eine von euch, wo Lucinda Evans steckt?«

Die Mädchen zuckten mit den Schultern. Lucinda war draußen und rauchte.

»Wahrscheinlich wieder mal zu spät«, sagte Deborah Kerr. »Zeit, dass Sie die rausschmeißen, wenn Sie mich fragen.«

Da sie den Namen eines Filmstars hatte, fand Deborah, dass sie auch stets die Hauptrolle spielen müsse. Die hochhackigen weißen Schuhe, die sie trug, wenn ihre Füße nicht in Gummistiefeln steckten, waren Legende, und unter ihrer Kappe hatte sie feines blondiertes Haar, das ihr, wenn sie es offen trug, bis an die Taille reichte. Blaue Tusche verklebte ihre Wimpern, so dass sie unter der Last mehrmaliger Anstriche wie gekrümmte Fliegenbeine wirkten. Sie wurde von allen bewundert und von allen nachgeahmt. Was immer sie trug, trugen bald auch die anderen jungen Frauen der Stadt, und selbst wenn sie nur etwas improvisierte, sorgte das für Furore. Wenn sie sich eine Sicherheitsnadel an die Jeans steckte, fand sie Horden von Nachahmerinnen. Eine radikal neue Lippenstiftfarbe verbreitete sich nach dem Schneeballprinzip, und binnen einer Woche war sie der neue Standard in Bars und Kinos. Deborah galt als ungeheuer erfahren, und sie war die Erste von den Borthwick-Mädchen, die von der Schule abgegangen und in eine eigene Wohnung gezogen war. Lucinda hatte es ihr sofort nachgemacht, denn auch sie war in ihrer Vorstellung erwachsener als die anderen.

Deborah Kerr und Delia Chapman waren schon seit ihren Grundschultagen beste Freundinnen, obwohl Deborah ein Jahr älter war. Es war eine Freundschaft, deren Keimzelle das Kleinmädchenvergnügen gewesen war, sich mit den Kleidern ihrer Mütter herauszuputzen, wodurch sie sich von pferdeschwänzigen Zwergen in exotische, gefährliche *femmes fatales* verwandelten. Doch über die Jahre hinweg hatte sich ihre Freundschaft immer wieder neue Berührungspunkte gesucht. Bis vor kurzem war es eine fein ausbalancierte Trias gewesen: Zunächst einmal waren sie schon seit ihrem zehnten Lebensjahr im selben Basketball-Team und teilten sich jetzt den Spitzenplatz als beste Werferinnen. Zum Zweiten waren sie die beiden hübschesten Mädchen im Team, was nur selten bestritten wurde. Es stand sogar an der Bushaltestelle in der Cuthbert Street, und da musste es doch stimmen; unter dem Denkmal des Unbekannten Soldaten war ein ähnliches Bekenntnis in die grüne Farbe einer Parkbank geritzt: D und

D sind SUPER, und das Ganze umgeben von den Umrissen eines Herzens.

Als Ästhetin hatte Deborah schon früh beschlossen, dass in Fragen des Aussehens und der Liebe eine Gefährtin besser war als eine Konkurrentin. Irgendwie hatte sie das Gefühl, dass man sie, wenn man sie immer zusammen sah, attraktiver finden würde als jede für sich allein, dass ihre kombinierte Anziehungskraft durch eine Art Synergie mehr ergab als die Summe der beiden Einzelnen: Sie würden in den Rang von Halbgöttinnen erhoben. Delia hingegen war einfach nur froh über Deborahs Gesellschaft, denn so hatte sie jemanden, der den Großteil der Anzüglichkeiten der sexhungrigen Männerwelt von Opunake von ihr fernhielt. Als Drittes und Letztes bestand nach wie vor die Chance, dass sie jene raren Augenblicke teilen konnten, wo nur das verständnisvolle Ohr und das offen ausgesprochene Wort der anderen eine Krise lindern oder abwenden konnte. Keine andere konnte das. Als Kind hatte jede alles über die andere gewusst, und eine solche Sympathie schlägt nicht so schnell ins Gegenteil um.

Deborahs lautstarker Vorschlag quer über den Packraum, dass man Lucinda Evans feuern solle, wurde von Suzy Jackson aufgenommen, die einen Witz erzählte, als die Vorarbeiterin außer Hörweite war. Suzy war ein Maorimädchen aus dem Reservat und das vierte Mitglied der Kerntruppe. Wenn sie einen ihrer Witze verdarb, dann weil sie schon beim Gedanken an die Pointe so laut lachte, dass diese Pointe, wenn sie kam, nicht mehr zu verstehen war.

»Okay«, sagte sie. »Hier ist noch einer. Okay... Was machst du, wenn eine Dohle auf dein Auto scheißt?«

Yvonne McKay wusste es nicht. Deborah wusste es nicht. Suzy konnte schon nicht mehr an sich halten. »Du gehst nicht noch mal mit ihr aus!« Yvonne lachte am lautesten. »Du gehst nicht noch mal mit ihr aus.« Deborah rang sich ein Lächeln ab.

Am anderen Ende des Raums drehte sich Delia um und wollte sehen, weswegen sie lachten, und im selben Augenblick begann das große Fließband unter lautem Gerumpel seine Arbeit. Delia griff zu ihrer ersten Schachtel, als das Fleisch herankam.

Yvonnes Gelächter verstummte als Letztes. Sie war schüchtern, verlegen, knapp eins sechzig groß und hatte die beklagenswerte Angewohnheit, immer den letzten interessanten Satz zu wiederholen, den jemand gesagt hatte. »Du gehst nicht nochmal mit ihr aus!« Sie war ein schlichtes Gemüt, in dem ihre Freundinnen lasen wie in einem Buch. Außerdem war sie Delias Cousine, aber sie hatte nichts von dem guten Aussehen der Chapmans geerbt. Sie war hundert Prozent McKay, der mickrige Zweig der Familie.

Die Türen der Packerei flogen auf. Lucinda Evans trat ein, drückte mondän ihre Zigarette aus, band sich noch die Schürze und stopfte ihre Lockenmähne unter die Kappe.

Lucinda war eins der fettesten Mädchen der Stadt. Sie war das siebte Kind eines siebten Kindes, ein Umstand, dem sie große mystische Bedeutung beimaß. Sie war ein lebendes Schaufenster für die Kunst des Body-Piercing, trug selbstgeschneiderte Kleider und hatte nicht weniger als neun Ringe in jedem Ohr – einen für jedes Jahr ihres Lebens, sagte sie – und einen Perlmuttsticker in jedem Nasenflügel, was gemäß ihrer ganz persönlichen Symbolik ein Zeichen war, dass sie im zweiten Monat des Tierkreises mit dem Wassermann im Aszendenten geboren war. Sie wusste zu wenig von schwarzer Magie, um als Initiierte zu gelten, und ihre amateurhaften Hexenkünste waren nur einen einzigen schrulligen Schritt von der Vorliebe eines Kindes für Gespenstergeschichten entfernt. Am Dreizehnten jeden Monats lackierte sie sich die Fingernägel schwarz und hatte, auch wenn sie keine Ahnung von deren atavistischer Bedeutung hatte, stets ein Päckchen Tarotkarten in der Handtasche. Sie schrieb Telefonnummern und Einkaufslisten darauf.

Für die kleineren Kinder in ihrem Viertel, die nicht einsehen wollten, dass sie es mit einer Angeberin zu tun hatten, war sie das Musterbeispiel einer echten Hexe, und sie spielten Halloween rund um ihr Haus, wenn spätabends Weihrauchdüfte und gespenstische New-Age-Musik durch ihre demonstrativ violetten Vorhänge drangen. Für die mit Schmuck behängte und mit Metall durchstochene Lucinda hingegen hatten ihre Selbstverstümmelungen höhere Bedeutung. Sie verkündete mit lauter Stimme, dass sie Zugang zu spirituellen Sphären habe, und ihrer Selbsterforschung zufolge wohnte in ihr die uralte Seele einer Zigeunerin. Sie wusste von zweien ihrer früheren Inkarnationen: eine als keltischer Prinz im Irland des vierzehnten Jahrhunderts und eine im neunzehnten Jahrhundert als Hure im Pigalle-Viertel von Paris, einer Stadt, von wo, wie sie romantisch verkündete, alle großen Huren stammten. Einmal war ein betrunkener Bauernlümmel mit ihr nach Hause gestolpert, und am nächsten Morgen schwor er mit aschfahlem Gesicht, dass in ihrem Schlafzimmer große Gläser mit lebenden Spinnen stünden. Jeder glaubte ihm das sofort. Aber es ging noch weiter. Lucinda habe ihn fesseln wollen, und gewiss wäre das nur der Anfang all der Verruchtheiten gewesen, die sie noch mit ihm vorgehabt hätte. Seine Freunde erkannten in dieser Behauptung zwar einen hohen Anteil an Wunschdenken, aber sie zweifelten doch an keinem Wort, gerade im Licht eines früheren Ereignisses: Lucindas wohldokumentierter Entführung von über einem Dutzend Katzen aus der Nachbarschaft. Sergeant Watson schenkte zwar am Ende Lucindas Erklärung Glauben, dass die verschwundenen Tiere freiwillig zu ihr gekommen seien und sich einfach geweigert hätten, wieder zu gehen, weil ihnen auf bloße Aufforderung Thunfisch und Sojamilch serviert worden seien, doch die Stadt blieb bei ihrer Ansicht, dass sie die zwölf Stubentiger zu sich gelockt habe, um übles Spiel mit ihnen zu treiben. Jeder Katzenhalter versicherte noch lange danach, dass mit seinem Liebling etwas vorgegangen sei, dass seine Persönlichkeit sich verändert habe und dass seither ein beunruhigendes, geradezu menschliches Funkeln in seinen Augen stünde.

Zu jeder Gemeinschaft gehört ein Verrückter, den sie sich als Maskottchen hält, und Lucinda hatte sich für Opunake nominiert und selbst gewählt.

»Was hältst du davon?«, fragte Lucinda begierig.

»Von was?«, antwortete Suzy, ohne aufzublicken, immer noch glücklich mit ihrem Witz.

»Hat Deborah dir denn nicht von Delia erzählt?«, flüsterte Lucinda wie eine Hellseherin.

»'türlich hab ich das«, sagte Deborah.

»'türlich hat sie das«, sagte Suzy.

»Sie hat Harvey Watson erzählt, dass sie … dass sie mit … habt ihr das gehört?«

»Wir wissen es«, antworteten die anderen im Chor, in einem Versuch, sie auszuschließen.

»Sie hat Sex mit ihnen gehabt«, verkündete Lucinda.

»Was?«

»Was?«

»Was?«

Drei Kinnladen klappten herab wie abstürzende Aufzüge.

»Sex mit ihnen gehabt.«

»Nein!«

»Nein!«

»Das ist nicht wahr!«

»Doch!«

»Blödsinn!«

»Sie hat es gesagt. Zu Harvey Watson. Sie hatte Sex. Das hat sie ihm gesagt.«

Es dauerte mehrere Sekunden, bis die Reaktionen der Clique Gestalt annahmen. Es gab einen Augenblick schweigender Verblüffung, in dem alle Gesichter erstarrten. Vier eiskalte Blicke konzentrierten sich auf Lucinda Evans, die Überbringerin dieser Nachricht. Neue Einsichten wollten verarbeitet sein.

Wie üblich machte sich schließlich Deborah Kerr zur Sprecherin: »Das hast du mir nicht erzählt.«

»Aber es stimmt. So habe ich's gehört.« Lucinda genoss die Aufmerksamkeit.

»Mach keine Witze.«

»Du willst uns verarschen.«

»Von wem hast du das?!«

Lucinda erklärte ihnen, dass sie es von Rita habe, und die habe es wiederum von Marjorie. Marjorie war verlässlich.

Marjorie war eine gestandene Frau. Sie hatte einen Mann und zwei Kinder. Marjorie hatte es von Delia höchstpersönlich gehört. Delia hatte es auf dem Weg zur Arbeit erzählt. Marjorie log nie. »Es ist die Wahrheit«, versicherte Lucinda.

»Was hat sie gesagt?«

»Delia ist zur Polizei gegangen und hat alles erzählt. Ihr Gewissen erleichtert. Mit Protokoll und allem! Harvey musste es tippen. Sie sagt, sie hätte Sex mit einer ganzen Menge von denen gehabt!« Nur mit Mühe konnte Lucinda eine Spur Neid in ihrem Tonfall unterdrücken.

»Sex mit wem?«, fragte Yvonne, die ein wenig schwer von Begriff war.

»Mit den Marsmenschen!«, kam es im Chor zurück.

Suzy, Deborah und Yvonne sahen sich an.

»Wer's glaubt, wird selig«, sagte Deborah.

»Nie im Leben«, sagte Suzy.

»Doch, ehrlich, das stimmt.« Lucindas Temperament war kurz vor dem Überkochen. »Das hat sie Harvey erzählt.«

Als sei ein Brand ausgebrochen, als hätten Sirenen losgeheult, als seien Tote zu befürchten und das Ende der Welt nah, rannten die vier jungen Frauen quer durch den Raum zu Delia, die sich die Schutzmaske hoch übers Gesicht gezogen hatte. Ob das wahr sei? Ob sie das wirklich gesagt habe? Sie umringten ihre Freundin, packten sie, drehten sie zu sich hin, hielten sie von ihrer Arbeit ab. Hatte sie das den Bullen tatsächlich gesagt? Los, spuck's aus! Wenn das stimmte, dann war das die tollste Geschichte aller Zeiten. Sie würde ganz groß rauskommen, sie würde ein Star bleiben für immer und ewig.

Und dann erfüllte Delia alle Erwartungen mit den wunderbaren Worten: »Ja, und wenn?«

»Du willst uns verscheißern.«

Die vier wünschten sich sehnlichst, dass es stimmte, aber sie hielten sich doch zurück, bis es doppelt bestätigt war. Delia musste noch einmal befragt werden, dann war sie reif für die Heiligsprechung. Das war verrückter als alles, was jemals jemand getan hatte. Das wäre die coolste Sache, die überhaupt je jemand getan hatte.

»Ich habe ihm gesagt, was ich gesehen habe.«

Deborah wollte keinen Aufruhr. Sie hob beschwörend die Hände, als die anderen laut wurden. »Ruhe«, sagte sie. Es gab da noch einen weiteren Punkt, den sie zur Sicherheit klären wollte, bevor das Zeitalter der Anarchie verkündet wurde.

»Du hast Harvey gesagt… Moment, du hast Harvey… also… dass du Sex mit einem… *das* hast du ihm gesagt? *Sex*?«

Delia fand eine Antwort überflüssig.

»Wahnsinn«, flüsterte Lucinda Evans nach einer ehrfürchtigen Pause. Sie sprach aus, was alle dachten.

»Ich kann's nicht glauben!«, kreischte Deborah.

Delia zuckte mit den Schultern.

Jetzt quietschten alle. Der Schrei hallte durch den ganzen Raum. Diejenigen, die mit anderem beschäftigt gewesen oder zu spät gekommen waren, wurden nun angelockt, stellten sich zu dem Zirkel dazu, stimmten in das große Stimmengewirr mit ein, eine Flutwelle, hundert Fragen auf einmal, ein Sturm, der alles übertoste, mit Delia im Auge dieses Sturms, umgeben vom schwindelerregenden Wirbel der Worte.

Das Kunststück, das Delia da geschafft hatte, war so großartig, dass keine Begeisterung groß genug schien. Sie verdiente eine Tapferkeitsmedaille. Die meisten von den Mädchen hatten schon das eine oder andere Mal etwas ausgefressen. Irgendwann hatte Sergeant Watson jede von ihnen schon einmal aufgelesen und sie verhört. Aber keine hatte sich je eine Antwort einfallen lassen, die auch nur halb so gut war wie diese. Das war unvergleichlich. Delia ließ alle anderen weit hinter sich.

Delia machte sich wieder an ihre Arbeit, wickelte Herzen ein und steckte sie in Schachteln, ungerührt von ihrer Berühmtheit. Offene Münder umgaben sie.

Die einzige Ausnahme war Deborah. In die allgemeine Stille sagte sie: »Ist doch klar.« Die anderen blickten sie an, erhofften sich Klarheit in einer Zeit der Verwirrung. »Ist doch klar«, sagte sie noch einmal. »Was ist denn da Besonderes dran? Sie hat ein Raumschiff gesehen. Schön für sie. Sie war an Bord und hatte Sex mit ihnen. Und? Hätte ich genauso gemacht.«

Stirnen legten sich in Falten, ungläubige Blicke waren nun auf Deborah gerichtet. »Was starrt ihr mich so an?«, sagte sie giftig. »Wer sagt denn, dass so was nicht passieren kann?«

Doch bevor Deborahs Bemerkung als Witz oder Sarkasmus abgetan werden konnte, drang ein mahnender Ruf durch den Raum. »He!« Die Vorarbeiterin, die in der Tür stand, klatschte in die Hände. Auf dem Fließband häuften sich die Herzen, dass sie schon hinabzufallen drohten. Die weitere Befragung musste auf später verschoben werden.

Nur Lucinda Evans blieb noch einen Augenblick bei Delia

stehen. »Und was ist mit der Befruchtung. Haben sie dich befruchtet?«

»Evans!«, donnerte die Vorarbeiterin, und endlich eilte auch Lucinda wieder an ihren Platz.

In den nächsten vier Stunden mochten die Hände der Mädchen mit der monotonen Arbeit des Einwickelns und Einpackens beschäftigt sein, doch ihre Köpfe blickten fest in die Richtung von Delia Chapman.

Unglaublich!

Gar nicht in Worte zu fassen!

Großartig!

»Sie haben gehört, was ich gesagt habe. Ich will die Bibel ausleihen.«

Die alte Frau war die Zweite gewesen, die das GEÖFFNET-Schild an der Bibliothekstür gesehen hatte, auf dem Weg zur Kirche. Sie war auf der Straße stehen geblieben, hatte ihre Brille aufgesetzt und ohne sichtliche Zeichen von Erstaunen festgestellt, dass die Bibliothek ihren Betrieb wiederaufgenommen hatte. Sie öffnete ihre Handtasche und zog einen bröseligen Benutzerausweis heraus.

Phillip versuchte ihr zu erklären, dass er erst vor einer Stunde zum ersten Mal seit zehn Jahren wieder frische Luft in diesen Bau gelassen habe, und er sei weder verwaltungstechnisch in der Lage, ihre Anfrage zu bearbeiten, noch sei er sich sicher, ob er überhaupt über ein Exemplar verfüge. Außerdem sei es Sonntag. Offiziell dürfe er sonntags keine Bücher ausgeben. Er war so höflich, wie er nur konnte, doch der Zustand der Bibliothek hatte seinen Nerven schwer zugesetzt.

Die alte Frau starrte ihn an, in beherrschter Empörung. Es sei wohl für jeden, der Augen im Kopf habe, klar, dass sie eine der ältesten Nutzerinnen dieser Bibliothek sei, und sie wolle das Buch, *weil* es Sonntag sei. »Was soll ich denn mit einer Bibel am Montag?« Und die Andeutung, die Bibliothek besäße vielleicht kein Exemplar, sei unmoralisch und »einfach lächerlich in einer christlichen Stadt«. Und mit der Weisheit der Landfrau schloss sie: »Wenn eine Bibliothek keine Bibel hat, dann gibt es keinen Grund, dass es sie überhaupt gibt.«

Phillip erklärte sich bereit, in der Kartei nachzusehen.

Er zog die Schublade mit der Beschriftung BAC-CHR auf und blies den Staub von den Karteikärtchen. Sein Finger wanderte über die vergilbten Karten, von Bach bis Chronologie, aber er fand keine Bibel. Er hoffte, dass er sie in seiner Eile nur übersehen hatte, und ging den Kasten noch ein zweites Mal durch. Kein Hinweis auf dieses Buch. Als letzte Hoffnung versuchte er es noch unter D, denn immerhin bestand die Chance, dass jemand es unkundig unter »Die Bibel« eingeordnet hatte, und das war der Augenblick, in dem sein Onkel, der Bürgermeister, ihn aus der Verlegenheit rettete.

Jim Sullivan spürte sofort die gezückten Messer. Er zog sich die Anzugjacke über den Bauch und knöpfte einen Knopf zu. Dank einer Reihe einstudierter Posen wirkte er größer, als er in Wirklichkeit war. Binnen einer Sekunde fiel alles Informelle von ihm ab, er wirkte elegant, wichtig, geradezu präsidentenhaft.

Der Matriarchin schmeichelte es, dass sie eine höhere Autorität konsultieren konnte, und schließlich nahm sie die Entschuldigung des Bürgermeisters an, zusammen mit dem persönlichen Versprechen, dass so schnell wie irgend möglich eine passende Bibel besorgt werde. Eifrig wischte er ihr Schuppen von der Jacke und versicherte ihr, dass bei Eintreffen des Buches noch in selbiger Sekunde eine Benachrichtigung an sie abgehen werde. Dann forderte er Phillip auf, rasch nachzusehen, ob ihre Adresse in der Kartei noch aktuell war, eine unnötige Geste, denn die Adresse hatte sich in sieben Dekaden nicht geändert. Doch mit dieser Kontrolle bekam die ganze Unternehmung etwas ungeheuer Tüchtiges und Professionelles. Am Ende begleitete der Bürgermeister die alte Frau nach draußen und winkte zum Abschied.

Phillip stand sprachlos da.

Die erste Lektion, erklärte Sullivan seinem Neffen, die man als Inhaber eines öffentlichen Amtes lernen müsse, sei, dass man sich um die Alten kümmern müsse. Um jeden Preis. Sie mochten noch so schwach und hinfällig sein, aber sie schliefen so wenig wie die Ratten und konnten an den Grundpfeilern nagen, bis die ganze Stadt in sich zusammenbrach.

»Und, wie sieht es aus?«, fragte Sullivan, um auf ein anderes Thema zu kommen.

»Im Augenblick mache ich nur sauber.«

»Gut. Wann kannst du öffnen?«

»In ein paar Tagen. Wahrscheinlich hätte ich das Schild nicht so voreilig ins Fenster hängen sollen.«

»Doch. Je früher, desto besser. Denn neben dem neuen Badeparadies ist das hier die zweite Hälfte des Stadterneuerungsprogramms. Das ist eine neue Ära. Lass dir das gesagt sein. Es gibt zwei Dinge, mit denen man Touristen anlocken kann: Wasser und Bücher. Das sieht man beides weltweit – Strände, Buchläden. Das wollen die Leute.«

»Das Problem ist nur… wir haben nicht allzu viele Bücher«, gab Phillip zu bedenken.

»Keine Bücher?«

»Nein. Nicht im Regal. Und nicht im Vergleich zur Kartei. Sieh es dir an. Und von denen, die da sind, haben viele Wasserschäden.«

Sullivan sah sich in der Bibliothek um. Es dauerte einen Moment, bis das Bild der Bibliothek, wie es vor seinem geistigen Auge gestanden hatte – das Bild der Bibliothek in ihren besten Zeiten –, verschwand und er das Chaos, das er nun vor sich hatte, sah. Er war schockiert. Die Bibliothek war elend wie ein Leichenschauhaus. »Meine Güte, was ist denn hier passiert?«

Das Bild in seiner Erinnerung war am Einweihungsmorgen aufgenommen worden, zweiunddreißig Jahre zuvor. Neue Bücher, schimmernd in stattlichen Reihen, hatten sämtliche Regalbretter bedeckt, so viele Bücher, dass sie mit drei Lastwagen gebracht worden waren. Damals als junger Mann hatte er mitgeholfen, die Wände im Inneren zu streichen, und jeder Holzbalken war damals neu gewesen und hatte ausgesehen, als würde er hundert Jahre halten.

»Alles geht den Bach runter«, klagte er. »Weißt du, wie ich mich bei so was fühle? Bei so was fühle ich mich verflucht alt.«

Er fragte Phillip, ob er eine Idee habe, wie man rasch Abhilfe schaffen könne. Er sah wirklich niedergedrückt aus.

»Nun, die gute Nachricht ist, dass eure letzte Bibliothekarin ihre Arbeit so sagenhaft schlecht gemacht hat, dass sie damit womöglich die Bibliothek gerettet hat.«

»Wieso das?«

»Na ja, ich habe nur mal flüchtig in die Kartei geschaut, aber… ich würde sagen, dass die meisten Bücher, die sich ursprünglich hier befanden, durch Zufall gerettet worden sind.«

»Gerettet?«

»Sie sind nach wie vor ausgeliehen.«

»Wie meinst du das?«

»Die Leute haben die Bücher, die sie ausgeliehen haben, nie zurückgegeben.«

»Stimmt, das ist immer so«, wusste der Bürgermeister.

»Ich würde sagen, volle neunzig Prozent der Bestände sind noch irgendwo dort draußen.«

»Unsinn!«

»Das sind Hunderte von Büchern, die die Stadt bezahlt hat.«

»Neunzig Prozent?« Der Bürgermeister wollte es nicht glauben.

»Sieh es dir doch an. Jede von diesen Karten hier steht für ein Buch.« Phillip zog die Schubladen des Karteischränkchens eine nach der anderen auf, um seinem Onkel das krasse Missverhältnis vor Augen zu führen. »Und das ist ein Segen, denn der Regen hätte sie allesamt zerstört, wenn die Leute sie zurückgegeben hätten.«

Der Bürgermeister fuhr sich mit der Hand durch das schon ein wenig angegraute Haar. »Tja, so sind die Farmer. Die kommen nicht den weiten Weg in die Stadt, nur weil die Leihfrist bei einem Buch abgelaufen ist. Bei Wahlen war das auch immer so. Sie hätten ihre Stimme abgegeben, aber sie wollten nicht dafür in die Stadt fahren.« Er ging ans Fenster und blickte hinaus. »Was können wir machen?«

Phillip schob die Schubladen wieder zu. »Ich würde gern Benachrichtigungskarten drucken lassen und sie verschicken.«

»Gut. Ja. Tu das.«

»Aber das ist jetzt zehn Jahre her. Ich weiß nicht, wie viele von den Büchern sie noch haben. Bibliotheksbücher haben ja eine gewisse Tendenz, nach einer bestimmten Zeit zum Kirchenbasar zu wandern.«

Wiederum hatte Phillip recht.

Der Bürgermeister drehte sich um. »Dann berechnen wir ihnen die Kosten für die Neuanschaffung. Den vollen Preis. Das lassen wir uns nicht bieten, Diebstahl von städtischem Eigentum.« Er stand nachdenklich da. »Neunzig Prozent?«

»Würde ich schätzen.«

»Zuerst die Karten. Dann die Rechnungen.«

Der Bürgermeister ging. Er war schon spät dran für den letzten Gottesdienst und hatte in der Kirche auch ein Amt als Laienprediger inne.

Phillip kehrte an seine Arbeit zurück. Er hatte festgestellt, dass es nur zwei Autoren gab, von denen die Bibliothek sämtliche Werke besaß, Nevil Shute und Alistair MacLean. MacLean war für seine Begriffe ein Schundschriftsteller, aber er bedauerte es nicht, dass man Nevil Shute so viel Regalplatz zugestanden hatte, denn er fand, dass Shute einige achtenswerte Bücher über den Mut der Menschen geschrieben hatte und mindestens einen Klassiker, *Eine Stadt wie Alice.* Er war 1899 zur Welt gekommen, am Vorabend eines neuen Jahrhunderts, und hatte äußerst konzise eine Zeit zweier Weltkriege beschrieben, und er hatte direkten Einfluss auf Phillips Entscheidung zu einer Militärkarriere gehabt. Krieg war eine dramatische Chance. Stets ging es dabei um die großen Themen: Leben und Tod, Gut und Böse. Wer den Körper anspannte, spannte auch den Verstand an: Krieg war etwas Spirituelles, etwas Intellektuelles. Da nahm man im wahrsten Sinne des Wortes das Leben in Angriff, nahm es zwischen Kimme und Korn, und im Gegenzug verlieh das Leben einem dafür Sinn. Phillip hatte allen Ernstes daran geglaubt, dass er, indem er sich zur Armee meldete, mit geradezu mathematischer Präzision Einsicht in seine eigene Seele gewinnen werde.

Jetzt, unehrenhaft entlassen, hatte er die Nächte nicht vergessen, die er mit der Lektüre von Shute zugebracht hatte, seinem literarischen Helden, der seine Leser mit dem Gedanken reizte, dass Größe für einen Soldaten weitaus leichter zu erreichen sei als für jeden Zivilisten. Phillip zog den Kopf ein und betrachtete seine Arbeit. Welche Chance, Großes zu leisten, hatte man schon in der Stadtbibliothek von Opunake? Er riss ein Stück Klebeband ab und reparierte eine eingerissene Buchseite.

Wir sehen Gespenster

Ein Raumschiff war gelandet. In einer Lichtung öffnete sich die Tür. Vielleicht sagte man auch Luke. Egal, jedenfalls erschien in diesem Eingang eine verschwommene Gestalt. Nein, wie eine Untertasse sah das Raumschiff nicht aus. Eher wie ein Torpedo, eine Wurst. Man lud sie an Bord ein. Sie ging mit. Oder besser gesagt, sie wurde hineingezerrt.

Davon, wie es drinnen ausgesehen hatte, wusste sie nur noch wenig. Es gab Lichter, Schemen. Aber alles war irgendwie verschwommen, als ob man es durch einen Nebel sehe oder durch ein Goldfischglas. Dann lag sie plötzlich auf dem Rücken. Sie konnte sich nicht erinnern, dass sie sich hingelegt hatte. Eigentlich war sie geblieben, wie sie gewesen war, und es war eher das Schiff, das sich gedreht hatte, aber das war ja unmöglich! Ein Gesicht war über ihr erschienen. Umrisse – aber verschwommen, so wie alles.

Danach ließen sie sie wieder gehen.

Nein, weh taten sie ihr nicht.

Das war alles.

Ehrlich, das war alles.

»Na, ich kann nur sagen«, sagte Deborah Kerr in der Kantine bei einer Zigarette, »du musst besoffen gewesen sein … wirklich stockbesoffen.«

Sie setzte sich zu Delia in die Ecke und trank Kaffee aus einem Styroporbecher. »Und ich meine weggetreten, gaga. Du bist also reingegangen. Für zwanzig Minuten, sagst du? Und … wie sah es da drin aus?« Deborahs Gesichtsausdruck gab zu verstehen, dass sie sich aus Gutmütigkeit auf ihre Freundin und mögliche Rivalin einließ. »Millionen von Knöpfen? Wahrscheinlich überall Computer, oder? Ist doch immer so in den Dingern. Von Wand zu Wand. Du hast dich doch ordentlich umgesehen, oder? Wie sah es aus? Oder erinnerst du dich da nicht mehr dran? Weißt du, was ich gemacht hätte? Ich hätte irgendwas mitgenommen – weiß auch nicht, ein Strahlengewehr oder so was. Irgendwas aus der Zukunft. Aber das hat noch nie einer geschafft, oder? Von den ganzen Leuten, die schon auf Raumschiffen waren.« Deborah lachte. »Und dann? Dann haben sie gesagt, sie müssten weiter, aber wie wär's mit einer kurzen Nummer vor dem Abflug? War's so? Und du hast brav dein Höschen ausgezogen, hm? Delia? Komm schon, ich versprech dir, dass ich das keinem von den anderen blöden Hühnern erzähle. Du hast einen gebumst, zwei, oder wie viele? Und dann flog das Raumschiff einfach so davon? Einfach … wusch? Oder ist es –«

»Es erhob sich«, sagte Delia und nahm ungerührt einen Schluck von ihrem Kaffee.

»Ah ja. Verstehe. Es erhob sich. Leck mich doch am Arsch.«

»Vergiss es. Mach dir einfach keine Gedanken mehr, ja? Geh rüber zu den anderen. Ich sage dir, ich hab das gesehen. Du musst es ja nicht glauben.«

»Nein. Ich will wirklich wissen, wie das war.« Deborah drehte den Kopf und blickte über die Schulter hinüber zu den anderen Mädels. Sie zwinkerte ihnen zu. »Also«, sagte sie. »Also … es erhob sich. Na gut, es erhob sich. Und dann flog es einfach davon?«

»Dann war es vorbei.« Delia drehte sich zu Deborah hin und sah sie zum ersten Mal an. »Hör mal, warum gehst du nicht zurück zu den anderen? Die warten auf dich. Dann könnt ihr alle zusammen wunderbar über mich lachen, hm? Aber ihr habt ja keine Ahnung, wie das war.«

»Die brauchen mich da drüben nicht, um zu lachen. Die lachen schon den ganzen Vormittag über dich, falls du das nicht gemerkt hast.«

»Doch. Habe ich.«

»Ja, wieso …«

»Ja, wieso … *was*?«

»Jetzt lass den Scheiß, Delia. Was war da los?«

»Kannst du mir mal den Zucker geben?«

Deborah reichte ihr den Zucker, ohne ihre Freundin dabei aus den Augen zu lassen und ohne dass sie in ihrem Druck nachließ. »Mumm hast du, das muss man dir lassen. Dass du den Bullen so eine Geschichte aufbindest.«

Delia rührte ihren Kaffee um. »Habe ich das?«

»Ja. Das hast du.«

»Es ist wahr.«

»Ach, komm. Das glaubst du doch selber nicht, Delia.«

»Du kannst denken, was du willst. Für mich ist das kein Witz.«

Sie rauchten schweigend.

»Du bist völlig verrückt.«

»Ich habe ja nicht drum gebeten, dass so was passiert.«

»Es *ist* nicht passiert, Delia!«

»Gut, es ist nicht passiert. Zufrieden?« Sie blickten sich in die Augen. »Geh rüber und erzähl den anderen, dass es nicht passiert ist.«

»Das brauche ich nicht.«

Sie waren bei einem Patt angelangt. Delia löste es auf. »Das könnte dir genauso passieren.«

Sie sagte es mit einer solchen Entschlossenheit, dass Deborah den Kopf schüttelte.

»Weißt du was?«, sagte Deborah. »Ich weiß ganz genau, was passiert ist, Delia Chapman. Warum sagst du mir nicht einfach, wer es war, und dann haben wir's hinter uns?« Delia setzte den Styroporbecher an die Lippen und trank. »Das wird dir doch ohnehin nie einer glauben. Und außerdem«, schloss sie, »sehen nur Amerikaner Marsmenschen.«

Das stimmte; das musste Delia ihr insgeheim zugestehen. Wenn Leute Außerirdische sahen, waren das meistens Amerikaner. Die bildeten sich so was schon beim kleinsten Anlass ein, gerade wenn sie deprimiert waren oder nicht schlafen konnten oder irgendwelche Pillen nahmen. Davon hatte sie gelesen. Aber man musste aus Minnesota oder Nebraska sein, aus Gegenden, die Wabash oder Garfield County hießen oder Städten namens Two Forks, wenn man sagen wollte, dass man Außerirdische gesehen hatte. Neuseeländer waren anders. Die sahen Gespenster, keine Ufos; Poltergeister, manchmal einen Teufel oder eine Hexe, auch wenn einem das keiner glaubte. Das war kein großer Unterschied, erklärte Deborah, aber ein entscheidender.

»Wir sehen Gespenster, aber wir sehen keinen scheiß *E. T.,* klar?!«

Delia ging nicht mehr auf sie ein. Aber Deborah hatte

noch etwas hinzuzufügen. »Wenn du also das nächste Mal jemanden bumsen willst, dann mach Casper draus, das bescheuerte Gespenst.«

Delia schwieg. Nichts bestätigen, nichts abstreiten, das war ihre Strategie. Sie würde zusehen, wie die Theorien ihre Kreise zogen wie Sahne im Kaffee, wie eine Milchstraße von Spekulationen, eine ganze Galaxie.

»Manche von den Mädchen erzählen, du hast gesagt, du hättest Sex mit mehr als einem von ihnen gehabt.«

Lucinda Evans stand in der offenen Dusche der Umkleide von Borthwick neben Delia. Lucinda wusch ihr Haar, und Ströme von Schaum rannen über ihren üppigen Leib. Shampoo lief ihr übers Gesicht, und sie musste die Augen fest zukneifen. Beide Mädchen hatten nach der Tag- noch die Nachtschicht gearbeitet.

Delia mochte keine Duschen.

»Es heißt, du hättest Deborah erzählt, dass du Sex mit einer ganzen Reihe von denen hattest, als du an Bord warst. Stimmt das? Delia? Das ist nicht wahr, oder?«

Delia gab auf. Sie stellte das Wasser ab. Und entweder, weil sie endlich die ganze Wahrheit loswerden wollte, oder um Lucindas ohnehin schon überhitzte Phantasie noch weiter anzuheizen, sagte sie: »Sie machen das nicht so wie wir. Das ist vollkommen anders. Sie machen es mit Hitzestrahlen.«

Delia ließ Lucinda stehen, mit offenem Mund, aber die Augen wegen des Shampoos immer noch geschlossen.

Klatschnass kam Lucinda Delia in den Umkleideraum nachgelaufen. Während Delia sich anzog, saß sie, in Handtücher gewickelt, dabei und redete aufgeregt.

»Hitzestrahlen?«

»Mehr sage ich nicht. Okay?« Schon das wenige bedauerte Delia jetzt. Sie sah, wie ein weiterer Schneeball Gestalt annahm. Sie musste einfach den Mund halten.

»Okay. Aber was meinst du mit Hitzestrahlen?«

»Ich hab dir doch gerade gesagt, mehr sage ich nicht.«

»Stimmt.«

Lucinda dachte einen Moment lang schweigend über die Idee der Hitzestrahlen nach und versuchte es sich vorzustellen – Energiewellen, die einen in einen tranceartigen Zustand versetzen –, dann sagte sie: »Echt geil.«

»Ich muss jetzt los«, sagte Delia, zog hastig ihre Stiefel an, das Haar noch nass.

»Klar… okay…« Lucinda blickte starr vor sich hin, immer noch damit beschäftigt, sich die Art von Hitze und die Gestalt von Wellen auszumalen, die als alternative Form von Sex dienen konnten.

»Bis dann«, sagte Delia, ging hinaus und ließ Lucinda tief in ihrer erotischen Ahnungslosigkeit zurück.

Den Tag hatte Delia überstanden. Sie ging nach Hause in einem frischen Kittel, die Gummistiefel polterten über das Pflaster. Nun, wo sie bei ihren Freundinnen jene Art von Erregung geweckt hatte, die normalerweise nur aufflammte, wenn Partys, Musik, Alkohol und sexuelle Intrigen zusammenkamen, erwartete sie einen Auflauf am Fabriktor und nahm lieber den Nebenausgang. Aber es half nichts. Ein Dutzend Kolleginnen trat Zigaretten aus und stürmte auf sie zu, als sie über den Parkplatz wollte.

Delia musste reden, sie hatte keine andere Wahl. Sie versuchte die allgemeine Neugier zu stillen, so gut sie konnte. Jede wollte etwas wissen, eine pikante Kleinigkeit, ein schlüpfriges Detail ihrer sexuellen Erfahrung. Delia gab ihre Antworten so präzise wie nur möglich. Wenn sie schon ihre Geschichte erzählen musste, dann wollte sie sie auch richtig erzählen. Auf jede Frage gab sie eine unverblümte Antwort, was zu Gelächter, spitzen Schreien und wiederholtem »Also wirklich« führte. Delia konnte selbst nicht sagen, ob sie mittlerweile die eine oder andere Kleinigkeit übertrieb oder ob die Erinnerung bereits verblasste, aber sie hatte das Gefühl, dass die Geschichte bei jedem Wiedererzählen besser wurde.

Doch dann, gerade als sie den Augenblick tatsächlich zu genießen schien, verlor sie die Konzentration, wurde abwesend, ihre Stimme schwand. Das Publikum drängte weiter, wartete auf ihr nächstes Wort, wollte wissen, welches hypnotische Detail ihr nun in den Sinn gekommen war. Doch es war nur ein kurzer Schluckser, und im nächsten Moment war sie wieder die Großzügigkeit selbst. Weitergedrängt zu noch tieferer Erinnerung, entführte sie ihre Zuhörerinnen zu einer Lichtung am Fluss, die sie alle kannten, gerade rechtzeitig zur Ankunft des schimmernden Fahrzeugs, das Botschafter einer fremden Macht an Bord hatte, und zum Augenblick der Begegnung mit der Welt dort draußen. Sie brachte ihr Publikum zum atemlosen Höhepunkt der Neugier: Münder standen offen, Neid mischte sich mit Staunen. Alle dachten: Es ist wahr. Die wildesten Gerüchte stimmten. Delia Chapman tischte ihnen die unglaublichsten Sachen auf. Es war großartig!

Margaret Watson hatte so große Schuldgefühle, dass sie den gesamten Kühlschrank saubermachte, bis hinunter zur Gemüseschale. Das war ihr lieber, als wenn sie sich ihrem Mann stellen musste, der am Küchentisch saß und sie beobachtete. Von seiner Wut war nur noch schiere Erschöpfung geblieben.

»Warum hast du das gemacht?« Sein Ton war streng.

»Ich weiß es nicht. Ich weiß es wirklich nicht.« Sie war den Tränen nahe.

»Ich habe dir ausdrücklich … *aus*drücklich –«

»Ich weiß. Ich weiß.«

»Ich dachte, ich hätte –«

»Sicher. Das hast du.«

»– vollkommen klargemacht –«

»Hör auf!«

»Und bis heute Abend wird die ganze Provinz davon reden. Das ist dir hoffentlich klar.«

»Es tut mir leid.«

»Als ob ich nicht schon genug Ärger hätte.«

»Vielleicht war es ja wirklich so?«, sagte Margaret, in dem Versuch, ihn abzulenken. Eine rein defensive Maßnahme.

»Was?«

»Dass da irgendwas gelandet ist.«

»Gelandet?«

»Kann man doch nicht wissen.«

Margaret hatte nach wie vor den Kopf im Kühlschrank, und ihre Stimme klang seltsam verstärkt. Der Sergeant war also nicht in der Lage, sie mit einem vernichtenden Blick zu strafen. »Red keinen Unsinn«, sagte er. »Du hast dir da drin den Verstand verkühlt.«

»Aber das lässt sich rausfinden«, kam die schallende Antwort. »Wenn du das klären willst und verhindern, dass die Geschichte immer weitere Kreise zieht.«

»Da gibt es nichts zu klären.«

»Fahr raus vor die Stadt, an die Stelle, wo es passiert sein soll. Da müssen ja noch irgendwelche Spuren sein. Von dem Raumschiff. Wenn es wahr ist.«

»Spinnst du? Soll ich diese verrückte Geschichte auch noch untersuchen? Das hieße ja, dass ich sie ernst nehme. Für mich ist das Geschwätz und keine bescheuerte Science Fiction.«

Margaret kam mit einem schmutzigen Spültuch hervor. Sie wusch es im Waschbecken aus.

»Die Idee stammt von Trish Gumley. Sie meinte, ein paar von uns könnten mal rausfahren und nachsehen.«

Der Sergeant fuhr mit dem Arm über den Tisch, und das Gemüse fand sich am Fußboden wieder. »Keiner fährt da raus. Keiner sieht da etwas nach! Weder du noch ich, noch die bescheuerte Trish Gumley, noch sonst jemand, ist das klar? Ich mache daraus keine Komödie mit einer Laienspieltruppe.«

»Es war ja nur so ein Gedanke.«

»Kein guter, Margaret.«

»Aber du müsstest es bis heute Abend gemacht haben. Es ist Regen vorhergesagt.«

»Regen?« Der Sergeant verstand überhaupt nichts mehr.

»Ja. Jedenfalls sagt das der Wetterbericht.«

»Wovon zum Teufel redest du?«

»Na, der Regen würde natürlich die Spuren von dem … Fahrzeug verwischen.«

Das feine Gewebe der Ehe besteht aus mannigfaltigen Fäden, und vielleicht ist es die größte Herausforderung einer lebenslangen Gemeinschaft, der Versuchung zu widerstehen, an denen, die lose heraushängen, zu ziehen. Stattdessen braucht man Geduld, um sie behutsam, mit Ruhe und Gelassenheit wieder in die Textur der Zweisamkeit hineinzuflechten, und darf sich nie den Verdacht bestätigen lassen, dass ein kleines Fädchen, wenn man einmal daran zieht, das Ganze aufribbeln wird.

»Ich fahre nicht dorthin«, sagte der Sergeant mit kolossaler Selbstbeherrschung. »Ich lasse es nicht zu, dass die ganze Stadt sich über mich und mein Amt lustig macht.«

»Du weißt ja, wie das mit Klatschgeschichten geht«, sagte Margaret.

Das gab ihm zu denken. »Nein. Erzähl's mir«, sagte er und gestand zu, dass auf diesem Gebiet seine Frau die Expertin war.

»Eine Zeitlang schlagen sich alle auf die eine Seite. Alle werden sich einig sein, dass Delia Chapman nicht alle Tassen im Schrank hat. Dann, in einer Woche, schlägt das Pendel zurück.«

»Ah. Das Pendel.«

»Ein paar Leute sagen: ›Moment mal. Was ist denn, wenn die Geschichte doch stimmt? Wer kennt sich denn bei so was wirklich aus? Bei den unendlichen Weiten des Weltalls … vielleicht ist ja tatsächlich etwas gelandet?‹«

Die Miene des Sergeants erstarrte wie ein erkaltender Pudding.

»Das kann ich mir nicht vorstellen.«

Seine Frau redete weiter. »Und dann musst du sagen können, dass du vor dem Regen dort draußen warst und nichts gefunden hast. Das ist der unschlagbare Beweis. Mehr sage ich ja nicht. Wenn der Regen kommt, hast du deine Chance verpasst.«

Der Sergeant erhob sich von seinem Stuhl.

»Das reicht jetzt. Ich will nicht mehr darüber reden.«

»Das musst du wissen. Aber wenn der Regen kommt –«

»Es gibt keinen Regen! Ich habe heute Morgen die Vorhersage gelesen. Die Dürre soll noch mindestens eine Woche anhalten, vielleicht sogar zwei.«

Nach einem langen Schweigen gab die Frau des Sergeants auf. »Na, du musst ja wissen, was du tust.« Im Gegenzug musste sie sich dafür keine Vorwürfe mehr anhören, dass sie ein Klatschmaul sei. Der Sergeant machte sich wieder auf den Weg zur Arbeit.

Margaret drückte aus ihrem Schwamm blutroten Rote-Bete-Saft aus. Sie sammelte die modernden Gemüse wieder auf, zupfte die verfaulten Blätter ab und steckte sie dann zurück in den sauberen Kühlschrank.

Der Regen kam an diesem Nachmittag so unvermittelt und mit solcher Macht, dass der Fluss über die Ufer trat und sogar eine kleine Brücke fortgespült wurde.

Marty Chapman saß auf seiner Veranda und wartete auf den Regen. Seine Tochter war nicht pünktlich von der Arbeit gekommen. Von einem Rattansessel aus hatte er schon den ganzen Morgen über beobachtet, wie die Wolken sich formierten. Am Nachmittag wurde der Himmel so schwarz, dass er damit rechnete, schon im nächsten Augenblick im Wasser zu stehen, doch dann lösten sich die Wolken wieder auf.

Doch am späten Nachmittag nahm das Unwetter einen neuen Anlauf, und durch seinen Sessel konnte Marty deutlich eine Vibration im Boden spüren. Er streckte die Hand über das Vordach hinaus nach draußen, um den ersten Tropfen aufzufangen. Er war groß wie ein Wachtelei und ließ einen Regenguss von gewaltigen Ausmaßen erwarten.

Der erste Donnerschlag ließ das Haus in seinen Grundfesten erzittern, dann kam der Regen, eine Wasserwand, die von den Bergen her anrückte, Vieh und Schafe auf seinem Weg in alle Richtungen scheuchte, sich als Schwall über das Haus ergoss und es in ein vorzeitiges Abendlicht tauchte.

Marty schaltete im Wohnzimmer die Lichter ein. Er ging in die Küche und goss sich aus der Flasche, die er über der Spüle stehen hatte, einen Whisky ein. Dann kehrte er ins Wohnzimmer zurück und sah durch die offene Tür dem Regen zu.

Er wusste bereits, dass Delia bei Sergeant Watson eine Aussage gemacht hatte. Er hatte die Leute in der genossenschaftlichen Werkstatt darüber reden hören, als er eine reparierte Pflugschar abholte. Er hatte mit dem Rücken zu den beiden Farmern gestanden, und sein Schmerz und seine Beschämung waren durch ihr einfältiges Lachen nur umso schlimmer geworden, durch die unpassende Bemerkung über die Tote, deren Geist noch immer durch Martys Haus spukte, jedes Zimmer mit einem unablässigen Flüstern erfüllte, seine ewige, in die Jahre gekommene Braut, von deren Parfüm selbst jetzt, nach zwei Jahren, noch ein Hauch blieb. Manchmal war die Verwirrung, die diese Gerüche produzierten, so groß, dass er in ein Zimmer trat und erwartete, sie dort zu sehen oder doch einen Blick auf ihren Schatten zu erhaschen, wie er durch die Tür verschwand.

Er wollte Delia keine Vorhaltungen machen, aber es war doch eine Situation, der man nicht mit alltäglichen Mitteln begegnen konnte, das stand fest. Während der letzten beiden Jahre hatte er seinen Haushalt mit einem geradezu viktorianischen Maß an Privatsphäre umgeben, des Unglücks wegen, das ihn heimgesucht hatte. Diese schützende Hülle war nun zerrissen. Das Zerstörungswerk, das seine Frau begonnen hatte, hatte seine Tochter vollendet.

Da seine Frau auf so spektakuläre Weise die Wirkung von Zyanid entdeckt hatte, gab es nun niemanden mehr, mit dem er sich über die passende elterliche Reaktion auf diese Krise beraten konnte. Denn was wusste er, ein Witwer alten Stils, ein Mann der wenigen und auch da meist handfesten Worte, schon über junge Mädchen? In einer perfekten Welt würde seine Frau jetzt übernehmen, würde ihn mit einer Handbewegung nach draußen schicken und ihm noch nachrufen: »Lass mich das machen, Marty!« Er würde dann so tun, als sei ihm das nicht recht, steifbeinig davonstapfen, mit gespielter Wut die Tür zuschmeißen, und in Wirklichkeit würde er erleichtert aufatmen, froh, dass er wieder einmal entbehrlich war. Er würde sich an die erstbeste Farmersarbeit machen, etwas Praktisches, etwas, das man begreifen konnte. So war das in seiner Familie gewesen. Bevor das Zyanid kam.

In seinem Sessel griff Marty nach dem Familienalbum. Es war nur halbvoll. Er hatte immer gefunden, dass Fotografien zu teuer waren, und nur bei ganz besonderen Anlässen Aufnahmen gemacht. Von der ersten Seite blickte ihm das Gesicht seiner Frau entgegen, mit Strohhut, ein Porträt mit Mitte zwanzig, aus der Zeit, als er sie kennengelernt hatte. Bild für Bild wurde die Geschichte ihrer Ehe erzählt: das ausgeblichene romantische Lächeln ihrer Werbungszeit, sie fest an seinem Arm, dann das erschöpfte Lächeln einer Braut, wieder an seinem Arm, dann plötzlich Delia, dünn und verlegen, und alle drei in Shorts, am Strand von Coromandel. Damals, so wie sie an das Ruderboot gelehnt stand, war sie noch jung gewesen. Dann war zum ersten Mal das Haar seiner Ehefrau kurz geschnitten wie das eines Mannes, und Foto um Foto hinterließ der Ernst der Lebens nun seine Spuren auf ihrer beider Gesichter, und nun hakte sie sich nicht mehr bei ihm ein.

In tausend Wellen brandeten ihm von jedem Bild die Informationen entgegen, und er ließ es geschehen, dass sie ihn ansprachen, nach Antworten suchten. Er hatte immer die Hände in den Taschen, sie die Arme unter der Brust verschränkt. Die innere Zerrissenheit der Vierzigjährigen ließ sich aus dem gequälten Lächeln ablesen, das erste Anzeichen, dass etwas nicht stimmte, das seltsame Benehmen, das er nicht wahrhaben wollte. Selbst ihre Schlaflosigkeit sah man im Bild vom Weihnachtsessen – die ersten Medikamente, nur ein paar Happen auf ihrem Teller. Nun sah er sie wieder ganz deutlich – die Fläschchen, die um diese Zeit in Badezimmerschränkchen und auf Nachttischen aufgetaucht waren, Mittel, mit denen sie zur Ruhe kommen wollte. Dann Lithium, das Abgleiten in den Irrsinn, das nur durch ihre Abwesenheit auf den Bildern dokumentiert war, denn man konnte sie nicht mehr fotografieren. Davon hatte er keine Erinnerungsstücke gewollt, doch deren Fehlen machte sie nun nur doppelt lebendig.

All die Male waren wieder gegenwärtig, wo er sie nirgendwohin mitnehmen konnte, aus Furcht vor dem, was sie tun oder sagen mochte, das sanfte, geradezu friedliche Hinübergleiten ins Niemandsland – und für all das, für ihre ganze Krankheit, hatte man nie eine medizinische Ursache gefunden.

Marty hatte heimlich zur Flasche gegriffen, doch das hatte die Kamera nicht festgehalten. Er war wieder so verwirrt und verstockt und verschlossen geworden, wie er gewesen war, als sie ihn gefunden hatte, ihn vor sich selbst gerettet, ihn zum Menschen gemacht mit der Willenskraft einer Frau.

Und dann, nach fast zehn Jahren, in denen sie für ihn verloren gewesen war, zehn Jahren, in denen sie so grausig, so irrsinnig gewesen war, dass er sich am liebsten an der Backsteinmauer hinter dem Milchschuppen den Schädel eingeschlagen hätte vor Selbsthass und schierer Verzweiflung, geschah urplötzlich ein Wunder. Von einem Augenblick auf den anderen kehrte sie zu ihm zurück, seine alte Christine. Das Unmögliche war geschehen. Und er sah ihr Gesicht noch vor sich wie in Kodacolor, wie sie zum Frühstück heruntergekommen war an jenem Morgen, der nicht im Kalender stand, ein Gesicht, in das Glück und Ruhe zurückgekehrt waren, die Falten wie weggebügelt. Die traurigen Augen blickten wieder klar, mit scharfem Verstand, und dies glückselige Bild erschien ihm ausgerechnet an dem Tag, an dem Marty beschlossen hatte, sein Haus ein für alle Mal von Ratten zu befreien, und zwar mit Gift.

Sie erhob sich an diesem klaren, freundlichen Morgen, als er so voller Glück war, dass er den Gedanken kaum ertragen konnte, sie aus den Augen zu lassen. Sie räumte den Frühstückstisch ab, verließ die Küche durch die Hintertür und wählte für sich den Tod eines Tieres, den Tod von Nagern und Ungeziefer, eine entsetzliche, qualvolle Wahl, die nicht einmal Irrsinnige treffen, von der aber doch danach die ganze Einwohnerschaft des Ortes sagte, es sei der Beweis, dass sie nicht ganz richtig im Kopf gewesen sei. Und auf der letzten Seite des Fotoalbums war ihre armselige Hinterlassenschaft: eine Todesanzeige, *in memoriam*, mit einer Fotografie, die sie mit langem Haar und einem gelben Strohhut zeigte, und in Kursivschrift darunter: *Ruhe in Frieden.* Für Marty hatte es allerdings keine Ruhe gegeben. Marty, der in seinem Sessel saß und die Todesanzeige inspizierte, während der Regen in Strömen vom Himmel fiel. Marty, der wieder einmal bei dem Rätsel angekommen war, das er nun niemals mehr lösen würde: Wo um alles in der Welt war dieses hübsche Mädchen mit dem langen braunen Haar geblieben?

Wieso nur kehrte er immer und immer wieder zu diesen alten Geschichten zurück? Was hatte er davon, wenn er Abend für Abend dieses Album aufschlug? Was Marty sah, wenn er dieses Buch in seinen schwieligen Händen hielt, war klar wie der lichte Tag – die unglückliche Geschichte eines Mannes, dessen wenige Talente nicht genug waren, die tausend Enttäuschungen seiner Frau auszugleichen. Und er sah, wie unglaublich klein die Dinge gewesen waren, die all dies Entsetzen hervorgebracht hatten. Doch was er nicht sah, auch nicht nach so vielen Abenden und so sehr er dieses Album auch nach Anzeichen absuchte, das war, wie viel Verantwortung er für dieses Ende seiner Frau trug: ein Stück totes Fleisch am Ufer eines Flusses. Die Erinnerung eines Menschen schützt sich selbst, und so fällte er darüber nie ein Urteil.

Vielleicht wusste er ja, wenn seine Tochter nach Hause

kam, instinktiv, was er tun musste, und würde selbst davon überrascht sein. Vielleicht kam er ja noch darauf, wie man ein junges Mädchen behandeln musste, wenn er nur genug Selbstvertrauen hatte. Aber Delia war spät dran. Und das machte ihn wütend.

Er trank weiter seinen Whisky, und halb sah er es, halb stellte er es sich vor, wie seine Frau durch den Regen und zum Tor hereinkam. An der Veranda blieb sie stehen, wie sie es immer getan hatte, so wie man es von Gespenstern erwartet, wenn sie sich dem Reich der Lebenden näherten. Schweigend wie immer lud er sie ein, die drei Stufen heraufzukommen und mit ihm zu reden, ihm noch einmal zu erklären, warum sie auf so entsetzliche Art gegangen war. Doch wie immer hielt sie misstrauisch Abstand, blieb vor dem Tor, ein schemenhafter Umriss in dem peitschenden Regen.

Als Delia ins Haus kam, war ihr Vater nirgends zu sehen. Sie war nass bis auf die Haut und schüttelte sich das Wasser aus dem Haar. Alle Türen standen offen, sämtliche Lampen brannten. Insekten umschwirrten die Glühbirnen in spektakulären Wolken. Sie holte sich aus dem Bad ein Handtuch, ging auf ihr Zimmer, trocknete sich das Haar und betrachtete dabei all die schon vergilbten Erinnerungsstücke, die sie an die Wand gepinnt hatte. Es wurde wirklich höchste Zeit, dass sie das abnahm, die ganzen blödsinnigen Bänder, Wimpel und Medaillen, auf die sie kein bisschen stolz mehr war.

Und dann stand er da, ein Umriss in der Tür. Als sie den Ausdruck auf dem Gesicht ihres Vaters im Spiegel sah, taumelte sie ein paar Schritte zurück, doch das bedeutete geradewegs zu ihm hin.

Er schnellte vor, und der erste, schon erwartete Hieb traf

die Seite ihres nassen Kopfes mit solcher Wucht, dass sie zu Boden ging.

Er stand über ihr, und das, was er für Erziehung hielt, konnte beginnen.

Als Marty Chapmans Wut nachließ, schmerzte Delias Leib an so vielen Stellen, dass es war, als wäre sie betäubt worden. Sie spürte, dass ihr Blut übers Gesicht lief, über Rippen und Schienbeine, aber sie war weit fort, dumpf. Sie fühlte, wie sich an vielen Stellen die Haut schon spannte, wie die blauen Blutergüsse bereits schwollen, während sie noch neben ihrem Bett am Boden lag, die Beine an den Körper gezogen. Ihre Haare waren ihr übers Gesicht gefallen, die Augen hatte sie geschlossen. Sie dachte nach. Sie überlegte, was sie getan hatte, und kam zu dem Schluss, dass es etwas sehr Schlimmes gewesen sein musste.

Ihr Vater war wieder nach unten gegangen. Sie hörte, wie unten Türen geknallt wurden, und spürte die Vibrationen durch die Bodendielen ihres Zimmers. Er zeigte schon die ersten Anzeichen der Reue, die stets nach seinen Gewaltausbrüchen kam. Am Morgen würde er ihr Frühstück machen – das war jedes Mal so. Alles würde bereit sein, wenn sie nach unten kam. Der Toast gebuttert, eine dicke Schicht bis an die Kanten. Ohne es mit Worten zu sagen, gestand er damit ein, dass er ein schlechter Mensch war, dass er jedoch nichts dagegen tun konnte. Bald würde sie genug Geld für ein eigenes Leben beisammenhaben, und dann würde sie ihn verlassen. Das war die einzige Hoffnung für sie beide.

In dem diffusen Gefühl der Demütigung, das sich einstellte, wenn man vom eigenen Vater zusammengeschlagen wurde, steckte immer der Gedanke, dass man im Grunde selbst schuld daran war, und Delia machte ihrem Vater keine Vorwürfe. Schließlich waren Vater und Tochter zwei Teile eines Ganzen. So wie ein Fehltritt der Tochter daher rührte, dass der Vater außerstande war, sie anständig zu erziehen, so dass es also seine Schuld gewesen wäre, ließ sich die Gewalt des Vaters auch als die verdiente Strafe für die Tochter ansehen, so dass die Gewalt also letztlich von ihr selbst ausging. Sobald ihr klar war, dass sie ihm nicht gehorcht hatte, war sie an ihren Schmerzen selber schuld.

Sie lag auf dem Teppich mit den ausgebleichten Damaszenerrosen und wartete, dass die Zeit verging, und wie so oft dachte sie darüber nach, was für ein großer Segen doch die Geduld war.

Schon ihr ganzes Leben lang war immer wieder Geduld ihre Rettung gewesen. Vor Jahren, wenn ihre Mutter – was oft geschehen war – ihrem betrunkenen Vater kochendes Wasser ins Gesicht schleudern wollte, klammerte Delia sich an das knochige mütterliche Bein wie eine Bohnenranke, hielt den Wutausbruch ihrer Mutter aus, bis der Vater sich geschlagen gab und zum Schlafen nach draußen in den Schuppen ging. Zwischen der wahnsinnigen Wut ihrer Mutter und der Unfähigkeit des Vaters erkannte sie die Gnade der Geduld. Sie wartete, bis der Sturm sich ausgetobt hatte, und zudem hatte sie sich auch angewöhnt, die Schnur des Elektrokessels zu verstecken, und bewahrte so ihren Vater vor Brandwunden.

Jetzt kamen aus dem Zimmer ihres Vaters Schritte, ein rituelles Auf und Ab der Zerknirschung. Sie versuchte sich zu rühren, ließ sich von der Welle des Schmerzes tragen und rappelte sich auf, unsicher wie ein Säugling.

Sie kroch zum Badezimmer und schloss sich ein. Mittlerweile war das Bad das einzige Zimmer im Haus, das noch ein intaktes Schloss hatte.

Sie drehte die Hähne der Dusche bis zum Anschlag auf, so dass der ganze Raum sich mit Dampf füllte, und mit geschlossenen Augen, über die sie das Wasser rinnen ließ, stellte sie sich das Fleisch der geschlachteten Tiere vor, wie es in endloser Reihe, langsam, leblos, auf dem Förderband auf sie zukam.

Bald spürte sie wieder die Schläge, doch damit, noch halb im Traum, kamen in der Treibhausstimmung der Dusche Bilder ihrer Begegnung mit den Außerirdischen: die rasche Bewegung des Unterarms eines Mannes, eine kleine weiße Hand, die sich behutsam öffnete, ein entsetzlicher Schlag an den Kopf, kurz wurde ihr schwarz vor Augen, und danach eine einladende Bewegung, ans Licht zu kommen. Sie roch und sah ihr Blut, doch dieser Eindruck verflog, als Farben dazukamen, unbekannte Gerüche, und dahinter schimmernde Wesen. Die Hiebe hatten sie zu Boden gestreckt, doch ihre Erinnerung – und wo die versagte, auch ihre Phantasie – richtete sie nun wieder auf. Sie stand da, unter dem Duschstrahl, und endlich wusste sie wieder, wie es gewesen war.

Aus einem hellen Licht war eine Gestalt auf sie zugekommen – vielleicht bestand die Gestalt selbst aus Licht. Wer erwartete schon, dass sich einem bei einem kleinen Spaziergang, den man nur machte, weil man nicht schlafen konnte, eine Gestalt näherte, das Ebenbild eines Engels, anmutig, ruhig, seine Haut im Mondlicht weiß wie Milch? Ein schöner Körper, das musste sie zugeben, und normalerweise fand sie schon den Gedanken an Männerkörper grässlich. Sein

Gesicht war schöner als alle, die sie je gesehen hatte, fast schon ein Frauengesicht. Sofort hatte sie eine Wärme gespürt, eine Intelligenz; ja, sie hatte auch seine Intelligenz gespürt, auch wenn er kein einziges Wort gesagt hatte. Und als er die Hand nach ihr ausstreckte und sie aufforderte, ihm ins Licht zu folgen, was konnte sie denn da anderes tun? Sie folgte ihm. Was denn sonst?

Delia drehte die Hähne zu und leistete sich drei Handtücher zum Abtrocknen; die Blutergüsse, die sich schon schwarz verfärbten, tupfte sie vorsichtig ab. Sie zuckte nicht. In ihr größtes Badetuch gewickelt, schritt sie zurück in ihr Zimmer, stolz wie eine Prinzessin. Sie schloss die Tür hinter sich, und erst am folgenden Nachmittag kam sie wieder heraus.

Regen – und eine tote Kuh

Bürgermeister Jim Sullivan hatte einen wiederkehrenden Traum, von dem er nie jemandem erzählt hatte. In diesem Traum ging er ins Bad, schloss sich dort ein, damit ihn keiner störte, zog den Reißverschluss an seiner Hose auf und begann zu pinkeln. Wohlig gluckerte der Strom seines Urins tief unten in der Schüssel. Eine Weile sah er zu, dann ließ er seinen Blick aufwärtswandern. Das Fenster stand einen Spalt weit offen, und er blickte hinaus zu der Wäsche, die an der Leine flatterte, und in die Abenddämmerung; doch schließlich fiel ihm auf, dass der Strahl seines Urins immer weiterlief, ohne das kleinste Anzeichen zu versiegen. Er konnte sich nicht erinnern, dass er je im Leben so lange gepinkelt hatte. Er sagte sich, dass es Einbildung war, doch der schreckliche Gedanke stellte sich ein: Was ist, wenn das nicht mehr aufhört? Und so unglaublich das war, auch nach einer Minute zeigte der Strom noch keinerlei Anzeichen des Nachlassens. Aus der einen wurden zwei Minuten. Er stand hilflos da, Wasser floss aus ihm heraus, als sei eine Leitung geplatzt. Seine Frau, die ihn bereits vermisste, rief nach ihm, und er unterdrückte verzweifelt die Panik in seiner Stimme und rief durch die geschlossene Tür eine Lüge zurück; er sei gerade dabei, die Spülung in Ordnung zu bringen. Doch in Wirklichkeit war der Bürgermeister zum Gefangenen dieser bizarren, nicht endenden Entleerung seiner Blase geworden. Mehrmals versuchte er, durch Abdrücken seines Glieds den Fluss zu stoppen, doch Schmerz und Druck waren unerträglich, und er musste dem unglaublichen Strom wieder seinen Lauf lassen. Es war, als hätten alle Wasser dieser Welt sich seinen Leib als Ausguss genommen, und er käme nie wieder aus diesem Badezimmer heraus ...

Der Bürgermeister erwachte.

Draußen regnete es.

Der heftigste Regen des Jahrzehnts bedeutete Alarmstufe Rot für die Gemeindeverwaltung von Opunake. In kürzester Zeit traten die Flüsse über ihre Ufer, Schlammlawinen blockierten die Straßen, und die ausgeschachtete Grube für das neue Badeparadies füllte sich schon Monate vor der vorgesehenen Zeit, wurde zum Katastrophengebiet, zur schlammigen Lagune, Heimat für Wildenten und schwimmende Müllsäcke.

Zwei Wochen lang, mit nur kurzen Atempausen dazwischen, regnete es fast ununterbrochen, und die Leute lernten, alles, was sie zu erledigen hatten, in den kurzen trockenen Abschnitten unterzubringen. Von einer Minute auf die andere füllten sich die leeren Straßen mit Menschen. Die Weihnachtseinkäufe einer ganzen Woche wurden im Laufschritt erledigt. Veranstaltungen, die schon mehrfach abgesagt worden waren, wurden hastig improvisiert. Die Einweihung einer neuen Klinik für junge Mütter fand pessimistisch unter Regenschirmen statt, der Schulsport für die Kleinen fiel kürzer aus als sonst. Pater O'Brien nutzte eine kurze Aufhellung dazu, drei Leute in einem einzigen Durchgang unter die Erde zu bringen.

Weihnachten fiel in diesem Jahr aus, erstickt unter Regengüssen, und Borthwick hatte ohnehin dafür gesorgt, dass keine Festtagsfreude aufkam, weil sie der Belegschaft nicht einmal einen einzigen freien Tag zugestanden hatten.

Bürgermeister Sullivan wartete schon eine ganze Weile auf den richtigen Augenblick, um seine Tourismuskampagne in aller Form zu eröffnen, und nach nicht weniger als vier Verschiebungen war nun der für den 5. Januar geplante Baubeginn des Badeparadieses erneut in Frage gestellt.

Nach der letzten Absage hatte er eine Sondersitzung des Stadtrats einberufen, und sie hatten beschlossen, dass die Zeremonie an der Baugrube am Freitagmittag stattfinden würde, »und wenn die Welt untergeht«. Als er am Freitagmorgen aus seinem Bürofenster und dann auf seine Uhr blickte, war ihm klar, dass das durchaus der Fall sein könnte.

Der gesamte Stadtrat, und niemand sonst, versammelte sich im Regen am Rande des ungeliebten Sees. Alle hatten des Wetters wegen den Blick so tief gesenkt, dass manche während der ganzen Zeremonie nichts anderes zu sehen bekamen als ihre eigenen Schuhe. Die Ansprache des Bürgermeisters war kurz, doch energisch, er vermied alle Förmlichkeiten, und die Worte ergossen sich aus seinem Mund, als gehörten sie zum Wetter. Doch bei der Grundsteinlegung kam er auf dem Schlamm ins Rutschen und hätte beinahe einen Sprung ins Wasserbecken gemacht. Die Demütigung wurde ihm nur dadurch erspart, dass er tief mit seiner zeremoniellen Kelle einstach und daran Halt fand, was weiteres Abgleiten verhinderte, und dann half ihm eine Reihe von Ratsherren, die die Arme zur Kette verschränkt hatten, wieder die Böschung hinauf. Er wischte sich den Schlamm von der Hose und unternahm einen zweiten Versuch, den Stein an Ort und Stelle zu bringen, und diesmal bekam er ihn neben der Stange des Landvermessers in den Boden und erklärte offiziell die Tourismuskampagne für eröffnet und den Bau des Badeparadieses für begonnen. Es folgte gehorsamer Applaus. Zum Schluss wurde noch eine Tafel in den Schlamm gesteckt, die das Bad in einer idealisierten Zeichnung zeigte, beherrscht vom Serpentinenturm einer Wasserrutsche. Der Bürgermeister warf die Kelle in die aufgehäufte Erde und stapfte davon. In Gedanken machte er sich eine Notiz, Kampagnen in Zukunft nur noch in geschlossenen Räumen zu eröffnen. Die kleine Versammlung löste sich auf.

Bei einer Teepause an der Tankstelle saß Gilbert Haines im Büro von Max und versuchte einen der vielen Kartentricks hinzubekommen, die stets mit der Aufforderung begannen: »Zieh eine Karte. Irgendeine.«

Sein Verstand war nur halb bei der Sache, und bisher hatte er noch keine von den Karten, die sein Chef gezogen hatte, wiederfinden können. Das Bürothermometer war auf zehn Grad gefallen, und die kleine Heizschlange erwies sich als machtlos gegen den plötzlichen Kälteeinbruch. Max saß hinter einem Stoß ölverschmierter Geschäftsbücher, die Brille auf die Stirn geschoben, gab ab und zu etwas in eine Rechenmaschine ein und spießte Quittungen auf einen Nagel.

»Und weißt du, warum du sie vergessen solltest? Sie ist einfach nicht ganz richtig im Kopf.«

»Das weiß ich.«

»Ich hab gehört, was erzählt wird. Mit der hast du nichts als Ärger. *Großen* Ärger, Gilbert.«

»Hm-hm«, murmelte er.

»Hörst du mir überhaupt zu?«

»Hm.« Er hielt eine Karte in die Höhe. »War es die hier?«

Max schüttelte den Kopf.

Gilbert war entsetzlich niedergeschlagen, seit er fünf Tage zuvor zum ersten Mal die Gerüchte über Delia gehört hatte. Er wog gerade mal knappe 50 Kilo, und seit zu seinem Kummer nun auch noch Sorgen kamen, verlor er Tag um Tag weiter an Gewicht.

Max war sehr beunruhigt, denn er sah, dass diese Gerüchte eine geradezu entropische Wirkung auf seinen Angestellten hatten. Zwei Tage in dieser Woche hatte er sich krankgemeldet; er war schlaff und teilnahmslos; er war bleich im Gesicht, mit tiefen Ringen unter den Augen. Doch in den letzten vierundzwanzig Stunden hatte sein Verfall gefährliche Ausmaße angenommen. Gilbert aß überhaupt nichts mehr. Die Fisch-und-Chips-Mahlzeit, die Max auf der Schreibunterlage ausgebreitet hatte, blieb unberührt. Er hatte die Fritten in Brot wickeln und Gilbert in die Hand drücken müssen, bevor dieser mechanisch ein paar Bissen genommen hatte.

Von Mann zu Mann, sagte Max – *er* könne ja nicht verstehen, warum Gilbert einem Mädchen nachlaufe, das ihm schon ein dutzend Mal in aller Öffentlichkeit einen Korb gegeben habe. Und er könne auch nicht verstehen, warum solches Aufheben um ein Mädchen gemacht werde, an dem nichts Besonderes dran sei. Bei einer Schönheit, da hätte man das ja noch verstehen können, aber Delia sah doch allenfalls passabel aus. Ein hübscher Mund, gut, schöne Augen, das wollte er nicht abstreiten; aber anziehend fände er sie überhaupt nicht.

Aber was Max nicht verstand, das war, dass Delia Chapman für einen jungen Mann, der so tief in Ölsumpf und Wagenschmiere steckte wie Gilbert, eine strahlende Schönheit war, ein Bild der Reinheit, eine vestalische Jungfrau, unschuldig wie ein neugeborenes Kind.

Max übte sich in Geduld, nicht zuletzt seines Geschäfts wegen. Gilbert war ein guter Mechaniker, und er wollte ihn nicht verlieren.

»Aber du hörst ja doch nicht auf mich. Deshalb ist mein nächster Ratschlag, wenn du es denn unbedingt noch mal versuchen willst ...«

Darauf hatte Gilbert gewartet. Er blickte auf, zum ersten Mal seit Tagen wieder Leben in den Augen.

»Zeig ihr mal ein bisschen Aufmerksamkeit. Blumen. Unerwartete Geschenke. Ich denke, diese ganze Geschichte mit den Marsmenschen, das ist ein einziger Schrei nach Aufmerksamkeit.«

Gilbert dachte über diesen Ratschlag nach; dann hielt er wieder die aufgefächerten Karten hin, Vorderseite nach unten. »Zieh noch mal eine.«

Max unterbrach seine Kalkulationen, zog eine Karte, merkte sie sich und steckte sie zurück. Gilbert schloss den Fächer und hob mit einer Hand die Karten ab, dreimal. Dann kamen ein paar geheimnisvolle Gesten, die, erklärte er Max, dazu da waren, das Bild der ausgewählten Karte vor dem geistigen Auge des Zauberers erscheinen zu lassen, wofür man nicht nur hellseherische Fähigkeiten brauchte, sondern auch Kenntnisse in den Grundbegriffen der Taschenspielerkunst.

»Ich krieg sie einfach nicht aus dem Kopf, Max«, sagte Gilbert mitten in seinem schwierigen Trick.

Max nickte. »Ich hab so was mal im Fernsehen gesehen. Leute fühlen sich vernachlässigt. Fühlen sich wertlos. Eine Menge Leute. Da wurden sogar Zahlen genannt, aber ich weiß sie nicht mehr. Und wenn die sich so fühlen … so vollkommen wertlos … dann *sehen* die wirklich blödes Zeug.«

»Sie spricht kein Wort mehr mit mir.«

»Das ist anscheinend typisch für so was.«

Gilbert gab sich große Mühe, die Diagnose, die Max ihm bot, zu verarbeiten: seine letzte Hoffnung. »Du … du willst also sagen«, folgerte er, »dass sie vielleicht das Gefühl hat, sie ist nichts wert und dass sie deswegen nicht mit mir redet? Dass … also … dass sie von *mir* nichts wissen will, weil *sie* sich nicht beachtet fühlt? Wolltest du mir das sagen?«

»Es muss natürlich nicht unbedingt so kompliziert sein. Kann auch einfach sein, dass sie dich nicht mag, Gilbert.«

»Was?« Gilbert sah ihn erschrocken an.

»Nimm meine Frau. Siebenundzwanzig Jahre verheiratet. Plötzlich kommt sie drauf, dass sie mich nicht mag. Siebenundzwanzig Jahre hat sie gebraucht, bis sie darauf kam. So was kommt vor, Gilbert. Für so was gibt's keine Regeln. Für so was gibt's keine einzige Regel.«

»Was kann ich denn bloß machen?«, murmelte Gilbert, die unendliche Unordnung der Welt vor Augen.

»Vergiss sie. Denk einfach nicht an sie. Es gibt sie nicht. Aber wenn du das nicht hinbekommst … dann musst du ihr das Gefühl geben, dass sie was ganz Besonderes ist.«

»Danke«, sagte Gilbert andächtig.

Max rupfte von dem rostigen Nagel eine Rechnung ab und strich sie mit der Hand glatt, bis er sie wieder entziffern konnte. »Leute haben einfach nicht das Gefühl, dass sie was

Besonderes sind. Erst nimmt uns keiner wahr, dann sind wir selbstverständlich da, dann lassen sie uns sitzen. Ist es denn da ein Wunder, dass wir anfangen, komisches Zeug zu sehen?«

Gilbert wusste nicht so recht, ob Max denn nun von ihm, von sich selbst, von seiner Frau, von Delia oder von jemand ganz anderem redete.

Er würde diese neue Taktik versuchen, versicherte er ihm. »Pik sieben?«, fragte er dann schließlich und hielt die schicksalhafte Karte in die Höhe.

Die Miene, die Max dazu machte, war Antwort genug. Bis zum Zauberer war es ein weiter Weg. Nichts, was sich lohnte, bekam man geschenkt. Nichts, was das Haben wert war, tauchte plötzlich aus dem Nichts vor einem auf. Man durfte einfach nicht aufgeben, trotz Zynismus, Niederlagen, Unfähigkeit.

Deborah Kerr hatte den neuen Bibliothekar von Opunake entdeckt, und ihr gefiel, was sie sah. Er malte eben das alte Bibliotheksschild nach, und sie sah ihm dabei zu. Sie stand da auf dem grünen Gras, in ihrem gewagten Top, die schwarzen BH-Träger enthüllt, wie es sich gehörte, bauchfrei, hohe Absätze, kaute ihren Kaugummi mit satanischer Intensität. Sie ging zu Phillip hin und hatte nur eines im Sinn: Sie wollte ihn haben.

»Großartig«, sagte sie.

Er drehte sich zu ihr um.

»Ihr macht wieder auf. Toll. Ich *liebe* Bücher. Ich lese mit Begeisterung.« Beim Lügen zeigte sie perfekte Zähne. »Da kann ich gar nicht genug von kriegen.« Das Filmstarlächeln war fixiert durch Kaugummi. Sie ließ die Männer gern zappeln. Wenn er das aushielt, dann kam er in Frage; wenn nicht, war er nicht mehr interessant. »Im Bett.«

»Oh?«, erwiderte der Bibliothekar. »Gut.«

Die Größe war für Deborah passabel, eins fünfundachtzig, eins siebenundachtzig, Maoriblut, dachte sie, glattes Gesicht, kaum Bart, genauso schöne Zähne wie sie; das dentale Erbgut für ihre gemeinsamen Kinder war hervorragend, sie würden schlank sein, mit glatter Haut; noch ihre Enkelkinder hätten seinen Ockerton. Im Großen und Ganzen war er symmetrisch, und das war mehr, als man von den meisten anderen jungen Männern im Ort sagen konnte: hängende Augenlider, Ohren in unterschiedlicher Höhe, schiefes Grinsen, in sich zusammengesunken, ungepflegt – und das waren nur ihre Verehrer der letzten Zeit. Phillip schnitt im Vergleich gut ab.

Deborah sagte: »Also, wann kann ich rein?«

»Noch ein paar Tage.«

»Ehrlich?«

»Ich hoffe es.«

»Cool«, sagte sie. »Ich bin bereit.«

»Nur so eine Idee«, sagte Suzy Jackson, nachdem Deborah befunden hatte, das Fließband zu sabotieren und »es denen zu zeigen« sei das Risiko nicht wert.

»Aber keine schlechte Idee«, gab Deborah zu. »Mann, mir ist so scheißlangweilig, ich fühl mich wie die Kühe da.«

Fleisch. Morgens, mittags und abends. Da rollte es heran: Fleisch, Fleisch und nochmals Fleisch. Man konnte sich gar nicht vorstellen, dass es irgendwo im Land noch ein Tier gab, das man nicht zu Borthwicks Fleischfabrik gebracht und geschlachtet hatte.

Suzy Jacksons Vorschlag, das Förderband zu sabotieren, war nichts weiter als der Versuch, gegen diese unendliche Langeweile anzukommen. Das Förderband war ihr Feind. Aber Delia machte diese Arbeit nichts aus. Ihr Geheimnis war, dass sie sich auf die Arbeit konzentrierte. Auf die Weise ging die Zeit schneller um – ein alter Arbeitertrick. Wenn man erst einmal zuließ, dass die Gedanken wanderten, dann war man verloren und es würde nie Freitagabend werden; die Uhr würde einfach stehenbleiben. Aber wenn man seine Gedanken ganz auf das nächste Herz richtete, das auf einen zukam, darauf, dass man genau dieses Herz genau richtig in die Hand nahm, es so sparsam wie möglich in nur ein Blatt Zellophan packte und auf nur ein Tablett legte, dann schwebte man in einer Trance durch den Tag, die keine Langeweile aufkommen ließ. Man konnte die Zeit nicht totschlagen; wenn man das versuchte, dann schlug die Zeit einen tot, denn dann konnte man an nichts anderes mehr denken als an sie. Man musste sich von der Zeit einlullen lassen. Das hatte sie im Laufe der letzten Monate gelernt.

Delia hörte sich die üblichen Gespräche an, steuerte aber nichts zu den Überlegungen bei, was die Mädels an diesem Freitagabend unternehmen sollten.

Schlag auf Schlag kamen die Diskussionsbeiträge, nur um beim üblichen Beschluss zu enden: dass sie sich treffen und dann irgendwohin ausgehen würden. Das Irgendwohin legte eine Auswahl nahe, die es in Wirklichkeit nicht gab. Der Vorschlag bedeutete nichts weiter, als dass sie stundenlang vor der Texacana Take-away-Bar herumlungern und jungen Männern, die sie nicht wollten und die in ihren Autos kamen und gingen, eine Abfuhr erteilen würden – und in einem Ort von der Größe von Opunake bedeutete das, dass sie immer und immer wieder denselben Männern ihre Abfuhr erteilten; ein Ritual, das genauso harmlos wie langweilig war. Sie fragten Delia, ob sie mitkommen wollte, eine Geste, die bedeutete, dass sie wieder in die Clique aufgenommen war, und sie sagte mit einem abwesenden Kopfnicken zu, bevor sie sich wieder ihrem Mantra zuwandte: nehmen, wickeln, einpacken. Und wieder von vorn. Da kam es, das Fleisch. Nehmen, wickeln, einpacken. Bald war sie wieder in ihrer Trance versunken.

Phillip hatte den ersten Teil des Vormittags mit den Kartei-karten verbracht, hatte sie alphabetisch sortiert, hatte nach-geprüft, welche Bücher fehlten und wer sie entliehen hatte; den zweiten Teil hatte er mit dem Ausfüllen der Mahnungen verbracht, die verschickt werden sollten.

Als er fertig war, bastelte er sich aus einer Plastiktüte einen Regenhut, und dann sprintete er quer über die Hauptstraße zur Post. Kein Mensch war dort. Das Radio spielte »How Sweet It Is to Be Loved by You«. Er drückte die Klingel.

In den meisten Läden der Stadt herrschte, des Wetters wegen, eine Art Ferienstimmung. Die Postbeamtin kam mit ihrer Teetasse in der Hand an den Schalter, sie wirkte ent-spannt und gelassen.

»Hallo«, sagte Phillip.

»Morgen«, antwortete die Postbeamtin.

»Ich brauche Briefmarken.«

»Wie viele?«

»Das weiß ich nicht.«

»Dann wird das aber nicht leicht mit uns beiden.«

Phillip stellte die Schachtel, die er unter dem Arm gehabt hatte, auf den Tresen und machte sich daran, die Reihen von roten Benachrichtigungskarten zu zählen.

Die Postbeamtin sah ihm mit geduldigem, teilnahmslosem Blick dabei zu und nippte an ihrem Tee. Nach einem nicht unbeträchtlichen Zeitraum hatte Phillip das Werk vollendet und verkündete: »Vierhundertfünfundachtzig.«

Die Postbeamtin hob keine Augenbraue. »Lokal oder international?«

»Lokal. Die bleiben alle hier in der Gegend.«

»Ich weiß, was lokal heißt. Ich muss die alle abstempeln.« Sie nahm eine der roten Karten aus der Schachtel und las: *Stadtbibliothek Opunake. Rückgabemahnung.*

»Damit werden Sie sich nicht gerade beliebt machen«, sagte sie und verschwand mit ihrem Tee wieder nach hinten.

Phillip blickte zum Fenster hinaus und fühlte sich, als sei er der einzige Fisch in einem sehr merkwürdigen Aquarium.

Eine Benachrichtigungskarte wollte Phillip persönlich vorbeibringen. Seine Motive waren eigennützig. Schon an jenem ersten Morgen, als Delia ihr Buch zurückbrachte, hatte er sich das Konto der Familie Chapman angesehen und war, so empörend das ist, hocherfreut gewesen, dass Mr Martin Chapman sich als gleich in vier Fällen säumig erwies. Es war natürlich nicht Chapman selbst, sondern seine Tochter, die er zu sehen hoffte.

Er fuhr in seinem Ford hinaus, die Hemdsärmel bis zu den Ellbogen hochgekrempelt, und kurbelte das Steuer bald in die eine, bald in die andere Richtung, um den Schlaglöchern und umgestürzten Bäumen auf der Landstraße auszuweichen, und jedes Mal, wenn er über ein Hindernis rumpelte, schlug er mit dem Kopf an der Wagendecke an. Die Straße, eigentlich eher ein Feldweg, wand sich den schneebedeckten Kegel des Mount Taranaki hinauf. Es war, fand Phillip, ein unmöglicher Berg, so wie er sich ohne jeden Übergang aus dem flachen Land erhob; er sah aus wie ein Militärzelt, das von einer einzigen Stange gehalten wurde. Immer wieder lagen am Straßenrand Tiere, die in der plötzlichen Flut ertrunken waren. Aasvögel saßen auf den Kadavern, um ihre Ansprüche geltend zu machen, flogen jedoch auf, wenn Phillip vorüberfuhr; blutige Sehnen in den Schnäbeln, glitten sie an seinem Fenster vorbei, Girlanden aus Innereien.

Den alten Bibliotheksakten nach war Martin Chapman ein Mann mittleren Alters mit einem Hang zum Kriminalroman, gerade den gewalttätigeren. Die apokalyptischen Worte seines Onkels kamen Phillip in den Sinn: Nimm dich in Acht vor den Alten, die schlafen nie. Wie die Ratten.

Als Briefkasten diente den Chapmans eine alte eiserne Milchkanne, im Fünfundvierziggradwinkel auf einen Pfosten montiert. Phillip bog ein, schlitterte über das Kuhgitter und nahm dann den baumgesäumten Weg zum Haus. Ein Mann, der in den Jahren, in denen die Bibliothek geschlossen gewesen war, sehr gealtert sein musste, kam auf die Veranda des Farmhauses heraus, als Phillip den Motor abstellte.

Phillip näherte sich und sah, dass eine Schrotflinte ans Geländer gelehnt stand.

»Ich komme wegen der Bücher«, hob er verlegen an.

»Was für Bücher?«

»Überfällige Bücher aus der Bibliothek.«

»Was für eine Bibliothek?«

»Stadtbibliothek Opunake.«

»Blödsinn!«, schnauzte der Farmer ihn an. »Die hat schon vor Jahren zugemacht. Ich weiß genau, was Sie wollen. Na, Sie können Ihrem Boss bestellen, dass ihr mich hier mit den Füßen voran raustragen müsst, anders gehe ich nicht weg.« Er fixierte Phillip mit einem finsteren Blick, dann sah er hinauf zum grauen Himmel. »Oh-oh, ich glaube, da kommen die Wildenten zurück. Ziehen Sie lieber den Kopf ein, ich ziele dieser Tage nicht mehr so gut.«

Phillip sah keine Enten, weder am Himmel noch am Boden, aber dann ging ihm auf, dass ein so eifriger Leser durchaus einen Sinn für Metaphorik entwickelt haben könnte.

Chapman griff zur Schrotflinte.

Phillip stand im Matsch der Auffahrt, ohne Bücher. Die Art, wie sie sich jetzt belauerten, schien ihm absurd, wenn man den geringen Wert des Gesuchten bedachte, zumal sich die Sache weitaus risikofreier per Post hätte machen lassen. Doch er zeigte sich vollkommen unbeeindruckt – ein Überbleibsel seiner militärischen Ausbildung – und ging nicht auf den Bluff des Farmers ein. Er provozierte den Mann nicht, aber er wich auch nicht zurück.

»Die Bibliothek öffnet wieder«, rief er, »und ich bin befugt, überfällige Bücher einzutreiben.«

Marty Chapman zögerte, dann fragte er: »Was sollen das für Bücher sein?«

Phillip machte vorsichtig einen Schritt auf ihn zu und zog die Karte heraus, auf der die blutrünstigen Titel notiert waren: *Die Spur des Todes, Rendezvous mit dem Tod, Das Mör-*

derschiff, *Agenten sterben einsam*, allesamt von Alistair Mac-Lean. Er reichte die Karte Chapman, der sie ungelenk am ausgestreckten Arm hielt. Nach einer Weile fiel es ihm anscheinend wieder ein.

»Ach, die«, sagte er, dann fügte er paradoxerweise hinzu: »Die habe ich nie gehabt. Das muss ein Irrtum sein.«

Phillip wollte es nicht auf die Spitze treiben und fragte Mr Chapman nur, ob er ihm die Bücher bitte holen könne.

»Ich sag's Ihnen doch. Die hatte ich nie. Habe ich nie gesehen.«

»Dann muss ich Ihnen eine Rechnung schicken.«

»Das können Sie sich sparen. Ich zahle auf keinen Fall.«

»Ich habe Ihre Unterschrift auf dem Leihzettel.«

»Ihr seid doch alle gleich.«

»Ich lasse Ihnen die Karte da.«

Phillip sah zu, wie Marty feierlich die Karte in kleine Schnipsel zerriss und die Konfetti von der Veranda in den Schlamm rieseln ließ. Dann ging er an Phillip vorbei nach draußen und sagte: »Gehen Sie rein, sehen Sie selber nach, wenn Sie wollen.«

Phillip stand verblüfft im Schlamm und sah Chapman nach, wie er hinaus auf seine durchtränkten Felder stapfte.

Zaghaft zog Phillip die Fliegentür auf und ging hinein. Dunkel. Kühl. Eine Uhr tickte. Ein Kühlschrank, der in der Küche rasselte. Alte Möbel, sehr alte Möbel.

Er sah sich im Zimmer um, doch ein Bücherregal entdeckte er nicht. Ein Stapel Zeitungen lag neben einem Bollerofen.

»Hallo?«, rief er und hoffte, dass das schmächtige Geschöpf antworten würde, das einmal in seinem Scheinwerferkegel zum Leben erwacht war. Er hörte die Uhr. Tick tack. Doch keine Antwort. Er ging weiter in die aufgeräumte Küche, fand auch dort keine Bücher und kehrte ins Wohnzimmer zurück, wo er noch einmal die Wände absuchte. Er fand jedoch nichts außer den wohlgeordneten Zeugnissen von drei Generationen Familienleben. Messingtöpfe hingen an der Wand, noch aus der Zeit, als Kohleöfen sie beheizt hatten. Stühle mit Samtauflage, gewiss nach dem Geschmack einer verstorbenen Großmutter.

Im Eingang blieb er stehen, drehte sich um und betrachtete die Treppe. Er zögerte einen Moment, und dann stieg er mit angehaltenem Atem hinauf. Oben angekommen, atmete er tief durch und erschrak, als er sich in einem Spiegel sah – das Gesicht eines Eindringlings, die Augen weit aufgerissen aus Furcht, dass man ihn ertappte, doch mit all der Spannung, dem Adrenalinspiegel des Entdeckers. Er strich sein Haar glatt, er wusste, dass sie jeden Moment aus einem der Zimmer kommen konnte; sie würde stutzen, ihn anstarren, und dann würde sie »Hallo« sagen. Oben auf der Holzplatte eines Sideboards lagen eine Männerhaarbürste auf dem Rücken und mit einem Kamm, der ordentlich zwischen die Borsten gesteckt war, sowie ein Dutzend Knöpfe, alles verschiedene. Er zog die Schubladen auf und fand ein örtliches Telefonbuch, eine Tüte Schrauben. In einer Zweiten wühlte er und fand eine alte Uhr ohne Kette und mehrere Weihnachtskarten, von denen der Glitzer abging. Er ging ins Elternschlafzimmer, darauf gefasst, ganze Regale mit Kriegsromanen zu finden. Ein karger Raum, die wenigen Dinge darin mit symmetrischer Präzision angeordnet. Ein einziges Buch fand er, unter dem Bett, *Aufzucht und Pflege des einheimischen*

Rindes, ein Nachdruck; er versicherte sich, dass es ein Privatexemplar war, und schob es zurück an sein Versteck.

Er ging zurück auf den Flur und stand einen Moment lang vor der nächsten Tür. Ihr Zimmer. Mit pochendem Herzen trat er ein.

Es war das Zimmer eines Mädchens, das jünger als Delia war: Eine Kiste mit Stofftieren stand an der Wand, die Verwandten des einsamen Teddybärs, der breitbeinig auf dem schmalen Bett saß; an den himmelblauen Wänden steckten Basketball-Wimpel und in der Ecke eine Karte von Nordamerika. Aber es gab auch Anzeichen des Erwachsenenlebens: Ein BH von bescheidener Körbchengröße lag auf dem Boden, Make-up war über den ganzen Frisiertisch verstreut, und auf einem Regal standen Dutzende von kleinen bunten Fläschchen, die von der verspiegelten Rückseite unendlich vervielfacht wurden. Er öffnete eine Phiole und schnüffelte an dem viel zu starken Parfüm – so hatte sie nicht gerochen.

Es war ein hochromantischer Raum: das Zimmer eines Menschen, der eben im Begriff ist, sein Kinderspielzeug hinter sich zu lassen, und der bald in die Welt der Erwachsenen eintreten wird, ein kurzer Augenblick des Übergangs, der vielleicht schon mit dem nächsten Frühjahrsputz vorbei war.

Er konnte seine Neugier nicht unterdrücken, und unter dem armseligen Vorwand der Büchersuche zog er die Schubladen auf und fand ihre Markenzeichen, die amerikanischen T-Shirts und zerrissenen Jeans, dazu bunte Unterwäsche, die er lieber nicht anrührte. Er schloss die Laden eilig wieder, jedoch nicht ohne dass er Schleifen und Baretts bemerkte, ein Dutzend weiterer BHs, einen Bikini. Der Geruch von altem Leder stach ihm in die Nase, und er fand einen Basketball mit einem Loch. Ein Poster von Brad Pitt, der mit melancholischer Miene seitwärts auf einer Harley-Davidson saß, hing über einem Schreibtisch, auf dem die einzigen Bücher im Zimmer lagen. Eine Logarithmentafel. Drei Schulbücher: Biologie, Mathematik, Geographie. Er schlug ein Schulheft auf. Eine Kinderhandschrift. Er schloss es wieder. Über dem Bett bei den Wimpeln hingen mehrere Preise, Medaillen, Schärpen und Urkunden für ihre Leistungen im Basketballspiel. Er betrachtete ein Poster der neuseeländischen Nationalmannschaft und daneben eine kleine, schon ältere Fotografie von Delia. Ein Bild aus einem Spiel; glücklich, auf einem Fuß, zur Seite geneigt, im Sprung, um einen Ball zu fangen. Ein junges, strahlendes Gesicht. So sollten Gesichter sein, dachte er, strahlend und unschuldig und rein. Das waren die Gesichter, aus denen die Begeisterung, das Glücksgefühl sprachen, die allein das Leben erträglich machten. Wenn man mitten in der Nacht erwachte, konnte ein Gesicht wie dieses einen retten; bei Tage konnte man sich von finsteren Gedanken fernhalten, wenn man es nur ansah. Kummer und Furcht ließen sich durch Schönheit vertreiben, weil es keine bessere Ablenkung als Schönheit gab – wenn man sich jemand Schönen an seiner Seite wünschte, dann war das stets mehr als nur ein einfältiger Gedanke. Es war die beste Rückversicherung, die das Menschenleben gegen das Dunkel der Nacht zu bieten hatte.

Auf dem Weg nach draußen fiel Phillip noch auf, dass das Türschloss aufgebrochen war.

Er begegnete niemandem, als er das Haus verließ, und er fuhr davon, ohne eine Spur von dem, wonach er offiziell gesucht hatte, doch mit einer ganzen Reihe gewonnener Erkenntnisse, die weitaus mehr wert waren als die billigen Romane auf seiner Liste. Statt Bücher hatte er die Befriedigung seiner immer größeren Neugier bekommen und das aufregende Gefühl, dass er als Gespenst im Haus einer Fremden gewesen war.

Am Abend machte Phillip einen Spaziergang draußen vor dem Ort, Richtung Mount Taranaki.

Er hatte sich über diesen schlafenden Vulkan und seine Geschichte schlaugemacht. Diese Geschichte reichte bis zu seiner großen Zeit um das Jahr 2000 v. Chr. zurück; eine magische Zahl, das Spiegelbild zur Gegenwart – beides gleich weit von Christi Geburt entfernt.

Auf dem Weg stadtauswärts kickte er Steine vor sich her, und als mikrokosmisches Echo jener Vulkanausbrüche, die gigantische Felsbrocken auf die Felder von Opunake geschleudert hatten, landeten seine kleinen Kiesel im Gras.

Eine halbe Stunde lang ging er so vor sich hin, umgeben vom Lärm der neuesten Froschepidemie, deren Heerscharen nun nach dem Regen die eroberten Gebiete auf den Schlammfeldern verteidigten, dann bog er von dem Feldweg ab und folgte einem Schild: HISTORISCHE GESCHÜTZSTELLUNG. Er blieb einen Augenblick an der Tafel stehen, auf der die Geschichte der mächtigen Kanone erzählt wurde, jetzt nur noch ein Überbleibsel aus einer fernen Zeit; sie hatte im Krieg den Einwohnern ermöglichen sollen, japanische Angriffe abzuwehren, hatte in ihrem Leben aber nur einen einzigen Schuss abgegeben, einen Salutschuss im Jahre 1946, damit der Verband der Kriegsheimkehrer endlich Ruhe gab.

Als er oben angekommen war, musterte er das Farmland, das sich bis zur Küste erstreckte. In seiner Bibliothek hingen alte Stiche, und er wusste, dass hier einst ein großer, sumpfiger Wald gelegen hatte, den fünf Generationen von Farmersfamilien in eine fünftausend Morgen große Rasenfläche verwandelt hatten, auf der man Krocket oder Boule hätte spielen können, wo aber stattdessen friedlich Schaf- und Rinderherden weideten. Er sog tief die feuchte Abendluft ein und hustete. Dann stieg er den Hügel wieder hinab.

Für den Rückweg wählte er eine andere Route und hielt auf einer Wiese an der Schnellstraße bei einem Wäldchen an. Er hatte gesehen, dass auf dessen anderer Seite Lichter brannten, und ein heller Fleck leuchtete im Abendrot des Himmels. Eine Reihe möglicher Erklärungen fiel ihm ein, doch keine davon passte so richtig. Neugierig ging er weiter und bahnte sich durch das Gestrüpp einen Weg hin zum Licht. Mit jedem Schritt wurde es heller, mit jedem Meter sah er mehr. Als er schließlich am anderen Ende des Waldes angekommen war, zog er einen Ast beiseite, und der Lichtschein fiel auf sein Gesicht wie im Film, und er konnte nicht verhindern, dass seine Phantasie ihm, voreilig wie sie war, das eine Wort einflüsterte: *Raumschiff*. Doch er hatte sich getäuscht. Im Flutlicht vor sich erblickte er zwar tatsächlich ein Wunderwerk der modernen Zeit, doch nicht das exotische Objekt, das er erwartet hatte. Eine Radarkamera wurde eben an ihren Platz hoch oben auf einem vier Meter hohen Mast gehievt. Männer arbeiteten daran, und Phillip sah auch Sergeant Watson, der mit verschränkten Armen an den Kotflügel seines Streifenwagens gelehnt stand und Kommandos gab.

Er sah noch einen Moment lang zu, wie die Kamera über drei Sätze Hände nach oben gereicht wurde, wo sie dann festgenietet würde, ihr allsehendes Auge direkt auf die Fahrbahn gerichtet; dann zog er sich still und unbemerkt wieder in das Wäldchen zurück.

Vorsichtig machte er sich davon, ermahnte sich immer wieder, sich zu entspannen, und hörte noch eine ganze Weile den Sergeant, wie er alle paar Sekunden »Vorsichtig!« rief, bis schließlich die Frösche wieder übernahmen.

Was war denn schon dran an einer Vasektomie? Nichts als ein Schlauch, der durchtrennt wurde, sagte sich Sergeant Watson, und ein unnützer Schlauch dazu, wenn Vaterschaft nicht in Betracht kam. Einen weiter reichenden Einfluss auf ihn hatte das nicht. War er etwa weniger ein Ehemann, jetzt, wo er keinen einzigen Tropfen des Stoffs, aus dem die Babys entstanden, mehr produzieren konnte? Oder weniger Polizist, seit der Doktor sein Skalpell angesetzt hatte? Vielleicht machte es ihn sogar zu einem besseren Menschen, einem, der mehr auf die Lebenden achtete als auf die Ungeborenen. Wie ein Priester. Seinem Sexleben hatte es nicht geschadet, ganz im Gegenteil. Margaret, auf deren Geheiß er sich der Operation unterzogen hatte, war der Ansicht, zwei erwachsene Kinder aus einer früheren Ehe seien mehr als genug. Margaret, die süße geschiedene Frau, hatte sich in einen Menopausentiger verwandelt. Endlose Liebesnächte sollten die Wiedergutmachung für die geopferte Aussicht auf Vaterfreuden sein, und auch wenn er zu erschöpft war, um den wirklichen Wert dieses Tauschgeschäftes zu beurteilen, war es doch ein rauschender Erfolg gewesen. Ja, der Arzt hatte ihn gewarnt, dass ein gewisser Prozentsatz der Männer eine Zeitlang dem Sex nichts mehr abgewinnen konnte, dass ein Gefühl der Sinnlosigkeit sogar den Akt selbst in Mitleidenschaft ziehen konnte, doch von alldem spürte Watson nichts. Nie im Leben hatte er es so gut gehabt! Nie würde er das Patschen kleiner Füße auf seinem Flur vernehmen, aber dafür hatte er Seidenschals unter der Matratze! Nie würde er altes Kaugummi mit dem Abdruck süßer Milchzähnchen auf dem Rücksitz seines Corolla kleben haben, doch stattdessen klangen ihm mehr schmutzige Worte in den Ohren, als man auf einer Fregatte der Marine hören konnte.

Natürlich gab es Augenblicke, in denen er es bedauerte, das war nicht anders zu erwarten gewesen, aber das hatte nicht das Geringste damit zu tun, dass er regelmäßig in der Mittagspause einen Besuch auf dem Spielplatz machte, dass er zwischen den Müttern saß und zusah, wie die Kleinen ihre ersten Versuche mit Schaukeln und Karussells machten, und noch weniger hatte es damit zu tun, dass er bei der Organisation World Vision, für drei Dollar die Woche, drei afrikanische Mädchen adoptiert hatte: reiner Zufall, dass er ihre Fotos im Handschuhfach seines Streifenwagens hatte. Außerdem hatte er sein Basketball-Team. Wenn er ein wenig seine Phantasie spielen ließ, dann hatte er zwölf hübsche Töchter, und dazu Töchter, die an ihm hingen.

Bisher war an diesem Tag wenig los gewesen. Vor der Aufstellung der Radarkamera hatte er in der Stadt Präsenz gezeigt. Hauptaufgabe war es dabei gewesen, für Ruhe zu sorgen. Aus jahrelanger Erfahrung wusste er, dass seine wichtigste tägliche Handlung darin bestand, mit gelassener Miene die Hauptstraße entlangzuspazieren. Das hatte er wie üblich getan, die Hände in den Taschen, die Dienstmütze in den Nacken geschoben, damit auch alle den Anflug eines Lächelns auf seinen Lippen sehen konnten. Von Zeit zu Zeit blieb er stehen und redete mit den Leuten beim Einkaufen wie ein pensionierter Stadtrat und kaufte sogar bei einem chinesischen Obsthändler einen Apfel – nicht um ihn zu essen, sondern damit er ihn von einer Hand in die andere werfen konnte. Als er schließlich auf den Stufen der Stadtverwaltung seine Schuhbänder neu band und seine Armbanduhr mit der Rathausuhr verglich, hatte er seiner Gemeinde wieder einmal ein beinahe perfektes Beispiel entspannter Aufmerksamkeit gegeben.

Er machte diese Runde auch, um seine Nerven beim Gedanken an die bevorstehende Montage der Radarfalle zu beruhigen. Er hoffte, dass es eine Verbesserung sein würde und kein Anlass zu Streit in der Gemeinde. Er würde allerhand zu hören bekommen, wenn die ersten Strafzettel der neuen Art in die Briefkästen flatterten. Das Telefon würde klingeln. Die Leute würden erwarten, dass er für sie eine Ausnahme machte, wie üblich. Freunde, Familie, schwere Zeiten. Bisher war er stets schwach geworden, hatte das Leben immer als Geben und Nehmen verstanden: Der eine war krank, beim anderen lag der Vater im Krankenhaus; dieser hier war pleite und das Arbeitslosengeld war noch nicht gekommen. Oft drückte er ein Auge zu. Jetzt waren ihm die Hände gebunden. Jetzt mussten die Leute eine Maschine anflehen. Er hoffte, dass er von nun an besser schlafen würde. Er hoffte auf Frieden in der Welt. *Vas deferens*, so hieß dieser Schlauch. Dass der jetzt durchtrennt war, machte ihm nicht das Geringste aus.

Als er von der Schnellstraße wieder zurück auf die Wache kam, erhielt er einen Anruf von einem Farmer aus der Gegend. Roger Philpott musste dem Sergeant dringend etwas zeigen. Watson solle sich auf etwas Unglaubliches gefasst machen.

Im letzten Licht, inmitten ihres Gerstenfeldes, stand Daphne Philpott, die Hände energisch in die Hüften gestemmt. Den Blick hatte sie auf den Boden unmittelbar vor ihren Füßen geheftet. Roger Philpott, der neben ihr stand, wartete zunächst ab, was der Sergeant sagen würde, bevor er selbst seinen Kommentar abgab. Watson war einfach nur verdattert. Das Murmeln war ehrfürchtiger Stille gewichen, und alle drei betrachteten nun die kreisrunde Fläche aus plattgedrückter Gerste. Es war ein Bereich von etwa sechs Metern Durchmesser, und an seinem Rand war er verbrannt. Im Mittelpunkt des Kreises lag eine tote und schwer plattgewalzte Kuh. Die Rippen der Kuh waren gebrochen, das stand fest.

Nach einer bedrückend langen Bedenkzeit, während der Watson seine Taschenlampe anknipste und den Strahl an dem schwarzen Rand entlang und über die zerquetschte Kuh gleiten ließ, gab er sein Urteil ab: eine amateurhafte Fälschung, das Werk eines Irren. Er fand es nicht im mindesten beeindruckend. »Das ist nicht mal lustig«, sagte er.

»Kein bisschen«, pflichtete Daphne Philpott ihm bei. »Dieses Rind war gut seine fünfhundert Dollar wert.«

Roger stieß seine Frau in die Seite, als ob es sich nicht gehöre, in einem Augenblick wie diesem über Geld zu reden.

Watson schaltete seine Taschenlampe aus. Er hatte keinen Zweifel daran, dass es ein ganzes Dutzend von Möglichkeiten gab, eine so stümperhafte Fälschung zu produzieren, notfalls mit den Füßen und irgend einem brennbaren Stoff aus dem Haushalt – und es kam ihm vor wie das Werk eines Dilettanten. »Irgend so ein Blödmann«, sagte er. Wenn es überhaupt etwas daran gab, was das Nachdenken wert war, dann war es die tote Kuh, bei der man sieben ausgewachsene Männer gebraucht hätte, um sie auch nur einen Zentimeter weit zu bewegen. Aber es gab keinerlei Spuren des Transportes, weder von Fahrzeugen noch von den Anstrengungen einer größeren Gruppe, und so blieb nur die wenig erfreuliche Vermutung, dass die Kuh ihre Pfannkuchenform dort in der Mitte des Kornkreises angenommen hatte, allem Anschein nach durch die Applikation von Druck von oben. Um es einfacher auszudrücken: Es sah aus, als sei etwas auf ihr gelandet.

Diese Schlussfolgerung war eine Katastrophe, und aus diesem Grund allein fand der Sergeant es gefährlich, Details an die Öffentlichkeit zu geben. Der Kuhfaktor, der sich nicht leicht erklären ließ, konnte die Phantasie anheizen, und Leute mit blühender Phantasie gab es genug. Es war also notwendig, von den Philpotts eine gewisse Zurückhaltung zu fordern, ein Schweigegebot musste auferlegt werden. Er setzte dabei auf Roger.

»Daphne, kann ich kurz mit Roger ein paar Worte unter vier Augen sprechen? Das macht dir doch nichts aus, oder? Nur einen kleinen Moment.«

Sie sahen Daphne nach, wie sie durch das Gerstenfeld zum Haus ging, eine Bewegung wie ein Brustschwimmer, und alle Spuren ihres Weges waren schon Sekunden später verschwunden, als die Reihen der Halme sich hinter ihr wieder schlossen.

»Ich will, dass ihr die Sache hier für euch behaltet.«

»Von mir aus gern«, sagte der Farmer.

»Muss ich noch erklären, warum?«

Philpott schüttelte den Kopf zum Zeichen, dass Watson ihm schon seit vielen Jahren keine Sache mehr zweimal erklären musste.

»Irgendjemand hat sich da einen schlechten Scherz erlaubt.«

»In Wirklichkeit sähe das sowieso nicht so aus, oder?«, überlegte Roger. »Wenn eine fliegende Untertasse hier gelandet wäre?«

Watson sah seinen ehemaligen Schulkameraden an. »Wie kommst du denn darauf?«

»Das sähe nicht so aus wie das hier. Wenn etwas gelandet wäre.« Roger zeigte mit dem Finger auf den plattgedrückten Kreis. »Wenn es echt wäre, müsste es einen viel größeren Fleck hinterlassen haben. Es heißt ja, hier in unserem Sonnensystem gibt es kein anderes Leben, und das bedeutet, dass es – na, ich weiß nicht, aus einem anderen Sonnensystem gekommen sein muss. Aber dieser Fleck hier, der ist ja nicht mal für 'nen ganz gewöhnlichen Hubschrauber groß genug, oder?«

Watson bedachte ihn mit einem seiner üblichen Blicke. »Hast du verstanden, Roger? *Hier ist nichts gelandet.*«

»Ich weiß. Ich überleg ja nur.«

»Lass es bleiben.«

»Okay. Nur weil …« Roger sagte nichts weiter.

Watson sah ihn an. »Nur weil was?«

Roger zuckte mit den Schultern. »Nichts, aber wahrscheinlich sollte ich dir das noch sagen.«

»Ja?« Watson wurde allmählich ungeduldig. Es war ein langer Tag gewesen.

»Daff und ich …«

»Ja?«

»Also, ich und Daff …«

»Den Teil kenne ich schon, Roger!«

»Wir hatten beide das Gefühl, dass wir was gehört haben. Ein merkwürdiges Geräusch.«

»Was soll das heißen, merkwürdig?«

»Also, weißt du …«

»Nein. Ich weiß es nicht.«

»Ein kreischender Ton. Es war ein kreischender Ton.«

»Was willst du mir sagen, Roger?«

»Nichts.«

»Dass du ein Raumschiff gehört hast?«

»Ich sage überhaupt nichts. Aber wer weiß.«

»Was willst du damit sagen?«

»Also …«

»Also was?«

»Also … ich weiß auch nicht, aber irgendwie hörte sich das schon sehr wie ein *Raumschiff* an.«

»Halt die Klappe. Sonst wirst du erschossen, Roger. Ich habe die Knarre drüben im Wagen.«

»Die Hunde bellten wie wild.« Philpott schenkte der halbherzigen Drohung keine Beachtung.

Watson hielt die Hand in die Höhe. »Hast du je zuvor ein Raumschiff gehört?«

»Nein.«

»Nein. Natürlich nicht. Woher zum Teufel willst du dann wissen, wie ein Raumschiff klingt?«

»Aus Filmen, nehme ich an.«

»Roger, die *erfinden* dieses Geräusch. Kein Mensch weiß, wie ein Raumschiff klingt.«

»Es war so ein hohes Pfeifen –«

»Roger, halt die Klappe.«

Watson war mit seiner Geduld am Ende, und das verschwitzte blaue Uniformhemd klebte ihm am Körper, als er nun die Arme hob und Roger einen Stoß versetzte, der ihn mehrere Meter weit nach hinten beförderte.

»Du hast ein hohes Pfeifen mitten in der Nacht gehört? *Dann hast du deinen Fernseher angelassen, Roger!*«

»Harvey…«

»*Dein Fernseher lief!*«

»Na ja, wenn es nur das Geräusch gewesen wäre, dann vielleicht, aber als wir dann am Morgen hier rauskommen und nach den Bewässerungsgräben sehen wollen, und wir finden –«

»*Du hast mir doch gerade noch gesagt, der Fleck hier ist nicht groß genug für etwas aus einer anderen Galaxie!*«

»Ich bin kein Wissenschaftler.«

»*Ich stecke dich in den Bau, Roger, wenn du jemandem davon erzählst!*«

»Ich behaupte ja gar nicht, dass es ein Raumschiff war. Du musst nicht so brüllen.«

»Was soll das jetzt schon wieder heißen?«

»Na ja, da wäre auch noch das Pentagon.«

Auf dem Rückweg vom Ort dieses schlechten Scherzes verlor Harvey Watson die Orientierung und musste feststellen, dass die Gerste ihm weitaus mehr Widerstand leistete, als es den Anschein gehabt hatte, als Daphne so elegant den

Schauplatz verlassen hatte. Die haarigen Halme packten nach seinen Handgelenken, zerrten an ihm mit der Kraft einer Schlange, wollten ihm den Durchgang verweigern. Roger Philpott, der ihm von der Lichtung aus nachsah, sah nur den Deckel der blauen Dienstmütze, und es schien, als triebe sie auf der wogenden Gerste davon.

Am nächsten Morgen entwickelte sich der schmale Weg zu Philpotts Farm zu einer hektischen Autobahn. Wagen um Wagen schlitterte vom Asphalt auf den rutschigen Schotterweg zum Farmhaus, nur um dann an dem unbefestigten Anstieg zu scheitern. Binnen kurzem verstopften so viel liegengebliebene Autos die Auffahrt, dass die Abschleppwagen der Gegend in ständigem Einsatz waren.

Am Stadtrand machte die Radarfalle, gerade einmal zwölf Stunden im Dienst, Aufnahmen mit der Regelmäßigkeit, mit der ein Schulbusfahrer seinen Zähler drückt. Die Kamera hielt so viele Gesetzesverstöße fest, dass Sergeant Watson allein am Vormittag den Film, der jeweils fünfzig Übeltäter im Bild festhalten konnte, zweimal auswechseln musste.

Bei vielen Läden der Stadt, darunter alle, die nichts absolut Lebensnotwendiges verkauften, tauchten plötzlich an den Türen IN-EINER-HALBEN-STUNDE-ZURÜCK-Schilder auf. Tabakhändler und Priester waren unauffindbar. Pater O'Brien führte eine Kurztaufe durch, deren Formel sich im Wesentlichen auf die Abwehr des Teufels beschränkte. Er wollte das weitaus spannendere theologische Dilemma dort draußen nicht verpassen. Noch bevor er die Landestelle in Augenschein genommen hatte, war er bereits entschlossen, sie zum Thema seiner nächsten Sonntagspredigt zu machen.

Die Straßen von Opunake leerten sich. Selbst ein staatlicher Instandhaltungstrupp, der einen kontinuierlichen 1000 Kilometer langen Mittelstrich auf der State Highway 3 aufbringen sollte, ließ seine Arbeit im Stich. Die Lastwagen standen verlassen am Straßenrand, Schaufeln steckten in Schotterhaufen, der verwaiste Strich lag da wie ein Ausrufezeichen. Nur der Strom der toten Tiere in der Fleischfabrik floss weiter, als sei nichts geschehen.

Immer wieder kamen neue Neugierige und wurden von den Philpotts willkommen geheißen, und da immer neuer Nachschub kam, sank die Zahl derer, die staunend rings um den Landeplatz standen, selten unter zwanzig. Daphne Philpott und ihr Mann waren die Hüter des Rätsels, hielten Ordnung und wirkten mäßigend auf jene, die mit allzu abwegigen Theorien oder üblen Verleumdungen kamen. Pflichtbewusst erinnerten sie daran, dass die Polizei das Ganze als einen Akt des Vandalismus betrachtete, hielten aber gleichzeitig auch die vollkommen gegensätzliche These aufrecht, dass alle erdenklichen Organisationen, darunter das Pentagon, in alle erdenklichen Geheimunternehmungen verstrickt waren, deren Sinn man oft nicht ohne weiteres verstand.

Pater O'Brien traf ein und versagte sich den Wunsch, den Ort mit Weihwasser zu besprengen, denn er wollte die Phantasie der Leute nicht noch weiter anheizen. Der Vater von Deborah Kerr ging auf alle viere, um zu untersuchen, ob noch Spuren eines Brennstoffs da waren, und schnüffelte den Boden ab wie ein Bluthund. Aber die meisten fanden den Versuch, ihnen etwas vorzumachen, lächerlich. Man sah, um nur eine der Ungereimtheiten zu erwähnen, dass auf der gesamten Fläche die Gerste in Richtung Westen umgeknickt war, und es war klar, dass eine fliegende Untertasse genau wie ein landender Hubschrauber sie in einem Wirbel vom Zentrum auswärts umgepustet hätte, wie die Speichen eines Rads. Auch die Brandspuren am Rande des Kreises waren nicht ordentlich gelegt. Nur an ein paar wenigen Stellen waren die Halme schwarz verkohlt, so als habe der Fälscher Mühe gehabt, die feuchte Gerste zum Brennen zu bringen, oder als seien ihm die Streichhölzer ausgegangen. Ein Kind, da waren sich alle einig, hätte das besser machen können. Aber die allgemeine Phantasie war geweckt. Ein Dutzend praktischer Vorschläge kam, wie man der Illusion mehr Glaubwürdigkeit verleihen könnte, und die Philpotts mussten mehrfach Farmer zurückhalten, die in den Kreis treten und der Menge ihre Vorstellungen erläutern wollten. Der Ort, erklärte Roger Philpott, dürfe nicht verändert werden, das sei Beweismaterial für die Polizei.

Das große Geheimnis war und blieb die Kuh. Die gebrochenen Rippen und die Tatsache, dass nirgends in der Gerste Spuren des schweren Geräts oder der Männer, die sie gebracht hatten, zu sehen waren, ließen keine andere als die fatale Annahme zu, dass sie durch eine Kraft von oben zerdrückt worden war oder, wenn man das ausschließen wollte, irgendwie vom Himmel gefallen war. Allerdings traute sich niemand, die letztere Vermutung laut auszusprechen.

Von den meisten unbeachtet, nahm ein unbekannter Journalist, die Kamera am Auge, den Finger vom Auslöser. Dieser Mann – Ende vierzig mit einem für sein Alter unpassenden strähnigen Pferdeschwanz und einer kleinen, aber auffälligen Kerbe in der Nase – hielt im Bild die Bürger von Opunake fest, die um die tote Kuh im Gerstenkreis herumstanden wie Zuschauer am Grün eines Golfplatzes. Keiner hatte gemerkt, dass er fotografiert wurde. Der Journalist machte seine Aufnahmen mit einem Weitwinkelobjektiv, das die Perspektive verkürzte, so dass die tote Kuh gigantische Ausmaße annahm. Die Zuschauer wurden in die Länge gezogen, in der Mitte in die Breite, die Köpfe oben nach innen gebogen wie Fratzen von Wasserspeiern.

Und so erschienen sie am Sonntag in einem landesweit verkauften Revolverblatt.

Phillip hatte die von der Highschool eingeforderten Jahrbücher einsortiert, und nun ging er nach draußen und drehte das GESCHLOSSEN-Schild um – die Bibliothek war bereit.

Eine halbe Stunde verbrachte er damit, dass er Memos an sich selbst in einem privaten Tagebuch notierte, Notizen, die ihn an Aufgaben, Vorsätze und Ziele erinnern sollten; dann hörte er das Quietschen von Sohlen auf den Fußbodendielen, und als er aufblickte, sah er Delia Chapman in weißem Arbeitskittel und Gummistiefeln den Regalen zustreben.

Sie suchte die Reihen der Bücher mit ihren halbverrotteten Einbänden ab. Mit dem Zeigefinger befühlte sie all die verschiedenen Formen und Texturen der vom Regen gewellten Bände. Am Ende der Reihe zog sie einen schwer mitgenommenen Weltatlas hervor und hielt ihn mit Mühe in ihrem rechten Arm, während sie bedachtsam die krumpligen Seiten umschlug. Ziellos wanderte ihr Blick über die bunten Blätter, dann schloss sie behutsam den Band und stellte ihn wieder zurück aufs Regalbrett. Sie wusste, dass sie beobachtet wurde.

Dass der Bibliothekar sich für sie interessierte, hatte sie

sofort gespürt, gleich als sie zur Tür hereinkam. Er hatte sie angesehen, als ob er sie kenne, und sie überlegte, ob sie ihn denn schon einmal gesehen hatte. Aber vielleicht gehörte es einfach zu den Aufgaben eines Bibliothekars, dass er die Besucher im Auge behielt und darauf achtete, dass seinen Büchern nichts geschah.

Bei den Karteikästen in der Mitte des Raumes zog sie willkürlich eine der Schubladen auf und studierte beiläufig das nur noch schlecht lesbare Gedruckte. Sie musste die dichtgedrängten Karten mit dem Finger aufdrücken, und wenn sie ihn wieder herauszog, stieg eine feine Staubwolke auf. Als der Bibliothekar gerade nicht hinsah, nutzte sie die Gelegenheit und fuhr mit dem Fingernagel in einem Arpeggio die ganze Kartenreihe entlang, und eine größere Wolke bildete sich und verflüchtigte sich dann wieder. Sie wiederholte diesen Vorgang noch mehrere Male und hörte erst auf, als sie merkte, dass sie dabei beobachtet wurde. Beim Verpacken von Innereien gab es nichts, was sich so anfühlte wie das hier. Sie mochte dieses Spröde, die staubtrockene Dachspeicheratmosphäre der Bibliothek, die Geheimnisse, die hier gespeichert waren und sich schon bald in Staub auflösen würden. Inmitten von so viel Verfall zu arbeiten, das musste aufregend sein. Erfrischend. Es war das Gegenteil von ihrer eigenen Arbeit, fand sie: aus dem Leib geschnittene Herzen, praktisch unzerstörbar, und dagegen Bücher, brüchig wie Herbstlaub; ihre tierischen Organe im Vergleich zu diesen spröden Schätzen. Auf der Suche nach Hilfe wandte sie sich an den Schalter.

Phillip sprach sie an, bevor sie selbst etwas sagen konnte. »Was für eine Art Buch suchen Sie denn?« Nun, wo er näher kam, roch er stark nach Rasierwasser, und etwas in ihrer Erinnerung sagte ihr, dass sie diesen Duft vielleicht doch schon einmal gerochen hatte.

Ohne ein Wort schloss er die Schubladen und stellte die vollkommene Ordnung wieder her.

Sie blickte ihm ins Gesicht. Seine Augen waren so schwarz wie sein Haar, Haut dunkel, Ende zwanzig, hübsche Stupsnase, glattrasiert, eigentlich ziemlich gutaussehend, bis auf die Ohren, die ein wenig zu groß waren. In seinen Zügen sah sie eine Anspannung, die ganz und gar nichts mit der gestellten Frage zu tun hatte. Sie standen ganz nah beieinander, ihre Körper berührten sich fast, und er sagte: »Ich habe mich schon gefragt, ob Sie wohl noch einmal vorbeikommen.« Jetzt verstand sie, was sie in seinem Gesicht sah: die Spannung von jemandem, der sich sehnlich wünscht, dass man ihn wiedererkennt.

Sie beschloss, dass sie ihm helfen würde. »Ich komme nie her. Wieso haben Sie geglaubt, dass ich herkommen würde?«

»Einmal haben Sie ein Buch zurückgebracht.«

»Ein Buch?«

»Ja.«

»Was für ein Buch?«

»Sie haben ein Buch zurückgebracht. In den Rückgabekasten draußen gesteckt. Vor ein paar Tagen. Na ja, vor drei Wochen. Wissen Sie das nicht mehr?«

»Das habe ich?«

»Brauchen Sie eine Brille?«

Sie fand ihn schwierig. »Wieso?«, fragte sie.

»Sie blinzeln so mit den Augen.«

»Ich habe die ganze Nacht gearbeitet, das ist alles.«

»Ich weiß. Sie arbeiten in der Fleischfabrik. Erinnern Sie sich denn nicht mehr an mich?«

»Wieso sollte ich mich an Sie erinnern?«

»Wir sind uns schon einmal begegnet.«

»Das wüsste ich.«

»Aber Sie erinnern sich nicht.«

»Das würde ich.«

»Und, tun Sie's?«

»Nein. – Zeigen Sie mir denn jetzt, wie man hiermit umgeht, oder nicht?« Delia zeigte auf den Katalog. Ein komischer Bursche, dachte sie. Stellte die seltsamsten Fragen, und was noch merkwürdiger war: keinerlei Sinn für Humor. Andere Männer hätten inzwischen längst versucht, einen Scherz zu machen, auch wenn er noch so lahm war. Dieser Bibliothekar hier, der war beinahe grob. Wenn er nicht wollte, dass Leute kamen, dann sollte er kein großes Schild ins Fenster stellen.

Phillip fragte nach einem Titel. Sie wusste keinen. Er fragte nach dem Namen des Autors.

»Den weiß ich auch nicht«, antwortete sie.

Ohne nähere Angaben, sagte er, werde er ihr kaum helfen können. Um was für ein Thema gehe es denn?

Delia fragte, ob er Bücher habe, die irgendwie mit dem Unerklärlichen zu tun hätten.

Mit zunehmender Nervosität sah sie ihm zu, wie er die eindrucksvollen Schubladen eine nach der anderen aufzog und so energisch die Karten durchblätterte, dass er einen ganzen Staubsturm entfachte. Dass er die Informationen auf jeder Karte in Sekundenbruchteilen lesen konnte, beeindruckte sie. Und ihr war klar, dass er es tat, um sie zu beeindrucken.

Mehrere Male verließ er den Katalog und ging an die Regale, um ein Buch zu suchen, doch jedes Mal kehrte er mit leeren Händen zurück.

Schließlich schlug er sämtliche Kästen mit einem Knall zu und sah sie an. »Nichts. Tut mir leid.«

»Ist nicht schlimm.«

»Die Kartei ist ein Chaos. Ich habe das noch nicht alles in Ordnung gebracht. Ich kann es nicht mit Sicherheit sagen, aber im Augenblick sieht es so aus, als ob wir nichts zu Ihrem Gebiet hätten.«

»Ist nicht schlimm.« Es war ihr unangenehm, wie er sie anstarrte. Jetzt sah er wieder gereizt aus. Vielleicht war es ihm peinlich, dass die Bibliothek nicht ein einziges Buch zu einem so allgemeinen Thema besaß.

»Wissen Sie, wenn die Leute hier ein Buch suchen, dann wollen sie Erklärungen«, sagte er. »Die Bücher, die wir hier haben, das sind fünfzig Prozent Gartenbücher und fünfzig Prozent Krieg. Aber ich könnte etwas aus Wellington kommen lassen.«

»Nein.«

Sie wandte sich zum Gehen. Er kam ihr nach.

»Ich habe wirklich alles versucht. Ich habe unter ›Wunder‹ nachgesehen. Dann ›Übernatürliches‹ – auch nichts. Leider. ›Gespenster.‹ Da sollten wir das Stück von Ibsen haben, aber es steht nicht an seinem Platz. Wir hätten ein Buch *Ungeklärte Verbrechen*, aber ich glaube, das ist nicht das, was Sie suchen. Ich habe sogar die Querverweise bei ›Gott‹ nachgesehen. Aber der einzige Verweis ist auf die Bibel. Und die habe ich verliehen.«

Sie blieb stehen und sah ihn an. So groß waren seine

Ohren eigentlich doch gar nicht. »Wo haben Sie das alles gelernt?«

Und schon erzählte er ihr von seiner zweijährigen Verpflichtung bei der Armee, in deren Verlauf er eine Ausbildung zum Bibliothekar gemacht hatte.

»Die Armee hat eine Bibliothek?!«

»Aber ja.«

»Was hat denn das Militär für eine Bibliothek?«

»Fünfzig Prozent Krieg und – ähm – fünfzig Prozent Gartenbücher.«

Delia lächelte. Ganz blöd war er doch nicht. »Ehrlich?«

»Ja.«

»Und wieso sind Sie jetzt nicht mehr bei der Armee?«

Er zögerte einen Moment. »Militärgericht.«

»Haben Sie jemanden umgebracht?«

»Nein. Erzählen das die Leute?«

»Ich weiß nicht.« Sie bereute ihre Frage.

»Ein Wutausbruch.«

»Was war?«

»Ich hab jemanden quer durch die Feldküche geschmissen und einen Kübel kochende Suppe umgekippt.«

»Das war alles?«

»Nein. Dann habe ich seinen Kopf auf den Boden geschlagen. Sie mussten mich festhalten.«

»Weswegen?«

»Ich hatte meine Gründe.« Seine Miene verfinsterte sich.

Das war der Punkt, an dem Delia beschloss, ihm eine Frage zu stellen, auch wenn sie nicht hätte sagen können, warum. Die einzige Erklärung war, dass es etwas mit seinem Rasierwasser zu tun hatte, das wie beim Zahnarzt roch.

»Glauben Sie an … an Wesen … von anderen Sternen und solche Sachen?«

Er zögerte, sah wieder vor sich, wie sie drei Wochen zuvor im Licht seiner Scheinwerfer gestanden hatte. »Oh, das hätte ich noch sagen sollen. Unter ›Außerirdische‹ habe ich auch nachgesehen.«

»Wieso?«

»Ich habe von Ihnen und dieser Geschichte gehört. Wenn Leute in eine Bibliothek kommen, reden sie.«

»Ich dachte, das dürfte man nicht? In Bibliotheken reden.«

Sie starrten einander an. Sie spürte seinen Spott. »Sie glauben nicht dran, oder?«, sagte sie.

»An Außerirdische? Wer weiß. Warum nicht? Ist doch eine interessante Hypothese.«

Das gefiel ihr, wie er es eine Hypothese nannte, immerhin. Er fühlte sich wohl mit großen Worten, war vollkommen zu Hause in dieser Welt. Sie hätte gewettet, dass ihm alle fünf Minuten eine Hypothese einfiel.

»Aber ich kann einfach nicht glauben, dass Sie sich nicht mehr an mich erinnern.«

»Ich muss jetzt gehen.«

»Ich kann ein Buch für Sie bestellen, wenn Sie wollen.«

»Ist nicht nötig«, sagte Delia und ging zur Tür. Sie spürte seinen Blick in ihrem Rücken.

»Wollen wir nicht irgendwann mal was zusammen trinken?«, rief er ihr nach.

Sie blieb im Vorraum stehen und drehte sich um. »Was?«

»Ich habe mich gefragt, ob Sie vielleicht mal was mit mir trinken würden.«

Sie dachte darüber nach – ein Drink mit einem Bibliothekar, große Worte, verlegene Scherze, seltsame Fragen, Zahnarztgeruch, unwillkommene Gefühle – und schüttelte den Kopf. Sie blickte auf ihre Hände und drehte sie, als begutachtete sie sie. Eine neue Idee war ihr gekommen, und sie machte plötzlich wieder einen Schritt auf ihn zu. Sie fragte, ob sie sich die Hände waschen könne.

Er zeigte ihr die Damentoilette und sah ihr nach, als sie mit quietschenden Schritten hinüberging. Lange Zeit lauschte er dem Gurgeln des laufenden Wassers. Und dann, nach zehn Minuten, kam sie heraus, nickte ihm zu und verließ ohne ein weiteres Wort die Bibliothek.

Phillip spürte, dass er nicht nur eine Leserin verloren hatte, sondern auch die Aussicht auf eine Verabredung.

Delia wurde auf ihrem Weg die Straße hinunter von einem halben Dutzend kleiner Kinder verfolgt, von denen eines ein Space-Invader-T-Shirt trug und an der Spitze dieser improvisierten Parade dahinhüpfte wie ein Cheerleader. Immer wieder öffneten sich auf dem Weg dieser Prozession Haustüren von Sozialwohnungen, und immer mehr Kinder schlossen sich an, und nun sangen sie gemeinsam die Titelmusik zu *Krieg der Sterne*. Aber das hier war noch besser als ein Film, viel besser als Luke Skywalker, der so was Blödsinniges wie *Möge die Macht mit dir sein* sagte, denn das war in einer fernen Galaxis *weit, weit fort*, und dieses hier, das geschah direkt hier, mitten in Opunake. Und so sehr Delia auch versuchte, sie fortzuscheuchen, ließen die Kleinen sich durch nichts abhalten, umringten sie, wollten Bestätigung, trauten sich allerdings nicht, sie anzufassen. Sie war die große Heldin ihrer Stadt! Zuerst die Geschichte selbst und nun auch noch der Beweis in Gestalt der Landestelle: Jahrelang hatten sie Raumschiffe gezeichnet, davon geredet, ein Leben lang hatten sie sie mit Legosteinen auf dem Rücksitz des Autos gebaut, hatten die Landungen auf dem Wohnzimmerteppich nachgestellt, alles mit einem Soundtrack aus *Wiiiiiii* und *Wuschhh* und *Rrrrrrrr*. Und hier war es nun Wirklichkeit geworden, mitten auf der Harrison Street.

Am Stadtrand gaben die Kinder ihre Verfolgungsjagd schließlich auf. Schließlich brauchten auch Superheldinnen ihre Ruhe. Superman regenerierte seine Kräfte im Eispalast; Batman hatte sein Stadthaus; sollte Delia sich in ihre eigene Zufluchtsstätte zurückziehen. Die Kinder blickten ihr nach, hofften, dass sie noch etwas Großartiges zu sehen bekamen, mussten aber bald einsehen, dass Delia es heute vorzog, davonzugehen wie ein ganz normaler Mensch. Rasch brachen sie Zweige ab, steckten sie sich als Antennen an und machten sich auf den Rückweg in die Stadt.

Deborah Kerr, Suzy Jackson, Yvonne McKay und auch Lucinda Evans (die nun, da Delia sich nicht mehr mit ihnen abgab, zur Clique gehörte) versuchten, sich genau zu erinnern, was Delia gesagt hatte. Jetzt wo die Sensationsgier wieder erwacht war, sagte Suzy Jackson: »Ich glaub's nicht. Vielleicht war sie das ja selber, draußen bei den Philpotts. Wär doch möglich, oder?«

»Ach ja – und die tote Kuh hatte sie auf dem Rücken?«

»Das ist gut«, sagte Suzy und wieherte los.

»Ich weiß, ich weiß.«

»Das ist klasse.«

»Ich weiß.«

Sie saßen im Park auf der grüngestrichenen Bank unter der Statue des Unbekannten Soldaten, ihrem gewohnten Treffpunkt. Sie verstummten einen Moment lang und überlegten, wie sich das Beste aus dieser neuen Entwicklung machen ließ.

»Ich hab gehört, Harvey verliert die Nerven«, sagte Deborah.

»*Alle* verlieren die Nerven. Bei uns zu Hause darf man nicht mal mehr über die Sache reden«, fügte Suzy hinzu. »Meine Mum hat's verboten.«

Phantasievolle Versionen von Delias ursprünglicher Geschichte, gerade was die Gruppensex-Episode anging, hatten die Runde gemacht. Jemand hatte draußen an die Wand des Rugbyclubs den Slogan gesprüht: DELIA MACHT'S IM DUTZEND. Die Einzige, die das nicht im mindesten komisch fand, war Delia.

Deborah hatte kein Mitleid. »Na, sie hat doch damit angefangen. Da kann sie jetzt nicht die beleidigte Leberwurst spielen.«

Alle stimmten ihr zu. Suzy zog ein Päckchen Zigaretten aus der Tasche.

»Das ist klasse«, sagte Yvonne McKay noch einmal.

Eine halbe Stunde vor Sonnenuntergang besichtigte der Bürgermeister in Begleitung des Sergeants die angebliche Landestelle. Die Kuh war inzwischen abgeholt worden, und so trat Watson in die Mitte des niedergetretenen Flecks, damit Sullivan sich ein Bild machen konnte.

»Steh auf, du Blödmann«, sagte der Bürgermeister entsetzt, als er sah, dass der Sergeant sich auf den Boden legte, um die typische Haltung einer toten Kuh zu zeigen.

»Du wolltest es doch sehen.«

»So viel Phantasie habe ich noch.«

Die beiden Männer standen schweigend am Rand dieses Ärgernisses.

Der Bürgermeister hatte eine Frage. »Was meinst du denn, wie sie das mit der Kuh gemacht haben?«

»Keine Ahnung.«

»Jemand muss sie irgendwie hierhergebracht haben.«

»Unmöglich. Ein Fahrzeug hätte in dem Feld eine Schneise hinterlassen.«

Lachend streckte der Bürgermeister einen Finger aus. »Und was ist das dann?« Er wies auf die Straße, die zu dem Schauplatz führte – frisch aufgewühlter Schlamm mit schweren Reifenspuren.

»Das ist vom Abtransport der Kuh«, konterte der Sergeant. »Schau dir an, was das für Spuren hinterlassen hat, allein um sie hier rauszukriegen!«

In dem kurzen Nicken des Bürgermeisters schien ein gewisser Zweifel zu liegen.

»Was willst du damit sagen?«, fragte der Sergeant.

»Bist du sicher, dass die nicht schon vorher da war?«

Zornesröte stieg Watson ins Gesicht. Was war denn das für eine Frage?

»Bist du sicher, dass du sie nicht übersehen hast?«, fragte der Bürgermeister.

»Ja!«

»Wie ist sie gestorben? Kehle durchgeschnitten? War ein Einschussloch zu sehen?«

»Plattgemacht. Einfach nur plattgemacht.« Watson gab sich alle Mühe, ruhig zu bleiben. »So sieht es jedenfalls aus.«

»Himmel«, sagte der Bürgermeister und überlegte kurz, ob sich das nicht irgendwie als Touristenattraktion ausnutzen ließ, verwarf die Idee aber dann. »Irgendwo ist immer einer, der sich für einen Witzbold hält.«

Der Sergeant stimmte ihm zu, denn es war eine immer wieder belegte Tatsache, dass es in jeder Gruppe, die durch Alkohol zusammengehalten wurde, einen gab, der es als seine Aufgabe erachtete, Zoten zur Unterhaltung der anderen zu produzieren. Was folgte, erforderte unweigerlich sein Erscheinen.

»Was willst du machen?«, fragte der Bürgermeister, denn nach seiner Einschätzung gab es für ihn selbst keinen Grund, sich mit der Sache zu beschäftigen.

»Nichts. Ziemlich harmlos, das Ganze. Die tote Kuh ist das einzig Ernsthafte daran. Ich werde nach dem Verantwortlichen forschen.«

»Trotzdem will ich nicht, dass das an die große Glocke gehängt wird.«

Dass der Bürgermeister einen sanften Nachdruck auf diesen Satz legte, blieb dem Sergeant nicht verborgen.

»Nein«, antwortete er. »Natürlich nicht.«

»Überregional, meine ich. Ich will nicht, dass solche Sachen die Aufmerksamkeit von unserem Badeparadies ablenken. Du weißt ja, wie diese Journalisten sind.«

»Natürlich«, stimmte der Sergeant zu.

Auf dem Weg nach Bethlehem

Der Journalist Vic Young steuerte sein schlammüberzogenes Auto durch das Labyrinth der mehrstöckigen Tiefgarage, und das mit einer Zielstrebigkeit, wie sie seine Vorgesetzten schon eine ganze Weile nicht mehr bei ihm gesehen hatten.

Ein Wust von diffusen, doch miteinander verwobenen Gedanken wirbelte in seinem Hirn: der Redaktionsschluss um zwölf, die körperliche Erschöpfung, seine Unfähigkeit, mit anderen Menschen klarzukommen, die lange Reihe jämmerlicher Begegnungen mit dem anderen Geschlecht, die allmählich an Fahrt gewinnende Midlife-Crisis und ein gewisser journalistischer Ehrgeiz, der ihn bei seiner neuesten Story gepackt hatte. Mit einem furiosen Reifenquietschen stieg er in die Bremsen. Es war unglaublich, aber irgendein Idiot aus der Verwaltung hatte sich auf seinen Parkplatz gestellt.

Es gab Zeiten, da hätte er vielleicht seine Empörung bezähmt und anderswo geparkt, aber jetzt beschloss er, dass er den feindlichen Wagen wegschieben und seinem Besitzer eine Lektion erteilen würde, die der noch im nächsten Jahrtausend nicht vergessen würde. Schließlich war es die Tiefgarage des *Sunday Enquirer*, seiner Zeitung: Er hatte hier seine Rechte, und er würde auf ihnen bestehen. Dieser neue

Vic, ganz anders als der alte Vic Young vom Feuilleton, Vic von der Mittwochsbeilage, der Vic der geistreichen Kommentare und der cleveren Zweideutigkeiten, dieser Vic, dem im Laufe des letzten Jahres die gute Laune so gründlich abhandengekommen war und der fast alle Halteleinen seines früheren Lebens gekappt hatte, schien fest entschlossen, von nun an als Monstrum durchs Leben zu gehen. Zwanzig Jahre Müßiggang und lässiges Leben hatten ihn an einen Punkt gebracht, wo Vergnügen nur noch ewige Wiederholung war und alles andere geistlos und öde. Das chronische Koma im Berufs- wie im Privatleben hatte dazu geführt, dass er wie ein Masochist immer heftigere Stromstöße für seine Elektrotherapie brauchte, einfach nur, damit sein Verstand in Gang blieb, und dieser Zwischenfall in der Tiefgarage kam ihm als neuestes Stimulans gerade recht.

Wie kopulierende Tiere waren die zwei Stoßstangen im Kampf ineinander verschränkt. Der Motor von Youngs Wagen ging bis an die Grenzen seines Drehzahlbereichs, und die durchdrehenden Reifen produzierten, durch den Hall der Garage verstärkt, ein so durchdringendes Kreischen, dass binnen kurzem eine kleine Menschenmenge zusammengelaufen war. Er nahm den Fuß erst vom Gas, als der Parksünder in die Ecke gedrückt war. Er stellte den Motor ab und nahm die Herausforderung des Publikums an, aus dessen Mitte auch prompt der Eigentümer des Wagens hervortrat. Majestätisch stieg Young aus seinem Fahrzeug, gern bereit, den Disput auf verbaler Ebene fortzusetzen.

»Sie haben auf meinem Parkplatz gestanden«, verkündete Young mit Überzeugung und prüfte kurz, dass sein Mini-Pferdeschwanz, das Anzeichen einer lässigen, freidenkerischen, freiheitsliebenden und frei liebenden Zeit, sich auch nicht geöffnet hatte.

»Ihr Platz? Welche Nummer?«, raunzte der kahlköpfige Asiate, an dessen Hals schon die Adern hervortraten, ihn an.

»Sehen Sie hier? Fünfundzwanzig. Können Sie lesen? Fünfundzwanzig. Das ist mein Parkplatz, Arschloch.«

»Welche Etage?«

»Etage?«, fragte Young, plötzlich kleinlaut.

»Ja. Welche Etage?«

Young sah sich um. Auf dem Schild stand 2B. Er war in der falschen Etage.

Sofort schlug seine Stimmung von selbstgerechter Streitlust um in Scham. »Oh«, sagte er. »Sie haben recht. Ich weiß gar nicht, wie mir das passieren konnte. Ich fahre meinen Wagen sofort weg. Nichts für ungut, ja? Tut mir wirklich leid.« Youngs nun schmeichlerische Stimme war die Stimme seines früheren Ichs, so wie sie an dem Tag geklungen hatte, an dem er sich um seine erste Stelle beworben hatte: hohl, ängstlich, unaufrichtig. Er stieg wieder in den Wagen, ergriff die Flucht vor seinen Zuschauern, bot ihnen noch das Quietschen seiner Reifen, als er sich nun in Richtung der tieferen Parkdecks davonmachte.

Unangekündigt erschien er im Büro seines Vorgesetzten, heftig schwitzend und mit der Hand am Hemdkragen, um Luft hereinzulassen. Er nestelte noch an den Knöpfen, als er sich auf einen Stuhl vor dem Schreibtisch des Chefredakteurs fallen ließ. Der Chef blickte auf und fixierte sofort die Kerbe in der Nase seines Untergebenen.

Ray Hungerford, der rotgesichtige stellvertretende Chefredakteur, hatte gerade über die untergehende Sonne sinniert. Hungerford hatte das, was eigentlich nur eine vorübergehende Stellung sein sollte, nun schon fünf lange Jahre inne, und ein Ersatz war nirgends in Sicht. Er war wie jener Wachtposten, der für ein paar Minuten aufgestellt wird und auf weitere Befehle warten soll, den aber sein Kommandant vergessen hat, und jetzt, fünf Jahre später, der Krieg ist vorüber und der Kommandant gefallen, steht der Wachtposten immer noch allein da, das Gewehr schussbereit, und kämpft in seiner Phantasie einen Ein-Mann-Krieg.

»Da bin ich wieder«, sagte Young mit einem Seufzer.

»Das sehe ich.«

Young saß da und zerrte nun an seinen Manschetten, so als versuche er, aus seinen Kleidern zu schlüpfen. »Ich hab was für euch«, sagte er. »Und zwar eine verflucht gute Geschichte. Aber zuerst – habt ihr meine Berichte über die Überschwemmung bekommen?«

»Du hast eine Handschrift wie ein Fünfjähriger.« Hungerford hatte Youngs Reportage von den Überschwemmungen in Süd-Taranaki eben gelesen. »Die Hälfte konnten wir überhaupt nicht entziffern. Meine Enkelin schreibt besser als du.«

»Ich habe das im Auto geschrieben. Die Straße war durch einen Fluss abgeschnitten. Das Wasser kam schon zu den Türen rein. Ich kann froh sein, dass ich noch am Leben bin. Willkommen zurück, Vic. Danke, Ray. Schön, wieder hier zu sein.«

»Was hast du für eine Geschichte?«

»Erzähl ich dir gleich. Zuerst die Banalitäten. Wie geht's dir?«

»Ich kriege keine Luft. Diese Bürotürme, fünftausend

Fenster, und keines lässt sich öffnen, kein einziges. Die wissen, dass wir springen würden. Also, was …«

»Okay. Mach dich auf was gefasst.« Young rieb sich begeistert die Hände.

»Kannst du mir nicht das Vorgeplänkel ersparen?«

»Bereit?«

»Schieß los.«

Der Chefredakteur hörte sich geduldig die Geschichte an, dann sagte er: »Du willst mich verarschen.«

»Ich habe ein Foto.«

»Wo?«

»Hier drin.« Young pochte auf seine Kameratasche, mit einem zufriedenen Grinsen.

»Aber wie bist du –«

»Ich hab zum Tanken gehalten. Die Geschichte erzählt bekommen. Dann musste ich nur den anderen nachfahren, raus aufs Land.«

Hungerford schaute seinen Reporter an. Young nickte heftig, jetzt, wo er sah, dass seine Nachricht die erhoffte Wirkung tat. »Was sagst du?«

Ray Hungerford schaukelte mit seinem Stuhl hin und her. Er war zweiundsechzig Jahre alt und hatte eine so große Ähnlichkeit mit Spencer Tracy, dass Leute ihm oft mit Wohlwollen begegneten, ohne dass sie so recht wussten, warum. Das Interesse, das Vic Young mit seiner Story geweckt hatte, schwoll an zu blutrünstiger Gier.

Young erhob sich und rückte seinen Kragen zurecht. »Ich brauche Spesen und einen anderen Wagen. Der Granada läuft nicht mehr gut.« Er hatte es eindeutig auf den Rover abgesehen, der normalerweise für den Chefredakteur reserviert war.

»Nimm den Honda.«

»Ich will keinen Honda. Ich brauche Vierradantrieb. Du solltest sehen, wie es da aussieht. Das Land ist halb im Schlamm versunken.«

Der Chefredakteur verlangte einen telefonischen Bericht alle vier Stunden, denn er sah kommen, dass sich das Ganze als kostspielige Jagd nach einem Phantom erweisen würde. Young war bereits zur Tür heraus, aber Hungerford hörte noch seine Bestätigung aus dem Flur: »Ja, mach ich.«

Nun, wo er wieder in der Stille saß, seufzte Hungerford tief, versuchte mit dem Blasebalg in seiner Brust die stickige Büroluft zu vertreiben. Er beugte sich vor, schaltete einen kleinen Ventilator an und drehte ihn mit dem Finger so hin, dass der Luftzug ihn genau im Gesicht traf. Er versuchte zum ersten Mal durchzuatmen, mit leicht geöffneten Lippen, widmete seine Arbeit auf dem einsamen Posten nun ganz dem Ringen nach Luft.

Vic Young schlängelte sich in Opunake ein wie ein Aal in einen Fluss. Phillip Sullivan war der Einzige, dem das Kräuseln des Wassers auffiel, als der grüne Rover auf der Hauptstraße an der Bibliothek vorbeiglitt. Phillip polierte die Einfassung des neuen Mitteilungsbrettes am Bibliothekseingang, eine Neuerung, die er sich selbst ausgedacht hatte und von der er hoffte, dass schon bald öffentliche Mitteilungen und Arbeitsgesuche dort hängen würden, zur weiteren Festigung der Stellung der Bibliothek als Mittelpunkt des Gemeindelebens. Als er aufblickte, fuhr Youngs schwerer, schlammbespritzter

Wagen im Schritttempo vorbei. Er sah das Gesicht des Fremden in dem halbkreisförmigen Feld, das der Scheibenwischer auf der Windschutzscheibe frei gewischt hatte. Bei solchem Tempo wäre es schön gewesen, wenn der Fremde gewunken oder ihm zugenickt hätte, doch kein solcher Gruß war zu sehen. Und bevor Young die hochgeschobene Sonnenbrille wieder herabzog und weiterfuhr, blickten die beiden Männer einander in die Augen, ohne dass einer vom anderen wusste, dass sie nicht nur die Arbeit im Dienste des gedruckten Wortes verband, sondern, noch wichtiger, das Interesse an Delia Chapman. Solange die beiden lebten, würden sie nie ein Wort miteinander wechseln, doch die folgenden Wochen sollten von einer langen Reihe ihrer Nichtbegegnungen geprägt sein.

Der Journalist mit der Kerbe in der Nase nahm ein Zimmer im Sahara Desert Motor Inn. Auf seine Nachfrage erfuhr er, dass der Unterschied zwischen einem Motor Inn und einem Motel darin bestehe, dass Ersteres mehr Parkplätze als Zimmer habe. Über der Rezeption hing ein Schild: KEIN KRAWALL. KEIN DAMENBESUCH. KEIN RADIO.

Young machte einen guten Eindruck auf die Rezeptionistin, denn er ließ sie über den Zweck seines Besuches im Unklaren. Einfach, indem er fachmännisch Klingendes über Meerwasser äußerte, überzeugte er sie, dass er Artikel für das Ministerium für Landwirtschaft und Fischereiwesen schreibe. Meerwasserverschmutzung, erklärte er, müsse frühzeitig erkannt werden, denn alles Leben auf Erden sei abhängig von den gewaltigen Ozeanen. Mit sorgenvoller Miene vermerkte er, dass Fisch auf der Speisekarte der Cafeteria stand, und erkundigte sich, ob es sich um vor Ort gefangenen Fisch handle. Erschrocken versicherte sie ihm, ganz bestimmt sei es so. Und das sei gut so, antwortete er und ließ sie stehen, verdattert, doch erleichtert.

Er bekam das beste Zimmer im Motor Inn. Es war dasjenige, das am nächsten am Hauptgebäude lag und damit am weitesten ab von dem Generator, der alle sechs Stunden einen Höllenlärm produzierte und damit die Beagles, die zum Anwesen gehörten, einen Veitstanz aufführen ließ, als seien sie allesamt vom Bandwurm befallen. Er bekam zwei Parkplätze, noch dazu unter einem Vordach, und wurde von da an behandelt wie ein Würdenträger. Die allergrößte Aufmerksamkeit ließ man der Qualität des Wassers angedeihen, das ihm jeden Tag in einer geschliffenen Karaffe auf sein Zimmer gestellt wurde, mit Zitronenvierteln und einer täglich erneuerten Notiz »Mit den besten Empfehlungen«.

Gleich nach seiner Ankunft rief er in der Redaktion an und berichtete, dass es schon jetzt eine dramatische Zuspitzung der Story gebe. Young hatte an derselben Tankstelle wie am Tag zuvor getankt und wieder mit dem Tankwart geredet, einem Mann namens Max, und dabei erfahren, dass ein junges Mädchen aus der Gegend erzählte, sie habe das Raumschiff gesehen, habe die Besucher kennengelernt und habe Sex mit ihnen gehabt. Nicht mit einem, sondern mit mehreren. Sie habe beim Dorfpolizisten sogar eine Aussage darüber gemacht. Das Schweigen des Chefredakteurs am anderen Ende war alles, was er an Ermunterung brauchte.

Nachdem er sich in seinem kleinen, unkomfortablen Zimmer eingerichtet hatte, fuhr Young hinaus zur Fleischfabrik. Er saß in seinem grünen Geländewagen und aß ellenlange Lakritzstreifen; er wartete auf den Schichtwechsel und hoffte, dass er das Mädchen nach der Beschreibung, die er mit professionellem Geschick aus dem Tankstellenbesitzer herausbekommen hatte, erkennen würde. Hauptsächlich wusste er, dass sie ein schlaksiges Mädchen war, und vertraute darauf, dass sie sich durch irgendetwas zu erkennen gab. Vielleicht war sie der Mittelpunkt einer Clique, schon eine Berühmtheit, mit einer Verehrerschar im Schlepptau. Doch als das Schichtende kam, entdeckte er sie nicht, und zog ohne seinen Schnappschuss wieder ab.

Am nächsten Morgen, nach einem königlichen Frühstück, kaufte Vic Young einen Film für seine Kamera, wobei er allen Fragen nach seiner Herkunft und dem Zweck seines Besuches, die ihm die neugierige Verkäuferin in der Drogerie stellte, geschickt auswich. Er überquerte die Hauptstraße und machte eine Aufnahme von dem Anschlagbrett vor der lächerlich kleinen Bibliothek. An den neuen blauen Filz war eine Karte geheftet, auf der Gärtnerarbeiten angeboten wurden, und eine andere mit dem Text: »Taxidermie – Gute Preise, alle Tiere und Haustiere«.

Drinnen in der Bibliothek verstärkte Phillip Sullivan die Rücken alter Bände mit Pappstreifen. Young nickte ihm beim Eintreten zu, sprach jedoch kein Wort und ging sofort ans vorderste Regal. Müßig und amüsiert ließ er den Blick über die Buchrücken schweifen. Phillip erkannte in ihm den Autofahrer vom Vortag wieder, und er nahm an, dass es nicht die Liebe zur Literatur war, die ihn hierhergeführt hatte.

Gelassen schlenderte Young an den Regalen entlang und sah Bücher zur Lokalgeschichte, zur Pionierzeit, uralte vergilbte Almanache. Aber mit seinem journalistischen Talent, über Goldminen zu stolpern, ohne dass er überhaupt wusste, dass er sie suchte, blieb er vor einem Brett mit Jahrbüchern der Highschool von Opunake stehen. Die Bücher waren chronologisch geordnet, sie reichten ein ganzes Jahrhundert zurück, und er nahm eins nach dem anderen heraus und bewegte sich dabei rückwärts in der Zeit. In noch nicht einmal zehn Minuten hatte er gefunden, was zu finden er nie gehofft hätte. Auf einer kleinen, vergilbten Fotografie hielt die junge Delia Chapman einen Basketball in den Händen: ein ernstes Kind, nach dem Bild zu urteilen, langes dunkles Haar, recht hübsch. Sie stand ein wenig abseits von den anderen, ob nun aus Zufall oder Wesensart, die Augen zusammengekniffen, höchstens zwölf. Auf dem Trikot stand GS, für *goal shoot* – Werferin –, nahm er an.

Mit dem Bild konnte sich Vic Young nun ein Gesicht zu dem Namen vorstellen, der ihn den ganzen vergangenen Abend von seinem Laptop ferngehalten hatte; er hatte keinen Anfang für seine Story gefunden, wartete auf Inspiration, konnte bei dem Lärm des Generators weiter hinten nicht schlafen. Er stellte sich so, dass der Bibliothekar ihn nicht sehen konnte, und war eben im Begriff, mit einem Husten zugleich das Blatt aus dem Buch zu reißen, als Phillip wie ein Racheengel hinter ihm auftauchte. Youngs Daumen und Zeigefinger erstarrten, doch er zerrte bereits an dem fraglichen Blatt. Phillip hatte einen bekannten Bibliotheksschädling – den Seitenherausreißer – auf frischer Tat ertappt, doch bevor einer der beiden Männer ein Wort sagen konnte, störte die Stimme des Bürgermeisters ihre Zweisamkeit, und so blieb Young die Schande des Entdecktwerdens erspart.

»Was zum Teufel ist das hier?!« Sullivan kam an den

Schalter und fuchtelte mit einem gelben Zettel. Phillip ging zu ihm hin. Young sah ihnen von ferne zu, das Jahrbuch noch immer in der Hand.

»Die waren überfällig«, sagte Phillip. »Ich habe dir drei Erinnerungen auf den Küchentisch gelegt.«

»Und du schickst mir eine *Rechnung*?«

Phillip nahm seinem Onkel den Zettel aus der Hand und las die Titel laut vor. »*Fischen im Tongariro, Kirche unterm Hakenkreuz* und *Chile unter Pinochet.*« Er sah seinen Onkel an. »Hast du sie?«

»Das weiß ich nicht. Du hättest selbst nachsehen können. Schließlich biete ich dir ein Dach über dem Kopf!«

»Das habe ich.«

»Wieso hast du dann nicht mit mir darüber gesprochen, bevor du mir eine Rechnung schickst?«

Phillip erklärte ihm, dass er 485 Mahnungen verschickt habe und keine Ausnahme machen könne. Außerdem habe er auch versucht, mit ihm zu reden. »Du hast mir gesagt, ich soll dir damit nicht zur Last fallen. Du hast gesagt, ich soll mich selbst drum kümmern.«

»Das nennst du kümmern? Ich will dir sagen, wie das heißt. In der Army heißt das Beschuss von der eigenen Seite. Du feuerst auf deine eigenen Leute!« Wieder fuchtelte er mit dem gelben Zettel, schwer getroffen.

Phillip ließ sich von seinem Onkel nicht einschüchtern. »Das finde ich nicht. Ich habe nur gleiches Recht für alle gelten lassen.«

»Blödsinn! Mir fehlen die Worte. Mir fehlen die Worte!«

Vic Young war zur Tür gegangen und hielt das Buch in die Höhe.

»Was wollen *Sie* denn?«, schnauzte der Bürgermeister ihn an.

»Ich hätte gern dieses Buch hier ausgeliehen.«

»Was hält Sie davon ab? Dann geben Sie das Scheißbuch her.« Der Bürgermeister hatte das Kommando übernommen; er krempelte seine Ärmel hoch und übernahm den Platz des Bibliothekars.

»Aber ich bin kein Mitglied hier. Ich wollte es nur kurz über Nachmittag mitnehmen.«

»Wie meinen Sie das, kein Mitglied? Und was soll das heißen, nur über Nachmittag? Nur kurz über Nachmittag? Was wollen Sie überhaupt?«

Young zeigte dem Bürgermeister das Buch. Der Bürgermeister, ohnehin schon von einer ganz und gar unbibliothekarmäßigen Schroffheit, war nun vollends verwirrt. »Wozu wollen Sie denn so einen Blödsinn lesen? Die sind nicht zum Lesen da.«

Young hatte diesen Augenblick kommen sehen. Schon den ganzen Vormittag hatte er das Gefühl gehabt, dass der Mantel seines Inkognitos Löcher bekam. Die Einheimischen hatten ihn dermaßen angestarrt, dass er sich immer nackter fühlte. Aber noch wäre es taktisch unklug gewesen, zu erkennen zu geben, weswegen er hier war.

»Ich interessiere mich für die Geschichte der Highschool von Opunake. Ich bin Journalist«, sagte Young.

Ein entscheidender Augenblick war gekommen. Young hatte die volle Aufmerksamkeit von Bürgermeister und Bibliothekar. Ein Journalist? Beiden war anzusehen, dass sie genauere Auskünfte erwarteten.

»Also, ich … ich dokumentiere solche alten Einrichtungen

in der Provinz«, antwortete Young, ignorierte taktisch den jüngeren Mann und konzentrierte sich ganz auf den Bürgermeister, den Hauptakteur.

Da er nicht wusste, wie er in seiner Rolle als Bibliothekar darauf antworten sollte, lächelte Jim Sullivan einfach nur. »Alte Einrichtungen, was? Verstehe.« Dann ging er wieder zum Angriff über. »Da müsste ich schon einen ziemlich überzeugenden Ausweis haben, bevor ich Sie so etwas ausleihen lasse. Das ist unersetzlich, dieses Buch.«

Der Journalist nickte, das Buch wie Blei in seinen Händen. Aus der Hosentasche holte er seinen Presseausweis.

Der Bürgermeister studierte ihn. »Verstehe«, murmelte er. »Und für welche Zeitung?«

»Der *Enquirer. Sunday Enquirer*.«

»Oh, dann ist ja gut.« Der Bürgermeister tat, als sei nichts dabei, und drehte sich dann zu dem gänzlich entmachteten Phillip um und sagte mit einem Tonfall, als habe er nichts anderes als das Eintreffen des Journalisten zu exakt diesem Zeitpunkt erwartet: »Ja, warum haben Sie das nicht gleich gesagt? Phillip hier wird Ihnen mit Ihrer Bitte weiterhelfen, nicht wahr, Phillip? Sei ein braver Junge.«

Etwa zwei Morgen Industriefläche in bester Lage waren für den Bau des Badeparadieses von Opunake gerodet worden, und mit stolzgeschwellter Brust führte der Bürgermeister Vic Young zum Bauplatz und zeigte ihm die Pläne.

Ein Park mit Statuen und Springbrunnen sollte ein Becken mit Olympiamaßen säumen: Genau hier, erklärte Sullivan begeistert und wies auf die mit Wasser vollgelaufene Grube, einen stinkigen Sumpf. Der Höhepunkt aber sollte die Wasserrutsche werden – eine gewaltige Brezel aus Plastikröhren, die den Abenteuerlustigen durch ein ganzes Dutzend höllischer Schlingen und Kurven sausen ließ, bis sie ihn am Ende in einem kleinen Tauchbecken ausspie. Es sollte ein atemberaubendes Erlebnis werden. Der Bürgermeister hatte sich bereit erklärt, persönlich die erste Fahrt zu machen, und diese Werbenummer sollte der Höhepunkt der Eröffnungsfeierlichkeiten sein. Die Baukosten von anderthalb Millionen Dollar sollten seine braven bäuerlichen Steuerzahler in fünf Jahresraten abbezahlen. Das alles, erklärte er dem Journalisten, mit dem er mitten in der geschändeten Landschaft stand, solle touristisches Potential für die Gemeinde schaffen und ein für allemal das Vorurteil ausräumen, dass Opunake ein verschlafenes Nest sei. Der Journalist nickte mit der Geduld, die er für seine Arbeit brauchte, und Langeweile machte sich in jeder Zelle seines Körpers breit. »Ah ja«, murmelte er mechanisch von Zeit zu Zeit.

Das erste vorgefertigte Röhrenteil für die Wasserrutsche, der Looping, sollte an diesem Abend per Lastwagen von Auckland geliefert werden. Der Bürgermeister, der im Glauben war, der Journalist sei gekommen, um diesem Schauspiel beizuwohnen, und sei nur aus Höflichkeit bisher nicht darauf zu sprechen gekommen, schlug Vic herzlich auf die Schulter.

»Die Geschichte, dass Sie sich für alte Institutionen auf dem Lande interessieren, habe ich Ihnen nie abgenommen, keinen Augenblick lang.«

Young schloss sein Notizbuch, in das er nur ein einziges Wort – »Looping« – geschrieben hatte, und fragte: »Also, was hat es denn nun mit diesem Raumschiff auf sich?«

Der Bürgermeister ließ weiter den Blick über das Gelände schweifen, während er die Frage verarbeitete. Er drehte sich nicht gleich um und sah den Journalisten nicht an. Doch als er es tat, legte er in seine Worte eine solche Würde, dass mehr als klar war, dass dies seine ersten wie auch seine letzten zu dem Thema waren.

»Mr Young, von solchen Dingen wissen wir hier in der Gegend nichts.«

Und dann steuerte der Bürgermeister das Gespräch sogleich wieder an sicherere Ufer zurück, zu seinen anderen großen Neuerungen: zu Parkstreifen an der Hauptstraße und der gnadenlosen Reduzierung der Zahl städtischer Angestellter um fünfzig Prozent. Selbst den Leuchtturmwärter, prahlte der Bürgermeister, habe er durch einen Mikrochip ersetzt, und jetzt sitze er in der Einöde dort draußen nur noch als schnöder Aufseher an seinem alten Arbeitsplatz.

Jungfrauen im Geiste

Delias Cousine hatte am Samstagvormittag beim Basketball in der Position des Center gespielt und fühlte sich alles andere als wohl. Immer wieder hatte sie den Zorn von Harvey Watson erregt, der, nun ganz Basketballtrainer, im Schlamm des Spielfeldrands stand und sie anbrüllte.

»Yvonne! Yvonne! Beweg dich! B3, B3! Heilige Muttergottes!«

Die Mädchen waren nicht in Form. Sie liefen oft mehr als die erlaubten zwei Schritte, bevor sie den Ball weitergaben. Suzy Jackson, schwer verkatert nach einem unerlaubten Abend im Pub, streckte im mittleren Drittel vergebens die Hände nach dem Ball aus. Deborah Kerr, zu klein für ihre Gegnerin, konnte nur hilflos zusehen. Watson war außer sich. Die neuen Spielzüge, die er sich ausgedacht hatte, eine Folge von Vektoren, Bögen und punktierten Linien, auf dem Papier von einer geradezu poetischen Einfachheit, hatten in der Wirklichkeit keinen Platz, und das Spiel war eine einzige Katastrophe.

»Ab ins Netz, Delia! Ab ins Netz, Dee!«

Delia Chapman war eben erst als Auswechselspielerin auf den Platz gekommen und lief zu ihrer Position als Werferin ganz vorn am Netz. Blaue Flecken waren an Armen und Beinen zu sehen. Binnen Sekunden hatte sie den Ball in Händen und warf ihn, fast ohne hinzusehen, in Richtung Ring, und mit einem Zischen ging er durchs Netz. »So ist's gut!«, brüllte Watson erleichtert, »so soll es sein. Weiter so!« Delia war seine Geheimwaffe, sein Ass im Ärmel. Oft war sie allein es, der er den süßen Geschmack des Sieges verdankte – das Gefühl, dass er wenigstens einen Augenblick lang zu den Gewinnern in diesem Leben zählte. Kein Wunder also, dass sie sein Liebling war und dass er sie zurückhielt bis zum entscheidenden Augenblick.

Mit Delias Wurf änderte das ganze Spiel seine Farbe. Strategien, die schon den ganzen Vormittag nicht geklappt hatten, gingen plötzlich auf, beinahe so, wie Watson sie sich schon die ganze Woche über bei seinen übelriechenden Frühstücken ausgemalt hatte, und als der Schlusspfiff kam, seine Stimme heiser vom Brüllen, stürmten seine Spielerinnen zu ihm hin und umringten ihn im Triumph.

Er versuchte, das ganze Team zu umarmen wie eine einzelne Person, schlang die Arme um alle zusammen wie ein Schwachsinniger, der in einen dicken Baum verliebt ist. Die schrillen Schreie der jungen Frauen hallten ihm in den Ohren. Die Reihe der glücklichen Küsse, die er von ihnen auf die Wange gedrückt bekam, wollte nicht enden, und das Aroma von Schweiß und feuchten Trikots war ein betörender Duft für diesen Mann, bei dem Pflichterfüllung, Ehre, der Gedanke an seine Pension und die Achtung vor seinem Berufsstand allesamt dafür sorgten, dass in solchen Augenblicken des Glücks keine falschen Gedanken aufkamen.

Sie gingen zum Feiern in den Pub, wo er für jede der jungen Frauen eine Fanta ausgab, sich selbst genehmigte er ein Bier, und dann saß er dort, ein Bild der Zufriedenheit, von allen anderen Männern in der Bar beneidet – »was der für ein Glück hat« –, der Hugh Hefner unter den Basketballtrainern.

Yvonne McKay wurde schon nach dem ersten Schluck schlecht. Sie war weiß wie die Wand, und als sie zum Waschraum wollte, um sich Wasser ins Gesicht zu spritzen, klappte sie zusammen, mitten auf dem Boden. Die Knie gaben nach, und ihr Kopf verfehlte im Sturz nur knapp die Tischkante.

Sie riefen Watson. Er ließ sein Bier stehen, kniete sich neben sie und gab ihr Klapse auf die Wange. Als sie die Augen aufschlug, sagte er: »Ich glaube, wir schauen lieber mal beim Doktor vorbei.« Yvonne wurde von den anderen verabschiedet wie eine Auswanderin. Lieder wurden gesungen, Arme winkten in einem Überschwang der Anteilnahme, angeheizt von der Hochstimmung des Siegs.

Im Sprechzimmer setzte Yvonne sich auf die Kante des Untersuchungstisches, ließ die Beine baumeln und fühlte sich schon wieder viel besser. Sie hatte immer noch ihr hornissengelbes Basketball-T-Shirt an, mit einer Kuh als Markenzeichen. Watson wartete draußen und blätterte versonnen in einem Exemplar des *National Geographic*.

Dr. Jonathan Lim war ein chinesischer Arzt, der in Pekinger Kardiothoraxkreisen für seine kleinen Hände berühmt gewesen war. Wo andere Chirurgen Rippen aufsägen mussten, um mit ihren dicken Pranken in die Brusthöhle zu kommen, konnte Dr. Lim, federleicht wie ein Tänzer, zwischen den Rippen eines Patienten hindurchgreifen und brauchte ihm keinen Knochen zu brechen, ein Kunststück, das ihm tausend dankbare Bewunderer in drei Städten beschert hatte. Bei den Demonstrationen auf dem Platz des Himmlischen Friedens war er in Ungnade gefallen, weil er Studenten medizinische Hilfe geleistet hatte. Er hatte China den Rücken gekehrt und sich in der willkommenen Anonymität von Neuseeland eingerichtet, und da seine Qualifikationen dort nicht anerkannt wurden, musste er als einfacher Landarzt praktizieren.

Er wollte sich Yvonne genauer ansehen. Ihre Gesichtsfarbe gefiel ihm nicht. Sie war bleich und viel zu mager. Dr. Lim, der sich auch in Homöopathie und traditioneller chinesischer Medizin auskannte, sah, wie er es nannte, ein »Ungleichgewicht der inneren Chemie«, und er stellte ihr Fragen nach ihren Monatsblutungen. Er ließ sich sagen, dass Yvonne schon seit drei Monaten keine Periode mehr gehabt hatte. Dr. Lim machte sofort einen Schwangerschaftstest.

Binnen kurzem erfuhr Yvonne, verschüchtert, verlegen, sechzehn Jahre alt, dass sie schwanger war. Der Arzt hielt den Teststreifen in die Höhe, und sie starrte zuerst den Streifen an, dann den Doktor, dann brach sie in Tränen aus. Als sie ihre Sprache wiederfand, erklärte sie, das müsse ein Irrtum sein.

»Wieso das?«

»Weil«, erklärte sie zögernd, als ob es auch ihr selbst ein Rätsel sei, »ich noch nie mit jemandem geschlafen habe.«

Jetzt bekam sie es mit der Angst zu tun. Sie bat ihn, den Test noch einmal zu machen. Auf der Stelle. Er müsse ihren Urin mit dem von jemand anderem verwechselt haben.

Dr. Lim wollte Näheres zu ihrer Jungfräulichkeit wissen. Mit leiser, doch fester Stimme erklärte sie ihm, jawohl, sie sei noch Jungfrau, und folglich könne sie nicht schwanger sein. Selbst Ärzte sind auf manche Antworten nicht gefasst, und so entgegnete er nichts darauf.

Schließlich öffnete sich die Sprechzimmertür wieder. Dr. Lim begleitete Yvonne McKay hinaus und gab sie in die Obhut des Trainers zurück. Watson ließ die Zeitschrift offen liegen, aufgeschlagen bei einer Abhandlung, die von Schwarzen Löchern im Weltall handelte, so als ob er damit rechnete, dass er seine Lektüre zu einem späteren Zeitpunkt wiederaufnehmen könne.

»Es geht ihr schon wieder besser.« Lächelnd streckte Dr. Lim Harvey Watson eine seiner berühmten Hände entgegen.

Watson hatte beschlossen, dass sie nicht in den Pub zurückfahren würden. Im Streifenwagen fragte er Yvonne, wieso der Arzt denn so lange gebraucht habe, um ihr ein paar Pillen zu verschreiben. Yvonne zögerte einen Moment lang, dann kam die kryptische Antwort, der Doktor habe noch eine Urinprobe gebraucht.

Mrs McKay öffnete Yvonne die Tür und pustete dabei auf ihre Finger, damit der rote Nagellack schneller trocknete. Sie wusste sofort, dass etwas nicht stimmte, als sie Watsons Hand auf der Schulter ihrer Tochter sah.

Watson antwortete auf den fragenden Blick.

»Ich hab sie zum Arzt gebracht. Sie fühlte sich nicht besonders, was, Yvie?«

Yvonne schüttelte den Kopf.

»Im Pub ohnmächtig geworden.«

»Was hast du? Was hat der Arzt gesagt?«

Doch Yvonne konnte die Frage nicht ertragen und brach in Tränen aus, stürmte an ihrer Mutter vorbei und den Flur hinunter, und dann hörte man, wie die Tür zu ihrem Zimmer zugeknallt wurde.

Watson zuckte mit den Schultern.

»Was ist los?«, fragte Mrs McKay streng.

Watson konnte ihr nur anworten, was Yvonne zu ihm gesagt hatte – dass der Doktor eine Urinprobe gewollt habe.

Mrs McKay riss die Augen auf, denn als Mutter brauchte sie nur eine einzige Sekunde, um eins und eins zusammenzuzählen.

»O nein«, sagte sie. »Alles, nur das nicht.«

In der gedämpften Stille des abendlichen Wohnzimmers, zwischen hysterischen Heulanfällen, die ihren Vater zu einem Marathon des Aufundabgehens anstachelten, hielt Yvonne an ihrer unmöglichen Geschichte fest.

Mrs. McKay hätte sie am liebsten geohrfeigt. Mr McKay sagte, davon werde es auch nicht besser. Vielleicht sollten sie den Priester holen. Vielleicht sei es Gottesfurcht, was ihrer Tochter fehle: Mit Reden kämen sie jedenfalls nicht weiter. Yvonne weigerte sich, mit einem Priester zu sprechen, und wieder knallte ihre Zimmertür.

»Du wirst mit ihm reden, wenn ich dir das sage«, schrie Mrs. McKay durch die geschlossene Tür.

»Lass mich in Ruhe«, kam die Antwort.

Die McKays fassten einen Beschluss. Yvonne würde das Haus erst wieder verlassen, wenn sie den Namen des »verfluchten Dreckskerls« preisgegeben hatte, für den sie die Beine breitgemacht hatte. Egal, wie lange es dauerte; bis dahin blieb die Haustür zu.

Yvonne zeigte keine Reue. Ja, sie sei schwanger; doch ebenso eisenhart blieb sie dabei, dass sie noch Jungfrau sei. Normalerweise war sie kein mutiges Mädchen, doch nun, im

Angesicht der elterlichen Strenge, entwickelte sie eine neue Kraft. Sonst schaltete sie nicht einmal den Sender am Fernseher um, ohne dass sie vorher um Erlaubnis bat, doch nun schien sie Gefallen an einer ausgewachsenen Teenagerrevolte zu finden, nicht nur gegen ihre Familie, sondern auch gegen ihr altes Ich.

Mrs McKay hatte den Verdacht, dass ihre Nichte Delia Chapman etwas mit dieser Sache zu tun hatte. Sie hatte von Delias Geschichten mit den Außerirdischen gehört, und da lag die Verbindung nahe. Sie beschloss, ihren Bruder Marty anzurufen.

Zwei Stunden später führte Mr McKay Marty und Delia Chapman ins Wohnzimmer. Es war ein Krisengipfel, das erste Mal, dass die Familie seit dem Begräbnis zusammenkam. Und für die McKays zumindest war die Situation nicht minder angespannt als damals. Tee wurde serviert, und es herrschte ein verlegenes Schweigen.

Yvonne hatte sich in einem Sessel zusammengerollt. Delia saß auf dem Sofa neben ihrem Vater, die Teetasse auf dem Knie. Mr McKay, zu verärgert, um sich zu setzen, und der Möglichkeit des Aufundabgehens beraubt, stand am Fenster, und Mrs McKay, von der alle außer Yvonne sich Instruktionen für das weitere Vorgehen erhofften, saß stocksteif auf der Vorderkante des Schaukelstuhls, der sich unter ihrem beträchtlichen Gewicht weit nach vorne neigte.

»Es scheint also«, sagte Mrs McKay schließlich, »dass Delia ein Raumschiff gesehen hat, und jetzt ist Yvonne schwanger und kann sich nicht mehr erinnern, von wem. Behauptet sie zumindest. Da ist doch irgendwas im Gange. Was heckt ihr da aus, ihr zwei?«

Die drei Elternteile fixierten die beiden Mädchen mit Laserblick.

»Ist das irgendwie … eine Sekte oder so was?«, fragte sie. »Ist es das? Eine Sekte?«

Mrs McKay hatte das Wort »Sekte« noch nie im Leben gebraucht; jetzt, wo sie es aussprach, schien sie selbst schockierter denn je, und offenbar wurde allein durch das Wort die Lage für alle Beteiligten schlimmer denn je. Waren die Mädchen in die Fänge eines Satanskultes geraten, über den sie nicht sprechen konnten?

»Antworte deiner Mutter«, sagte Mr McKay zu Yvonne. Nun war er ehrlich besorgt.

»Nein«, murmelte Yvonne.

»Sprich laut und deutlich!«

Delia griff ein. »Nein. Ist es nicht.«

»Na, es *klingt* aber wie eine Sekte!« Mrs. McKay begeisterte sich an der Macht dieses neuen Wortes. »Wenn es keine Sekte ist, was ist es dann?«

Marty Chapman stieß seine Tochter mit dem Knie an, und ihr Tee schwappte in die Untertasse.

»Es ist überhaupt nichts«, sagte Delia.

Mrs McKay hielt sich nun an sie und gab die Hoffnung auf, aus ihrer teilnahmslosen Tochter noch etwas herauszubekommen. »Und du willst mir weismachen, dass du nicht weißt, wer Yvonne … geschwängert hat?« Das Wort blieb ihr im Hals stecken wie eine Fischgräte.

»Stimmt«, sagte Delia.

»Du weißt nicht das Geringste?« Mrs McKay sah ihre einzige Chance darin, dass sie das Stärkere der beiden Mädchen zum Reden brachte.

»Nichts. Aber ich wünschte, ich wüsste was«, sagte Delia und blickte Yvonne genauso fragend an wie alle anderen.

»Um ehrlich zu sein, das glaube ich dir nicht«, sagte Mrs McKay. »Ich denke mir, ihr zwei steckt unter einer Decke, und ich kriege das schon noch aus euch heraus.«

Marty Chapman hatte bisher kein einziges Wort gesagt, so sehr nagte die Sorge an ihm; seine einzige Reaktion jetzt war ein zweiter Stoß an das töchterliche Knie.

»Gut«, sagte Delia. »Das kannst du versuchen. Aber es gibt nichts herauszukriegen.«

»Na, sie ist ja wohl nicht von alleine schwanger geworden!«, brüllte Mrs McKay, der nun endgültig der Kragen platzte. Sie sprang auf, und der Schaukelstuhl schlug mit einem Knall gegen die Wand.

»Na, von *mir* ist sie jedenfalls nicht schwanger!«, brüllte Delia zurück.

Und da konnte ihr keiner widersprechen.

Es folgte ein erschöpftes Schweigen, und Marty und Delia erhoben sich zum Gehen, denn an diesem Abend würden sie wohl nicht mehr herausbekommen. Marty gab jedem kurz die Hand und schob Delia dann in Richtung Tür. Er versprach, dass er mit seiner Schwester in Kontakt bleiben werde, und er wolle die Sache mit Delia zu Hause noch besprechen.

An der Haustür stellte Mrs McKay sich in den Türrahmen wie ein Pfropfen und erklärte, dass kein Besuch für Yvonne gestattet sei.

»Sag den anderen Mädchen«, wies sie Delia an, »dass ich sie nicht hier sehen will. Und in *dem* Laden arbeitet Yvonne von jetzt an nicht mehr.«

Delia nickte. Ihre Tante sah müde aus. Sie hätte gern gesagt, dass die Sache für niemanden leicht war, aber sie hielt doch lieber den Mund. Sie dachte noch, wie ähnlich diese Frau ihrem Vater war, doch im nächsten Augenblick knallte die Tür vor ihrer Nase zu.

In seiner Diözese der katholischen Kirche von Neuseeland galt Pater James Richard O'Brien auch mit vierundvierzig Jahren noch als junger Wilder. Er war ein versierter Theologe, in Timaru zur Welt gekommen und schon mit dreiundzwanzig in Rom zum Priester geweiht worden, was als das früheste Alter galt, in dem ein Mann die schwere Last des Titels »Pater« auf sich nehmen konnte. Aus diesem Anlass war ihm sogar eine Audienz beim Papst gewährt worden. O'Brien hatte auf ein paar Worte mit Seiner Heiligkeit gehofft, doch dieser war nur mit ihm niedergekniet und hatte fünfundvierzig Sekunden lang mit ihm gebetet.

Den Überflieger O'Brien hatte man nach Opunake geschickt, und er hatte nie gefragt, warum, obwohl er von seinen theologischen Fähigkeiten besseren Gebrauch in einem städtischen Ambiente hätte machen können, in Auckland oder vielleicht in Wellington mit seinen stocksteifen Intellektuellen.

Der Fall eines schwangeren Mädchens, das absurderweise seine Jungfräulichkeit beteuerte, hätte ihn reizen sollen, hätte Kräfte wecken sollen, die in dieser hinterwäldlerischen Gemeinde so lange brachgelegen hatten. Aber er schien nicht im mindesten erfreut.

Am Ende der Besprechung, zu der Yvonne allein mit dem Priester im elterlichen Wohnzimmer zurückgeblieben war, wirkte sie verzweifelter denn je. Sie kam herausgestürzt, als fliehe sie vor einem Exorzisten, sie rannte wie gehetzt zu ihrem eigenen Zimmer, und ihre Eltern fragten sich, welcher Wortwechsel wohl einer solchen Flucht vorangegangen sein mochte.

»Ich glaube, wir müssen einen Gang zurückschalten«, sagte der Priester, der von der Begegnung genauso mitgenommen schien wie Yvonne. Nur mit Mühe hielt er die Erregung in seiner Stimme unter Kontrolle.

Die Eltern nickten, beugten sich seinem Rat, wollten aber vorher trotzdem, dass er das Beichtgeheimnis brach.

»Sie will mir nichts verraten«, sagte der Priester.

An der Tür gab er ihnen noch sein Urteil. »Ich würde sagen, sie ist verängstigt. Größerer Druck wird da nichts nützen. Für meine Begriffe ist jetzt sogar das Gegenteil zu raten. Ignorieren Sie sie. Leben Sie so normal weiter, wie Sie nur können. Das wird nicht leicht sein, aber eins kann ich Ihnen sagen – nur so wird eines Tages die Wahrheit ans Licht kommen.«

Draußen auf dem Weg, unter vier Augen, brachte Mrs McKay die schwierige Frage einer von der Kirche gestatteten Abtreibung auf; so etwas sei doch, soviel sie wisse, bei Vergewaltigungen möglich. Ihre Stimme war kaum mehr als ein Flüstern, so sehr ging das, was sie sagte, gegen all ihre bisherigen Überzeugungen.

Pater O'Brien ärgerte sich über diesen Vorschlag; er antwortete mit klaren Worten, dass nach seinen Begriffen alle Beteiligten die Schwangerschaft als *fait accompli* ansehen müssten. Er werde Mrs McKays verzweifelter Bitte nicht seinen Segen geben, ganz gleich, wie qualvoll die Lage für sie sei.

»Aber Sie haben ja überhaupt keine Vorstellung, was wir durchmachen«, klagte sie ihrem Seelenhirten, nun schon in jammerndem Ton.

»Das mag sein. Aber die Gesetze der Kirche sind unfehlbar. Machen Sie nicht den Fehler und fallen Sie der Sünde der Eitelkeit anheim.«

»Eitelkeit?«

»Ein Menschenleben, Mrs McKay, auch das eines unehelichen Kindes, ist mehr wert als eine Hochzeit.«

Später am selben Tag kamen Eltern und Tochter überein, dass um des ungeborenen Kindes willen Yvonne gestatten würde, dass Dr. Lims Assistentin sie untersuchte, eine ausgebildete und angesehene Hebamme. Ganz nebenbei konnte dabei auch der Zustand des Jungfernhäutchens geprüft werden, und danach würde man Yvonnes unerhörte Behauptung zu den Akten legen können. Dass die Untersuchung von der Schwester gemacht wurde, war ein Kompromiss. Mr McKay wünschte, dass Dr. Lim sie persönlich vornahm, doch Yvonne hatte sich geweigert: Sie werde nicht zulassen, dass er sie mit seinen »komischen Händen« noch einmal berühre. Da die Schwester jedoch keine Wochenendbesuche machte, mussten die McKays auf die dreiviertelstündige gynäkologische Untersuchung noch zwei Tage warten.

Das Ergebnis der Untersuchung bestätigte die Überzeugung der Eltern: Das Hymen war nicht intakt. Mr McKay, der keine Sekunde lang etwas anderes erwartet hatte, machte nun seinem Ärger Luft. Er tobte durch sämtliche Zimmer des Hauses, fluchte über die Zeitverschwendung und über die Arbeit, die ungetan blieb. Er hatte im oberen Stock eine Stelle gefunden, wo es durchregnete. Das musste er in Ordnung bringen. Jemand hatte seine Tochter gevögelt. Wer war der Kerl? Alles andere war ihm schnuppe.

Mrs. McKay versuchte ihn zu überzeugen, dass das Fehlen des Häutchens zwischen den Beinen ihrer Tochter ein großer Schritt voran sei. Resigniert fielen die beiden sich in die Arme. Sie beschlossen, dass sie den Rat des Priesters befolgen würden: Sie würden sich zurückhalten und warten, bis die Wahrheit eines Tages von selbst ans Licht kam. Das würde nicht leicht werden, aber einen gewissen Trost würden sie in der Vorstellung finden, dass Glaube, wenn er nur fest genug war, am Ende stets seinen Lohn bekam.

Delia erzählte den anderen Mädchen im Packraum alles über Yvonne. Bald kamen die Besucherinnen scharenweise in die Hennessey Street und kümmerten sich nicht um Mrs. McKays Quarantäne – sie wollten die Geschichte von Yvonne selbst hören. Die letzte dieser Besucherinnen war Delia.

Mit dem Versprechen, sie werde ihrer Cousine die Sturheit ausreden, entwaffnete sie ihre Tante und verschaffte sich Zugang zum Haus – Yvonne, die immer alles nachmache, habe ja nur sie, Delia, kopiert. Sie klopfte, und sogleich war sie in Yvonnes Zimmer verschwunden. Yvonne lag auf dem Rücken auf einem ungemachten Bett, nur halb angezogen, und las in einer Zeitschrift.

Delia holte eine große Flasche Scotch aus dem Rucksack; dann klemmte sie einen Stuhl unter die Türklinke, womit ihre Privatsphäre gesichert war.

»Weißt du was?«, fragte sie und schraubte die Flasche auf. »Wenn du weiter diese Jungfrauengeschichte erzählst, stecken sie dich noch in die Klapsmühle. Das würde mein Dad mit mir ja auch am liebsten machen.«

Yvonne versuchte zu lächeln, und erst jetzt sah Delia, wie schlecht es ihrer Cousine ging. Sie senkte die Stimme. »Wen willst du decken, Yvie? Wer ist es? Jetzt hör mit dem ganzen Scheiß auf und erzähl es mir.« Yvonne schwieg standhaft. »Okay, wenn du mir nicht sagen willst, von wem du's hast, dann behalt es eben für dich. Aber du bekommst ein Baby. Denk doch mal an das Baby.«

Yvonne schwieg. »Ich erfinde das nicht«, sagte sie.

»Tatsächlich? Willst du wirklich sagen, du weißt nicht mehr, mit wem du geschlafen hast?«

»Ich habe mit niemandem geschlafen.«

»Aber dein Jungfernhäutchen –«

»Ich wünschte mir wirklich, ihr würdet nicht alle dauernd davon reden. Weißt du, das bedeutet rein gar nichts. Das könnte bei allem Möglichen gerissen sein.«

Yvonne war es hundeelend. Tränen liefen ihr übers Gesicht. Tapfer nahm sie Delia den Whisky aus der Hand und nahm einen Schluck. Sie verzog das Gesicht, als er sich seinen Weg in Richtung Magen brannte.

»Was zum Teufel geht hier eigentlich vor?«, fragte Delia. Sie holte sich die Flasche zurück und nahm selbst einen Schluck. »Hör mal, Yvie, manche Leute erzählen, dass du womöglich auch ein Raumschiff gesehen hast. Dass dir das Gleiche passiert ist wie mir. Aber bei dir, ich weiß auch nicht. Da haben sie irgendwas gemacht, eine Gehirnwäsche oder so. Hast du das jemandem erzählt, Yvie? Hast du?«

Yvonne schüttelte den Kopf, ein Nein, dem sie gleich darauf die Eindeutigkeit wieder nahm. »Ich weiß es nicht«.

»Dann war's vielleicht wirklich so, oder?«

»Was ist mit dir, Dee? Hast du wirklich Marsmenschen gesehen?«

Delia brauchte eine Weile für die Antwort. Vielleicht hätte sie mit dieser Frage rechnen sollen. »Ich habe jemanden da draußen gesehen. Ich habe etwas gesehen.« Sie sagte es mit solcher Eindringlichkeit, dass Yvonne sich nicht traute, weiter nachzufragen. Aber Delia hatte ihrerseits eine Frage. »Meinst du, dass ich übergeschnappt bin? Sag mir die Wahrheit.« Zum ersten Mal lag in ihrer Stimme echte Furcht, echte Überzeugung, dass hier etwas vorging, das nicht geheuer war.

Yvonne dachte einen Moment lang nach, dann sagte sie: »Nein. Und ich bin's auch nicht, Dee.«

Sie starrten einander an. Yvonnes absurdes Beharren auf ihrer jungfräulichen Empfängnis war nicht abwegiger als Delias eigene Behauptung. Und mit einem Mal gab es nichts mehr weiter zu besprechen. Einen Blinden fragt man nicht nach dem Weg.

Delia knuffte Yvonne freundschaftlich in den Arm, packte ihren Whisky wieder ein und sagte, dann werde sie jetzt wohl besser gehen. Yvonne folgte ihr bis an die Tür. »Morgen komme ich wieder zur Arbeit. Mum wird versuchen, mich abzuhalten, aber ich komme. Denke ich.«

»Kein Stress, hörst du?«

Yvonne nickte, ein Versprechen, und Delia ließ ihre Cousine allein zurück, allein in ihrem Zimmer.

Delias blaues Kreuz

Die ganze Woche über hatte Delia Mühe gehabt, ihre Erinnerungen an die Außerirdischen zusammenzuhalten, und dass die Bilder allmählich zerrannen, machte ihr Angst. Die anfangs so klaren, lebhaften Eindrücke aus jener Nacht verblassten von Tag zu Tag mehr und wurden verschwommener und schemenhafter. Aber wem konnte sie das jetzt noch sagen, nachdem sie für so viel Aufregung gesorgt hatte?

Sie saß in der Morgensonne auf Hughson's Hill neben der alten Kanone, die auf die ruhige See hinausgerichtet war, und ihre Gedanken waren verwirrter denn je. Sie rauchte eine Zigarette, doch ihre Unruhe ließ nicht nach, und in ihrem Kopf tauchten plötzlich neue Bilder von der fraglichen Nacht auf, Bilder, die zu den älteren nicht passten. Sie wusste zum Beispiel genau, dass sie nicht vor ihren Besuchern weggelaufen war. Da war sie sich vollkommen sicher. Die ganze Atmosphäre war sehr herzlich gewesen. Aber jetzt sah sie, zumindest vor ihrem inneren Auge, wie Beine, ihre eigenen vielleicht, vielleicht auch nicht, durch Gras und Farnkraut hetzten und dabei zerkratzt und abgeschürft wurden. Wieso hätte sie davonrennen sollen? Sie hatte keine Angst gehabt. Und wieso hatte sie so widersprüchliche Erinnerungen an ein und dasselbe Ereignis? Ja, ihre Beine waren am nächsten

Morgen tatsächlich zerkratzt gewesen, mit Abschürfungen unterhalb der Knie, so als ob sie durch dichtes Gestrüpp gelaufen sei. Ein paar blaue Flecken an den Armen gab es auch, aber sie wusste, dass das alles von dem Basketballspiel in der Woche davor stammte. Das wusste sie genau. Ging jetzt ihre Phantasie mit ihr durch, oder war sie einfach völlig übergeschnappt, wie Deborah Kerr gesagt hatte?

Sie zündete sich eine zweite Zigarette an und überlegte, wie es wohl wäre, wenn man alles zweimal durchleben könnte, einmal glücklich und einmal nicht, und dann auswählen könnte, woran man sich erinnern will und was man lieber vergisst.

Einmal, aber wirklich nur ein einziges Mal, hatte Delia sich den Gedanken erlaubt, dass sie womöglich gar kein Raumschiff gesehen hatte. Sie stellte sich vor, wie sie bis zur Schnellstraße gelaufen war. Einen winzigen Augenblick lang sah sie Menschenarme, ein Auto unter den Bäumen; es gab grunzende Laute und Gewalt, Gewalt, die gegen sie gerichtet war. Aber dann war sie wieder verwirrt und wischte den Gedanken rasch beiseite.

Eine alte Karmeliterin hatte gesagt, Delia Chapman komme in die Hölle. Delia erfuhr es von Deborah in der Zigarettenpause. Deborah hatte es von ihrer kleinen Schwester. Die Nonne, eine Aushilfslehrerin, hatte in der Klasse der Achtjährigen verkündet, Delia werde in der Hölle schmoren. Jemand, der verkünde, dass es im Universum Rivalen Gottes und der Menschen gebe, könne auf keine Gnade hoffen. Schließlich sei allgemein bekannt, dass Gott nach der Erschaffung des Menschen die Gussform zerbrochen habe, und wenn jemand kleinen Kindern etwas anderes in den Kopf setze, dann werde er im Fegefeuer geläutert werden oder bis in alle Ewigkeit an jenem unwirtlichen Ort umherirren, den der Katechismus auch heute noch die Vorhölle nannte.

Vielleicht brauchte sie doch Hilfe, dachte Delia schließlich. Mehr und mehr sah sie sich als ihre eigene Feindin an, als jemanden mit einer gefährlichen Krankheit, mit der sie andere anstecken konnte.

Delia drückte ihre Zigarette aus, als es zu regnen begann. Sie fühlte sich elend. Schon merkwürdig, wie schnell einem vom Denken schlecht werden konnte.

Am nächsten Tag fand Delia eine kleine grüne Karte im Briefkasten, die ihr mitteilte, das gewünschte Buch sei in der Bibliothek eingetroffen.

Sie kam Phillip dünner vor, als sie in der Tür zur Bibliothek auftauchte, aber es war auch das erste Mal, dass er sie in etwas anderem als ihrem weiten weißen Kittel sah. Geschäftsmäßig verkündete er, dass soeben ein neues Buch angekommen sei, eine klug kommentierte Textsammlung von Llewelyn Hart, und er habe sich gedacht, dass es sie vielleicht interessieren werde. Er verschwieg wohlweislich, dass er es ausdrücklich für sie bestellt hatte.

Das schmale, kleinformatige Buch beschäftige sich mit unerklärlichen Phänomenen. Auf seinen fünfundsechzig Seiten enthalte es nicht nur eine umfassende Darstellung ungelöster Rätsel jeglicher Art sowie einer Vielzahl von Paradoxa spiritueller Natur, sondern auch eine Reihe von Dokumenten und Augenzeugenberichte über Besuche interstellarer Wesen, die, hoffe er, ein wenig Licht auf das Thema werfen könnten, für das sie sich seinerzeit interessiert habe.

Delia hatte Skrupel, ihm zu sagen, dass sie nicht das geringste Interesse an diesem Thema hatte. Nur weil jemand einen Elefanten im Zoo gesehen hatte, hieß das schließlich noch lange nicht, dass er von da an Elefantenliebhaber war. Sie schlug das Buch auf und blätterte die ersten Seiten durch. Sie bemühte sich, ein erfreutes Gesicht zu machen.

Das Buch sei typisch für dieses Genre, erklärte er. Beweisfotos und bildliche Darstellungen illustrierten die Erlebnisse von ganz normal aussehenden Menschen, die allesamt schworen, sie seien ohne jede Vorwarnung aus ihrem Leben gerissen worden, und danach sei nichts mehr so gewesen wie zuvor. Sie fand das nicht halb so aufregend wie er.

Er las ihr den Klappentext vor.

Auf Farmen und in Vorstädten, in der Mittagspause oder beim Schulausflug, beim Ehekrach oder beim Spaziergang mit dem Hund, auf dem Heimweg vom Besuch bei der Schwester oder beim Reinigen des Swimmingpools – all diese vollkommen normalen Menschen taten nichts anderes, als im richtigen Moment nach oben zu schauen. In diesem Augenblick endete ihr bisheriges Leben, denn eine Botschaft der Götter offenbarte sich ihnen.

Delia fand Phillip ein bisschen merkwürdig. Aber er war sehr freundlich zu ihr. Sie hatte das Gefühl, dass sie ihm womöglich sogar vertrauen könnte. Sie blätterte langsam weiter, während Phillip hinter ihr stand und ruhig die Fotos erläuterte.

»Sie müssen mir das nicht vorlesen«, unterbrach sie ihn.

Er nickte. »Ich weiß ja, dass Sie *Lesen – ein Selbstlernkurs* zurückgebracht haben. Also, ich könnte … behilflich sein, wenn Sie wollen.«

»Sie halten sich für ziemlich schlau, stimmt's? Schlau genug, um mir was beizubringen?«

»Ich weiß nicht.«

»Hören Sie, ich kann lesen, klar? Ich lese jeden Tag. Ich lese alles. Also erzählen Sie keine blöden Geschichten rum, zum Beispiel, dass ich nicht lesen kann.«

Sie schlug das Buch auf und fing an, fehlerfrei vorzulesen. Nach ein paar Sätzen klappte sie es zu und verkündete: »Das Lesenlern-Buch war für meinen Vater, wenn Sie's genau wissen wollen. Meine Mutter hat versucht, es ihm beizubringen. Hat nicht geklappt. Das ist alles.«

»Tut mir leid. Mir war bloß aufgefallen, dass Sie noch nicht oft in der Bibliothek waren.«

»Wer sind Sie eigentlich? Sherlock Holmes?«

»Sie waren nur ein einziges Mal da. Um sich die Hände zu waschen.«

»Ich habe ein Buch gesucht! Außerdem gibt es hier nichts außer Kriegsbüchern. Wozu sollte ich da herkommen?«

Phillip zuckte mit den Schultern. Sein Job sei nicht einfach. Er erklärte ihr, er tue, was er könne, und habe in Wellington zweihundertfünfzig Bücher bestellt, die in jede Bibliothek gehörten und die in den nächsten Tagen ankommen sollten. »Aber wissen Sie was? Soll ich Ihnen sagen, *warum* es in den Regalen fast nur Kriegsbücher gibt? Weil die allermeisten Bücher immer noch ausgeliehen sind.«

»Sind das denn nicht auch alles Kriegsbücher?«

»Nein. Das sind keine Kriegsbücher.«

»Und was sind das für welche?«

Nach einer Pause verriet Phillip ein Geheimnis, das nur er und vielleicht sein längst vergessener Vorgänger kannte. »Hauptsächlich Liebesromane.« Er sah Delia unverwandt an. »Für die Kriegsgeschichten interessieren sich nur ein paar regelmäßige Nutzer, hauptsächlich die Ladenbesitzer. Aber die beliebtesten Bücher in unserem Katalog, abgesehen von den Gartenratgebern, sind Liebesromane. Ein paar Leute interessieren sich für den Krieg, aber die überwältigende Mehrheit … liest lieber eine Schnulze.« Delia zeigte keine Reaktion. »Das war bei der Armee ganz genauso«, erinnerte sich Phillip.

Erst jetzt fiel ihr auf, dass seine Nase schief war.

»Ich weiß«, sagte er, als hätte er ihre Gedanken gelesen. Er fasste sich ins Gesicht, als wolle er den Knochenvorsprung an der Nasenwurzel gerade rücken. »Die ist nicht gerichtet worden. Das hab ich von einer Schlägerei in der Armee.«

Delias Interesse war geweckt. »Warum sind Sie zur Armee gegangen?«

»Wegen meinem Vater. Meinem Stiefvater, um genau zu sein. Er war Soldat.«

Delia hatte ein neues Thema gefunden. »Und was ist mit Ihrem wirklichen Vater?«

»Den habe ich nie gekannt.«

»Warum nicht?«

Draußen regnete es wieder, und Phillip erzählte, dass sein leiblicher Vater, ein gutaussehender Maori, hieß es, seinen genetischen Beitrag geleistet und anschließend verschwunden sei. Das Letzte, was man von ihm gehört habe, sei, dass er als Taxifahrer in Palmerston North arbeitete. Meist fahre er Nachtschicht.

»Sie könnten mit Taxis herumfahren und nach ihm suchen«, sagte sie. »Sie setzen sich einfach auf die Rückbank und stellen Fragen – so lange, bis Sie ihn gefunden haben. Sie müssten sich nicht mal zu erkennen geben. Sie könnten sich mit Ihrem Vater unterhalten, und er würde es nie erfahren.«

»Das will ich gar nicht.«

»Warum denn nicht?«

»Scheiß auf ihn!«

Das konnte sie sehr gut nachfühlen. Sie hatten es beide nicht leicht mit ihren Vätern.

Phillip wechselte das Thema. »Was ist denn nun mit Ihnen und dieser ganzen Geschichte?« Er tippte auf das Buch in ihrer Hand.

Delia ahnte, was er als Nächstes fragen würde. »Die, die ich gesehen habe, waren anders.«

»Konnten Sie ihre Gesichter erkennen?« Er klang ehrlich interessiert.

»Ja.«

»Ehrlich?«

»Ja.«

»Erzählen Sie mir davon.«

»Glauben Sie mir?«

Nach kurzem Zögern: »Ja.«

Sie hatte einen Außerirdischen gesehen. Na ja, genau genommen stimmt das nicht ganz – es waren zehn Außerirdische. Sie blieben etwa eine halbe Stunde. Und sie nahmen Delia mit auf ihr Raumschiff. Sie trugen silberne Anzüge und Edelstahlstiefel. Das Schiff war ultramodern und äußerst eindrucksvoll.

Licht – das war das Erste, was ihr aufgefallen war. Eine Gestalt, die in einem Lichtkegel auf sie zuschritt. Wer rechnete schon damit, dass man, wenn man nur kurz spazieren ging, weil man nicht schlafen konnte, einer solchen Gestalt begegnete, einem Bild von einem Mann, anmutig, perfekt gebaut, ruhig, mit einer Haut, die im Mondlicht milchweiß schimmerte, fremdartig, aber irgendwie anziehend. Ein umwerfend schöner Körper, keine Frage, auch wenn er einen viel zu großen Kopf hatte – ihre einzige Kritik an dem Besucher –, aber das Gesicht war schöner als alles, was sie bis dahin gesehen hatte. Also eigentlich konnte sie sein Gesicht nicht genau erkennen, doch das spielte irgendwie keine Rolle. Sie spürte sofort seine Wärme, und seine überragende Intelligenz – ja, sie spürte auch seine Intelligenz, obwohl er kein Wort sagte. Und als er die Hand nach ihr ausstreckte und sie aufforderte, ihm in das Licht zu folgen, was konnte sie da tun? Sie folgte ihm. Die Mädchen hatten gesagt, Delia sei eine Nutte. Aber wenn sie ihn mit eigenen Augen gesehen hätten … Deborah Kerr hätte sich sofort auf ihn gestürzt!

Phillip lachte über ihren Scherz. Dann musterte er sie lang mit ernster Miene, und sie fühlte sich unbehaglich unter seinem Blick. Jetzt müsse sie sich aber allmählich auf den Weg machen, sagte sie, doch davor ging sie noch einmal ausgiebig auf die Damentoilette, ein Ritual, an das Phillip sich allmählich gewöhnte.

Als sie gegangen war, musste Phillip ein neues Stück Seife hinlegen, denn von dem alten war nur noch ein oblatendünner Rest übrig. Merkwürdiges Mädchen, dachte er.

Draußen vor der Bibliothek hielt sich Delia die Hand schützend über die Augen, weil die Morgensonne sie blendete. Der Regen machte eine kurze Pause, und die Bewohner der Stadt sprangen über die Pfützen am Rinnstein, schüttelten Wasser von ihren Schirmen und versuchten, ihre bis zum Chassis im Wasser stehenden Autos anzulassen.

Wie aus dem Nichts stand Gilbert Haines vor ihr und überraschte Delia mit einem Geschenk. Der Mechaniker hatte endlich den Mut gefunden, den Rat seines Chefs zu befolgen.

Blumen, hatte der Mechaniker überlegt, waren etwas für bedeutsame Augenblicke in einem gemeinsamen Leben, und Pralinen konnten vielleicht später noch wichtig werden, aber jetzt musste er Delia erst einmal mit der vollen Wucht seiner Persönlichkeit überraschen. Der Gedanke, den Max ihm in den Kopf gesetzt hatte, arbeitete in seinem Inneren, und er kam zu der Erkenntnis, dass ein Geschenk dazu da war, etwas auszudrücken, was sich mit Worten nicht sagen ließ, und seine Entscheidung für eine prächtig in blaue Folie gewickelte und mit einer Schleife verzierte Treibhaus-Ananas war ein mutiger Ausdruck seiner Gefühle.

Delia blieb vor ihm stehen, warf einen Blick auf das ungewöhnliche Präsent und fragte: »Was zum Teufel soll das denn sein?«

Sein Stolz war gekränkt, trotzdem hielt er ihr die Frucht zum zweiten Mal hin. Er hatte sich zur Feier des Tages sogar ein sauberes Hemd angezogen und die Haare gekämmt.

»Da, nimm.«

Das Geschenk erwies sich plötzlich als schwerer Fehler und verwandelte sich in seinen Händen aus einem Schatz in eine Katastrophe, eine Verwandlung, die nicht einmal eine Sekunde dauerte.

»Nein. Ich will das nicht haben.«

Seine hässlichen schwarzen Finger hielten die verschmähte Ananas, und schließlich blieb ihm keine Wahl, als sie sinken zu lassen. Nach dieser Zurückweisung konnte er Delia nicht ins Gesicht sehen, und der Hass auf sich selbst, der in ihm aufwallte, hatte ihn vollkommen in der Gewalt. Er brachte kein Wort heraus.

»Trotzdem danke, Gilbert«, sagte sie und ging an ihm vorbei.

Die Ananas fiel neben ihm zu Boden. Sehnsüchtig und unglücklich sah er Delia nach.

Delia machte eine Pause auf der Bank zu Füßen des Unbekannten Soldaten und schlug in dem Buch aus der Bibliothek das Kapitel »Ungelöste Rätsel« auf. Sie blätterte es rasch durch und entdeckte ein Bild von einem Außerirdischen: eine der üblichen Abbildungen, ein Erwachsener mit dem Kopf und den Händen eines fünf Monate alten Fötus. Obwohl die Illustration überhaupt nicht ihrer eigenen Beobachtung entsprach, war sie doch das Einzige, was zumindest annähernd ihre Erlebnisse dokumentierte. Sie musterte das Bild eingehend, dann markierte sie die Seite mit einem Eselsohr und legte das Buch beiseite.

Sie fragte sich, ob sie sich womöglich ein Hobby zulegen sollte. Ihre Mutter hatte fest an den therapeutischen Nutzen von Hobbys geglaubt und eine große Sammlung von Windspielen zusammengetragen, die sie in den letzten Monaten ihres Lebens auf der Veranda aufgehängt hatte. Eigentlich war der Klang angenehm, doch das verwirrende Sammelsurium aus Glasröhren, Messingglöckchen und Kupferstäben verhexte gleichsam bei jedem Windhauch das ganze Haus, bis die Familie völlig aus dem Lot geriet. Ein deutlicher Abfall in Delias schulischen Leistungen traf zusammen mit ungewöhnlich hohen Verlusten beim Viehbestand, weil Marty auf der Farm plötzlich Gatter offen ließ. Schließlich waren Vater und Tochter überzeugt gewesen, dass die Windspiele Unglück brachten. Um diesem bösen Zauber ein Ende zu machen, riss Marty eines stürmischen Abends die Windspiele ab, packte sie in eine Kiste und brachte sie in den Werkzeugschuppen. Seine Frau erhob keinen Einspruch, und Delia war froh, als sie weg waren. Aber es war eine Tatsache, dass Christine Mona Chapman keine zwei Wochen nach dem Verlust ihres letzten Hobbys am Ufer des Bachs aufgefunden wurde, und aus dem Mund quoll ihr grüner, giftiger Schaum.

Vielleicht brauchte Delia, genau wie ihre Mutter, ein Hobby zu ihrer Rettung – allerdings ein ganz normales Hobby; eins, das allgemein beliebt war. Und wie Delia erst vor kurzem erfahren hatte, gab es kein beliebteres Freizeitvergnügen als Liebesgeschichten.

Sie schlenderte langsam nach Hause; unterwegs ging sie in eine Drogerie, um etwas Wichtiges zu kaufen.

Der Geist von Delias Mutter hatte sich schon seit mehreren Wochen nicht mehr gezeigt. Marty Chapman, der bis vor kurzem unter dem Spuk gelitten hatte, machte nun plötzlich der Gedanke Angst, sie habe ihn jetzt endgültig verlassen. In den leeren Raum hinein warf er seiner verstorbenen Frau Undankbarkeit vor. Das Einzige, was noch schlimmer war, als von Familiendämonen heimgesucht zu werden, das war, wie ihm nun aufging, das plötzliche Ausbleiben dieser Dämonen.

»Wo bist du gewesen? Weißt du eigentlich, dass ich den ganzen Morgen auf dich gewartet habe?«, rief er zur offenen Tür, die im Wind klapperte.

Er wartete in seinem Sessel, schob sich die Brille auf die Stirn und blickte zu der Gestalt hinüber, die plötzlich im Türrahmen stand. »Nun? Was hast du zu deiner Entschuldigung zu sagen?«

Es vergingen einige Sekunden, ehe er eine Antwort erhielt.

»Du weißt, wo ich war. Heute ist Samstag.«

»Du arbeitest heute doch gar nicht«, brummte Chapman.

Delia trat ein und setzte sich ans hinterste Ende der Couch, gerade noch im selben Zimmer, aber so weit weg von ihm wie möglich. Marty nahm die Zeitung und las weiter. Er betrachtete das Foto vom Absturz eines Kleinflugzeugs unter der Überschrift FÜNF TOTE, KIND GERETTET, dann blickte er wieder prüfend zu der Stelle, wo seine Tochter gesessen hatte. Die Couch war leer. Chapman widmete sich von neuem der Zeitung, um nachzusehen, ob unter den Todesopfern Bekannte waren.

Er hörte, wie die Kühlschranktür geöffnet wurde, dann das Klirren von Milchflaschen und das Geräusch von einem Glas, das auf der Tischplatte abgestellt wurde.

»Delia?!«

Keine Antwort. Also stand er auf und folgte ihr mit der Zeitung in der Hand in die Küche. Delia machte sich einen Kakao und rührte eben das Pulver in die Milch.

»Delia? Hast du mir zugehört?«

Sie blickte auf.

»Fürs Erste spielst du kein Basketball mehr«, verkündete er. »Erst wieder, wenn sich das ganze Durcheinander, das du angerichtet hast, gelegt hat. Das hast du dir selber eingebrockt.« Es war sein letztes Druckmittel.

Delia zeigte keinerlei Reaktion.

»Raumschiffe ...« Marty schüttelte den Kopf und konnte sich noch immer nicht erklären, wieso seine Tochter das der Polizei gesagt hatte. »Du hast Harvey Watson erzählt ... dass du ... obwohl unsere Familie ja wahrlich genug Probleme am Hals hat ... trotzdem hast du ihm das erzählt!«

Delia rührte in ihrer Tasse. Es war jeden Tag das gleiche Theater, eine ewige Fragerei, und sie antwortete schon längst nicht mehr. Sie hatte festgestellt, dass sie mit Schweigen mehr erreichte.

»Willst du mich zugrunde richten? Ist es das? Mich für irgendwas bestrafen?«

Das Kakaopulver würde sich gleich auflösen.

»Warum machst du so was? Du versuchst mich zu bestrafen – aber wofür?«

Sie ließ ihn stehen und ging hinaus. Das Gespräch war beendet.

Als sie die Tür aufstieß, war es nicht nur so, als gehe Delia von einem Zimmer ins andere; Marty war mit einem Mal sonnenklar, dass sie sich aus seinem Leben verabschiedete, so wie ihn jede andere Frau, die zu lieben er vom Schicksal verdammt gewesen war, irgendwann verlassen hatte.

Er stand in der Küche und hörte ihre Schritte auf der Treppe, und einen Augenblick lang glaubte er, es seien die

Schritte seiner Frau. »Christine!«, rief er, doch niemand antwortete.

Der zehn Dollar teure Schwangerschaftstest steckte in einer langen, blauen Schachtel. Obwohl sie sicher war, dass die Leute sich die Mäuler zerreißen würden, hatte Delia keine andere Wahl gehabt, als ihn öffentlich zu kaufen. Sie war zehn Tage überfällig. Das kam bei ihr sonst nie vor.

Hinter verschlossener Badezimmertür öffnete sie die Packung. Sie saß auf der kalten Klobrille, das heruntergezogene Höschen um die Knöchel. Ein kleiner Plastikbecher musste mit Urin gefüllt werden. Sie stand auf und öffnete zur Inspiration den Wasserhahn. Endlich gelang es ihr, den Becher zu füllen. Ein Streifen Lackmuspapier sollte drei Minuten lang mit der Urinprobe in Kontakt bleiben. Auf dem Deckel des Plastikröhrchens war eine Anzeige, ein kleines, tiefblaues Minuszeichen. Im Falle einer Schwangerschaft würde, wie die Diagramme auf der Gebrauchsanweisung zeigten, eine vertikale Linie sichtbar werden und das Minus in ein Plus verwandeln.

Delia saß da, auf der Toilette, und konnte sich kaum dazu bringen, den Deckel des Röhrchens anzusehen; ihr Herz pochte so schnell wie das Herz eines Vogels – ihr ganzes Leben hing von dem Ausbleiben oder Auftauchen eines einzigen Strichleins ab. Sie würde in der Hölle schmoren. Die alte Nonne würde recht behalten. Delia würde die Rechnung zahlen müssen. Gott hatte ein Auge auf sie. Eine Minute war vergangen; eine ganze Minute, in der sie nicht wusste, ob sie weinen sollte oder einfach das Röhrchen ins Klo spülen.

Sie blickte hinab und sah zu ihrer Erleichterung, dass sich nichts verändert hatte. Keine neue Linie hatte den Querstrich zum Kreuz gemacht, an das sie geschlagen werden sollte.

Sie betete, dass zwei weitere Minuten vergehen würden, nur zwei klitzekleine Minuten, und das Schicksal ihr armseliges Leben unberührt ließ. Sie wartete, atemlos. Sie konnte ihren Vater unten hören. Türen wurden geknallt. Er war zerknirscht. Das waren Geräusche, die dazu da waren, dass sie gehört wurden. Er hätte die Türen auch anders zumachen können. Er wollte, dass sie ihm seine Unvollkommenheit vergab, dass sie verstand, wie schwierig es für ihn war, eine junge Frau allein großzuziehen. Na, er kannte ja nicht mal die Hälfte der Geschichte.

Als zwei Minuten vergangen waren, traten Delia Tränen in die Augen, und sie begann am ganzen Leib zu zittern. Sie blickte das Orakel in ihrer eiskalten Hand an, und nun konnte sie die Augen nicht mehr davon abwenden. Sie hielt es so fest, dass es ihr in den Händen zu zerbrechen drohte.

»Scheiße. O Scheiße, nein.«

Da war sie. Da erschien sie. Materialisierte sich. Der Anflug einer blauen Linie. Sie rieb mit dem Daumen darüber, hoffte, dass sie sich wegwischen ließ. Ein Längsstrich zu dem Querstrich. Delia wollte ihn nicht sehen, aber er wurde immer deutlicher, gerade so, als hätte er einen eigenen Willen.

»O Gott. O Gott. O Gott. O nein. O Gott.«

Der Strich ließ sich von Delias Daumen nicht wegwischen, nicht einmal daran hindern, dass er kräftiger und kräftiger wurde. Sie hatte den Atem angehalten und wurde so blau wie das Zeichen auf dem Röhrchen. Schließlich ließ sie es auf den Boden des Badezimmers fallen. Langsam rollte es über das Linoleum, fort von ihr, von ihren starren Füßen. Erst in der Mitte des Raumes kam es zur Ruhe.

Sie hatte ihr Kreuz empfangen.

Unter der Dusche schrubbte sie ihren Körper mit solcher Heftigkeit, dass die Seife in kleine Stückchen zerbröselte. Bei laufendem Wasser trat sie aus der Kabine, holte ein neues Stück aus dem Schränkchen und kehrte, immer noch am ganzen Leibe zitternd, unter die Dusche zurück. Beim zweiten Waschen wurde sie allmählich ruhiger, und der strenge Geruch der Kräuterseife machte ihren Kopf so weit klar, dass sie das Urteil des Schicksals begreifen konnte.

Delia Chapman würde in der Hölle schmoren.

Die Konkubine des Satans

Lucinda Evans, Außenseiterin und Hexe, Spinnenzüchterin und Hauskatzendiebin, Lucinda, die übergewichtige, am ganzen Körper gepiercte Trägerin von Gothic-Kleidern war eine der Ersten, die die Sonntagszeitung in die Finger bekam und Delia Chapmans Foto auf der Titelseite sah.

Sie war damit schon vor Beginn der 8-Uhr-30-Schicht im Packraum und wartete in ihrer keimfreien Kleidung auf die anderen Mädchen, und dabei las sie den Artikel zum dritten Mal. Neben dem Foto einer sehr jungen Delia Chapman sah man eine Aufnahme der Stelle, wo das Raumschiff gelandet war.

Die bloße Tatsache, dass Lucinda bereits da war, überpünktlich und nicht mit der üblichen zehnminütigen Verspätung, war ein deutliches Signal, dass etwas passiert sein musste.

»Seht euch das an«, sagte sie und schwenkte die Zeitung mit einer unübersehbaren Spur Eifersucht, während das Fließband sich schon in Bewegung setzte.

Sechs weitere potentielle Starlets beugten sich über die Titelseite des Revolverblatts.

»Gütiger Himmel«, sagte Suzy Jackson.

»Jetzt ist sie tatsächlich berühmt!«, tönte Deborah Kerr, grün vor Neid.

Das Geschnatter schwoll zu ohrenbetäubender Lautstärke an. In diesem Augenblick kam Delia herein und schwebte, wie ein herausgeschnittenes Herz, mitten durch die Versammlung hindurch.

Die Mädchen stürmten hinter ihr her. Was geschehen war, wollten sie wissen. Hatte sie ein Interview gegeben? Wer war in der Stadt? Journalisten oder was? Wieso hatte sie der Zeitung ein altes Foto aus dem Schuljahrbuch gegeben? Ob ihr klar sei, dass sie jetzt eine landesweite Berühmtheit sei? *Landesweit!* Bestimmt hatten die Zeitungen ihr einen Haufen Geld bezahlt – wie viel, wie viel, wie viel?

Delia ließ den Druck von sechzehn Händen auf den Schultern über sich ergehen, als stehe sie unter Beruhigungsmitteln. Sie wisse von nichts, sagte sie. Und das war die reine Wahrheit.

»Ich habe keine Ahnung, woher die das haben. Ich habe mit niemandem gesprochen.«

Sie überlegte, ob sie ihnen jetzt auf der Stelle sagen sollte, dass sie schwanger sei, aber ihr war klar, wie verrückt das klang, wie unglaubwürdig selbst für sie, von anderen ganz zu schweigen. Schwanger! Wenn sie jetzt schon so aufgeregt waren, wie sollte das dann erst werden, wenn sie erfuhren, dass sie ein Baby bekam? Es würde einen solchen Aufruhr geben, dass ihr eigenes Leben in Gefahr sein würde!

Doch allein schon die Tatsache, dass sie es abstritt, wurde als Beleg genommen, dass Delia ein langes Interview gegeben hatte. Nur die Wahrheit stritten die Leute ab. Außerdem gingen alle Mädchen davon aus, dass dabei große Summen Geldes den Besitzer gewechselt hatten. Als Berühmtheit *musste* man sich einfach so benehmen, wie Delia es jetzt tat:

alle Gerüchte bestreiten, hochmütig tun, als sei einem die ganze Aufmerksamkeit nur lästig. So war das eben.

Es war unvermeidlich, dass sich ein Klima des Neides einstellte. Lucinda Evans hatte schon seit dem Tag ihres ersten Nasenpiercings berühmt sein wollen, doch ihr schwererarbeiteter schlechter Ruf konnte es nicht annähernd mit Delias Starruhm aufnehmen. Und Deborah Kerr trug ja nicht umsonst den Namen einer Schauspiellegende: Deborah war bis zum Platzen angefüllt mit Plänen, aus denen bisher nichts geworden war. Und Suzy Jackson war eine von neun Geschwistern und konnte sich bereits bis zu den schiefen Ohren begraben in Hausarbeit und Kochrezepten und quengelnden Babys sehen, mit Wäsche auf der Leine und Tee um halb sechs. Um Suzys Schicksal noch zu ändern, hätte man schon eine Zeitmaschine gebraucht, und da kann man sich das Maß ihres Neides vorstellen. Delia Chapman hatte einen Freiflug in dieser Zeitmaschine gewonnen.

Da konnte sich das dumme Stück doch wenigstens mal ein bisschen freuen.

Bis es so weit war, dass Vic Youngs Aufnahme von der Landestelle in der Sonntagszeitung erschien, hatten die meisten in Opunake den Vorfall längst als geschmacklosen Scherz abgetan. Ironischerweise war es aber genau dieses Foto, das dem Witz seine neue Bedeutung verlieh und den Eindruck verbreitete, dass in Opunake alle von der Existenz von Leben auf fernen Planeten überzeugt waren.

Diese, wenn man so wollte, Beglaubigung war für den Chefredakteur das entscheidende Argument gewesen, und für die sensationelle Seite sorgte das Rätsel der Kuh, die ohne

Spuren durch das Kornfeld gekommen und dann dort erdrückt worden war. Gutes Material hatten »Experten« vor Ort geliefert, etwa der Leiter des Bauamtes, der darüber spekulierte, welchen Aufwand man für den Transport der Kuh hätte treiben müssen, dass aber von einem solchen Aufwand nirgends etwas zu sehen war. Der vom Regen aufgeweichte Feldweg zeigte unzählige Huf- und die üblichen Reifenspuren, doch keine Schneise, durch die etwas Großes hätte kommen können, führte in das Gerstenfeld; das hatte Daphne Philpott bekräftigt.

Und so wurde allmählich die Kuh zum Angelpunkt der Geschichte; aber sie war auch die undichte Stelle in der Logik des Zynikers, durch die ein großer Schwall aus wilden Zeitungsspekulationen gepresst wurde. Das Argument, dass es sich um Scherzbolde gehandelt habe, wurde verworfen, und keine einzelne Erklärung konnte wirklich befriedigen; nur das Raumschiff erfüllte alle Bedingungen. Und so wurde denn die tote Kuh, die anfangs nur ein zusätzliches Requisit zu sein schien, immer mehr zur Protagonistin des ganzen Vorfalls – eine Verkörperung des Absurden und zugleich dessen erstes Opfer. Mit jedem Tag, der verging, verbürgte der Tod dieses Tieres die Wahrheit der Geschichte mehr.

Aber Vic Young war nicht glücklich. In den ersten Tagen nach der Veröffentlichung seines ersten Artikels hatte er sich in seiner Arbeit wie gelähmt gefühlt. Die Sache machte ihm zu schaffen, und er verstand nicht, warum. Normalerweise zog er sich bei einem Auftrag nach ein paar oberflächlichen Ermittlungen auf sein Zimmer zurück und schrieb seine Artikel, mit dem Minimum an Fakten versehen, auf einen Rutsch. Aber jetzt quoll der Papierkorb in dem winzigen

Motelzimmer von abgebrochenen Entwürfen über. An die Wand über dem Schreibtisch war das Foto von Delia Chapman gepinnt, das Vic aus dem Jahrbuch gerissen, fotokopiert und nach Auckland geschickt hatte und das auf der Titelseite der Zeitung erschienen war. Inzwischen hatte er viele Stunden damit verbracht, auf vierzig Zentimeter Entfernung in ihr frisches Gesicht zu blicken. Er konnte nicht leugnen, dass er sich auch früher schon von sehr jungen Frauen sexuell angezogen gefühlt hatte, aber er wollte einfach nicht glauben, dass er etwas für ein junges Mädchen empfand, das er nur von diesem einen Schnappschuss von vor ein paar Jahren kannte. Mehrmals hatte er das Bild schon abgenommen, hängte es aber jedes Mal wieder auf, wenn er die Einsamkeit des Zimmers nicht mehr aushielt.

Er schämte sich auch, weil der Artikel, so wie er am Sonntagmorgen in der Zeitung erschienen war, nicht die geringste Ähnlichkeit mehr mit dem von ihm geschriebenen, weitaus positiveren Bericht hatte. Ohne ihn zu fragen, hatte der Chefredakteur eine Sensationsgeschichte daraus gemacht, und jede Einzelheit, die dem Ganzen ein menschliches Gesicht gegeben hatte, war gestrichen. Delia Chapman stand als Dummchen da, Opunake als hoffnungsloses Provinznest, das verzweifelt versuchte, für sich einen Platz in der modernen Welt zu finden. Genau das hatte Vic befürchtet, als er seinen Artikel schrieb. Er hatte seine Worte sehr überlegt gewählt, versucht, es so zu schreiben, dass man es nicht ändern konnte, doch der Redakteur hatte die Giftspritze angesetzt, Vics sämtliche Hymnen auf das Highschoolmädchen herausgestrichen, das er in dem ganzen Artikel als unschuldige Zwölfjährige präsentiert hatte.

Selbst jetzt, nach Jahren des Niedergangs, verstand Vic

Young sich als ernsthafter Journalist, und manches an den Ereignissen weckte in ihm Erinnerungen an seine alte Begeisterung für seinen Beruf. Mit vielleicht etwas zu blumigen, wenn auch seiner Meinung nach poetischen Worten hatte er Delia Chapman als Opfer einer grässlichen Katastrophe beschrieben, als missverstandenes, verzweifeltes Mädchen aus der Provinz. Er hatte gehofft, dass er aus diesem Artikel etwas machen könnte, das seiner verschütteten Talente würdig wäre und der Not dieses Mädchens gerecht würde. Er war nicht einfach nur ein Gossenjournalist, und hier sah er die Möglichkeit, sich das noch einmal zu beweisen. Aber so sorgfältig er seine Worte auch wählte, er musste damit rechnen, dass etwas Groteskes daraus gemacht wurde: KUH – GEWICHT VON SIEBEN MÄNNERN – VON RAUMSCHIFF ZERDRÜCKT?; SEX MIT STRAMMEN KERLEN AUS DEM WELTALL. Das war sein Problem, das war der Schwachpunkt der Geschichte, der Keim seiner Schuldgefühle. Als er seinen eigenen Artikel las und sah, wie sehr man ihn umgeschrieben hatte, kam dieses Schuldgefühl mit dem Bewusstsein seiner Machtlosigkeit zusammen und bereitete den Boden für eine Schreibhemmung, wie er sie noch nie erlebt hatte.

Während der ganzen Nacht seiner nutzlosen Qualen blickte das Antlitz von Delia Chapman mit der Sanftmütigkeit einer Heiligen auf ihn herab.

Am folgenden Montagmorgen fuhr Vic Young von neuem ans Tor der Fleischfabrik. Er wollte versuchen, dem Opfer des Artikels zu erklären, dass es nicht seine Schuld war; er hatte ein Exemplar seines Originaltextes dabei, um ihr zu zeigen, was die Redaktion daraus gemacht hatte.

Rechtzeitig zum morgendlichen Schichtwechsel stand er am Tor, ließ die lange Reihe der Frauen in Weiß vorüberziehen, in der Hoffnung, dass er seine Bitte um Verzeihung persönlich vorbringen konnte. Wenn er erklären konnte, dass ein Barbar seinen Artikel entstellt hatte, dass das, was in der Zeitung stand, nichts mit seiner wahren Einstellung zu tun hatte, dann konnte er die Sache vielleicht endlich als erledigt abhaken. Außerdem wollte er auch unbedingt Delia persönlich kennenlernen, wollte seine immer größer werdende Neugier befriedigen, die Fotografie, die nun einen permanenten Platz in der Bildergalerie in seinem Schädel hatte, auf den neuesten Stand bringen.

Keine wollte die zwanzig Dollar, die er jeder anbot, die bereit wäre, mit ihm zu reden, und die Frau, die im Mittelpunkt all seiner Sorgen und Sehnsüchte stand, sah er nicht einmal aus der Ferne.

Noch zehn Minuten, nachdem die letzten Arbeiterinnen nach drinnen gegangen waren, stand er im Fabrikhof. Dann erschien eine einzelne Gestalt in der Ferne und kam auf ihn zu – eine junge Frau, ein wenig kräftig gebaut, aber immerhin hatte sie ein Lächeln für ihn, und das war eine schöne Abwechslung. Diesmal stieß er, als er hallo sagte, nicht auf taube Ohren. Im Gegenteil, die Frau sagte ihm, sie finde es toll, einen Journalisten kennenzulernen, stellte sich mit ihrem maliziösen und seltsam attraktiven Zigeunerinnenlächeln vor und erklärte ihm, es habe in den Sternen gestanden, dass sie sich begegneten. Vic Young schluckte zweimal, dann lud er Lucinda Evans zu einem Kaffee ein. Sie nahm sofort an, warf ihren Job weg wie die Verpackung eines Schokoriegels.

In der Cafeteria hörte der Journalist ihr aufmerksam zu.

Lucinda Evans wollte endlich offiziell zur immer längeren Liste der Zeugen dazugehören. Auch sie hatte ein Ufo und dessen Insassen gesehen. Sie war bereit, einen detailgenauen Bericht ihrer Entführung zu Protokoll zu geben: ein zweistündiger Besuch in der fliegenden Untertasse, ihre aktive Beteiligung an biologischen Experimenten, Kommunikation »so mit Wellen«. Sie bestätigte, dass die Außerirdischen »ungefähr so groß wie Sie« waren, »aber die Köpfe sind größer«. Young musste sie davon abhalten, ein Porträt des Kommandanten auf eine Serviette zu malen.

»Was ist?«, fragte sie.

»Nichts. Nicht so wichtig. Erzählen Sie weiter.«

»Machen Sie sich denn keine Notizen?«

»Ich weiß noch nicht.«

»Haben Sie eine Kamera?«

»Im Wagen.«

»Wann wollen Sie die Aufnahme von mir machen? Jetzt oder später?«

Young sah Lucinda aufmerksam an, und er spürte, dass es, wenn er hier weitermachte, war, als ob er den Stift an einer Handgranate abziehen würde.

»Sind Sie ganz sicher, dass Sie all das wirklich erlebt haben?«, fragte er vorsichtig.

»Ja.«

»Wann?«

»Vor zwei Wochen.«

»Was ist da geschehen?«

Sie blinzelte. Sie hatte geglaubt, damit sei sie fertig. »Das habe ich Ihnen doch erzählt.«

»Erzählen Sie's noch mal.«

»Haben Sie kein Tonbandgerät oder so was? Sie haben ja anscheinend nicht gerade ein gutes Gedächtnis.«

»Mein Gedächtnis ist ausgezeichnet. Was ist geschehen?«

»Es war genau wie bei Dee.«

»Delia Chapman?«

»Genau. Wissen Sie, Außerirdische, Wärmestrahlen ... alles.«

»Hm-hm. Und haben sie ...«

»Ja. Alle«, sagte sie.

»Alle? Haben Sie denn ... versucht, sich zu wehren?«

»'türlich nicht. Da waren ja Massen. Die versetzen einen in so 'ne Art Trance, müssen Sie wissen ... mit ihren Händen irgendwie. Sie haben Augen in den Handflächen. Und damit machen sie ungefähr so ...«

Sie führte es ihm vor, schloss und öffnete rhythmisch die Faust.

»Okay«, sagte Young und nickte. »Okay. Erzählen Sie weiter.«

»Oh! Und noch etwas.« Sie senkte vertraulich die Stimme. Er starrte sie an, als sie sich zu ihm vorbeugte. »Ich bin auch schwanger.«

»Schwanger?«

»Ja.« Lucinda wartete darauf, dass er dieses entscheidende Stichwort aufschrieb, und starrte so lange auf seinen Block, bis er es tatsächlich tat.

»Verstehe«, sagte er unbeeindruckt. »Erzählen Sie weiter.«

Drei Grazien

Der Nachthimmel, einst für den Verstand eines Farmers nur eine banale Hülle und nichts weiter als der Herkunftsort unzuverlässigen Wetters, bekam in Opunake einen ganz neuen Status. Im White Hart Hotel hörte man Leute plötzlich vom »Firmament« reden. Vom »Weltall« war beim wöchentlichen Bingo die Rede, von »unendlichen Weiten« in der Warteschlange beim Arbeitsamt, und ein Farmer, der bei der Genossenschaft Dünger kaufte, wurde von Sergeant Watson angeschnauzt, als er vom »Äther« sprach: »Wer weiß denn schon, was da draußen in dem Scheißäther ist?«

In den vergangenen vier Wochen hatte Borthwicks Fleischfabrik Tag für Tag tausend Rinder verarbeitet. Die Landwirtschaft lief auf Hochtouren, wie es um diese Jahreszeit nicht anders zu erwarten war. Doch des Nachts, wenn die Sterne am Himmel standen, erschloss sich dort droben eine ganz neue Welt.

Der Ruhm von Delia Chapman, Yvonne McKay und Lucinda Evans verbreitete sich über ihr persönliches Umfeld hinaus, denn mit jedem Sonntag erschien ein neuer Artikel. Unfrankierte, persönlich zugestellte Leserbriefe tauchten in ihren Briefkästen auf, manchmal einer pro Tag, manchmal sogar drei oder vier. Diejenigen an Yvonne fing ihre Mutter ab und warf sie ungeöffnet in den Müll. Auch Delia warf ihre fort, bevor ihr Vater sie zu Gesicht bekam, denn sie wusste genau, welche Wirkung eine solche Briefflut bei ihm haben würde. Lucinda hingegen tapezierte regelrecht ihre Wände mit diesen anonymen Sympathiebekundungen. Für sie war das der Beweis, dass bei einer ganzen Zahl von Stadtbewohnern die Phantasie rege war wie nie zuvor. Es war, als sei über Nacht ein neues Zeitalter in Opunake angebrochen, mit all seinen Versprechungen und unerhörten technischen Neuerungen, eines, das ihr schläfriges, langweiliges Leben gründlich durcheinandergewirbelt hatte.

Und andere merkwürdige Dinge geschahen in dieser neuen Zeit. Der städtische Einzelhandel vermerkte zum Beispiel einen starken und unerklärlichen Anstieg der Verkäufe von Taschenlampen und Batterien. Erst einige Zeit später kam man darauf, dass nicht alle jungen Frauen von Opunake nachts in den Betten waren, in die sie gehörten. Sie schlichen sich aus dem Haus, einsam, gelangweilt, ließen Hausaufgaben oder Hausarbeit im Stich und richteten ihren Lichtstrahl zum Firmament – wer konnte es ihnen verdenken, dass sie es mit einer hoffnungsvollen Botschaft zu den Sternen versuchten? An und aus gingen die Lichtlein himmelwärts, an-aus-an in willkürlichen, analphabetischen Morsezeichen, Strahlen, die eben bis zum Briefkasten reichten und die sie doch in ihrem Optimismus hinauf zum Mars sandten.

Das neue Zeitalter, das mit dem Erscheinen jener drei Jungfrauen im Geiste angebrochen war, stellte neue Anforderungen: Jeder musste einfach origineller sein als jeder andere. Nur so konnte man es zu Ruhm bringen, sofern man sich den denn wünschte – und die meisten wünschten ihn sich. Wenn man wirklich ein Medienstar sein wollte, so wie das Trio aus der Fleischfabrik, dann musste man offenbar in jeglicher Hinsicht sensationeller werden, so wie es diesen dreien gelungen war. Dafür hatten sie Talent, und mancherorts wurde das als Herausforderung empfunden, als Hürde, die genommen sein wollte: Wer Zugang zu der neuen Zeit erhalten wollte, der musste Exzesse von mindestens ebensolchen Ausmaßen vorweisen. Wem das gelang, der konnte seinen Namen am Sonntagmorgen hochoffiziell in kleinen schwarzen Lettern auf billigem Zeitungspapier lesen, die Bestätigung, dass man zu einer höheren Intelligenz gehörte, dass der Kopf vor Einsichten schwirrte, dass man erschöpft war vor Visionen. Es war eine Brutstätte des Neids.

Die neidischsten unter den Zuschauerinnen waren Deborah Kerr und Suzy Jackson, die staunend und sprachlos dabeistanden, während die Berichterstattung über die drei Schwangerschaften bereits in den zweiten Monat ging. Ein Traumschiff hatte ohne sie abgelegt, hatte ihnen vor den Füßen die Gangway weggezogen, sie zurück-, sitzengelassen, den traurigen Rest ihrer Clique. Ihre ehemaligen Freundinnen nannten sie nun »die drei Hexen«, und von einem Tag auf den anderen beschränkte sich ihre Beziehung am Arbeitsplatz auf abgewandte Blicke, abfällige Bemerkungen, unnötig laute Verwendung des Wortes »Schlampe« und kleine Sabotagen im Umkleideraum. Eine Ära war zu Ende gegangen. Eine wildere hatte begonnen.

Ihr Körper war der eines Menschen, doch ihr Kopf gleichsam nicht von dieser Welt. Die Gestalt huschte über die Hauptstraße von Opunake, spätabends, als die Straßen leer waren. Wenn unerwartet Autoscheinwerfer auftauchten, drückte sie sich in die Schatten, bis der Wagen vorbei war. Dann tauchte sie an anderer Stelle wieder auf …

Drei Straßen weiter in ihrer Wohnung im dritten Stock des Sozialwohnungsbaus in der Harrison Street legte sich Deborah Kerr ins Bett und machte das Licht aus.

Sofort darauf öffnete sich die Haustür, und schimmernde, schwere, silberne Stiefel stapften die sechs Treppen zu ihrer Wohnung hinauf. Die Sohlen waren fast größer als die Stufen, und die Spitzen machten bei jedem Schritt ein klapperndes Geräusch. Im obersten Stock angekommen, hatte der Eindringling nicht die geringste Mühe, sich Zugang zu verschaffen, weder an der verschlossenen Tür zur Etage noch an der Tür zu Deborahs Wohnung – Nummer 16A – ganz am Ende des Flurs. Die Gestalt, deren Schritte jetzt vom Teppich gedämpft wurden, steuerte Deborahs Schlafzimmer an, mit geradezu hellseherischer Gewissheit, wo dieses zu finden war.

Deborah döste, ihr Verstand verarbeitete vor dem Einschlafen noch ein paar letzte Gedanken, und sie war zufrieden mit den Entscheidungen, die sie gefällt hatte – in schönster Familientradition die Schule hinzuschmeißen, sich eine Wohnung für sich allein zu suchen und eine feste Anstellung an den Fließbändern der Firma anzunehmen, wo sie bleiben würde, wenn ihre Freundinnen am Ende des Sommers in die Schule zurückkehrten.

Ihre Wohnungsgenossen schliefen. Mit einem Seufzen drehte sie sich auf die andere Seite. Ihr Fenster stand offen, und der Vorhang bauschte sich in der sanften Brise. Sie öffnete die Augen nicht, als eine silbern behandschuhte Hand den Knauf an ihrer Schlafzimmertür drehte.

Die Gestalt stand ungesehen in der Tür, eine seltsame Silhouette, dann kam sie heran und beugte sich über sie. Einen Moment lang betrachtete sie die schlafende, versunkene, undeutliche Form, zwischen beiden nichts weiter als ein Betttuch.

Deborah Kerr schlug die Augen auf. Sie hörte den Atem des Wesens am Fuße des Bettes. Sie hob den Kopf, erkannte die Umrisse von etwas, das über sie gebeugt stand, aber sie schrie nicht. Offenbar wartete sie, dass das Wesen sprach, dass es sich zu erkennen gab.

Das Wesen verkündete, es komme wegen Sex.

Sie verstand nicht richtig und bat das Wesen, es zu wiederholen.

»Ich komme wegen Sex.«

»Bobby? Bist du das?«, fragte sie.

»Nein«, antwortete das Wesen.

»Deine Stimme klingt so dumpf.«

Keine Antwort.

Deborah knipste das Licht an.

»Nimm die bescheuerte Maske ab und mach, dass du wegkommst.«

Eine Plastikmaske aus dem Scherzartikelladen. Eine Menschenhand vor die Augen gehalten gegen das Licht. Kleider mit Auto-Sprühlack silbern gefärbt. Eine silberne Skijacke.

»Wie bist du hier hereingekommen?«

»Robyn hat mir einen Schlüssel gegeben.« Bobby setzte sich schlaff ans Fußende des Bettes, in der einen Hand die Maske, mit der anderen kratzte er sich am Kopf. Vor Niedergeschlagenheit brachte er es nicht fertig, sie anzusehen. »Ich will, dass wir wieder zusammen sind.«

»Was?«

»Ich will, dass wir wieder miteinander gehen.«

»Nicht in einer Million Lichtjahre«, antwortete sie. »Und jetzt raus.«

Bobby ging und schloss die Tür hinter sich. Deborah lauschte den schweren Schritten auf der Treppe, bis sich auch die Haustür schloss. Sie schaltete ihre Lampe wieder aus, sagte sich grimmig, dass diese ganze Sache allmählich außer Kontrolle geriet, und versuchte noch einmal einzuschlafen.

Harvey Watson las die Schlagzeile des Skandalblattes laut vor: HATTRICK FÜR DIE MARSMENSCHEN – HEISSE NÄCHTE AUF DER FLIEGENDEN UNTERTASSE!

»Also, was ist da los?«, fragte der Bürgermeister nach einer nachdenklichen Pause. Er stand, die Hände hinter dem Rücken verschränkt, und blickte zum Fenster der Polizeiwache hinaus.

»Ich weiß es nicht«, antwortete Watson.

»Also, von irgendjemandem sind diese Mädchen schwanger.«

Der Ärger des Bürgermeisters hatte weniger mit dem Fall selbst zu tun als mit der Tatsache, dass er Aufmerksamkeit von seinem Stadterneuerungsprogramm abzog.

»Was sollen wir unternehmen?«

Der Sergeant wusste genau, dass Sullivan damit in Wirklichkeit »Was willst *du* unternehmen?« meinte.

»Ich weiß es nicht«, antwortete Watson. Und das stimmte. Er war sich nicht einmal sicher, ob das wirklich eine Sache für die Polizei war. Nichts Kriminelles war aktenkundig, und bisher hatte der Fall auch die öffentliche Ordnung nicht gestört.

Der Bürgermeister beschloss, es präziser zu formulieren. Zwei von den schwangeren Mädchen seien in Watsons Basketballteam. Ob das nicht auffällig sei? Watson als ihr Trainer müsse doch da etwas wissen.

»Ich hoffe, du willst damit nicht sagen, dass ich etwas darüber weiß, wie sie schwanger geworden sind?«, fragte Watson brummig.

»Sagen wir einfach«, legte der Bürgermeister nach und heizte die Stimmung in der Hoffnung an, dass er dadurch etwas erfahren würde, »dass wir nichts und niemanden ausschließen dürfen.« Die Zeit für einen Schuss ins Dunkle war gekommen. Man wusste nie, was man traf.

Die Augen des Sergeants loderten. »Sag das noch mal!«

Der Bürgermeister war zu weit gegangen. Er begriff es gerade noch rechtzeitig. Aber im strategischen Rückzug hatte er nicht viel Übung. Ein paar Sekunden lang hielt er den Blick aus, dann machte er eine wegwerfende Handbewegung. Das war das Äußerste an Kapitulation, wozu er fähig war.

»Schon gut, Harvey …«, sagte er. »Vergessen wir das. Keiner behauptet, dass *du* was damit zu tun hast. Wir wissen doch alle, dass das gar nicht sein kann.«

»Gut«, sagte Watson, zunächst zufrieden mit dieser Antwort, fügte aber dann nach weiterem Nachdenken hinzu: »Wie meinst du das … ›nicht sein kann‹?« Ein erschrockener Ton lag in seiner Stimme.

»Nun«, sagte der Bürgermeister und starrte seinen Freund an, wobei er überlegte, wie er es am diplomatischsten formulierte. »Wir wissen doch, dass sie bei dir die Schere angesetzt haben.« Und mit zwei Fingern – schnipp-schnapp – malte er gedankenlos ein Bild von Watsons Verstümmelung.

Die Erkenntnis, dass sein größtes Geheimnis niemals das Geheimnis gewesen war, für das er es gehalten hatte, ließ Watsons Mund trocken werden, und er spürte den bitteren Geschmack des Verrats seiner Frau.

Der Bürgermeister sah, wie der Sergeant errötete. »Deshalb kommen wir auch gar nicht auf die Idee, dass du etwas damit zu tun haben könntest, Harvey. Ein vollkommeneres Alibi könnte man sich doch gar nicht vorstellen.«

Sullivan lachte, ein Versuch, die Situation noch zu retten, aber er lachte allein. Der Sergeant sah nur das Jahr der Lästermäuler, das hinter ihm lag, der gehässigen Bemerkungen, lange Monate des Spottes, von denen er zum Glück nichts gewusst hatte, ein gebrochenes Versprechen. Er hatte dem Wunsch seiner Frau, sich entmannen zu lassen, erst nachgegeben, als sie hoch und heilig versprach, eher würde sie sich umbringen lassen, als einer Menschenseele davon zu erzählen: Schließlich hatte er seinen Stolz und auch sein Ansehen. Doch nun musste er bis ans Ende seiner Tage in einem Fegefeuer leben, in dem er jedes Mal, wenn jemand unerwartet lachte, glauben würde, er lache über seine machtlos gewordenen Lenden.

»In einer Stunde treffe ich mich mit allen drei Mädchen«, sagte der Bürgermeister. »Die McKays haben mich darum gebeten. Ich soll die drei zur Vernunft bringen. Ich hatte nur gedacht, du kannst mir vielleicht noch etwas sagen, was ich nicht weiß. Das ist alles.«

Doch Harvey hatte sich erhoben und ging bereits zur Tür.

»Harvey?!«, rief der Bürgermeister und wollte Watson zurückholen, doch er rief vergebens.

Wenn der Bürgermeister nervös war, hatte er die Angewohnheit, ständig an seinem Kragen zu zerren und auf
Zehenspitzen zu gehen, so, als ob er im nächsten Moment
losprinten wollte. Nach seiner Rückkehr ins Büro hatte er
einen dringenden Telefonanruf erhalten, worauf noch Tritte
gegen Möbelstücke und zugeschlagene Türen hinzukamen,
und er schnauzte seine Sekretärin an, endlich Briefe zu tippen, die er noch gar nicht diktiert hatte.

In seinem Kalender stand nur ein einziger Termin: das
Treffen mit Yvonne McKay, Lucinda Evans und Delia Chapman an diesem Nachmittag. Doch nicht deswegen war er so
in Rage.

Er bat seine Sekretärin, eine Nummer anzurufen. Er werde
das Gespräch in seinem Büro annehmen. Mrs Markham
nickte; sie wollte ihn nicht noch mehr aufregen, denn sie
kannte den Grund für seine Panik. Sie war im Zimmer
gewesen, als er die erschütternde Nachricht entgegennahm,
dass Borthwicks Fleischfabrik in den nächsten sechs Monaten
achthundert Arbeitsplätze abbauen wollte – eine Moderni-
sierungsmaßnahme, in deren Verlauf automatisierte Produktionsstraßen und Industrieroboter Einzug in der Gegend
halten sollten. Achthundert Arbeitsplätze, das entsprach etwa
75 Prozent der arbeitsfähigen Bevölkerung von Opunake.
»Lieber Himmel«, hatte der Bürgermeister immer wieder
ins Telefon gemurmelt und »das ist das Ende für uns«, und
die Sekretärin hatte extrastarken Kaffee machen müssen, damit er wieder klar denken konnte.

Jetzt hörte man ihn durch die Wand brüllen, und Mrs
Markham sah sich gezwungen, das Radio auf ihrem Schreibtisch einzuschalten. Doch der Direktor der Fleischfabrik war

nicht zu sprechen. Der Bürgermeister knallte den Hörer auf die Gabel und rief die drei jungen Mädchen herein, die schon draußen warteten, bleich vor Angst, das Gebrüll habe ihnen gegolten.

»Lassen Sie uns allein«, sagte der Bürgermeister zu seiner Sekretärin. Die Mädchen blickten der Frau nach wie einem Schutzengel, einem Rettungsanker, und nun, wo sie gehen musste, stand nichts mehr zwischen ihnen und dem Ernst der Angelegenheit.

»Wie geht es euch dreien? Alles in Ordnung?« Er wies auf ein rotes Sofa, auf das sie sich setzen sollten.

Die Mädchen nickten. Für alle drei war es das erste Mal, dass sie im Büro des Bürgermeisters waren, und sie waren ein wenig befangen.

»So, damit ich keinen Fehler mache«, sagte der Bürgermeister, der sofort zur Sache kommen musste, damit er den Sturm, der sich in seinem Kopf zusammenbraute, unter Kontrolle behielt. »Welche von euch ist Delia?«

Delia hob schüchtern die Hand.

Sullivan warf einen Blick auf seine Notizen. Er hatte sich zu diesem Treffen überreden lassen, weil die McKays alte Freunde der Familie waren. Sie hofften, dass das Gewicht seines Amtes etwas in die Waagschale warf, was bisher gefehlt hatte. Er würde zusehen, dass er schnell damit fertig war.

»Gut. Der Vater deines Babys ist ... nicht von hier, oder?«

Delia zögerte, dann nickte sie.

»Aus dem Weltall«, steuerte Lucinda Evans bei.

»Aus dem Weltall«, wiederholte der Bürgermeister. »Genau das meinte ich. Gut. Und welche ist Lucinda?«

»Bei mir ist es genauso«, sagte Lucinda und brachte Tempo in die Sache. »Aus dem All.«

»Du behauptest also das Gleiche?«

»Ja. Tue ich.«

»Gut. Und du bist also Yvonne.« Er hatte sie schon seit Jahren nicht mehr gesehen.

»Ja«, sagte Yvonne und sah extrem bleich aus.

»Und bei dir? ›Aus dem All‹ oder etwas anderes?«

»Ich weiß nicht.«

»Du weißt es nicht.«

»Ich glaube nicht.«

»Du glaubst nicht.«

Lucinda und Delia blickten Yvonne an.

»Vielleicht doch«, sagte Yvonne nach dem Blickwechsel.

»Vielleicht … was?«

»Aus dem All.«

»Gerade eben hast du es noch nicht gewusst. Jetzt sagst du plötzlich, dass der Vater deines Babys womöglich aus dem Weltall kommt.«

»Ja. Ich weiß nicht.« Yvonne geriet in Panik. »Vielleicht.«

Delia legte Yvonne die Hand auf den Arm, um sie zu beruhigen. »Sie weiß es nicht.«

Der Bürgermeister schaute die Mädchen so nachsichtig an, wie er nur konnte. »Gut, zwei felsenfest Überzeugte und einmal ›weiß nicht‹. Also. Was machen wir jetzt?«

Die Mädchen waren verwirrt.

»Hm? Was machen wir jetzt? Los, sagt's mir!«

Schweigen.

»Es ist nämlich so«, sagte der Bürgermeister. »Ich sehe es als meine Pflicht an, euch diesen Unsinn auszureden.«

Er starrte die Mädchen eindringlich an, und sie starrten genauso zurück.

»Um eurer selbst willen, weil ihr Mitglieder unserer Gemeinschaft seid. So eine Kleinstadt, die ist in vielem wie eine Familie, und ihr, ihr gehört zu dieser Familie. Was hier jemand tut, das geht auch die anderen in seiner Umgebung an. Sind wir uns da einig?« Seine Stimme war lauter geworden.

Die drei nickten. Sie saßen da wie verängstigte Schulmädchen.

»Deshalb will ich, dass ihr euch an die Tatsachen haltet. Ich will, dass ihr etwas tut, was keinem im Leben leichtfällt. Nämlich etwas, das uns unangenehm ist, akzeptieren. Ich will, dass ihr eine Tatsache akzeptiert, auch wenn euer Leben dadurch vielleicht schwieriger wird. Und diese Tatsache ist ... es gibt keine Menschen aus dem Weltall. Nicht in diesem Leben. Vielleicht wünschen wir es uns. Ich bin ganz eurer Meinung, es ist ein schöner Gedanke, dass es irgendwo dort draußen intelligentes Leben gibt, das ist interessant, das ist aufregend, aber ... *aber*, nach allem, was wir wissen – und die Menschen haben Ausschau gehalten, sie haben schon danach geforscht, als die Pyramiden gebaut wurden –, nach allem, was wir wissen ... sieht es tatsächlich so aus, als ob wir ganz allein hier draußen sind, sozusagen. Und ich finde, wenn wir erwachsen werden, dann müssen wir uns mit solchen Tatsachen abfinden. Versteht ihr, was ich meine?«

Die Mädchen nickten ein weiteres Mal.

»Gut.« Der Bürgermeister machte eine Pause. »Jetzt frage ich euch noch einmal. Ich frage euch alle noch einmal. Und ich will, dass ihr jetzt mutig seid. Ihr drei seid doch Freundinnen, oder?«

Wiederum nickten sie.

»Also, ich will, dass ihr mich auch als euren Freund ansieht. Ich will, dass ihr mir vertraut. Also jetzt, Delia. Mit dir hat alles angefangen. Von dir will ich es als Erstes hören. Vergiss nicht, dass die anderen von dir beeinflusst sind. Du hast also eine Verantwortung. Und nicht nur den beiden gegenüber. Auch gegenüber ihren Familien, die wegen dieser Geschichte viel durchmachen müssen. Von uns anderen ganz zu schweigen. Denn wie gesagt, es betrifft uns alle.«

»Was wollen Sie von mir hören?«

»Der Vater deines Babys ist nicht aus dem Weltall, nicht wahr?«

»Ich weiß es nicht.«

»Ich will, dass du es sagst. Klar und deutlich.«

»Ich weiß nicht, was passiert ist.«

»Ganz genau.«

»Es ist einfach passiert.«

»Was ist passiert?«

»Weiß ich nicht.«

»Was ist passiert, Delia? Jetzt komm schon.«

»Ich bin gelaufen, durch den Busch.«

»Und was hast du gesehen?«

»AUSSERIRDISCHE«, rief Lucinda, der die Richtung, die diese Unterhaltung einschlug, nicht gefiel.

Yvonne McKay stand unter Schock. Sie hatte den Mund ein wenig geöffnet; stocksteif saß sie da und zeigte keinerlei Anzeichen von Leben mehr.

»Halt den Mund, Lucinda!«, brüllte der Bürgermeister. Das Treffen löste sich in Chaos auf. »*Delia!*«

»Ich weiß nicht, was ich Ihnen sagen soll«, sagte Delia.

Auch ihr hörte man die Anspannung an. »Wenn Sie mir nicht glauben, was geschehen ist, dann ist das eben Pech, aber ich werde meinem Kind nicht die Wahrheit vorenthalten, nur damit die anderen ein leichteres Leben haben.«

»Du glaubst also tatsächlich an Außerirdische«, sagte der Bürgermeister zu Delia.

»Vorher nicht. Erst, seit ich einen gesehen habe.« Delia wand sich.

»Du glaubst an Außerirdische.«

»Ja natürlich. Schließlich haben wir ihre Kinder im Bauch«, sagte Lucinda. Und zu Delia flüsterte sie: »Der versucht es mit Gehirnwäsche.«

»Ihr seid doch verrückt.« Der Bürgermeister war mit seiner Geduld am Ende.

»Was ist mit Area Fifty-One?« Lucinda ging in die Offensive.

»Halt den Mund!«, brüllte Sullivan.

»Area Fifty-One. Das ist eine geheime Luftwaffenbasis in der Wüste von Arizona, in Amerika. Die haben fünf fliegende Untertassen da, die abgestürzt sind, in einem Hangar, und die Öffentlichkeit darf das nicht sehen, weil sie sie gegen fremdes Wissen tauschen wollen ...«

»Halt den Mund!«

»... und bis vor kurzem hatten sie sogar einen echten Alien da, einen lebendigen, einen Gefangenen der u.s. Air Force.«

»Raus hier. Raus! Alle drei.«

»Und selbst in *Time* stand, dass man jetzt von organischem Leben auf dem Mars ausgeht.«

Wie wild drückte der Bürgermeister den Knopf für die Sekretärin.

Das Dreigestirn erhob sich, Delia und Lucinda stützten Yvonne. Der Bürgermeister scheuchte sie zur Tür und hätte diese Tür gern vor allen menschlichen Wesen verschlossen, vor Gespenstern, Gaunern, höherer Gewalt und vor allem vor Fleischfabrikdirektoren. Opunake ging in einem Tempo den Bach hinunter, dass er an den Schleusentoren zerren konnte, so viel er wollte, es half nichts mehr.

Auf dem Flur, wo die drei Mädchen nach der Konferenz beisammenstanden, fragte Delia: »In Arizona hatten sie einen Alien, den sie am Leben gehalten haben?«

»Ja«, sagte Lucinda. »So lange sie konnten, und dann ist er an Schnupfen gestorben.«

Krieg und Liebe

Marty Chapman forderte Abtreibungen für alle. Eine konnte er erzwingen, bei einer Zweiten vielleicht ein Wörtchen mitreden, aber auf die Dritte hatte er, das musste er zugeben, keinen Einfluss, und sie ging ihn auch nichts an.

Seit er von Delias Schwangerschaft gehört hatte – und es war beschämend genug gewesen, dass er es wie ein Wildfremder in der Zeitung hatte lesen müssen –, hatte er gedrängt, dass Delia bei nächster Gelegenheit nach New Plymouth fahren und die Sache schnell und diskret über die Bühne bringen solle. Er hatte es sogar auf sich genommen, seine Schwester zu besuchen, um die Gedanken der McKays in ähnliche Bahnen zu lenken. Damit wäre die ganze Sache aus der Welt geschafft.

Als Delia nach Hause kam, sah sie ihren Vater auf der Gartenbank sitzen, im orangefarbenen Zwielicht zwischen zwei Gießkannen mit Regenwasser. An seinem Blick sah sie sofort, dass er sich eine Rede vorgenommen hatte. Sie war nicht überrascht, als diese Rede die Form eines Ultimatums annahm. Entweder komme sie seiner Forderung auf der Stelle nach, oder sie könne sich eine andere Bleibe suchen. Er habe lang genug gewartet, und er sehe, dass sie mit dem Gedanken spiele, das Kind zu behalten. Er habe hart gearbeitet, um ihr ein ansehnliches Erbe zu hinterlassen, eine einträgliche

Farm, die eines Tages ihr gehören werde. Aber er werde nicht zusehen, wie sie in die Hände eines Bastards falle. Dafür habe er sich nicht sein Leben lang abgerackert.

Sie hörte sich seine Tirade schweigend an.

Er habe die Beratungsstelle für Familienplanung in New Plymouth angerufen, aber die hätten sich geweigert, weiter mit ihm über die Sache zu sprechen, solange sie Delia nicht selbst gesehen hatten. Vor der zwölften Schwangerschaftswoche sei ein Abbruch möglich. Delia erklärte gelassen, sie sei bereits in der elften Woche und habe nicht die Absicht, ihr Kind zu töten. Dabei legte sie sich die Hand auf den Bauch.

Marty verlor die Beherrschung. Zwei Stunden lang hatte er darüber nachgedacht, wie er es anstellen sollte, hatte eine ausgeklügelte Taktik ersonnen, aber jetzt war das alles vergessen. Doch als er zum Schlag ausholen wollte, hielt er plötzlich inne. Er spürte so etwas wie Mitleid, und seine Hand erstarrte reglos in der Luft. Delia ging auf, dass sie nun, wo sie ihr ungeborenes Kind schützte, auch selbst geschützt war. Das Baby war ihr ungeborener Schutzengel.

Sie ließ ihn einfach stehen, versteinert wie ein Denkmal im Garten, und stürmte, mit den Tränen kämpfend, ins Haus.

Nach dem Abendessen kehrte Phillip Sullivan in die Bibliothek zurück. Am Stadtpark gabelte sich der Weg, und er nahm denjenigen am Denkmal des Unbekannten Soldaten vorbei, zu dessen Füßen Suzy Jackson und Deborah Kerr saßen und rauchten und die neueste Ausgabe des *Sunday Enquirer* studierten.

Die beiden Mädchen verstummten, als der Bibliothekar näher kam, und musterten ihn mit finsterer Miene.

»Gar nicht so übel, was?«, flüsterte Suzy.

»Finger weg«, murmelte Deborah. Suzy kicherte.

»Hallo«, sagte Deborah laut und kokett wie immer.

»Hi«, antwortete Phillip und wurde rot. Er gestattete sich nur einen flüchtigen Blick und ein angedeutetes Lächeln, ohne seine Schritte zu verlangsamen. Dieses kleine Anzeichen von Nervosität reichte aus, um einen Sturm der Erheiterung auszulösen, der ihn bis ans Ende der Straße verfolgte.

»Du, ich glaube, das ist ein Außerirdischer«, sagte Deborah.

Suzy Jackson nickte zustimmend.

»Ich hab gehört, er war im Gefängnis. Wegen Körperverletzung.«

»Ehrlich? Ich hab gehört, er war bei der Armee.«

»Da habe ich aber was anderes gehört.«

»Ist er nicht der Neffe vom Bürgermeister oder so was?«

»Toller Hintern jedenfalls.«

Als Phillip die Bibliothek erreichte, wo er nun am liebsten auch seine Freizeit zubrachte, sah er zu seiner Verblüffung, dass Delia wie ein Gespenst vor der verschlossenen Tür im Schatten saß und auf ihn wartete. Sie stand auf, lächelte unsicher, versuchte ihre Panik zu verbergen, und ihr Atem ging schwer, als sei sie gelaufen, um noch rechtzeitig zu einer Verabredung zu kommen. Er bemühte sich zurückzulächeln und fragte mit auf Bibliotheklautstärke gedämpfter Stimme, ob sie hereinkommen wolle.

»Ich wollte einfach nur… da sind ein paar Bücher… die

wollte ich mir gern ansehen. Und mir ist aufgefallen, dass Sie abends oft ziemlich lange geöffnet haben«, sagte sie. »Das ist alles. Ich gehe manchmal einfach so spazieren.«

»Na ja, geöffnet habe ich eigentlich nicht«, antwortete er schnell. »Ich mache um fünf Uhr zu. Aber kommen Sie rein.«

Er ging geradewegs zu seinem Pult, senkte den Kopf und versuchte Delia, die nun in der leeren, stillen Bibliothek stand, nicht anzusehen. Sie blickte sich um. Sie hatte das Gefühl, dass seit ihrem letzten Besuch viel mehr Bücher dazugekommen waren. Viele Regale waren nun dicht bestückt, und sie nahm an, dass es wohl die verschollenen und nun wiederaufgetauchten Liebesromane waren, von denen Phillip gesprochen hatte. Die stille Emsigkeit, mit der Phillip seine Karten ausfüllte, und die heitere Gelassenheit der leeren Bibliothek, die sich langsam, aber sicher mit diesen billigen Liebesgeschichten füllte, brachten einen ersten Hauch von Frieden in ein Leben, das ansonsten in völliger Auflösung war. Sie beobachtete ihn verstohlen bei der Arbeit und war fasziniert. Sie sagte sich, dass es seine Hingabe war, die sie anzog, seine Klarheit und sein Glaube an Ordnung. Sie gestand sich nicht ein, dass sie den Anblick seiner Hände attraktiv fand, die sich präzise und mit großer Konzentration bewegten, obwohl sie nach ihren Maßstäben nicht sauber genug waren. Sein Hals war lang und von Adern durchzogen, seine Arme braun wie poliertes Teakholz. Er war ein guter Bibliothekar, fand sie, weil er für ehrfürchtige Stille sorgte, genau wie in einer Kirche.

Phillip stand auf und begann, Bücher von einem Rollwagen in Regale zu sortieren. Delia bemühte sich nach Kräften, das

Schild BITTE RUHE an der Wand zu beachten, als sie sich ihm schließlich näherte.

»Er kann mich nicht mehr schlagen, das ist immerhin schon mal was«, flüsterte sie.

Mit raschen Bewegungen stellte Phillip die Bücher an ihren Platz; mit der Sicherheit eines Hellsehers schien er zu wissen, wohin jedes Einzelne gehörte. Als er nicht reagierte, wurde sie mutiger und hob die Stimme.

»Ich glaube, er schnappt jetzt über. Mein Vater. Kann sein, dass er verrückt wird.«

»Wieso sagen Sie das?«, antwortete er, wandte sich dem Wagen zu und holte ein weiteres Buch.

»Weil er angefangen hat, Mutters Windspiele wieder aufzuhängen.« Nun hielt Phillip doch inne. Ruhig fuhr sie fort. »Draußen auf der Veranda. Das Erste hat er gestern Abend aufgehängt. Ich habe ihn gefragt, warum. Er sagt … meine Mutter hat es ihm aufgetragen.«

Er nickte, verwirrt. »Was wollen Sie machen?«, fragte er.

»Ich weiß nicht.« Nach einem Seitenblick auf ihn senkte sie den Kopf. »Er will, dass ich es abtreiben lasse.«

Wieder nickte Phillip.

»Aber das mache ich nicht«, sagte sie leichthin, lieferte ihm keine Stichworte.

»Das machen Sie nicht«, echote er. »Nein.« Das war weder Zustimmung noch Kritik.

»Er wird mich aus dem Haus werfen, aber das ist mir egal«, sagte Delia, jetzt heftiger, denn sie wollte endlich eine Reaktion von ihm.

Wieder nickte Phillip nur, und zum ersten Mal machte sich etwas wie Verzweiflung auf Delias Gesicht breit. Zwei prachtvolle Gelegenheiten, ihr seinen Rat anzubieten, hatte er ohne ein Wort verstreichen lassen. Er war ein Spinner, genau wie sie am Anfang ja auch gedacht hatte, ein Bücherwurm, ein Einsiedler. Trotzdem fühlte sie sich immer wieder zu ihm hingezogen, denn genau diese Eigenschaften waren es ja, was ihn von den Scharen von jungen Männern der Gegend unterschied, die sie kannte und die sie verachtete. Wie kam sie auf die Idee, sich für so jemanden zu interessieren: einen Mann wie eine Wand?

Aber Phillip fand, dass es ihm nicht zukam, Delia Ratschläge zu geben, jedenfalls nicht, bevor sie ihn ausdrücklich darum gebeten hatte. Er zwang sich zur Zurückhaltung, auch wenn er vor Neugier platzte. Er war sich sicher, dass es eine unausgesprochene Übereinkunft zwischen ihnen beiden gab, dass keiner sich ins Privatleben des anderen einmischte, es sei denn, der andere lud ihn dazu ein, und in dem Augenblick war Phillip sich alles andere als sicher, ob er eine solche Einladung erhalten hatte. Also schwieg er.

Still kehrte er an seine Arbeit zurück, und Delia, schwer enttäuscht von dieser Abfuhr, musste ihre Lage ohne ihn bedenken. Er schob den Bücherwagen zum nächsten Regal.

»Sie sind ein Intellektueller, was?« Es klang wie ein Schimpfwort.

»Eigentlich nicht«, sagte er.

»Ich denke schon.«

»Kommt drauf an, wie man einen Intellektuellen definiert.«

»Und wie definieren Sie ihn?«

Ohne seine Arbeit zu unterbrechen, antwortete er: »Ein Intellektueller ist ein Mensch, der in seinem Kopf eine ganze Welt aus Widersprüchen bewegen kann.«

Er sagte es mit einer Nüchternheit, die Delia auf Anhieb überzeugte, dass dies die einzig mögliche Antwort auf die Frage war, und dachte eine Weile über den Ausdruck »Welt aus Widersprüchen« nach.

»Warum lesen Sie gern?«

»Lesen? Das hilft uns, eine Lebensphilosophie zu entwickeln. Mehr nicht.«

Er war so lässig, er sprach so spontan, dass Delia nichts davon hochgestochen fand. Ja, es machte ihr Spaß: Das war, als ob man an einem Computer einen Knopf drückte, und sofort spuckte er eine wohlgesetzte Antwort aus.

»Oh«, sagte sie.

»Wissen Sie, was ich meine?«

»Einigermaßen.«

»Ich halte das für wichtig, für jeden, dass man eine Lebensphilosophie hat, und zwar eine, die man in klare Worte fassen kann. Wenigstens eine.«

Delia hatte keine, keine Einzige. Es war schrecklich. Sie versuchte, sich etwas auszudenken. Ihr fiel nichts ein.

»Wie viele haben Sie?«, fragte sie. »Philosophien.«

»Eine oder zwei.«

»Und wie sehen die so aus?«

Phillip schaute sie an, und aus seinem verblüfften Blick schloss sie, dass es das erste Mal überhaupt war, dass jemand ihn so zur Rede stellte. »Kommen Sie«, drängte sie, »erzählen Sie es mir.«

»Na gut. Sind Sie sicher, dass Sie das hören wollen?«

»Jetzt machen Sie schon.«

»Na gut. Also, wir können wahrscheinlich bei Heidegger anfangen, oder?« Er atmete tief durch, lud sich einen Armvoll Bücher auf und stellte sie eins nach dem anderen in die Regale, wobei er ihr mehr oder weniger den Rücken zuwandte.

»In Ordnung«, sagte sie.

»Also, der Stammvater des Existentialismus, wie die meisten ihn sehen, leugnete die Existenz eines geordneten metaphysischen Universums und ging stattdessen davon aus, dass jeder von uns sein spezifisches Wesen selbst schafft, und das gefällt mir, das gefällt mir sehr, aber andererseits fühle ich mich auch zur Gegenseite hingezogen, zum Romantischen, zur Rousseauschen Schule, könnte man sagen, die nicht das geringste Besondere in uns sieht, die uns als Teil der Natur versteht, wie einen Baum, woher ja auch der Ausdruck ›menschliche Natur‹ kommt, so dass wir uns also als eine nicht weiter differenzierte Kraft ansehen sollten, so wie in den Gemälden von Picasso oder in der Musik von Rachmaninow, in die das Individuum eintaucht und vollkommen darin aufgeht. Denn für meine Begriffe lässt sich auf diese Weise der Gedanke an den Tod leichter ertragen, er kommt uns dann als kein ganz so katastrophaler Einschnitt vor. Mit anderen Worten, ich sehe durchaus, was Kierkegaard zu sagen hat, ich sehe Husserls positiven Idealismus, William Blakes Vorstellung, dass ein eigenes Universum in jedem Sandkorn steckt, aber ich finde, wir sollten auch die simple Tatsache nicht aus den Augen verlieren, dass nichts so Großartiges an uns ist, dass wir nicht morgen schon als Regentropfen wiederkehren könnten oder als Lichtreflex auf der Oberfläche eines Sees.«

Delia nickte.

»Verstehen Sie, was ich meine?«

Sie nickte noch einmal. Nach Kräften mühte sie sich, das zu tun, was ihrer Meinung nach in diesem Augenblick von ihr gefordert war, nämlich eine Welt aus Widersprüchen in ihrem Kopf zu bewegen. Es gelang ihr nicht allzu gut. Sie konnte an nichts anderes denken als daran, dass sie keine einzige Lebensphilosophie hatte. Es war so peinlich.

»Wow«, sagte sie. »Aber haben Sie auch was Eigenes?«

»Bitte?«

»Das sind doch Philosophien von anderen. Haben Sie auch eine eigene?«

Phillip lächelte. »Nur diese eine: Es ist wichtig, dass wir lesen. Das ist meine Philosophie.«

Delia nickte. Das war es also. Das war einfach. Dann konnte sie sein wie Phillip, mit einer Philosophie, die ihr durch das ganze Leben half. Man musste ihn doch nur anschauen: ein Bibliothekar; zuerst hatte er eine Philosophie gehabt, und daraus hatten sich ein Ziel, ein Zweck, eine Arbeitsstelle ganz von selbst ergeben. »Wow«, sagte sie noch einmal.

Sie war allein auf der Welt. Ihre Philosophie musste sie sich selbst ausdenken. Sie brauchte dazu keine fremde Hilfe. Hatte sie noch nie gebraucht.

Er sah, dass sie nach ihrer Jacke griff. »Oh, wollen Sie schon gehen?«

»Hm-hm.«

Phillip konnte nicht sagen, ob sie sich geärgert hatte, und er war froh, dass er ihr nicht mit unnötigen Fragen oder Ratschlägen zur Last gefallen war.

»Gute Nacht«, sagte er sanft.

»Gute Nacht«, antwortete sie. Sie ging, ohne ihn anzusehen, fest entschlossen, dass sie erst zurückkehren würde, wenn sie eine Philosophie hätte, eine, die wirklich ihre eigene war.

Später am Abend, allein in der Bibliothek, schlug Phillip ein neues medizinisches Nachschlagewerk auf. Wort für Wort schrieb er in sein persönliches Notizbuch einen ganzen Absatz ab:

Diagnosekriterien für Zwangsneurose.

Unterpunkt: *Waschzwang.*

Charakteristika: *Wiederkehrende Zwangsvorstellungen oder Zwangshandlungen, die schwerwiegend genug sind, um als Belastung empfunden zu werden, die einen beträchtlichen Zeitaufwand erfordern oder die normalen Lebensumstände des Betroffenen, die üblichen sozialen Handlungen oder die Beziehungen zu anderen stark verändern.*

Erstes Eintreten: *Meist in der Pubertät oder im frühen Erwachsenenleben.*

Symptome: *In extremen Fällen äußert sich die Krankheit in der Überzeugung, dass die Welt selbst unhygienisch ist und eine Säuberung braucht. Ein Patient unter Waschzwang wird also glauben, dass sein zwanghaftes Handeln eine realistische Abwehr feindlicher Agentien wie etwa Bakterien oder anderer unsichtbarer schädlicher Stoffe ist.*

Beeinträchtigung: *Kann zum Hauptlebensinhalt werden.*

Das persönliche Notizbuch, in das er einst nur Listen und Termine geschrieben hatte, fand eine neue Bestimmung. Phillip hielt seine Gedanken darin fest, und die meisten dieser Gedanken kreisten um Delia.

Am nächsten Tag wurde Delia bei der Arbeit so sehr von morgendlicher Übelkeit geplagt, dass sie die Schicht nicht zu Ende machen konnte. Sie meldete sich krank und ging nach Hause, wobei sie wieder an der Bibliothek vorbeikam.

Phillip winkte ihr durchs Fenster zu, als er sie draußen auf dem Rasen sah, froh, dass die Begegnung vom Vorabend keinen Schaden angerichtet hatte. Er eilte nach draußen, um sie zu begrüßen, und hängte das BIN-IN-FÜNF-MINUTEN-ZURÜCK-Schild an die Tür: So groß war der Andrang in der Bibliothek nicht, dass er sie nicht betreiben konnte wie ein kleines Geschäft.

Gemeinsam gingen sie durch die Stadt, und keiner kam auf das Gespräch vom Vorabend zurück. Delia war bleich und lächelte gequält, und Phillip bemühte sich, sie aufzumuntern.

»Ich könnte Ihnen die verrücktesten Geschichten über die Leute hier erzählen – Sachen, die ich bei meiner Bibliotheksarbeit erfahre.«

»Zum Beispiel?«

»Sehen Sie den alten Burschen da?«

Sie folgte seinem Blick und sah eine vertraute Gestalt im Tweedjackett die Straße überqueren. »Den kenne ich«, sagte sie. »Peter Entwistle. Der ist Vorsitzender des Lion's Club. Er hat meinem Dad mal ein paar Maschinen von der Farm abgekauft, und eine Tochter von ihm spielt Basketball mit mir. Was ist mit dem?«

»Er schneidet Bilder von halbnackten Frauen aus dem *National Geographic* aus und die Sexszenen aus sämtlichen Büchern, die er ausleiht. Er macht das sehr sorgfältig, mit der Rasierklinge, damit das Buch sich nicht an der Stelle öffnet. Einmal hat er zu tief geschnitten, und da kamen mir die Seiten entgegen. Ich habe dann in anderen Büchern, die er ausgeliehen hatte, nachgesehen, und bei den fehlenden Seiten ging es immer um Sex.«

Delia staunte über diese Detektivarbeit. Sie hätte nicht gedacht, dass ein so ruhiger Posten auch ihre spannende Seite haben könnte.

Phillip zeigte in eine andere Richtung. »Und sehen Sie die Frau dort drüben, mit ihrem Ehemann?«

»Ja. Die kenne ich auch.« Jane Peterson, eine Frau aus der Stadt, Mitte vierzig.

»Die hat zurzeit eine Affäre! Mit einem achtzehnjährigen Landarbeiter.«

»Woher wissen Sie das? Ich meine, die ganzen Details. Woher wissen Sie, dass er achtzehn ist?«

Phillip lächelte. Ihre Begeisterung amüsierte ihn, und er war stolz, dass er sie aufgemuntert hatte. »Nun, Bücher kann man zu allem Möglichen gebrauchen, nicht nur zum Lesen.«

»Tatsächlich? Wozu denn noch?«

»Leute benutzen sie zum Beispiel oft, um Mitteilungen hineinzustecken. Und diese Frau hat einen Brief hinten in einen Jackie-Collins-Roman gelegt. Ich habe festgestellt, dass ihr Verehrer ebenfalls bei uns registriert ist. Daher weiß ich das Alter.«

»Sie machen Witze! Haben Sie den Brief *gelesen*?«

»Die zwei haben ein System. Sie und der Landarbeiter, sie treffen sich in einem Schuppen. Sie tun es, während ihr Mann den Ofen anheizt ... Er ist Töpfer oder so was. Jedenfalls gibt es einen Ofen.«

»Glasbläser.«

»Anscheinend kann er da nicht weg, wenn das Feuer einmal brennt, und dann haben sie und ihr Verehrer jedes Mal zwei Stunden. Ich musste diesen Brief lesen, es hätte ja auch etwas Historisches sein können.«

Delia betrachtete Mrs Peterson mit neuen Augen. Sie war auf Schaufensterbummel und war im Eingang eines Ladens stehen geblieben, als könne sie sich nicht entscheiden.

»Wollen Sie noch einen Fall?«, fragte Phillip. »Aber sehen Sie nicht hin, er kommt gerade auf uns zu.«

Einer der Haley-Jungen kam ihnen entgegen, in die Lektüre eines Comics vertieft. Delia sah ihn an, als er näher kam; er blickte auf, sah sie und senkte den Blick wieder.

»Was ist mit dem?«, fragte sie.

»Waffennarr. Er kommt an den neuen Fotokopierer mit solchen Zeitschriften und vergisst dann das Original.«

»Das mache ich auch!«, rief Delia. Sie spürte sofort, dass es eine wahre Geschichte war, und staunte nur, dass alle Welt Informationen zurückließ wie Schuppen.

»Jeder vergisst das Original. Na, jedenfalls geht es um Militärwaffen, Adresslisten, solche Sachen. Er will ein ganzes Arsenal aufbauen.«

»Seine Mutter ist Laienpredigerin in der Kirche.«

»Ich weiß«, sagte Phillip streng.

Sie sah ihn an, nun plötzlich voller Bewunderung. »Was noch? Was gibt es sonst noch?« Sie war ganz aufgekratzt bei dem Gedanken an die Geheimnisse der Gemeinde. »Noch was mit Sex. Wer sonst noch? Wer schläft mit wem?« Sie flüsterte es.

»Nun«, sagte er und überlegte. »Eine Frau war da noch – ich weiß nicht, wie sie heißt, weil sie das Buch für jemand anderen zurückbrachte. Sehr attraktiv. Und die treibt es im Augenblick mit zwei Kerlen gleichzeitig.«

»Woher wollen Sie das denn wissen? So was weiß doch keiner!«

Er lächelte. »Ich weiß es.«

»Auch wieder ein Brief?«

Phillip schüttelte den Kopf. So offensichtlich war es nicht. »Leute lesen Bücher im Bett. Da machen sie sich's gemütlich. Und sie lassen Beweismaterial zurück – kleine Indizien auf ihre geheimsten Geheimnisse.«

»Was zum Beispiel?«

»Schamhaare.«

»Sie haben … ein Schamhaar gefunden?« Delia dachte, es sollte ein Witz sein.

»Sie ist blond, und ich habe ein blondes Schamhaar zwischen den Seiten gefunden. Aber im selben Buch habe ich auch noch ein braunes und ein schwarzes gefunden! Das kommt so gut wie nie vor. Dass man drei findet.«

»Aber«, meinte Delia, »die könnten doch von drei verschiedenen Lesern sein.« Sie war stolz auf ihren Scharfsinn.

»Nein, ich glaube nicht. Die waren auf derselben Seite.«

Delia war baff. Derselben Seite! Es war wirklich unglaublich, was man alles aus Büchern lernen konnte! Anscheinend führten alle Wege in der Bibliothek zusammen, und nun hatte er ihr zum ersten Mal die Landkarte gezeigt.

»Machen Sie sich also keine Gedanken«, sagte Phillip zu ihr. »Dieselben Leute, die sich Ihretwegen die Mäuler zerreißen, sind froh, dass sie nicht selbst im Scheinwerferlicht stehen.«

»Das weiß ich.« Delia glaubte ihm.

»Sie gaffen uns an, weil sie nicht unter ihr eigenes Bett sehen wollen.«

»Und was ist da drunter?«

»Scheußlichkeiten. Alles Mögliche«, sagte er und stellte fest, dass sie seine letzte Metapher nicht erkannt hatte. »Und wahrscheinlich … auch noch ein paar alte Bücher aus der Bibliothek.«

Zum ersten Mal seit Monaten lachte Delia laut.

Als es Zeit wurde, dass Phillip an seine Arbeit zurückkehrte, begleitete sie ihn. Und als er spürte, dass sie darauf wartete, dass er sie hereinbat, dass sie wie üblich neben ihm arbeitete, reagierte sie auch wie üblich, so, als ob die Einladung sie überrasche und als ob sie, damit sie mit ihm hineinkommen konnte, ein Dutzend anderer Einladungen ablehnen müsste. Dieser altvertraute Tango der Höflichkeit und die noch unausgesprochene Tatsache, dass Delia schon bald eine Obdachlose in ihrer eigenen Heimatstadt sein würde, brachte einen Augenblick der Intimität hervor, des Verschworenseins.

Der Nachmittag war fast vorüber, und mit jeder Minute, die verging, wurde Delias Lage kritischer. Schließlich blieb ihr nichts anderes übrig, als Phillip um einen großen Gefallen zu bitten. Sie nahm all ihren Mut zusammen und versuchte dabei so lässig wie nur möglich zu klingen.

»Da, im Hinterzimmer. Ich überlege, ob ich da vielleicht eine Matratze hinlegen dürfte. Nur für ein paar Nächte.«

Das Hinterzimmer war ein Lagerraum für alte Bücher, für Putzzeug und Kartons. Verlegen erklärte sie ihm, dass sie nicht mehr nach Hause zurückkönne. Es gebe keinen Menschen mehr, dem sie vertrauen könne. Ihre Freundinnen hätten sie allesamt im Stich gelassen. Sie brauche eine Bleibe – aber nur für ein paar Tage, bis sie aus der Stadt verschwinden könne.

»Sie können nicht einfach so davonlaufen, wenn Sie nicht wissen, wohin. Sie müssen auch an das Kind denken.«

Genau darum gehe es, erklärte sie: ihrem Vater zu entkommen, um das ungeborene Kind zu retten.

Phillip sah eine Chance, ihr zu helfen, und ergriff sie.

»Hören Sie, mein Onkel hat eine Wohnung für mich organisiert, eine Sozialwohnung. Nehmen Sie die. Sie brauchen stabile Verhältnisse, wenn das Baby kommt.«

Wie ein Zauberer holte er einen Satz Schlüssel aus der Tasche und hielt sie in die Höhe.

Sie starrte sie an. »Was ist mit Ihnen?«

»Ich habe meinem Onkel den Wohnwagen abgekauft. Er hat ihn nie benutzt. Er hatte keine Reifen. Wenn Ihnen das nichts ausmacht, parke ich ihn hinter dem Haus. Wenn Sie bereit sind, den Strom mit mir zu teilen.«

»Eine Sozialwohnung?«

Phillip stellte ein weiteres Buch ins Regal und ließ die Schlüssel einladend auf dem Bücherwagen liegen. Sie stand auf, sah sie an.

»Ich habe den Strom sogar gestern schon einschalten lassen«, sagte er. Er setzte sich neben sie, das letzte Buch von dem Wagen in der Hand.

Sie saß versonnen da, die Hand auf dem Bauch. »Wenn man so was in sich hat, das ist was ganz Besonderes.«

Sie kam ihm unglaublich zerbrechlich vor, kaum in der Lage, Mutter zu werden.

»Das ist das erste Mal in meinem Leben, dass mir so zumute ist.«

Phillip verstand das. Und er sah auch, dass sie vollkommen erschöpft war – und vielleicht deswegen auch bereit, ihre Geschichte aufzugeben. Ja, schon ihr nächstes Wort konnte der Anfang einer großen Beichte sein.

Sie sah ihn an. »Spielt doch eigentlich keine Rolle, wo es herkommt, oder?«

»Doch, ich glaube doch.«

Damit ihr nicht die Tränen kamen, nahm sie Phillip den Roman aus der Hand, den er gerade einsortieren wollte, doch die Taktik funktionierte nicht, denn sie hielt es im Arm wie ein Baby, und schon heulte sie los und hielt sich dazu *Krieg und Frieden* an die Brust.

Seinen nächsten Satz sprach Phillip klar und präzise. »Sag ihnen, ich bin der Vater«, flüsterte er beinahe.

Delia blickte ihn durch ihre Tränen an, verblüfft von diesem Vorschlag. »Was?«

»Sag ihnen, ich bin der Vater.«

Sie starrte ihn an. »So ein Blödsinn. Ich kenne Sie doch kaum.«

»Ich weiß, aber es ist nicht gerade eine schöne Situation für dich, oder? Es wäre besser für dich als alles andere.« Er gestattete sich eine blöde Geste und zeigte mit dem Finger nach oben, in Richtung Weltall. Das war ein Fehler.

»Du bist nicht der Vater«, sagte sie vorwurfsvoll.

»Ich weiß. Ich weiß das. Aber der echte Vater ist ja nicht da, oder? Wenn du wirklich ein Baby bekommst … dann musst du irgendwann auch mal an das Kind denken. Jedes Kind braucht einen Vater.«

Sie starrte ihn nur weiter an.

Nun sprach er schneller, versuchte, sie zu überzeugen. »Die Leute hier behandeln mich doch sowieso wie einen Außerirdischen. Da kannst du genauso gut sagen, dass ich es war.«

Es war ein hochherziges Angebot, das Angebot eines Gentleman: ein Heim, ein Kind, das auf dem Teppich spielte, Freunde, die zum Essen kamen, ein glückliches Leben, Versicherung fürs Haus, blaues Wasser in der Toilette…

»Ich muss jetzt gehen«, verkündete sie.

»Delia! Du kannst doch nicht immer weiter behaupten, dass das Kind von einem *Marsmenschen* ist.«

Sie drehte sich um und sah ihn ungläubig an. »Wer sagt, dass ich das will?«

Er fühlte sich ungeheuer erleichtert. Er lächelte. »Nicht?«

Nun schaute sie ihn wieder misstrauisch an. »Und du brauchst gar nicht so blöd zu grinsen.«

Phillip war verwirrt.

»Du glaubst mir nicht, oder?«, fragte sie.

»Willst du die Wahrheit wissen?«

Sie nickte, aber sie war sich nicht sicher, denn sie wollte ja nicht, dass ihre Zuflucht auch wieder ein Ort wurde, an dem es nur Streit gab.

Phillip ergriff die Gelegenheit, endlich zu sagen, was er auf dem Herzen hatte. Er hatte bereits beschlossen, dass er nicht um die Sache herumreden wollte. Wie sollte er ihr denn glauben? Es gab keinen Beweis, und, sagte er, man werde wohl auch kaum noch einen finden. Es sprach nichts dagegen, dass man ein Ufo sah; von Zeit zu Zeit mussten die Leute aufgerüttelt werden, und das war gut so; aber es war etwas anderes, wenn man ein Kind erwartete und erzählte, der Vater stamme von einem anderen Stern – das hieße, dass dieses unschuldige Kind vom ersten Tag an Spott und Feindseligkeit ertragen müsse. Sei das denn dem Kind gegenüber fair?

»Das ist jetzt ein bisschen spät, sich darum Sorgen zu machen«, sagte sie.

»Na, vielleicht hat es ja auch eine ganz normale menschliche Gestalt«, sinnierte Phillip, sehr darauf bedacht, Delia nicht zu widersprechen, aber doch bemüht, ihr die Unglaubwürdigkeit ihrer Geschichte klarzumachen. »Dann haben wir nur dein Wort, dass es so war. Und wenn es wie ein normaler Mensch aussieht, sollten wir dann nicht die Sache mit der Vaterschaft herunterspielen und dem Kind all diese Schwierigkeiten ersparen? Stell dir vor, deine Eltern hätten aller Welt erzählt, dass dein Vater in Wirklichkeit … ein Affe oder eine Fledermaus war. Ich meine, das Leben ist doch auch so schon schwer genug.«

Delia war wie vor den Kopf geschlagen. Nie war sie auf den Gedanken gekommen, dass ihr Kind anders als normal sein könnte. Selbst ganz zu Anfang hatte sie sich nie einen riesigen Kopf auf einem spindeldürren Leib vorgestellt. Jetzt ging ihr auf, dass sie sich nie klargemacht hatte, was diese Geschichte für Konsequenzen haben könnte. Er hatte recht! Wenn das Baby normal aussah, dann sollte es auch eine Chance auf ein normales Leben bekommen.

Sie schwieg, also redete Phillip weiter. »Warum sollen wir dann nicht behaupten, ich sei der Vater? Wenn es später seinen wahren Vater kennenlernen will, nimmst du einfach eine

Taschenlampe, gehst raus auf den Rasen und versuchst dein Glück.« Er deutete einen Lichtstrahl an, der zum Himmel wies; nur machte er den Fehler, dass er dazu lächelte.

Nun wieder draußen vor der Bibliothek, versuchte Delia tief durchzuatmen. Phillips Angebot hatte sie verwirrt, hatte ihr Gewissensbisse bereitet, aber es hatte sich doch auch ein Gefühl des Glücks und der Erleichterung eingestellt. Leider währte es nicht lange.

Gilbert Haines wählte ausgerechnet diesen Augenblick, um über die Straße gestürzt zu kommen und Delia am Arm zu fassen. *Krieg und Frieden* fiel in den Dreck.

»Tut mir leid«, sagte er, und dann, um sie zu beeindrucken: »Du kannst es an mir abwischen.«

Er fischte das Buch aus dem Schlamm und drehte ihr dann beim Abwischen den Rücken zu, denn er wusste ja, wie seine Mechanikerhände die Frauen abstießen. Er schien krank vor Liebe.

»Was willst du?«, fragte Delia und hoffte nur, dass es nicht wieder ein lächerliches Obstgeschenk war. Sie wollte ihn einfach nur los sein.

Gilbert wusste nicht, was er sagen sollte, aber er lächelte. »Wie kommt das … wie kommt das, dass du so oft da drin bist?« Er reichte ihr das Buch zurück. Die schwarzbeschichteten Finger, von unzähligen Hammerschlägen platt gehauen, sahen abscheulich aus. Er versteckte sie sofort wieder hinter dem Rücken, als er seinen Fehler bemerkte. Er war ihrer nicht würdig – aber vielleicht, ja vielleicht brachte ihre verzweifelte Lage sie doch mit ihm auf Augenhöhe. Ihm lief der Schweiß, denn er wusste, dass er reden musste, hier und jetzt, bevor diese großartige Gelegenheit für immer vorüber war.

Delia sah, wie sich die hässlichen Perlen bildeten und ihm dann übers Gesicht liefen. »Was willst du, Gilbert?« Sie strich sich das Haar aus der Stirn, verlagerte ungeduldig ihr Gewicht auf das andere Bein.

Er japste aufgeregt, ließ sie dabei keine Sekunde aus den Augen, trunken von ihrer unerreichbaren Schönheit. »Wir müssen … wir müssen zusammen sein.« Er pochte sich an die Brust, damit klar war, dass er die zweite Hälfte dieser Partnerschaft war. »Du und ich. Zusammen. Das ist einfach vernünftig so.«

»Lass mich raten«, sagte Delia. »Du willst der Vater sein.«

Gilbert war schwer erleichtert, denn nun waren weitere Erklärungen nicht mehr notwendig. »Genau.« Beim Lächeln zeigte er ihr seine ungepflegten Zähne. »Das will ich.«

»Ach, Gilbert.« Nur Mitleid und Herablassung sprachen aus ihren Worten.

Er wusste, dass die Schlacht verloren war. Sie fand ihn nach wie vor abscheulich und würde ihn immer abscheulich finden.

»Nein«, protestierte er. »Du verstehst das nicht.« Er holte tief Luft. »Verstehst du?« Noch einmal pochte er sich an die Brust. »Es ist von mir. Von mir. Ich bin der Vater von dem Baby.«

Delia wollte gehen. Sie hatte genug von all diesen vorgeblichen Vätern. Sie hatte immer gedacht, Männer würden die Flucht ergreifen, sobald von Schwangerschaft die Rede war, und nun standen sie plötzlich Schlange.

Er schlug einen Haken um sie und stellte sich ihr in den Weg.

»Hör zu … es ist die Wahrheit. Die Leute sagen, du weißt

nicht mehr, wer der Vater ist. Deshalb hast du die Geschichte mit den Marsmenschen erfunden. Aber der Vater bin ich.«

»Du bist betrunken.«

»Egal. Das Kind ist von mir.«

Delia rückte ihm den Kopf zurecht. »Red keinen Unsinn, Gilbert. Ich hätte nie im Leben mit dir geschlafen. Klar?«

Doch mit Logik ließ sich bei Gilbert nichts ausrichten. »Du hast mit mir geschlafen. Du hast es genossen. Du weißt es nur nicht mehr.«

»In deinen Träumen.«

»Aber es macht nichts, wenn du es nicht mehr weißt, vertrau einfach auf mein Wort. Das Kind ist von mir. Und deshalb müssen wir jetzt überlegen, was wir als Nächstes machen. Wir brauchen einen Plan.«

Er war nun ganz der Liebhaber und zukünftige Ehemann, bereit, zu seiner Verantwortung zu stehen, und den Hass in Delias Augen sah er nicht. Er streckte gerade von neuem die Hand nach ihr aus, als Phillip dazukam. Sofort ballten sich Gilberts Hände zu Fäusten.

»Nein«, sagte Gilbert und wandte seiner Auserwählten erneut den Rücken zu. »Das sind Familienangelegenheiten.«

»Sind es nicht!« Delia sah Phillip an, versicherte ihm mit Blicken, dass der Gedanke, sie und Gilbert seien eine Familie, abartig war.

Gilbert baute sich vor Phillip auf. »Halten Sie sich also da raus. Sie erwartet ein Kind von mir. Ich habe ein Recht …«

Delia beendete den Disput. »Red keinen Unsinn, Gilbert. Wir können es dir genauso gut auch sagen.«

»Was sagen?«

»Dass … dass das Kind von Phillip ist.«

Und bevor jemand ein weiteres Wort sagen konnte, legte Phillip zur Bestätigung den Arm um Delias Schulter, eine beschützende Geste für die Mutter seines Kindes.

Im Morgenlicht sah Harrison Street Nr. 9 nicht gerade wie der Buckingham-Palast aus, aber für ein Haus, das als Notunterkunft gebaut war, war es gar nicht so schlecht.

»Das ist deins, wenn du es haben willst.«

In dem Augenblick schienen sämtliche Sorgen von Delia Chapman abzufallen.

Die Erdgeschosswohnung in dem armseligen Sechsparteienhaus, gegenüber von dem, in dem Deborah Kerr wohnte, hatte ein hübsches Vorgärtchen, sogar mit Zaun. Ein gerader Betonweg führte zur Tür. Die weißen Schindeln sahen noch einigermaßen sauber aus, und das Haus hatte sogar ein Ziegeldach. Da ließ sich was draus machen. Delia war bereit, die Wohnung zu nehmen; von den eingeschlagenen Fenstern ließ sie sich kein bisschen einschüchtern.

Doch noch während Phillip und Delia davorstanden, wurden rechts und links Gardinen beiseite gezogen, uralte Gesichter starrten sie an, sahen alles, wussten, wer sie waren. Nebenan hielt jemand im Heckenschneiden inne, die Schere stand plötzlich still. Alle beobachteten sie, als werde gleich etwas Unerhörtes geschehen. Aber es war nur Delia Chapman, die dort einzog.

Am Nachmittag packte Delia zu Hause ihre Sachen. Wäre sie nicht schwanger gewesen, wäre sie geblieben und hätte sich all den schwierigen Anforderungen eines Lebens als Chapman gestellt. Es wäre ihre Pflicht gewesen – das Erbe, das ihre Mutter ihr hinterlassen hatte. Aber das Baby hatte alles verändert, und Delia packte ihre Kleider und Kleinigkeiten wie unter dem Befehl ihres ungeborenen Kindes. Sie würde ihr Baby retten, indem sie diesem Befehl gehorchte.

In drei Koffern lässt sich nicht viel von dem unterbringen, was sich in sechzehn Jahren angesammelt hat, doch als Delia alle drei gepackt und zur Haustür hinausgezerrt hatte, war sie überzeugt, nicht ein einziges wichtiges Stück zurückgelassen zu haben.

Phillips Wagen kam die Einfahrt herauf. Ihr Vater ließ sich nicht blicken, und Phillip lud die drei Koffer ein.

Später, als Phillip wieder fort war, ging Delia durch die leeren Zimmer ihres neuen Zuhauses, und sie fühlte sich wohl in den heruntergekommenen Räumen. Sie atmete auf, nun, wo sie von ihrem Vater fort war, von seiner Verrücktheit, den Schuhen, die parallel stehen mussten, dem Salz- und Pfefferstreuer exakt im Mittelpunkt des Esstisches, den gebügelten Taschentüchern, den umgeschlagenen Bettlaken, den Zeitplänen und Regeln. Hier in ihrem neuen Heim sah sie das Gegenteil von ihm, ein Haus voller Unrat und Unordnung, ein Haus ohne Regeln, durchdrungen von Chaos und Verfall. Hier konnte sie aufatmen.

Am Wohnzimmerfenster waren die abgerissenen Vorhänge mit Reißzwecken befestigt. Ein beißender Geruch kam aus dem Bad. Aus dem Kühlschrank war die Kühlflüssigkeit ausgelaufen und stand als Pfütze auf dem Küchenboden. Beim Anblick der rostroten Tapete im Schlafzimmer lief es ihr kalt den Rücken hinunter. Doch trotz allem plante sie ein Zuhause. Eine Couch hier und dort ein Tisch. Ein großer Spiegel war in der Mitte längs gerissen, und das Silber löste sich ab, aber wenn sie sich nach links oder ganz nach rechts stellte, konnte sie sich darin sehen, und sie beschloss, den Spiegel zu behalten.

Sie machte sich ans Saubermachen, zog zwei Paar Gummihandschuhe übereinander an, bevor sie etwas anfasste. Drei Stunden später kehrte Phillip mit einem Anhänger am Wagen zurück, mit einem Tisch vom Trödel, zwei Stühlen, mehreren Kisten mit Kochutensilien, altem Geschirr, Krimskrams aus der Kriegszeit, einem ausgedienten Ohrensessel und einem Einzelbett: sein Beitrag zu seiner frischadoptierten Familie.

»Das sollten wir gleich reintragen«, sagte sie.

Am Gartentor war ein großes Pappschild aufgetaucht, auf das jemand MARSMENSCHENLIEBCHEN RAUS! geschrieben hatte. Von den Urhebern keine Spur. Phillip zerriss es in kleine Stücke und warf die Fetzen über den erstbesten Zaun, wo auf dem Rasen dann nur noch MENSCHENLIEB zu lesen war. Diesmal waren keine Vorhänge zurückgezogen, niemand stand im Garten. Es war eine Kriegserklärung.

Drinnen verstauten Phillip und Delia die Möbelstücke. In den Pausen tranken sie im Wohnzimmer zwischen den Kisten Bier. Delia zog ihre Handschuhe nicht aus.

»Sie war nicht verrückt«, erklärte sie, »auch wenn das alle gesagt haben. Was heißt denn schon verrückt? In einer Stadt wie der hier so gut wie gar nichts.«

Phillip war wieder einmal auf Delias Mutter zu sprechen gekommen. Wenn Delia in einer Welt des Selbstmords lebte, dann sollte er diese Welt besser verstehen.

»Sie wollte einfach nicht Mitglied bei den Rotariern werden, das war alles, und von da an haben sie sie geschnitten.

Sie war einsam. Sie hat mit dem Sammeln angefangen. Das hätte für uns ein Zeichen sein sollen.«

»Sammeln?«

Sie erzählte ihm alles über die Windspiele, darüber, wie es als Hobby begonnen hatte, wie aber dann mehr und mehr dazugekommen waren, bis keiner sie mehr hübsch fand und sie so unwillkommen waren wie Fledermäuse an der Decke. Dann erzählte sie, wie sie sie am Ende alle abgenommen hatten und was daraufhin geschehen war: der Bach, alles, was dann am Bach geschehen war. Um sie zu trösten, erzählte Phillip ihr von Nietzsches Überzeugung, dass alles, was geschieht, mit Absicht geschieht, sogar die Unfälle, so dass jede Zufallsbegegnung eine Verabredung ist, jeder Tod ein Selbstmord. Mit einem kleinen dankbaren oder vielleicht auch gelangweilten Nicken erzählte Delia dann noch, wie ihr Vater auf Geheiß des Geistes ihrer Mutter damit begonnen hatte, die Windspiele wieder aufzuhängen.

Phillip wechselte das Thema und fragte vorsichtig, ob es Jungs in ihrem Leben gegeben habe.

Delia schüttelte nachdenklich den Kopf. »Mein Vater hätte mich umgebracht … und die Jungs … Außerdem interessieren mich die Jungen hier nicht.«

Sie tranken ihr Bier. Als Nächstes sagte sie, sie wolle niemals heiraten. Er führte Harry Houdini an, den großen Entfesselungskünstler.

»Wovon redest du?«, fragte sie.

»Na ja, er hat sich in Ketten legen und die Schlüssel wegwerfen lassen. Ein hübscher Trick, aber er ist dran gestorben.«

Sie überlegte kurz, dann nickte sie. Sie nahm an, dass Bibliothekare einfach so redeten; sie lasen irgendwelche seltsamen Dinge und erklärten einem damit ihre Gefühle. Dann, nach einem weiteren langen Schweigen, bei dem jeder den Atem des anderen auf seinem Gesicht spürte, fühlten sie sich plötzlich, schweigend, zum Kuss verpflichtet: Es war ihr erster, zögernd und ungeschickt, trockene Lippen trafen sich, schlecht gezielt, doch leidenschaftlich. Phillip roch das unverkennbare Aroma von Putzmitteln, Delia sein starkes Rasierwasser, das sie auch diesmal wieder an den Zahnarzt erinnerte, und das wiederum katapultierte sie in ihrer Erinnerung sofort zurück zu ihrer ersten Begegnung, die ihr nun deutlicher vor Augen stand als je zuvor. Delia nieste.

»Was hast du?«

»Das Zeug, das du da drauf hast«, sagte sie und fasste ihn mit dem gelben Gummihandschuh am Kinn.

Er wischte sich das Gesicht ab, sie rieb sich die Nase an ihrem Ärmel. Und er stellte eine Frage, die ihn nun schon seit bald drei Monaten beschäftigte. »Da ist etwas, das wollte ich dich immer schon fragen. Am allerersten Morgen, dem, an dem ich mit meiner Arbeit in der Bibliothek angefangen habe, bevor sie überhaupt offen war, da hast du ein Buch vorbeigebracht. Woher wusstest du, dass die Bibliothek wieder aufmachen würde?«

»Das hast du mir gesagt. Als du mich im Auto mitgenommen hast, an dem Abend, an dem wir uns das erste Mal begegnet sind.«

»Woher weißt du, dass ich das gesagt habe?«

»Weil ich mich daran erinnere.«

»Oh. Du erinnerst dich. Ich dachte, du erinnerst dich an überhaupt nichts mehr.«

»'türlich tue ich das.« Delia lächelte ihn an.

Phillip rief ihr lieber nicht ins Gedächtnis, dass sie ihn bei ihrer zweiten Begegnung nicht wiedererkannt hatte. »Wir zwei, wir sind uns ... tatsächlich begegnet, Delia. Aber was war mit deiner anderen Begegnung an jenem Abend? Geschah das auch in Wirklichkeit?«

Sie antwortete nicht. Und er nahm ihr Schweigen als Aufforderung zum Weitermachen und stellte die entscheidende Frage.

»Willst du mir nicht sagen, was wirklich passiert ist, bevor ich dich damals auf der Landstraße gefunden habe?«

Sie starrte ihn an. Sie fühlte sich verraten.

»Delia, ich versuche dir zu helfen«, sagte er. »Ich will einfach nur –«

Sie fiel ihm ins Wort. »Ich glaube, du solltest jetzt gehen.« Sie wurde laut. »Hau ab! Verpiss dich!«

Phillip wollte es erklären, aber sie hörte ihm nicht mehr zu. Sie stand auf, zerrte ihn auf die Füße und schob ihn zur Tür. Ihre Stimme war voller Leidenschaft und voller Vorwürfe. Sie habe geglaubt, er sei anders als die anderen, aber da habe sie sich wohl getäuscht, er sei genau wie der Rest – oder wenigstens sei er jetzt geworden wie alle anderen: verseucht, verdreckt, etwas, das man nicht im Haus behalten konnte.

Er stand draußen auf dem Betonweg vor ihrer neuen Wohnung, und das war das Letzte, was sie von ihm sah, denn dann warf sie die Haustür zu.

Ihre Augen entdeckten an der Tür drei Messingschlösser, die sie sogleich zuschob. Keiner sollte ihr mehr hereinkommen. Um ganz sicherzugehen, schob sie Kartons an die Tür, verbarrikadierte sich. Dann schaltete sie das Flurlicht aus. Von jetzt an würde sie Festungsmauern um sich errichten, und wenn sie nach draußen ging, würde sie sich verkleiden, damit keiner sie erkannte, und sie würde sich nie wieder von einem anderen Menschen verseuchen lassen.

Phillip hämmerte an die Tür, bis seine Fingerknöchel wund waren, aber Delia gab nicht nach. Sie wartete hinter der Tür, zu unglücklich, um etwas zu sagen. Sie stand in dem Labyrinth aus unausgepackten Kartons, bis sie hörte, wie sein Wagen wegfuhr. Dann ging sie ins Schlafzimmer, den einzigen ordentlichen Raum, wo der große Spiegel ihr zerklüftet ihr Bild zeigte. Sie hob ihr T-Shirt, entblößte ihren Bauch, legte die Hand darauf und erinnerte sich, dass sie nicht allein war.

Phillip, am Steuer des Autos, das Gaspedal durchgetreten, verfluchte sich für seinen Fehler, ein monumentaler Missgriff, und das nach so gelungener Werbung. Am Ende war er nicht mehr in der Lage gewesen, seine wahren Gefühle zu verbergen. Bei der ersten Gelegenheit hatten sie sich zu Wort gemeldet, und auch er selbst war überrascht gewesen. Er hatte zu tief gebohrt, und Delia hatte sich um die Perle der Wahrheit geschlossen wie eine Auster. Er wusste nicht, wie er an diese Perle jetzt noch herankommen sollte.

Verzweifelt bog er um die nächste Ecke und war fort.

Philosophie

Ich kann da nicht noch mal hin«, sagte Vic Young zu seinem Chefredakteur. Allein der Gedanke, dass er noch einmal nach Opunake sollte, machte ihn unglücklich.

»Du fährst«, sagte Ray Hungerford, ohne dabei vom neuesten Young-Artikel aufzublicken. »Das hier ist großartig. Und die Geschichte wird immer besser.«

Vic Young saß vor ihm und pulte, ein symbolischer Akt der Reinigung, mit einer Büroklammer Schmutz unter den Fingernägeln hervor. Er war eben nach Auckland zurückgekehrt, in der Erwartung, dass er nun den Auftrag zu einer anderen Reportage erhalten werde, und hatte feierlich den letzten seiner Opunake-Artikel persönlich überbracht. Er hatte gedacht, damit sei die Sache zu Ende.

»Ich schicke dich wieder zurück«, murmelte Hungerford und schlug begeistert die nächste Seite um.

»Was soll ich da?«

»Aus dieser Story lässt sich noch viel mehr machen, das sollst du da. Das ist ein Knüller. Das *wird* ein Knüller.«

»Das kann ich mir nicht vorstellen.«

»Das kannst du dir nicht vorstellen? Na, dann streng dich mal an.« Der Redakteur beugte sich vor, zog aus einem Becher einen roten Stift und strich in Youngs Artikel einen Satz, den er entbehrlich fand, heraus.

»Ich habe alles geschrieben, was zu schreiben war. Die Geschichte ist vorbei. Sie werden ihre Babys bekommen, die drei Mädchen; sie werden sie bekommen, es werden keine Aliens sein, und die ganze Sache ist vergessen. Wir sind fertig.«

»Schon, aber…«

»Aber was?« Seine Finger waren nun fast vollständig von der Taranaki-Erde befreit.

»Was ist, wenn die Babys kommen, und sie sind… grün, Vic?« Der Chefredakteur sprach es in erregtem Ton, ohne die geringste Ironie.

»Wie bitte?«

»Grün, sage ich. Was ist, wenn sie grün sind, Vic? Große Augen und lange dünne Arme zum Beispiel. Was ist dann?«

Jetzt war Young verwirrt. »Wie meinst du das?«

»Darum geht es. Das ist unsere Story. Der Was-wäre-wenn-Faktor.«

»Der Was-wäre-wenn-Faktor?«

»Genau das. Deswegen fährst du da noch mal hin, das ist die Story, die ich von dir haben will.«

»Die werden nicht grün sein, Ray.« Er wusste nicht, wie er das noch unmissverständlicher ausdrücken sollte. »Verstehst du?«

»Woher wollen wir das wissen? Was wäre, wenn, nur mal als Hypothese, sie doch grün sind?«

»Grün? Schön. Sicher. Soll mir recht sein. Fahr hin und vergewissere dich! Hör mal, das sind drei unschuldige Mädchen, nichts weiter! Nette Mädchen. Die sind gerade erst aus der Schule. Es ist ein Jux. Und ich habe dir sechs Artikel über sie geliefert. Das reicht.« Er war lauter geworden, aber noch hatte er sich unter Kontrolle.

»Es geht um Folgendes, Vic«, fuhr Ray fort. »Und ich staune, dass du nicht von selbst darauf kommst. Was ist, wenn diese Mädels sich die Geschichte *nicht* einfach nur ausgedacht haben? Was ist« – und er malte mit den Fingern Anführungsstriche in die Luft –, »wenn die Babys, die sie bekommen, anders sind als alles, was wir je gesehen haben? Was ist, wenn uns E. T. auf dem Silbertablett serviert wird?«

Young seufzte tief. Wie sollte er diese Geschichte je zu Ende bringen? Er hatte nicht vergessen, dass er sie angefangen hatte.

»Hörst du mir eigentlich zu, Vic?«

»Ja, ich höre zu.«

»Was ich sagen will … wie reagieren die Leute auf so eine Möglichkeit? Das ist die Story. Was hält man offiziell von so einer Möglichkeit? Fragen wir einen Wissenschaftler. Er wird uns sagen, wie die Chancen stehen. Wieder eine Story. ›Ärzte forschen nach Indizien in den Windeln.‹ Welchen politischen Status werden Kinder von Außerirdischen bei uns haben? Könnte ein interstellarer Babyboom die Sicherheit unseres Landes gefährden? *Jede* Antwort wäre pures Gold für uns. Stell dir vor, wir bringen den Generalgouverneur dazu, dass er etwas sagt. Er wird es mit einem Lachen abtun wollen, aber drei Mädels in Taranaki mit … zeitgleichen Schwangerschaften und unbekanntem Vater, da können wir ihn zu einer Antwort zwingen! Der wird Sachen sagen, die könntest du für kein Geld der Welt kaufen, Vic. Stell dir vor, wir bringen die Regierung dazu, dass sie offiziell Stellung beziehen muss. Dämmert es dir allmählich?«

»Ja, ich glaube schon. Du willst, dass ich Jagd auf … nichts mache.«

»Genau das, Vic. Genau das will ich. Denn nichts verkauft sich so gut wie nichts.« Ray unterstrich es mit einem selbstzufriedenen Lacher. »Na, jedenfalls weißt du jetzt, worauf ich hinauswill. Bevor diese Mädchen ihre höchstwahrscheinlich vollkommen normalen und sicher kerngesunden Babys entbinden, können wir ordentlich Kasse machen.«

Young runzelte die Stirn. Er saß schweigend da, beschienen von der Glut der Begeisterung seines Arbeitgebers, hörte mit immer größerem Abscheu und immer drückenderem Gewissen zu und wartete auf seine Chance, eine Frage zu stellen, nur die eine.

»Ray …?«

»Verstehst du, was ich meine?«

»Ja. Ja, das tue ich. Ray …?«

»Hmmm?« Der Chefredakteur kreiste in seiner ganz persönlichen Umlaufbahn.

»Was ist mit den jungen Leuten?«

»Was für junge Leute?«

»Den drei Mädchen, Ray.«

»Wie meinst du das?«

»Hast du mal überlegt, ob es anständig gegenüber den Mädchen ist?«

»Wovon redest du? Die *wollen* Publicity. Das ist doch klar. Warum sollten sie denn sonst so was machen?«

»Das ist für meine Begriffe der Punkt, an dem du dich irrst. Sie wollen diese Publicity nicht. Sie fürchten sich davor. Jedenfalls zwei von ihnen. Du verstehst das nicht. Die wissen nicht mehr, was sie tun sollen. Das sind anständige Mädchen. Das sind einfach nur drei einfältige Mädels vom Lande …

die …« – er hatte diesen Satz begonnen, jetzt musste er ihn auch beenden – »die nur zufällig …«

»Mit Marsmenschen ins Bett gegangen sind?«

Das war nicht der Satz, nach dem Young gesucht hatte, und als er von neuem das Leuchten in den Augen seines Arbeitgebers sah, bereute er, dass er den Satz nicht zu Ende gesprochen hatte. Ohne es zu bemerken, hatte er ihm nur eine weitere Gelegenheit gegeben, seine Worte zu verdrehen.

»Ich gebe die Sache ab.«

»Unsinn.« Ray Hungerford lachte vor Selbstvertrauen.

»Lass es jemand anderen machen. Ich habe genug.«

»Du kannst den Rover behalten. Du brauchst Vierradantrieb.«

»Was ist mit dem Bericht über die Fabrik?«

»Was für eine Fabrik?«

»Der Artikel über die Fleischfabrik in Opunake, die sie zumachen wollen. ›Eine Stadt stirbt.‹« Es war das Friedensangebot eines Mannes in einem leckgeschlagenen Boot.

»Kannst du wegschmeißen. So was bringen doch alle. Bei *dieser* Geschichte hier, *da* haben wir die Nase vorn. Und jetzt ab mit dir, zurück in den Busch. Sei ein braver Junge. Sei ein Pitbull. Fass!«

Am Montag kamen die langerwarteten Bücher aus Wellington in fünfunddreißig identischen Pappkartons. Zwei Möbelpacker trugen sie in die Bibliothek, und dann hielten sie Phillip ein dickes Bündel Papiere unter die Nase, eine Liste sämtlicher gelieferter Bände – eine veritable Sturzflut aus Klassikern.

Als der Lastwagen wieder fort war, erhob Phillip sich von

seinem Platz und betrachtete die vielversprechende Ansammlung. Kein Pirat mit einer solchen Zahl an Schatztruhen hätte glücklicher über seine Beute sein können. Schier unglaublich, dass solcher Reichtum mit einer einzigen Lieferung gekommen war.

In der klösterlichen Stille der Bibliothek schnitt er aufgeregt die Klebestreifen der ersten Kiste auf. Die Laschen sprangen ihm entgegen. Und im Inneren die großen Werke der Weltliteratur dicht an dicht, mächtige Bände, so viele nur hineinpassten. Er holte die Ersten heraus, moderne Nachdrucke der großen Klassiker, und stapelte sie stolz auf den Fußboden, legte sie bereit zur Aufnahme in den Bestand der Bibliothek. Das Aroma der Druckerschwärze war betörend, und die steifen neuen Blätter verführten ihn dazu, jedes Buch mit dem Daumen aufzufächern, bevor er es ablegte: Jedes Mal küsste ein kleiner Windhauch sein Gesicht. Alles, was er zur Bildung der Bauern von Opunake angefordert hatte, war gekommen – er hatte sein Jahresbudget auf einen Schlag ausgegeben. Alles, angefangen von der griechischen und römischen Antike bis zur makellosen achtundzwanzigbändigen *Encyclopaedia Britannica*, zu der auch die Sammlung *Great Books of the Western World* gehörte, maßgebliche Werke, die *in reductio* viele der großen Gedanken enthielten, mit denen sich die Menschheit seit je beschäftigt hatte. Als er alles ausgepackt und auf dem Boden aufgestapelt hatte, sah er sich um und stellte fest, dass er sich mit einem Kreis aus hüfthohen Buchtürmen umgeben hatte, einer ganzen Stadt aus Ideen, die vom einen Ende der Bibliothek bis zum anderen reichte.

Seine Arbeit und sein großes Vergnügen in den ersten

Herbstwochen würde es sein, für jedes Einzelne dieser Bücher eine Katalog- und eine Ausleihkarte anzulegen.

Es gab noch weitere Gründe dafür, dass Phillip an diesem Morgen so aufgekratzt war. Er hatte nämlich beschlossen, sich in seiner freien Zeit von nun an voll und ganz der Auflösung von Delias Rätsel zu widmen. Er war fest entschlossen dahinterzukommen, was wirklich geschehen war, und sei es auch nur, damit er wenigstens indirekt in Kontakt mit der jungen Frau blieb, die ihm inzwischen mehr bedeutete als alles andere. Er sagte sich, dass er, wenn er als Detektiv hinter das Geheimnis ihrer Gedanken kam, sie auch zurückgewinnen konnte.

Das war sein großes Ziel, und dafür musste er etwas tun. Er hatte sich vorgenommen, so lange in der Bibliothek zu forschen, bis er das Rätsel gelöst hätte. In seinem Inneren war er überzeugt, dass sich jedes Geheimnis in einer Bibliothek entschlüsseln ließ. Diese Idee konnte man mit einem einfachen Rechenexempel belegen. Wenn man davon ausging, dass jedes Menschenleben den sechs oder sieben Prototypen folgte, die Henry James beschrieben hatte, und alle möglichen Varianten dieser Geschichten bedachte, dann würde die Lektüre der Bestände selbst der bescheidensten Bibliothek, in der Tausende von menschlichen Lebensgeschichten versammelt waren, dem Leser eine so überwältigende Fülle an Daten liefern, dass er damit die Lösung zu jedem erdenklichen Rätsel finden würde. Er konnte also, wenn es darum ging, hinter Delias Geheimnis zu kommen, auf eine Auseinandersetzung mit der Außenwelt vollkommen verzichten und stattdessen einen ganz und gar abstrakten, intellektuellen Ansatz wählen.

Schon jetzt wusste er eine ganze Menge über das geheime Leben zahlreicher Stadtbewohner, Erkenntnisse, die er allein durch Beobachtung und logische Schlussfolgerung gewonnen hatte, und so rechnete er nicht damit, dass die Aufgabe ihm schwerfallen würde. Voller Zuversicht schlug er sein persönliches Notizbuch auf, in dem er seine Forschungsergebnisse festhalten wollte.

Er versah sein Projekt mit der Überschrift »Eine psychophilosophische Untersuchung«, ein Titel, der zwar allgemein genug war, ihm aber das Ziel seiner Arbeit stets vor Augen halten würde, denn in den Tunneln der Philosophie konnte man sich leicht verirren. Er würde mit seinen Forschungen zunächst in die Breite gehen, bis sich ein klarerer Weg abzeichnete, dabei jedoch als Ausgangspunkt jeweils aktuelle Ereignisse in Opunake und schließlich Delia selbst nehmen; und am Anfang sollte ein Blick in die Werke der großen Philosophen stehen, in der Hoffnung, dass er vom Allgemeinen zum Speziellen voranschreiten konnte, wie ein Mikroskop, das sich in immer stärkerer Vergrößerung seinem Gegenstand näherte.

Bei der ersten Gelegenheit, die sich bot, das BIN-IN-FÜNF-MINUTEN-ZURÜCK-Schild an die Tür zu hängen, nahm er einen jungfräulichen Band der *Great Books of the Western World*, die sich noch dort auf dem Fußboden stapelten. Er schlug willkürlich eine Seite auf und vernahm sogleich die beruhigende Stimme Platons. Er fand, das war kein schlechter Ansatzpunkt, um etwas über Delia zu erfahren. Jetzt, ganz zu Anfang, las er noch hauptsächlich zum Vergnügen, eine Aufwärmphase für das, was nach seiner Vorstellung noch kommen würde. Damit er seine Gedanken besser ordnen konnte, exzerpierte er ein oder zwei Zeilen in sein Notizbuch. Fünf Minuten vergingen wie eine einzige Sekunde.

Den Tag über hielt ihn ein immer stärker werdender Strom neugieriger Besucher von seinen Studien ab; jeder beugte sich vor, um die hochgeistigen Bücher auf dem Fußboden zu mustern, zog aber dann weiter zur wieder zusammengekommenen Sammlung rührseliger Schmöker und nazilüsterner Thriller, die in langen Reihen auf den Regalen standen. Er war erleichtert, als er den letzten Besucher hinausbegleiten und die Tür verschließen konnte. Er war erschöpft, trotzdem aber fest entschlossen, bis spät in die Nacht weiterzumachen. Er griff zu einem neuen Band, diesmal Wittgensteins *Tractatus logico-philosophicus*. Da er dort keinerlei Hinweise auf sein Thema fand, sprang er weiter zu einer oberflächlichen Lektüre Hegels zum Thema Selbstbestimmung. Hier war er endlich in seinem Element. Er sog die ersten Seiten auf, und gerade weil er so gut wie nichts davon verstand, war jedes einzelne Wort von einer ungeheuren Kraft. Nur einzelne Worte und Wendungen sprachen zu ihm, doch wenn er den Eindruck hatte, dass sie auch nur im mindesten helfen konnten, schrieb er sie eifrig auf; hochfliegende, dunkle, archaische Sätze, oft nur auf einer intuitiven Ebene begreifbar. Je mehr er davon in sein Notizbuch schrieb, desto mehr kam er sich vor wie in einer Mönchszelle. Nicht dass er sich bewusst von neueren Autoren abgewandt hätte, doch kein Denker, der etwas auf sich hält, möchte seine Einsichten den Zeitgenossen verdanken. Also machte er den Sprung in die Vergangenheit. Und die Bände türmten sich rund um ihn.

Invasoren

Delia hatte sich fast ganz abgeschottet und wollte niemanden in den Hochsicherheitstrakt der Harrison Street Nr. 9 einlassen, und so zögerte sie zunächst, als es zum ersten Mal an ihrer Haustür klopfte. Sie hatte einen einwöchigen Staubsaug- und Desinfiziermarathon hinter sich, eine Woche, in der sie zwar pünktlich zu ihren Schichten in der Fleischfabrik gegangen war, ansonsten aber mit kaum jemandem ein Wort gesprochen hatte.

Ihr Besucher war ein zerknirschter Vic Young.

Sie überlegte, ob dem Mann etwas zugestoßen war, er wirkte so elend, so geschunden. Seine Kleidung war zerknittert, und er hatte sich offenbar seit Tagen nicht mehr rasiert. Das stellenweise schon graue Haar hing fettig herab, im Nacken zu einem kümmerlichen Pferdeschwanz gebunden.

»Ich bin Vic Young. Ich bitte um Verzeihung.«

Delia betrachtete ihn misstrauisch. Er war schmutzig. Sie musste aufpassen, mit wem sie redete. »Kenne ich Sie?«

»Ich weiß nicht, ja, wahrscheinlich schon. Na ja, nicht richtig, aber ich kenne Sie.«

»Was?«

»Ich hätte nicht herkommen sollen.«

»Ich glaube, Sie haben sich in der Adresse geirrt«, sagte sie.

»Nein, ich wollte schon hierher.«

Delias Erscheinung war für Young ein Schock – sie war so viel älter, als er sie sich vorgestellt hatte. Aber er begriff, dass es sein Fehler war, dass das Bild, das er sich von diesem Mädchen gemacht hatte, von einem vier Jahre alten Foto stammte: Er war in ein Kind verliebt gewesen, das es längst nicht mehr gab. Für die Frau, die vor ihm stand, empfand er nichts, nicht das Geringste; sie war eine Fremde, eine Fälschung.

»Was wollen Sie?«, fragte sie. »Ich habe zu tun.«

»Ich bin Journalist. Ich habe diese Artikel geschrieben.«

»Ja.«

»Könnten wir … reden?«

»Nein.«

»Das verstehe ich. Wirklich.« Er sprach leise.

»Nein«, sagte sie.

»Glauben Sie mir.«

»Was wollen Sie?«

»Nur … ein paar Minuten.«

»Nein.«

»Bitte.« Wie hatte er es nur fertiggebracht, dermaßen schmierig zu werden?, fragte er sich. Der Beruf prägte einen. Nach einer Weile wurde man wie sein Beruf. Schmierig.

»Lassen Sie mich in Ruhe«, sagte Delia und kniff die Augen zusammen. »Haben Sie nicht schon genug angerichtet?«

Vic Young senkte den Blick und konnte so gerade noch ihren dicken Bauch bemerken, bevor sie ihm die Tür vor der Nase zuschlug.

Es war ein Schock. Hier wohnte sie also. Allein. Wahrscheinlich hatte ihr Vater sie aus dem Haus geworfen. Eine

Außenseiterin, von allen gemieden. Verkroch sich vor dem Gerede der Leute in einer armseligen Wohnung. Er fühlte sich verantwortlich für ihre Lage. Wie unrecht sein Chefredakteur doch hatte – dass diese Mädchen Publicity wollten, dass sie sich darin sonnten. In Wirklichkeit war jeder seiner Artikel ein neuer Messerstich: Die junge Frau wand sich vor Schmerz, während Hungerford seine Geldsäcke auftürmte. Vic schämte sich, er wäre gern gegangen, aber er klopfte doch noch einmal.

»Was ist denn noch!«, schnauzte Delia ihn wütend an, als er erneut vor ihr stand. »Ich rufe die Polizei.«

»Ich habe noch gute Nachrichten für Sie.« Eigentlich hätte Vic ihr gerne erklärt, wie seine Reportagen entstellt worden waren, seine Absichten verdreht, aber dann sagte er doch einfach nur: »Wir würden dafür zahlen.«

Delia wurde neugierig. »Wofür?«

Er lieferte die Nachricht ab, derentwegen sein Chef ihn geschickt hatte, und fügte hinzu, dass sie natürlich auch ablehnen könne und er vollstes Verständnis dafür hätte. Er an ihrer Stelle würde vielleicht auch ablehnen. Aber Tatsache sei, dass er gekommen wäre, um ihr einen kostenlosen Hubschrauberflug anzubieten.

Delia machte große Augen.

Einen Flug nach Auckland, Untersuchung in der dortigen Frauenklinik, alles auf Kosten der Zeitung. Mit einem müden Ausdruck in den Augen, der jedes Wort Lügen strafte, zitierte er seinen Chef: »Wir wollen so früh wie möglich einen Blick auf das Kind werfen. Auch weil wir sichergehen wollen, dass es ihm gutgeht.‹« Er stockte. »Das soll ich Ihnen ausrichten.«

Delia wurde es schwindlig beim bloßen Gedanken. Sie sah sich das Häuflein Elend an, das da vor ihr stand, ein armseliger Wicht, der mit dem Angebot eines Irrsinnigen gekommen war. Ein Hubschrauber nach Auckland? War das ernst gemeint?

»Das ist kein Witz«, versicherte er ihr. »Glauben Sie mir. Und wenn die Zeit gekommen ist, übernimmt die Zeitung sämtliche Entbindungskosten, im Austausch für …« – jetzt, wo er den Satz begonnen hatte, musste er ihn zu Ende sprechen –, »… für Exklusivrechte. Etwas in der Art.«

Bevor er auch nur Atem holen konnte, um sich dafür zu entschuldigen, dass er ihren Namen und ihre Geschichte in den Dreck seiner Zeitung gezogen hatte, schnitt sie ihm das Wort ab.

Die Tür wurde geschlossen, Schlösser schnappten zu.

Er blieb noch einen Moment davor stehen, seltsam zufrieden, wenn nicht sogar glücklich darüber, dass er ihr wenigstens eine Gelegenheit verschafft hatte, ihn zu kränken.

Es verging keine Stunde, da klopfte es wieder. Wahrscheinlich derselbe Mann, dachte Delia, oder ein anderer Journalist. Sie spähte durch den Vorhang, sah aber nur Kinder aus der Nachbarschaft davonlaufen. Sie johlten, so stolz waren sie auf ihren Streich, und stoben in wildem Durcheinander davon. Delia öffnete die Tür und sah auf der Schwelle eine kleine Puppe liegen, mit Knopfaugen in unterschiedlicher Größe und Farbe. Sie hob sie auf: eine Stoffpuppe mit einem hübschen Menschenkörper, aber einem stümperhaft angenähten, hässlichen und viel zu großen Kopf – der Kopf eines Alien.

Auf der Straße war niemand mehr zu sehen. Trotzdem wusste Delia, dass sie beobachtet wurde. Sie drückte die Puppe zärtlich an sich, die trotz ihrer Hässlichkeit ihre ersten Mutterinstinkte geweckt hatte, und nahm sie mit ins Haus. Im Schlafzimmer legte sie sie auf ihr schmales Bett.

Eine halbe Stunde später hinderte ein weiterer Besucher sie am Hausputz. »Hallo«, sagte der Priester schüchtern. »Ich hoffe, ich komme nicht ungelegen.« Er hatte ein billiges gerahmtes Bild einer hawaiianischen Hulatänzerin mitgebracht und einen Satz Aluminiumkochtöpfe. »Ein paar Kleinigkeiten für dich von der Caritas.«

Delia machte große Augen. Was zum Teufel war denn heute los?

»Würdest du mir gestatten, einen Augenblick hineinzukommen?«

Sie starrte den Geistlichen und seine Geschenke an, dann führte sie ihn ins Wohnzimmer, weil sie dachte, dass sie einen Priester nicht abweisen dürfe.

Pater O'Brien sah nicht viel besser als der Journalist aus und zeigte ähnliche Anzeichen des Verfalls. Ihr fiel auf, dass er einen Großteil seiner Haare verloren hatte. Alle rund um Delia schienen zu leiden, und sie hatte nicht die geringste Ahnung, weshalb.

Sie entschuldigte sich für den Zustand der Wohnung und erklärte, dass sie noch keine Regale habe und darum das meiste noch nicht ausgepackt sei. Der Priester legte seine Geschenke ab, ließ sich auf einem Stuhl in dem vollgestopften Wohnzimmer nieder, mit einem großen Karton als Armlehne, und sofort erweckte er, auch wenn er von leeren Putzmittelflaschen umstellt war, den Eindruck, er sei gekommen, um Delia die Beichte abzunehmen.

»Bevor ich selbst etwas sage, möchte ich dich fragen, ob du *mir* etwas sagen möchtest. Etwas, das dir auf der Seele lastet.«

»Hören Sie, Pater, ich *will* nichts sagen.«

»Bist du sicher?«

Anders als anglikanische Geistliche waren katholische Priester verpflichtet, sich in der Öffentlichkeit nur mit geistlichem Kragen zu zeigen, und Delia sah, dass sein Hals wie so oft bei Priestern wund gescheuert war. Außerdem fielen ihr die dicken Tränensäcke auf. »Gut, dann will ich sprechen«, fuhr der schwererschöpfte Mann fort.

Delia wollte einfach nur mit ihrem Hausputz weitermachen.

»Ich komme sofort zur Sache, Delia.« Und wie der Journalist vor ihm kam auch der Priester tatsächlich sofort zur Sache. »Wenn wir einen Moment lang davon ausgehen, dass das Kind von ungewöhnlicher Abstammung ist, ist es wichtig für dieses Kind, dass es eine vernünftige Aufklärung darüber bekommt, wer sein Vater ist. Da sind wir uns doch einig, oder?«

»Okay«, sagte Delia. »Ich weiß, dass Sie das nur mir zuliebe sagen.«

»Dir zuliebe?«

»Sagt man nicht so? In Wirklichkeit glauben Sie doch nicht, dass mein Kind … wie haben Sie gesagt … ›von ungewöhnlicher Abstammung ist‹. Das sagen Sie nur so.«

»Nein, das stimmt nicht. Wenn du mir versprichst, dass du offen bist, dann will ich ebenfalls offen sein.«

»Das können Sie doch gar nicht«, wandte sie ein.

Der Priester widersprach nicht. Wirklich offen war er in dieser Sache ja tatsächlich nicht. Er konnte viel von Offenheit reden, aber in Wirklichkeit war sein Blick auf das Spielfeld genauso eingeschränkt wie der von allen anderen.

»Alle reden davon, dass man offen sein muss«, sagte Delia, »aber wenn Ihnen dann jemand wie ich, der auch nicht verrückter ist als alle anderen hier, erzählt, dass es etwas gesehen hat, woran Sie nicht glauben, dann macht es in Ihrem Verstand klick« – sie schnippte mit den Fingern –, »und er schaltet sich aus.«

»Du hast ja recht«, gab er zu. »Ich bin kein offener Mensch.«

»Warum sollte ich's dann sein?«

Gegen diese Logik ließ sich nichts einwenden, und der Priester überlegte einen Moment lang, wie er nun am besten aus der Klemme kam. »Du hast recht, ich habe es dir zuliebe gesagt.«

»Dann hätten wir jetzt nichts mehr zu besprechen, oder?«

»Vielleicht nicht.« Eine Weile blieb er still, dann fragte er mit ehrlichem Interesse: »Was macht das Baby, Delia?«

»Ich glaube, dem geht's gut.«

»Wie alt ist es jetzt?«

»Zwölf Wochen.«

»Hast du schon Namen ausgesucht?«

»Bis jetzt nicht.«

»Bist du beim Arzt gewesen? Hast du dich untersuchen lassen?«

»Nein.«

»Meinst du nicht, das solltest du tun?«

Sie nickte, dann zuckte sie mit den Schultern.

Schweigend saßen sie da. Der Priester kam sich überflüssiger denn je vor. Sein eigener Mystizismus war so wenig begründbar wie der ihre. Wo gab es denn einen Beweis dafür, dass sein Gott wirklich existierte?

»Eigentlich wollte ich dir einen Kinderwagen mitbringen, aber die sind bei der Caritas immer Mangelware«, sagte er. »Ich werd's weiter versuchen, wenn du willst.«

»Okay.«

»Glaubst du an Gott«, fragte er sanft, »auch nur ein wenig? Wahrscheinlich nicht.«

»Nein«, antwortete Delia, ohne zu zögern.

»Manchmal erscheint er den Menschen durch den Heiligen Geist. Würdest du eine solche Erscheinung gern einmal sehen?«

Sie zuckte mit den Schultern. »Wahrscheinlich schon.«

»Ich auch. Ich meine, häufiger.« Der Priester klang wehmütig.

»Warum glauben Sie an Gott?«, fragte Delia.

Der Priester antwortete, ohne zu überlegen. »Ich weiß es nicht.« Er drehte sich zu ihr hin, und beinahe war es, als hätten sie ihre Rollen getauscht. »Ich nehme an, er hat sich mir offenbart, und ich spürte, wie seine Liebe von mir Besitz ergriff.«

»Was war das für ein Gefühl?«

»Unbeschreiblich.«

Er sah sie an. Mit einem Mal kam ihm seine Kosmologie entsetzlich zerbrechlich vor. In der ersten Zeit seines Priesteramtes, als er noch berauscht von Gott war, hätte er mit Begeisterung solche Diskussionen geführt. Warum deprimierten sie ihn dieser Tage so sehr? Andauernd sollte man an etwas *glauben* – wozu sollte das denn gut sein? Immer häufiger hätte der Priester sich am liebsten die Soutane vom Leib gerissen, hätte das ganze Gerede von Gott am liebsten sein lassen und einfach anderen Menschen geholfen – nichts weiter als das, einfache, praktische Hilfe. Wieso saß er hier und hielt diesem süßen Mädchen seine öden Vorträge über den Heiligen Geist, wo sie wahrscheinlich nichts weiter brauchte als hundert Dollar oder vielleicht mal einen Abend, an dem jemand mit ihr ausging? Was hatte er – ein Mann, der von theologischen Zweifeln gequält war, ein Mann, der nicht annähernd hätte sagen können, wann ihm zum letzten Mal ein Witz über die Lippen gekommen war –, was hatte er denn noch, woran er glauben konnte?

Nun kehrte er aber doch zum Anlass seines Besuches zurück. Er griff ein obskures Motiv aus einer seiner eigenen Predigten auf und bat Delia, einen Augenblick lang das Wort *Außerirdischer* durch das Wort *Gott* zu ersetzen, nur um zu sehen, wie sich das anfühlte.

»Schließlich geht es doch um die Frage, von wem wir uns Antworten erhoffen, nicht wahr? Geht es nicht immer um diese Frage?«

Und wenn sie das tue und wenn sie sich nur ein einziges Mal vor Augen führe, dass heute im Zeitalter des Fernsehens die beiden Begriffe beinahe austauschbar geworden seien, dann werde sie sehen, dass sie und ihre Freundinnen mit ihrer jungfräulichen Empfängnis ja einfach nur die Weihnachtsgeschichte nachspielten.

»Um mit Gott oder in diesem Falle mit einem Außerirdischen in Kontakt zu kommen, habt ihr euch einfach vorgestellt, dass ihr ein Kind von *ihm* empfangen habt.«

Diese Sehnsucht nach Glauben, wenn man es so nennen dürfe, könne er gut verstehen, aber man müsse auch an drei ungeborene Kinder denken. Sein Tonfall änderte sich.

»Ich habe einen Anruf bekommen, Delia. Das ist der eigentliche Grund für meinen Besuch. Ein inoffizieller Anruf von einer alten Freundin, die bei der Fürsorge in New Plymouth arbeitet. Sie hat mir, ganz unter uns, zu verstehen gegeben, dass man sich dort Gedanken macht, was aus deinem Baby werden soll, wenn du es zur Welt gebracht hast. Ich will aufrichtig zu dir sein. Ich mache mir ein wenig Sorgen, wegen dem, was ich da erfahren habe. Die Leute von der Fürsorge, die haben eine Menge Macht, Delia. Und wenn sie erst einmal den Eindruck bekommen, dass ein Kind ... also, wenn sie dort nicht hundertprozentig überzeugt sind, dass du nicht mehr an ... an diese Sache mit den Außerirdischen glaubst, dann ... na, du kannst dir wahrscheinlich ausmalen, was sie dann tun.« Er machte eine Pause, um seinen nächsten Worten Nachdruck zu verleihen. »Sie könnten dir tatsächlich das Baby fortnehmen. So schrecklich sich das anhört. Sie haben die Macht, so etwas zu tun. Wenn sie den Eindruck bekommen, dass du, sagen wir mal, nicht in der angemessenen Geistesverfassung bist, um die Verantwortung für ein Baby zu übernehmen, dann haben sie eine entsetzliche Menge Macht.«

Delia starrte ihn an, und der Priester, der glaubte, sie habe ihn nicht verstanden, fasste alles in einem einzigen Satz zusammen. »Sie könnten kommen und dir das Baby fortnehmen, wenn du deine Einstellung nicht änderst.«

»Wann?«

»Gleich nach der Geburt. Ich habe schon erlebt, dass es binnen Stunden geschehen ist.«

»Nein.«

»Sie können auf die Entbindungsstation kommen. Das klingt grausam. Es *ist* grausam. Aber die Prinzipien, nach denen verfahren wird, sind sehr konservativ, und ich fürchte einfach, dass so etwas bei dir geschehen könnte. Dieses Kind, das braucht seine Mutter, das steht fest. Und ich will dir helfen, damit wir zusammen tun können, was in unseren Kräften steht.«

»Das geht niemanden außer mir etwas an.«

»Das weiß ich.«

»Niemanden außer mir!« Allmählich wurde Delia wütend.

»Jetzt beruhige dich, Delia. Wir werden sehen, was wir tun können.«

Sie setzte sich wieder auf ihren Stuhl und versuchte tief durchzuatmen. Unbewusst legte sie die Hände auf den Bauch.

Der Priester redete weiter. »Also, ich habe schon mehrere Male mit Yvonne gesprochen. Ich habe mich mit ihr und ihrer Mutter zusammengesetzt. Und wir sind jetzt an dem Punkt, an dem Yvonne sich ziemlich sicher ist, dass sie sich an einige der Ereignisse, die zu ihrer Schwangerschaft geführt haben, erinnern kann, und sie ist kurz davor, es ihren Eltern zu erzählen; sobald sie den Mut dazu gefunden hat. Sie hat ihrer Mutter gesagt, dass sie doch kein Raumschiff gesehen hat, und sie will uns verraten, wer der wirkliche Vater ist.« Aus der Erschöpfung des Priesters konnte man schließen, wie viel Mühe ihn diese Enthüllung gekostet hatte.

»Ich weiß, dass sie kein Raumschiff gesehen hat«, sagte Delia. »Das hat sie ja auch nie behauptet.«

»Das hat natürlich nicht unbedingt etwas mit deinem eigenen Dilemma zu tun. Ich bewundere dich dafür, dass du bei deiner Geschichte bleibst. Und ich kann dir versichern, dass du nach wie vor die volle Unterstützung von Lucinda Evans hast. Ich habe gestern mit ihr gesprochen, und sie ist … nun, man kann es nur stur nennen. Allerdings –«

»Ich behalte mein Baby. Die können mich nicht zwingen.«

»Doch, das können sie. Das können sie, leider. Sie dürfen sogar in Wohnungen eindringen. Die meisten Mütter wehren sich, wenn man ihnen ihre Babys fortnehmen will; deswegen ist die Fürsorge ja auch mit solchen Machtbefugnissen ausgestattet. Delia, jetzt hör mir zu.« Er beugte sich vor, um es noch eindringlicher zu machen. »Ich habe schon Frauen betreut, die ihre Kinder nie wiedergesehen haben. Sie haben nie erfahren, wo die Kinder geblieben sind. Sie verlieren ihre Babys. So etwas darf uns um Himmels willen nicht passieren. Ich will, dass dieses Baby hier in diesem Haus groß wird. Du etwa nicht?«

Delia war am Boden zerstört. Sie hätte an diesem Tag nie die Haustür aufmachen dürfen. Das war ihr Fehler gewesen. Das würde ihr nicht noch einmal passieren.

»Wirst du meine Hilfe annehmen, Delia?«

»Hmmm?«

»Wirst du meine Hilfe annehmen?«

Widerstrebend nickte sie.

»Dann werden wir tun, was wir können. Aber eines musst du für mich tun. Du musst offenbleiben. Auch wenn ich es nicht sein kann. Bitte, Delia, um des Babys willen. Denk an das Baby.«

Dies waren seine Abschiedsworte, und Delia brachte ihn zur Tür. An der Schwelle blieb er noch einmal stehen, nickte ihr zu, dann verschwand er im Dunkeln, und man hörte nur noch das Tacktack seiner schwarzen Schuhe auf dem Weg.

Delia saß eine Weile lang einfach nur da, den Kopf zwischen den Händen; dann ging sie unter die Dusche, und wieder einmal strömten die Bilder auf sie ein, jene Wochenschaubilder, die in den letzten Tagen immer deutlicher vor ihrem inneren Auge erschienen und die sie doch nicht deuten konnte. Manchmal löste ein Geruch oder ein Geräusch sie aus, und dann sah sie ein Auto, dessen Tür sich öffnete … Beine, die durch Gestrüpp rannten … Beine von jemandem, der rannte, wundgeschlagene Arme, Schürfungen an den Waden. Die unerklärlichen Bilder erschienen in ihrem Kopf, und schon Sekunden später waren sie wieder fort. Das waren schlimme Augenblicke für Delia, Augenblicke der Düsternis und der Furcht, und jedes Mal stellte sie sich vor, dass sie verrückt würde oder, wenn sie sich an den Ausdruck erinnerte, den man bei ihrer Mutter gebraucht hatte, in den Wahnsinn hinüberdämmerte. Aber Waschen half. Seife, das war etwas Gutes gegen den Schmutz, der sich unter den Nägeln und hinter den Ohren ansammelte.

Ihre Gedanken zerstoben unter dem Wasserstrahl, als sie ein Klirren aus ihrem Wohnzimmer vernahm. Nur in ein Handtuch gewickelt, stürmte sie aus dem Bad und wäre beinahe auf dem kalten Linoleum ausgerutscht, direkt in einen Haufen Glasscherben, die auf dem Boden lagen. Auf dem Teppich lag der Stein, mit dem jemand das Fenster eingeworfen hatte. Delia öffnete die Haustür und schrie die Straße hinunter. »Haut ab! Haut einfach nur ab!« Doch ihre Peiniger ließen sich nicht blicken, und als Delia merkte, dass sie nur noch mehr unerwünschte Aufmerksamkeit ihrer Nachbarn auf sich zog, ging sie wieder ins Haus und las mühsam das Glas von ihrem Teppich auf, Splitter um Splitter, und die größeren Scherben wickelte sie vorsichtig in Zeitungspapier, damit die Müllmänner sich nicht daran schnitten. Sie klebte das zerbrochene Fenster mit Pappstücken von ihren Umzugskartons zu, damit die kalte Bergluft nicht hereinkam. Schließlich, als sie das Weinen leid war, stieg sie ins Bett und versuchte zu vergessen, dass die Welt dort draußen war. Doch die eine Straßenlampe, die durch das vorhanglose Fenster schien, hielt sie wach.

Nachforschungen

Die Fabriksirene rief die Arbeiter zur Frühschicht, eine Sirene, die nun den Countdown zur vorübergehenden Schließung des Schlachthauses bedeutete. Die Arbeiter, die alle nicht gewerkschaftlich organisiert waren, hatten nichts unternehmen können, und eine Stadt wie Opunake war machtlos gegen eine solche Maßnahme. Bald würde ein großes Schild ZUTRITT VERBOTEN! am Haupttor erscheinen, und der schrille Klang der Sirene, über den sich sonst alle beschwert hatten, würde zum Schwanengesang verklärt.

Delia stand auf und bürstete ihr verfilztes Haar, und dabei fielen ihr all die schrecklichen Ereignisse des Vortages wieder ein. Sie band, wie sie es immer tat, die Schnüre ihrer Schutzmaske im Nacken, doch diesmal zog sie sich die Maske vors Gesicht.

Sie ging zum Gartentor hinaus und die Straße hinunter, kümmerte sich nicht um die Passanten, die sie angafften, und behielt ihre Maske auf dem ganzen Weg zur Arbeit auf.

Für Delia war das Tragen einer Hygienemaske in der Öffentlichkeit eine ganz normale Vorsichtsmaßnahme, nicht anders, als nach rechts und links zu blicken, bevor man über die Straße ging, so logisch wie das Händewaschen vor einer Mahlzeit. Jeder und alles konnte einen mit seinen abscheulichen Krankheiten anstecken, mit Hass und Neid und Schmutz.

Selbst der Luft konnte man nicht mehr trauen. Da war eine Maske das einzig Vernünftige.

Sie kam in den Packraum, der mehr denn je wie ein Leichenschauhaus wirkte, setzte sich und wartete, dass die Arbeit begann. Die anderen Mädchen tratschten bereits.

»Sie hat sie die ganze Zeit aufgehabt!«

»Wirklich?«

»Ich hab sie gesehen. Die ist mit dem Ding vor der Nase durch die ganze Stadt gelatscht.«

»Blödsinn!«

»Doch! Genau wie bei den Muslims!«

»Ich wüsste ja gern, wie viel sie für diesen letzten Artikel gekriegt hat«, sinnierte Suzy, setzte sich und sah hinüber zu Delia, die ein Stück weiter vorn am Fließband saß.

Deborah hatte auf jede Frage eine Antwort, und wenn sie nichts wusste, dann erfand sie etwas. »Fünf Riesen, hab ich gehört. Und Lucinda Evans auch.«

»Blödsinn! So viel für die Evans?«

»Hat Bobby erzählt.«

»Und woher weiß Bobby das?«

»Der hat mit dem Journalisten drüben im Motor Inn gesprochen. Den hat er mal im Restaurant da kennengelernt.«

»Fünf Riesen?! Für jede von denen? Heilige Scheiße …«

»Na ja, gerissen sind sie.«

»Gerissen, das kann man sagen. Und das ist erst der Anfang. Die werden da noch massenhaft Geld mit machen.«

»Schlampen.« Dann, nach einer Pause: »Meinst du, wir sollten auch mal einen Marsmenschen vögeln?« Suzy lachte.

»Ich würd's mit der ganzen Mannschaft machen, wenn ich dafür hier rauskäme«, sagte Deborah.

»Besser als acht Dollar die Stunde.«

»Nicht mal«, sagte Deborah. »Es muss nur besser sein als die Stütze.«

120 Herzen pro Stunde ließen sich ohne weiteres vom Band nehmen, einwickeln, aufs Tablett legen und in Schachteln stecken. Es gab keinen Anreiz, mehr als das zu tun.

»He, Bobby hat Delia wieder mit dem Bibliothekar gesehen. Draußen auf der Schnellstraße in seinem Wagen!«

»Er bumst sie, obwohl sie schwanger ist?«

»Klar! Und Gilbert Haines hat sie gesagt, dass der Bibliothekar der Vater ist.«

»Ich weiß. Meinst du, der war's bei allen dreien?«

»Ich kann mir nicht vorstellen, dass der was mit so 'ner Vogelscheuche wie der McKay hat. Melanie meint, das ist sowieso eine von diesen eingebildeten Schwangerschaften.«

»So was wie …«

»Eine einzige große Luftblase. Wusch!«

»Und bei der Evans, der fetten Schlampe, da könnte's doch jeder gewesen sein. *Wenn* sie überhaupt schwanger ist. Bei den anderen zwei, da sieht man wenigstens schon was. Aber die Evans, die ist so fett, da würde man den Unterschied gar nicht merken. Ob die nun 'n Baby im Bauch hat oder sich nur gerade den Magen vollgestopft hat. Ist dir das aufgefallen? Sie hat nicht mit dem Rauchen aufgehört. Diese Kuh.«

Suzy kicherte und verpasste ihr nächstes Herz. Es lag an der Art, wie Deborah »Kuh« gesagt hatte. Das Mädchen, das neben ihr am Fließband saß, beschwerte sich.

Alles in allem war sich die Clique einig, dass der Bibliothekar der Hauptschuldige daran war, dass ihre vormaligen Freundinnen vom rechten Weg abgekommen waren.

»Das sollten wir dem heimzahlen«, sagte Deborah, weniger wütend darüber, dass er bisher seiner gerechten Strafe entgangen war, als darüber, dass er sich anscheinend nicht für ihre sexuellen Reize interessierte.

»Eindeutig«, stimmte Suzy zu. »Dem schneiden wir die Eier ab.« Sie packte ein Rinderherz und würgte es. Saft floß, eindeutig genug, über ihre behandschuhten Finger.

Deborah und Suzy hatten beschlossen, dass sie sich arbeitslos melden würden, wenn der Packraum zumachte und sie durch Roboter ersetzt wurden. Deborah wollte wieder mit ihrem alten Freund Bobby zusammenziehen, ihm eine zweite Chance geben, nun, wo der Bibliothekar am Horizont entschwand. Suzy, die immer das Gleiche wollte wie Deborah, war, um der schönen Symmetrie willen, bereits auf der Suche nach einem passenden Mann – einem, der so gut wie möglich zu Bobby passte, damit sie dann zu viert ausgehen konnten, und der nach dem absoluten Minimum an Vorgesprächen mit ihr zusammenziehen würde. Damit hatten sie dann alles für ihr Leben organisiert, oder doch zumindest, bis sie dreißig waren.

Als um sechs Uhr abends der letzte Besucher die Bibliothek, die sich immer größerer Beliebtheit erfreute, verließ, schloss Phillip die Tür ab und vertiefte sich so sehr in seine privaten Nachforschungen, dass er sich erst spät in der Nacht von seinem Schreibtisch losreißen konnte.

Nachts leistete er seine beste Detektivarbeit, allein mit seinen Büchern in seiner klösterlichen Abgeschiedenheit. Hier konnte er sich ganz seinen Vorlieben hingeben, konnte sich vorstellen, dass das ganze Universum eine Bibliothek war und umgekehrt, denn eine Bibliothek in ihrem wahrsten Wesen, wie man sie in Alexandria zu bauen versucht hatte, war das Bemühen, sämtliches Wissen zu versammeln. Sie sollte jeden Gedanken, der je gedacht worden war, enthalten, ebenso wie dessen Widerlegung; jede gestellte Frage, jedes enträtselte Geheimnis, jede große Tat, die in den Annalen festgehalten war. Und im Mittelpunkt dieses Pantheons, *ab aeterno*, war derjenige, der alles katalogisierte und indizierte, der auslieh und der wieder einforderte, der Bibliothekar, das Ebenbild Gottes.

Gerade an diesem Tag hatte Phillip eine Reihe von Indizien gefunden, aus denen sich Schlüsse auf aktuelle Ereignisse ziehen ließen. Mit dem unmissverständlichen Gefühl, dass diese Worte etwas über Opunake im Allgemeinen und über Delia im Speziellen zu sagen hatten, saß er an seinem Schreibtisch und exzerpierte, was er nicht alle Tage tat, lateinische Wendungen aus *De rerum natura* von Lukrez: *Was immer durch Veränderung über seine Grenzen hinauswächst, befreit sich aus seiner Beschränkung. Damit führt es zugleich seinen eigenen Tod herbei.* Das hatte doch eindeutig mit Delia zu tun: Als sie die Außerirdischen gesehen hatte, war sie über ihre eigenen Grenzen hinausgewachsen, und das hatte die Zerstörung ihres früheren Ichs herbeigeführt. Vielleicht war dieser Tod das Einzige, was ihr fehlte: Sie trauerte, weil sie etwas verloren hatte, das sie gern behalten hätte.

Berauscht von Entdeckerfreude und von der Überzeugung, dass er vorankam, spürte Phillip die Verbindung zwischen seinen Forschungen und dem Schicksal der Menschheit insgesamt. Mit einem einzigen Umblättern war er bei Nietzsche. Alles, was mit uns geschah, vom Augenblick der

Geburt bis zum Augenblick des Todes, war uns vorbestimmt. Phillip fand, dass die Ideen Nietzsches ebenso gut seine eigenen hätten sein können, so vollkommen erhellten sie seine gegenwärtigen Gedanken. Es war sein Schicksal gewesen, dass er nach Opunake kam, seine Bestimmung, dass er diese Ideen empfing. Ohne einen Verweis auf den Urheber schrieb Phillip in seinem Tagebuch Wort für Wort seine Betrachtungen über die Verflachung des Lebens in der Kultur des Industriezeitalters auf, die Auflösung von Erinnerung, Geschichte, ja von der Zeit an sich, alles Dinge, die Phillip jetzt um sich her geschehen sah. Er fügte sogar einen hochfliegenden Gedanken hinzu, den er ganz aus sich heraus produziert hatte, einer, der zu Opunake und seiner fragilen Position dort passte: *Wir reisen in die Zukunft, doch unsere Koffer sind leer.* Nietzsche hatte all diese Entwicklungen vorausgesehen und als Reaktion auf die neue Zeit einen neuen Menschen gefordert: den Übermenschen. Nicht seit den Anfängen von Islam und Christentum, schrieb Nietzsche und schrieb folglich auch Phillip, hatten wir so verzweifelt einen Menschen vollkommen neuer Art gebraucht.

Sein Liebeskummer machte Phillips Auswahl der Zitate mit jeder Stunde willkürlicher, so dass bald nur noch seine persönliche Logik sie zusammenhielt. Eine intellektuelle Geisterbahn fuhr mit ihm um die abenteuerlichsten Ecken und Kurven. Ihm wurde heiß, er schwitzte. Hatte er Fieber? Er hatte gehofft, dass er Delia und ihre Lage durch diese Detektivarbeit besser verstehen würde, doch stattdessen war sein Filter so grob geworden, seine Bandbreite so unglaublich weit, dass es mittlerweile praktisch überhaupt nichts mehr gab, was es nicht verdiente, in seiner Kladde festgehalten zu werden!

Als er wie ein mittelalterlicher Kopist nach vielen wie im Rausch verbrachten Stunden mit rauchendem Kopf, am ganzen Leibe zitternd und vergiftet von einer Überdosis an Ideen, innehielt und zurückblätterte, um zu sehen, was er geschrieben hatte, entdeckte er zu seinem Schrecken drei Dutzend engbeschriebener Seiten, das meiste davon der reine Unsinn.

Dieser hellsichtige Augenblick war seine Rettung, denn jetzt sah er, was sein Notizbuch in Wirklichkeit war: nichts als ein tragischer Versuch, sich mit einem Wust an abstrusen Plagiaten von Delias Dilemma abzulenken.

Tief in ihre tiefsten Gedanken versunken, in Bereiche des Schattens und des Halbschattens, aß Delia in der Kantine für sich allein ihr Mittagessen und kehrte dann gleich an ihren Platz am Fließband zurück. Als die Sirene den Arbeitsschluss verkündete, ging sie zurück zu ihrem neuen Zuhause, wieder als Unberührbare, geborgen hinter ihrer Stoffmaske, ihr Schritt gemessen, geradezu feierlich. Jeden vertrauten Baum, jedes Bauwerk und jede Besonderheit betrachtete sie liebevoll, gerade so, als wisse sie, dass sie diese Strecke zum letzten Mal ging.

Sie schloss die Tür zu ihrer neuen Wohnung auf und fand, dass es ein sehr angenehmes Gefühl war: das Klicken des neuen Schlosses, der Schlüssel, der sich so mühelos einstecken ließ, die Tür, die sich ganz allein für sie öffnete.

Sie ging hinein, um sich zu waschen und sich etwas Sauberes anzuziehen.

Die ersten Abendstunden verbrachte sie mit dem Putzen ihrer längst makellosen Wohnung, doch später überschlugen sich dann die Ereignisse. Die Zeugenaussagen darüber sind dürftig, denn sie kamen von Mitbewohnern in der Harrison Street und waren bestenfalls gegen Delia voreingenommen oder, weniger freundlich formuliert, Verleumdungen.

»Sie war splitternackt!«, versicherte ein aufgeregtes junges Mädchen dem Sergeant ungefragt. Inzwischen hatte sich vor Delias Tür ein kleiner Menschenauflauf gebildet, und Sergeant Watson mühte sich, ihn aufzulösen und die Ordnung wiederherzustellen.

Die Nachbarn, manche davon schon im Schlafanzug, drängten den Sergeant, endlich etwas wegen dieser jungen Frau zu unternehmen, die das Leben ihrer Gemeinschaft so sehr durcheinanderbrachte. Anscheinend war Delia halbnackt an ihrem Briefkasten erschienen, sie hatte getobt wie eine Irrsinnige, eine Besessene, nur mit einem Handtuch bekleidet, hatte Unflätigkeiten gebrüllt, und alle hatten sie mit anhören müssen. Zugegeben, jemand hatte unmittelbar vor diesem Zwischenfall eine Reihe von Knallfröschen vor ihrer Tür gezündet, aber das war ja nun wirklich kein Grund, sich so zu benehmen.

Die Menge machte Platz für Phillip, der, Unzulänglichkeiten des Informationsflusses wegen, erst jetzt eintraf. Der Sergeant hielt ihn an der Schwelle auf. »Sie können da nicht rein. Der Doktor ist gerade bei ihr.«

»Was ist passiert?«

»Sie ist einfach durchgedreht. Hat die Nerven verloren. Ich weiß es nicht.«

»Was soll das heißen, durchgedreht?«

»Jetzt bleiben Sie mal einfach ruhig, einverstanden? Einfach ruhig.«

»Ich will zu ihr«, bat Phillip, hoffte auf Solidarität, die Augen von seinen erschöpfenden Studien ganz gerötet.

Der Blick in den Augen des Sergeants sagte unmissverständlich, dass diese letzte halbe Stunde seines Polizistenlebens auch ihn an den Rand des Nervenzusammenbruchs gebracht hatte. »Keiner geht da rein, und das ist mein letztes Wort. Verstanden?«

Als der Doktor zwanzig Minuten später wieder herauskam, hatte der Sergeant seine Arbeit getan und die Straße weitgehend geräumt. Nur ein paar Katastrophenjunkies beobachteten die Ereignisse noch von ihren Türen an den anderen Enden des Hofes, und Phillip war als Einzigem gestattet worden, draußen vor Delias Wohnung zu warten.

»Ich habe ihr ein Beruhigungsmittel gegeben«, sagte Dr. Lim mit seiner sanften Stimme, die jedes Mal selbst schon als Sedativum wirkte. »Es wäre nicht schlecht, wenn jemand über Nacht bei ihr bliebe. Gibt es da jemanden?«

Phillip meldete sich, bevor Watson etwas sagen konnte. »Das mache ich. Was soll ich tun?«, fragte er.

Der Arzt schärfte ihm ein, es komme gerade darauf an, dass er *nichts* tue. »Lassen Sie sie schlafen. Sie wird ungefähr acht Stunden schlafen. Sehen Sie einfach nur von Zeit zu Zeit nach ihr. Machen Sie sich keine Sorgen!«

»Wie geht es ihr?«, fragte der Sergeant mit Verschwörerstimme, als er und Dr. Lim allein waren.

»Ich fürchte, der Punkt ist gekommen, an dem sie in professionelle Hände gehört. Wir sollten die entsprechenden Vorkehrungen morgen treffen.«

Sergeant Watson verstand, und er war entsetzt.

»Aber das ist nicht mein Fachgebiet.«

Watson nickte. Seines war es auch nicht.

»Es gibt ein gutes Krankenhaus in Auckland«, fuhr Dr. Lim fort.

»Sie meinen…?«

»Ja. Ein psychiatrisches Krankenhaus.«

Der Sergeant nickte. Er spürte einen Stich in seinem Herzen. Er fand, dass es kaum ein bösartiger klingendes Wort als »psychiatrisch« gab; ein Wort wie zerspringendes Glas, wie Fingernägel auf einer Schiefertafel. Der Sergeant sah es vor sich, Delia in einer Klapsmühle aus dem neunzehnten Jahrhundert, ein Aufenthaltsraum voller sabbernder Schwachsinniger, irrsinnige Schreie in der Nacht, Gummizellen, von schwabbeligen Aufsehern bewacht – alles, wie er es aus Filmen kannte.

»Meinen Sie denn, das ist wirklich notwendig?«, fragte Watson.

»Ich weiß es nicht. Wie gesagt, es ist nicht mein Fachgebiet. Doch als ich sie vorhin untersuchte, schien sie mir verwirrt, verstört, sie hat mich anscheinend nicht wiedererkannt. Ich glaube, es ist tatsächlich ein Fall für den Psychiater.«

Watson blickte dem davonfahrenden Doktor nach, und ein Gefühl des Versagens ergriff Besitz von ihm. Er hatte als Polizist versagt und auch als der Mentor, als den er sich verstand.

Bewusstlos, gespenstisch still, schlief Delia in ihrem Bett. Phillip warf einen Blick in ihr Zimmer, um sich zu vergewissern, dass es ihr gutging. Behutsam schloss er die Tür.

Im Wohnzimmer ließ er sich in den einen Ohrensessel sinken, legte die Füße auf Kartons hoch und verfiel in einen Schlaf, der nicht minder tief war als derjenige, in den man Delia künstlich versetzt hatte.

Als Phillip wieder erwachte, war es hell. Er hörte Elstern draußen im Eukalyptusbaum schnattern; mit schmerzenden Gliedern wuchtete er sich von seinem improvisierten Lager hoch. Selbst die kleinsten Bewegungen verursachten Stiche in seinen tauben Beinen. Er brauchte Minuten, bis er wieder einigermaßen sicher stand.

Seine Kleidung war zerknittert. Er würde nach Hause fahren und sich umziehen müssen, bevor er seinen Arbeitstag begann. Aber vorher wünschte er sich einen Kaffee. Die Küche war makellos und gut bestückt; alles war blitzsauber. Er schaltete den Wasserkessel ein, fand ein Glas mit Pulverkaffee, und während er auf das Kochen des Wassers wartete, ging er zum Schlafzimmer, um nach Delia zu sehen. Sie war nicht in ihrem Bett.

Er rief mehrere Male nach ihr, doch es kam keine Antwort, auch nicht aus dem Bad oder dem kleinen Garten hinter dem Haus. Nun lief er auch durch die übrigen Zimmer und rief nach ihr. Ihre Kleider lagen ordentlich in der Kommode, ihr Mantel lag noch auf dem Stuhl. Delia war fort, spurlos verschwunden!

Phillip überlegte, ob er zu Fuß die Suche aufnehmen sollte, aber damit hätte er nichts erreicht. Er kannte sie nicht gut genug, um zu erraten, welche Gedanken sie bei ihrer Flucht wohl im Kopf gehabt hatte. Vielleicht war die Wirkung des Schlafmittels verflogen, und sie war spazieren gegangen, nur ein paar Häuserblocks weit. Er sollte das Auto nehmen und nach ihr suchen, die Straßen abfahren, sollte etwas gegen diese plötzliche, verrückte Furcht tun, dass er sie nie wiedersehen würde. Es war lächerlich. Es gab nicht den geringsten Grund für seine Ängste. Jeden Moment konnte sie wieder die Straße heraufkommen. Er würde draußen am Wagen auf sie warten, würde sie begrüßen und beschwichtigen.

Beinahe hätte er seine Jacke vergessen. Als er sie nahm, fiel seine Brieftasche zu Boden, alle Fächer offen, alles Geld fort.

Der Diebstahl erschreckte ihn mehr als alles andere. Jemand stahl Geld, wenn er fortwollte, und er stahl viel Geld, wenn er vorhatte, nicht zurückzukommen. Phillip hatte so viel Geld in seiner Brieftasche gehabt, damit hätte jemand auswandern können – er hatte Banken nie getraut und alles, was er besaß, stets bei sich getragen. Er stürmte zum Wagen. Sie konnte nicht weit sein. Nicht zu Fuß und nicht als Schlafwandlerin, halb benommen von den Medikamenten.

Trotz seiner Skrupel stieg er in seinen Wagen und fuhr systematisch die Straßen der Stadt ab, mit solch militärischer Gründlichkeit, dass er nach einer erfolglosen Stunde mit Gewissheit sagen konnte, dass sie dort nirgends war.

»Ich bin aufgewacht, und da war sie fort«, sagte Phillip dem Sergeant, als er schließlich, verzweifelt und geschlagen, an der Polizeiwache hielt. »Ich war in ihrem Zimmer – nichts. Ich fahre jetzt noch mal hin und suche die ganze Wohnung ab.«

Watson erklärte dem bleichen Bibliothekar, dass dies nun Polizeisache sei. Er solle aber nicht vergessen, dass er ihm melden müsse, wenn er etwas von Delia höre.

»Was meinen Sie, wohin kann sie gegangen sein?«, fragte Phillip.

»Wenn Sie mich fragen«, antwortete der Sergeant und merkte die Ironie seines Satzes gar nicht, »die ist auf zu den Sternen.«

Später am Vormittag meldete Harvey Watson Delia offiziell als vermisst. Seine so energisch begonnenen Ermittlungen waren zur armseligen Telefonumfrage geworden, bei der er bisher lediglich erfahren hatte, was zu erwarten gewesen war, nämlich dass Delia nicht zur Arbeit erschienen war.

Vic Young kam auf die Wache. »Raus hier!«, schnauzte der Sergeant ihn an und spielte dem Journalisten den Vielbeschäftigten vor.

»So spricht man doch nicht mit einem angesehenen Vertreter der Presse.«

»Na gut. Hauen Sie ab!« Watson griff zum Telefonhörer und klemmte ihn sich mit der Schulter ans Ohr.

Young sah dem Polizisten zu, wie er mit dem Finger an der Reihe der Nummern im Telefonbuch entlangfuhr.

»Gibt's etwas Neues?«

»Glauben Sie wirklich, das würde ich Ihnen sagen?«

Young zuckte mit den Schultern. »Soll mir recht sein. Dann schreibe ich, dass die Polizei zum gegenwärtigen Zeitpunkt noch keinen Kommentar abgeben will.« Er zog ein Notizbuch aus der Tasche und tat so, als schreibe er sich diese Phantomantwort auf. »Oh, und Sie haben ja da eine ganz schöne Pechsträhne. Basketball. Vier Spiele hintereinander verloren.«

»Ich wüsste wirklich gerne, wo Sie Ihre Informationen herbekommen. Das ist das Einzige an Ihnen, was mich wirklich interessiert.« Obwohl das nicht stimmte. Mehr als nur einmal hatte der Sergeant ernsthaft überlegt, ob dieser Mann, der um jeden Preis Neuigkeiten verkaufen wollte und, sobald etwas geschah, verlässlich zur Stelle war, nicht der Drahtzieher hinter diesem ganzen Ärger sein konnte.

Young wandte sich zum Gehen. »Eigentlich wollte ich nur fragen, ob ich helfen kann. Sie ist ein nettes Mädchen. Wenn ihr etwas zustieße, würde ich mich mitverantwortlich fühlen.«

Watson blickte nicht auf und bemerkte darum auch nicht die Erschöpfung des Journalisten, die unterstrich, wie ernst es ihm damit war. Der Sergeant hatte sich aus der Liste eine vollkommen unwichtige Nummer ausgesucht, und die wählte er nun, so unvernünftig das war, einfach nur, um zu zeigen, dass er zu viel zu tun hatte, um sich mit einem Reporter abzugeben. Doch zum Glück hörte er das Besetztzeichen.

»Der Tag, an dem ich Ihre Hilfe brauche, da können Sie mir den Gnadenschuss geben.«

»Ich sollte also alles, was ich höre, für mich behalten?«

Zum ersten Mal blickte der Sergeant ihn an. »Was haben Sie gehört?« Er drückte auf die Gabel, aber den Hörer behielt er am Ohr.

»Nichts, leider.«

»Ich kann Sie einsperren, wenn Sie mir Informationen vorenthalten.«

»Wenn ich etwas erfahre, lasse ich es Sie wissen. Wie fänden Sie das?« Youngs Ton war trotzig.

»Wohin wollen Sie jetzt?«, fragte der Sergeant, erschrocken bei dem Gedanken, dass jemand anderes ihm womöglich die Ermittlungen aus der Hand nahm.

»Wenn Sie es genau wissen wollen, ich gehe wieder ins Bett. Ich will versuchen zu schlafen.«

Young verschwand so plötzlich, wie er gekommen war.

Watson saß auf seinem Stuhl, und der Wählton brummte ihm ins Ohr. Er legte auf, erhob sich, nahm seine Jacke vom

Haken, verließ sein Büro und ging mit raschen Schritten zum Streifenwagen.

Auf der Fahrt zur Chapman-Farm stellte er seinen Polizeifunk auf einen offenen Kanal, um die Funksprüche seiner Kollegen mitzuhören. Nach einigen Minuten statischen Rauschens kam ein Notruf aus New Plymouth, ein Überfall mit gezücktem Messer in einem Massagesalon: echte Gewalt, Handgemenge, dringend angeforderte Verstärkung. Adrenalin schoss in Harvey Watsons Polizistenadern, als er im Geiste den fernen Kollegen in Not zu Hilfe eilte. Sein Puls raste, und er holte unwillkürlich seinen Revolver unter dem Sitz hervor. Als er bei den Chapmans anlangte, war er bereits in seinem ganz persönlichen Alarmzustand.

»Sie ist verschwunden«, sagte er zu Marty Chapman so laut, als verkünde er es einer ganzen Menschenmenge, doch seine Energie verflog, als er von dem Farmer dafür nur ein stumpfes, angewidertes Starren erntete.

Chapman kehrte in einen Schuppen am Haus zurück, wo er eine rostige Pflugschar herrichtete. »Die kann tun, was sie will. Ich habe keine Tochter mehr.«

»So was kannst du doch nicht sagen, Marty«, tadelte Watson ihn, versuchte ein wenig von dem Schwung, mit dem er gekommen war, zu retten. »Der Doc macht sich Sorgen um sie. Er meint, dass sie vielleicht Hilfe braucht. Ich glaube, es geht ihr schlecht. Wenn du sie also dort drinhast, dann solltest du mir das besser sagen. Du hast sie doch nicht da drin, oder, Marty?«

Marty zeigte keinerlei Reaktion, und der Sergeant musste einsehen, dass er einen Durchsuchungsbefehl brauchen würde, wenn er hier weiterkommen wollte.

Watson verließ den Schuppen ohne Antwort, tief getroffen von so viel Hartherzigkeit eines Vaters. Auf dem Weg zum Wagen lauschte er dem Klang von gut zwei Dutzend Windspielen, den der Wind von der Veranda herübertrug, ein klapperndes, misstönendes Xylophonorchester, und er fragte sich, wie jemand sich das auch nur zwei Sekunden lang anhören konnte, ohne den Verstand zu verlieren. Er fuhr davon, seine Nerven zerrütteter denn je.

Er holperte im Wagen den Feldweg entlang und hoffte bei sich, dass er nicht binnen kurzem mit einem Haftbefehl für Marty Chapman zurückkehren musste. Im Rückspiegel betrachtete er das Haus und forschte nach einem Anzeichen von Delia. Hielt Marty sie bei Verwandten oder Freunden versteckt? So etwas hatte ja Tradition, aber bei einem Einzelgänger wie Marty konnte er es sich nicht vorstellen.

Harvey brauchte dringend einen weiteren Adrenalinschub, und so schaltete er das Funkgerät wieder ein, um zu hören, was es Neues aus dem Massagesalon gab. Auf einen solchen Ruf zu den Waffen reagierte er stets mit Leib und Seele, bestätigte es ihm doch, dass Recht mächtiger war als Unrecht, dass das Gute in einer Gesellschaft das Werk der Profis war und das Böse das Reich der Stümper. Diese Überzeugung machte für ihn aus einem Beruf eine Berufung – und er wollte nur hoffen, dass sie ihm in den schwierigen Zeiten, die nun bevorstanden, nicht verlorenging.

Enthüllungen

Vic Young betrat sein Zimmer im Sahara Desert Motor Inn. Der massige Körper seiner heimlichen Geliebten regte sich in dem ungemachten Bett. Ihr Kopf erschien am Fußende. Sie sah erschrocken aus, doch dann entspannten sich ihre Züge, als sie Youngs Silhouette erkannte. »Du bist das«, murmelte sie schläfrig und zog sich wieder unter die Decke zurück, während er die Hose auszog.

Das ununterbrochene wütende Kläffen eines neurotischen Hundes gab die Begleitmusik zum Journalistenstrip. Er zog den Bauch ein, um den Gürtel loszubekommen. »Wem gehört denn dieser verfluchte Köter?« Rasch streifte er Hemd, Unterhemd und die knappe schwarze Unterhose ab, und zum Vorschein kam eine klapperdürre Gestalt mit dermaßen dünnen Armen, dass man sich gar nicht vorstellen konnte, dass er mehr als eine Minute in der Missionarsstellung aushielt, aber sie hatten nicht ein einziges Mal versagt, kein einziges Mal in dieser gnadenlosen dreiwöchigen Orgie.

Die junge Frau antwortete ihm dumpf unter der Decke hervor. »Keine Ahnung«, sagte sie. »Der ist schon seit drei Tagen so. Ich glaube, der kriegt nichts zu fressen; nur Haut und Knochen, der arme Kerl.«

Er zog die Socken aus, legte sein Portemonnaie auf den Nachttisch, zu dem Schmuck und den Kristallen und Blütenschälchen und dem anderen Krimskrams, und stieg dann zu ihr in das Bett, das am Kopfende von Plastiklampen in Schwanengestalt flankiert war. Er legte sich auf den Rücken, hoffte, dass er durchatmen konnte.

»Hier ist überhaupt keine Luft drin«, schimpfte er. »Wie ein Grab ist das.«

Seine Geliebte drehte ihren unersättlichen Leib zu ihm hin, und er spürte, wie ihr üppiger Oberschenkel an seinem knochigen Bein aufwärtsglitt.

»Und?«, fragte Lucinda Evans. »Was ist mit Delia?«

»Niemand weiß was.«

Sie nickte weise. »Ich hab's dir ja gesagt. Genau das –«

»Ich will das jetzt nicht hören«, würgte er eine weitere Runde ihrer neuesten Theorie ab, nämlich dass die Außerirdischen Delia geholt hätten.

»Alle sagen, sie ist übergeschnappt.«

»Alle erzählen eine Menge Unsinn«, sagte Young und stützte sich auf die Ellbogen.

»Psst«, sagte sie und hauchte ihm einen Kuss auf die Brust. Er blickte auf sie hinab und sah einen Stecker in ihrem Nasenflügel glitzern. Er ließ sie gewähren, ließ sich von ihren Küssen beruhigen. Nach einer Weile kletterte sie auf ihn, und nun gab es vor ihrem Wortschwall kein Entrinnen mehr.

»Die sind wiedergekommen«, sagte Lucinda und wiegte sich auf ihm. »Das kannst du mir glauben. Die wollen ihr Kind.« Ihr Gesicht war ganz hinter dem baumelnden Haar verschwunden, und wenn er aufblickte, sah er nur einen schwarzen Umriss, aus dem ihre Stimme kam. »Ist doch klar. Die waren nicht wegen Sex hier. Die wollten sich fortpflanzen.«

»Was ist dann mit dir?«, stöhnte Vic, unter ihr begraben. »Wieso haben sie dich nicht auch geholt?« Das war keine freundliche Bemerkung, und sie hielt in ihren Bewegungen inne.

»Wahrscheinlich, weil es bei mir noch nicht so weit ist«, sagte sie.

»Stimmt, deswegen. Hatte ich vergessen.«

»Darüber will ich mit dir nicht reden. Und du hast es versprochen. Weißt du noch?«

»Ja, weiß ich«, sagte er ungeduldig. Er wollte weitermachen. »Ich habe niemandem was gesagt. Mach dir keine Sorgen. Komm, beweg dich.«

»Erst, wenn du's versprichst.«

»Alle denken, deine Schwangerschaft ist genauso weit wie die anderen, klar? Und jetzt mach entweder weiter, oder wir lassen's bleiben und schlafen.«

Der Hund begann von neuem zu jaulen, und Lucinda nahm ihre schaukelnden Bewegungen wieder auf. Young malte sich aus, dass er Passagier auf einem Ozeandampfer war. Er ließ seine Phantasie wandern, und auch Lucinda ging in ihrer Vorstellung auf Reisen, wenn auch auf einem Schiff ganz anderer Art. Sie flog mit Lichtgeschwindigkeit, genau wie Delia Chapman, eine majestätische Reise, und sie war die kostbare Beute, die zu fernen Sternen geflogen wurde.

Die »Verzögerung« bei Lucindas Schwangerschaft war biologisch gesehen bemerkenswert. Und Verzögerung war das beste Wort. Denn obwohl sie, ihrer eigenen Auskunft nach, etwa zur gleichen Zeit empfangen hatte wie Delia, war etwas Merkwürdiges geschehen. Zwar bestätigten jüngste Untersuchungsergebnisse – es war die erste, diskrete Untersuchung, zu der sie sich bereit erklärt hatte –, dass sie tatsächlich schwanger war, so wie sie es behauptet hatte, und dass alle, die es in Abrede gestellt hatten, unrecht hatten; aber sie hinkte in der Entwicklung ihres Babys vier Monate hinter ihren Freundinnen hinterher.

Eine einfache Erklärung, die Lucinda allerdings bestritt, war, dass sie erst im letzten Monat schwanger geworden war, in einem verzweifelten Versuch, ihr Schicksal zu erfüllen, und dass der Vater des Kindes niemand anderes war als der verzweifelte Journalist, der in diesem Augenblick unter ihr nach Atem rang. Der Zeitpunkt ihrer ersten ekstatischen Begegnung, beflügelt von dem miteinander geteilten Geheimnis, passte genau zu dieser Theorie. Lucinda hatte allerdings andere Erklärungen.

Es war nicht einfach für sie gewesen, sich dem Journalisten zu öffnen. Sie hatte einem Wildfremden das Innerste ihrer Seele offenbaren müssen. Doch schon als sie ihm zum ersten Mal in die Augen geblickt hatte, hatte sie gespürt, dass es eine Verbindung zwischen ihnen beiden gab, die nicht in Worte zu fassen war, eine, der sie nur mit gemeinsamer Anstrengung widerstehen konnten. Doch sie widerstanden ihr nicht.

Anfangs mussten sie ihre Affäre geheim halten, und das kleine Zimmer im Sahara Desert Motor Inn wurde immer wieder von neuem Zeuge des Versagens ihrer Willenskraft. Da Young von Anfang an nicht an Lucindas Schwangerschaft geglaubt hatte, musste ihn das auch nicht davon abhalten, sich auf eine sexuelle Beziehung einzulassen. Anfangs hatte er sich gern in ihre Lügengeschichte verstricken lassen, hatte gehofft, dass es ihn von seinem verpfuschten Leben, seinen verblassenden Träumen, seinem beruflichen Bankrott ablenken könnte. Dass er sich auch immer mehr in Schuld verstrickte, vergaß er im Rausch ihrer Fleischeslust.

Lucinda ihrerseits ahnte nichts von der tiefen Skepsis des Journalisten, und jedes Mal, wenn sie von den großartigen und wundersamen Veränderungen, die in ihrem Körper vor sich gingen, sprach, deutete sie die seltsame Art, mit der er sie dabei ansah, als Mitgefühl. Im festen Vertrauen darauf, dass sie endlich einen Seelengefährten gefunden hatte, vertraute sie ihm nun auch ihre größte Sorge an: nämlich dass sie nicht wusste, was dieses Baby für sie beide zu bedeuten hatte, ja nicht einmal, weshalb sie erwählt worden war, es auszutragen. Einmal glaubte sie, sie habe ihn mit ihrer Beichte zu Tränen gerührt. Sie küsste ihn sanft, und er saß auf der Bettkante, das Gesicht in den Händen vergraben.

Es war ein Klima, in dem sich eine seltsame Symbiose entwickelte, bei der jeder sich vom anderen etwas erhoffte, was der andere nicht bieten konnte: sie einen Liebhaber, der sie voll und ganz akzeptierte, dem sie ihre tiefsten und bizarrsten Träume und Hoffnungen anvertrauen konnte, er einen Schutzschirm, hinter dem er all die Abscheulichkeiten seines bisherigen Lebens verbergen konnte, damit er sie nicht mehr sehen musste. Und auch wenn keiner finden würde, was er sich wünschte, und sie beide dies auch spürten, waren sie doch beide in ihrer Verzweiflung gern bereit, es miteinander zu versuchen.

Ihr Ton war nach den ersten Tagen bereits vertrauter. Lucinda merkte, wie verletzlich er war, und überschüttete ihn mit heilsamer Zärtlichkeit, auch wenn diese heilende Kraft nicht tief ging. Und auch Young entdeckte eine neue Seite an diesem Mädchen – eine, die er wie alle anderen bisher nicht gesehen hatte: dass Lucinda so viel Schamlosigkeit in sich hatte, dass sie damit nicht nur ihn, sondern hundert Städtchen wie Opunake kurieren konnte.

Jetzt, nach drei Monaten, *war* sie schwanger, und er hatte allen Grund zu der Annahme, dass er der Vater war. Es war der Übermut einer durchzechten Nacht gewesen. Der Alkohol hatte ihn leichtsinnig gemacht, er hatte sich um den Gummi nicht gekümmert und nur an das Glück, den einen Augenblick des Vergessens gedacht. Als das Ergebnis des Schwangerschaftstests, auf dem er diesmal bestand, positiv war und als sie das nicht im mindesten bemerkenswert fand, widersprach er ihren Phantasien nicht, die so sehr zum Grundstein ihrer Beziehung geworden waren, sondern biss die Zähne zusammen. Er tat, als wisse er es nicht besser, und hielt väterlich Wache über die nun noch größere Rundung ihres Bauches. Wenn er denn Vater werden sollte, dann würde er sich auch wie ein Vater benehmen.

Lucinda stand der Atem still vor Ehrfurcht vor einem Mann, der so bereitwillig ein fremdes Kind als das eigene annahm. Das war der Stoff, aus dem ewige Liebe gemacht war.

Phillip hatte einen seltsamen Traum. Er und Delia waren in zwei parallelen Gängen seiner Bibliothek. Eine dünne Wand aus Büchern stand zwischen ihnen, doch wenn Phillip in einem mittleren Regal einen Flaubert-Roman herauszog, konnte er ein Stück von ihr sehen, ein verlockendes Rechteck ihres nackten Bauchs. Ein Essayband von Goethe, von einem Regal weiter unten gezogen, enthüllte ihm einen rosigen Streifen Bein; und so wurde er dreister, zog nach kurzer

Berechnung einen dicken Band Thomas Hardy auf Brust-
höhe heraus. Schneller und schneller wühlte er sich durch die
Weltliteratur, entblätterte sie in geometrischem Muster, und
als er an ihr Gesicht kam, als er die letzten Bände vom Regalbrett nahm, da hatte sie keinen Kopf: Ihr Kopf war ab-
geschlagen. Mit einem Aufschrei schreckte Phillip hoch,
schweißgebadet. Er war über dem Katalogisieren der neuen
Bücher eingeschlafen, die er wegen seiner fieberhaften Detektivarbeit vernachlässigt hatte.

Ein energisches Klopfen an der Tür riss ihn aus seiner
Panik.

Hinter dem Glimmen der Zigarette, die beim Hereinkommen ausgedrückt wurde, tauchte das Gesicht von Pater
O'Brien auf. Er entschuldigte sich für den späten Besuch,
aber er habe gesehen, dass noch Licht brenne, und da habe
er sich gefragt, ob Phillip vielleicht bei den Öffnungszeiten
eine Ausnahme machen könne. Den Kragen hatte der Priester ganz gegen seine Art gelockert, das schüttere Haar war
zerzaust. Er verstehe, dass man Regeln brauche, sagte er, aber
er habe gehört, dass eine Ausgabe sämtlicher Werke des Thomas von Aquin aus Wellington eingetroffen sei, und er würde
gern für seine Sonntagspredigt eine Stelle oder zwei aus der
Summa theologica nachlesen. Keiner, fügte der Geistliche hinzu, habe das Wesen der Heiligkeit so tiefgründig erforscht
wie dieser italienische Mönch in seiner Klosterzelle.

Obwohl er wusste, dass dies seine nächtliche Fahrt über
die Straßen der Stadt auf der Suche nach Delia noch weiter
hinauszögern würde, zog Phillip großzügig für den Priester
einen Stuhl heraus und holte ihm den Band aus den großen
Büchern der westlichen Welt.

Pater O'Brien kannte diesen Wegweiser zu gottgefälligem Leben gut und wusste, wo er zu suchen hatte. Er fiel geradezu über den Text her und verschlang die Seiten, als stille er einen lange unterdrückten Hunger.

Phillip, der merkte, dass der Priester allein sein wollte, ging nach draußen und ließ den Blick über die Hauptstraße schweifen. Als er wieder eintrat, sah er, dass der Geistliche geweint hatte und sich rasch die Wangen mit einem Taschentuch abtupfte.

Phillip nahm an, dass eine Passage in den Quaestiones ihn so erschüttert hatte. Vielleicht fand der Priester, dass er im Vergleich zum Leben des Heiligen Thomas in seinem eigenen Leben nicht viel erreicht hatte. Phillip hatte nur den Chefbibliothekar, an dem er seine Künste messen musste. Ein Priester maß sich mit Heiligen.

Pater O'Brien erhob sich und ließ in seiner Eile das Buch aufgeschlagen liegen. Er kam zu Phillip an den Schalter.

»Haben Sie vielen Dank«, sagte er. »Äußerst lohnend. Äußerst. Und ich – ähm –, ich wollte Ihnen auch noch sagen, dass ich sehr zu schätzen weiß, was Sie hier tun.«

»Nicht der Rede wert«, sagte Phillip. »Bleiben Sie ruhig noch länger, wenn Sie möchten. Mich stört das nicht.«

»Nein, ich meinte nicht, dass Sie mich noch hereingelassen haben. Ich meine, was Sie aus der Bibliothek gemacht haben. Großartig. Ein Geschenk.«

Phillip errötete. Es war das erste Mal, dass er in Opunake ein Zeichen der Dankbarkeit erhielt.

»Ich meine es ernst«, sagte der Priester. »Ich weiß, wie es vorher hier aussah. Das hätte man nicht als Kuhstall haben wollen.« An der Tür blieb er noch einmal stehen, Tränen in den Augen. »Sie haben mehr von einem Priester als ich«, sagte er.

Phillip sah dem Geistlichen nach, wie er die Straße hinunter davonschlurfte, und ihm fiel auf, wie verloren in der Gesellschaft selbst die, die eigentlich deren Hirten sein sollten, oft waren. Er ging an den Tisch, an dem der Priester gesessen hatte, und sein Blick fiel auf die aufgeschlagene Seite. Zu seiner Überraschung sah er, dass Pater O'Brien keine Passage über das Heilige studiert hatte, sondern eine Meditation über Todsünde und moralische Schwäche: Auf der Seite war eine frische Träne.

Er nahm das Buch und las die feuchte Stelle: *Die Entsagung von der Sexualität führt auf einen Weg der Vergeistigung und ganz von selbst zu einem größeren Interesse an der Jugend.* Eine solche *renuncio*, las er, zeichne oft unsere Priester, Lehrer und Lehrherren aus. Sie seien wie ein Vater zu jedermanns Kindern, und ihre Aufgabe sei die der *paideia* im griechischen Sinne.

Er las diesen Absatz zweimal und dachte besonders über das letzte Wort nach. Er schlug in seinem neuen Oxford-Wörterbuch nach, fand aber keinen Eintrag. Doch wenn er sich die griechischen Wurzeln ähnlicher Wörter ansah, nahm er an, dass es so etwas wie »Vater von Kindern« hieß, und er fragte sich, was diese Passage wohl zu bedeuten hatte. Überzeugt, dass sie vielleicht noch wichtig würde, kopierte er sie in sein aufgegebenes Notizbuch.

Delia floh aus Opunake mit nur einem einzigen Gedanken: Nichts wie weg. So wie ihr die Leute zusetzten, ließen sie ihr keine andere Wahl. Sie musste fliehen, nur so konnte sie sich und ihr Baby retten. Am liebsten wäre sie ans andere Ende der Welt geflohen, aber New Plymouth, vierzig Kilometer entfernt, musste reichen.

Schon nach ein paar Stunden hatte sie eine billige Pension gefunden, die einen verwunschenen viktorianischen Charme ausstrahlte. Sie wusste nicht, dass das Haus ein Tummelplatz für Außenseiter aller Art war. An der Rezeption hing die Mahnung: KEIN DAMENBESUCH. KEIN ESSEN AUF DEM ZIMMER. KEINE PARTYS.

»Was für Zimmer haben Sie?«, fragte Delia. Sie war auf der Türschwelle stehen geblieben.

»Nun, das hängt davon ab, wie viel du zahlen willst«, sagte die Wirtin des Belgravia. »Im Augenblick wären mehrere Zimmer zu unterschiedlichen Preisen frei. Wir hätten eines mit Waschbecken und Wandschrank, aber ohne Toilette. Oder du kannst Toilette haben, aber kein Waschbecken. Oder Waschbecken und Toilette, aber keinen Schrank. Oder alles drei.« Dann fügte sie noch hinzu: »Oder keins von den dreien. Wir haben auch ein Zimmer ganz ohne alles. Nur ein Bett. Wenn du so was suchst. Ich weiß ja nicht.«

Delia nahm das Zimmer mit der Toilette. Einen Schrank brauchte sie nicht, denn sie hatte an Kleidern nur mit, was sie am Leibe trug.

Die Pensionswirtin erzählte ihr, dass sie das Haus, ohne groß zu überlegen, von der Lebensversicherung ihres verstorbenen Mannes gekauft habe. Sie hatte sich vorgestellt, dass es ein Quartier für Rucksacktouristen aus Europa werden sollte, doch dann hatte sie sich von der Fürsorge überreden lassen, einen psychisch labilen jungen Mann mit einem längerfristigen Mietvertrag aufzunehmen. Das war vor drei

Jahren gewesen, und nun bestand ihre gesamte Gästeschar aus Neurotikern, die ohne sie keine Bleibe gehabt hätten.

Die meisten von ihnen lernte Delia kennen, als die Wirtin mit ihr einen Rundgang durchs Haus machte: eine verstörte alte Frau, die unablässig strickte; ein Schwachsinniger, der ständig seine Schuhe putzte; ein alter Herr in einem Liegestuhl, der friedlich in der Nachmittagssonne döste, den Beutel seines künstlichen Darmausgangs entblößt. Am Tisch des Speiseraums spielten zwei Männer Mühle, Zwillinge, Mitte vierzig, mit identischem Bürstenhaarschnitt, jeder das Spiegelbild des anderen. Und am Treppenabsatz zum ersten Stock versuchte eine verstörte Frau ihre Zimmertür mit der Haarbürste zu öffnen. Die Wirtin nahm ihr die Bürste behutsam aus den arthritischen Händen und zeigte der armen Seele, dass die Tür in Wirklichkeit überhaupt nicht verschlossen war.

Delia sagte der Wirtin, dass sie gern mehrere Wochen bleiben wolle, wenn ihr das recht sei.

»Ich nehme nur das Geld. Dein Leben musst du selbst organisieren«, erwiderte die Frau stoisch.

Vom Fenster in Delias Zimmer konnte man in der Ferne den Mount Taranaki sehen, der Blickwinkel nur ein klein wenig anders als der, aus dem sie ihn vom Fenster ihres Kinderzimmers in Opunake aus gesehen hatte. Aber es machte ihr Spaß, sich vorzustellen, dass sie in Wirklichkeit einmal um die ganze Welt gereist war und den Berg nun von der anderen Seite sah.

Am dritten Tag in New Plymouth, auf einem ihrer endlosen Spaziergänge, war Delia das Schild aufgefallen.

Verirrt? Verwirrt? Einsam? Niedergeschlagen?
Kommen Sie herein, reden Sie mit uns, KOSTENLOS.
Krisenberatungsstelle.

Da sie fand, dass alle vier Beschreibungen auf sie zutrafen, war sie hineingegangen, hatte eine Nummer gezogen und sich in dem mit poliertem Mahagoniholz getäfelten Warteraum auf eine Bank gesetzt. Hinter der verglasten Tür ging anscheinend gerade ein Gespräch zu Ende, und der Tonfall klang ernst und vertraulich. Sie nahm an, dass es ein weiterer verirrter, verwirrter, einsamer, niedergeschlagener Mensch genau wie sie war, einer unter Millionen, der bereit gewesen war, mit jemand vollkommen Fremden zu reden, der sich Rat und Hilfe erhoffte. Phillip hätte gesagt, dass sie eine Philosophie finden müssten, eine, die sie »in klare Worte fassen« könnten, und alles andere ergebe sich dann von selbst. Seit er ihr gesagt hatte, dass man so etwas im Leben brauche, hatte sie fast ununterbrochen darüber nachgedacht, hatte versucht, eine zu finden, aber viel weitergekommen war sie noch nicht. Ihr Verstand wusste einfach nichts von diesen Dingen, und deshalb war sie jetzt hier bei so einer Beratungsstelle gelandet.

Als sie an der Reihe war, stand sie auf und ging in ein kleines Sprechzimmer, in dem es nichts weiter gab als zwei Stühle, einen Schreibtisch und einen einsamen Gummibaum.

»Ich heiße Delia Chapman.«

»Kommen Sie herein, Kind. Nehmen Sie Platz.«

Aufgeregt setzte sie sich auf den Stuhl gegenüber der Beraterin, die rasch ein dickes Lehrbuch mit dem Titel *Klinische Psychiatrie* umdrehte, damit die Atmosphäre des lockeren Gesprächs nicht gestört wurde.

Die Frau, auf deren Namensschild »Angela« stand, hatte rote Wangen und die Brust einer langjährigen Amme. »Das hat ein wenig gedauert«, sagte sie mit einem Lächeln von unendlicher Freundlichkeit. »Als Erstes, meine Liebe, möchte ich sagen, dass ich kein Profi bin. Ich mache das ehrenamtlich. Sie verstehen, was ich meine?«

Delia nickte.

»Gut. Also dann, gibt es etwas Bestimmtes, worüber Sie reden möchten?« Sie senkte den Kopf. »Etwas, das Sie auf dem Herzen haben?«

»Ich glaube, mit mir stimmt was nicht. Ich mache verrückte Sachen, und ich sehe Bilder im Kopf, wie Träume, aber ich bin wach dabei.« Den Satz hatte sich Delia zurechtgelegt und brachte ihn nun in einem einzigen Atemzug vor.

Die Frau lächelte verlegen, dann fragte sie, mit einem Nicken in Richtung von Delias Bauch: »Wie viele Wochen, Liebes?«

»Weiß nicht. Ungefähr fünf Monate, glaube ich.«

»Ist das nicht schön!«, erwiderte die Frau. »Ich habe selbst fünf Kinder. Ihr Erstes?« Delia nickte.

»Und der Vater, ist er …?«

»Den kenne ich nicht.«

Angela runzelte die Stirn. »Sie wissen nicht, wer der Vater ist? Das verstehe ich nicht.«

»Ich dachte, ich wüsste es, aber jetzt bin ich mir nicht mehr sicher. Das wollte ich sagen.«

Die Beraterin nickte.

»Jedenfalls habe ich nie richtig mit ihm geschlafen«, fügte sie hinzu. »Ich bin immer noch Jungfrau. Glaube ich zumindest.«

»Ah ja.« Die Stimme der Beraterin strahlte Ruhe aus.

»Ja«, sagte Delia und hoffte, dass sie das so deutlich ausgedrückt hatte, dass sich alle weiteren Erklärungen erübrigten.

Mit nachdenklicher Miene formulierte die Frau ihre nächste Frage sehr präzise. »Nun Delia, Sie wissen, dass eine Frau nicht schwanger werden kann, ohne dass sie mit einem Mann geschlafen hat, es sei denn, Sie wären künstlich befruchtet worden, oder« – hier zögerte sie – »oder Sie sind die Jungfrau Maria.«

Delia starrte sie an.

»Halten Sie eins von beiden für möglich?« Es klang wie eine ernst gemeinte Frage.

»'türlich nicht.«

»Gut. Sie wissen also nicht, wer der Vater ist. Liegt das vielleicht daran, dass … mehrere Männer der Vater sein könnten?«

Delia schloss entsetzt die Augen und schüttelte energisch den Kopf.

»Schlafen Sie mit vielen Männern?«

»Nein! Mit überhaupt keinem.«

»Nur dem einen?«

»Nein. Mit keinem.« Delia sah die Frau jetzt nicht mehr an; es war zu schwierig, ihr ins Gesicht zu blicken und dabei zu sagen, was sie sagen wollte. Sie verknotete ihre Finger im Schoß, bis es weh tat. »Es gibt einen Mann, der wollte sagen, dass er der Vater ist, nur für die Leute, aber es ist nicht wahr. Niemand weiß, wer der echte Vater ist, weil … weil … also, ich hab's mal gewusst, aber jetzt bin ich mir nicht mehr sicher.«

»Das ist die Stelle, an der ich nicht mehr mitkomme, meine Liebe«, meinte die Beraterin, die Stirn in Falten gelegt, und die notwendige Distanz kam ihr zusehends abhanden. »Vielleicht müssen Sie doch mit jemandem reden, der mehr Erfahrung hat. Ich mache das wie gesagt nur ehrenamtlich.« Eine Pause trat ein, während Angela sich um Fassung bemühte. »Sie sagen, Sie sind Jungfrau, aber Sie sind schwanger, und jemand wollte so eine Art Ersatzvater sein, aber das ist nicht der wirkliche Vater. So weit richtig?«

»Ja«, sagte Delia, und sie hatte volles Verständnis für die Verwirrung der Beraterin.

»Sind Sie religiös? Tief religiös vielleicht sogar?«

Delia dachte nach. »Nein.«

»Nur so ein Gedanke.« Sie schien enttäuscht. »So, dann fassen wir noch mal zusammen, was wir haben. Zur Frage des echten Vaters. Sie sagen, früher haben Sie gewusst, wer es ist, und jetzt wissen Sie's nicht mehr? Stimmt das?«

»Ich glaube, ich bin nicht ganz richtig im Kopf.«

»Möchten Sie mir dazu noch mehr sagen?«

»Ich habe immer wieder … manchmal ist das, als ob … mir Erinnerungen von jemand ganz anderem in den Sinn kommen. Ich habe das Gefühl, dass die nicht zu mir gehören. Ich will von Ihnen wissen, ob ich durchdrehe. Deswegen bin ich hier.«

Die Beraterin beugte sich vor. »Meine Liebe, ich bin nicht dazu da, Ihnen zu sagen, ob Sie, wie Sie sagen, durchdrehen oder nicht. Ich bin nur zu dem einen Zweck da … Ihnen zuzuhören und Ihnen Ratschläge zu geben, wenn Sie sie wollen. Das ist alles.«

Delia blickte wieder auf ihren Schoß, und nach einer Weile sagte sie: »Könnten Sie mir dann bitte welche geben?«

Die Beraterin hatte sich auf dem Block, den sie vor sich liegen hatte, keine einzige Notiz gemacht, und nun schob sie ihn beiseite, zum Zeichen, dass von jetzt an keine Notizen mehr nötig sein würden – dass es ein Test gewesen war und Delia bestanden hatte.

»Wissen Ihre Eltern von dem Baby?«

»Mein Vater ja. Meine Mum ist tot.«

»Was sagt er zu dem Baby?«

»Er wollte, dass ich es wegmache. Es umbringe.«

»Dann sollten wir wohl Kontakt mit jemandem aufnehmen, der Ihnen ein wenig von Ihrer Belastung abnimmt. Denn all das ist nicht gut für das Baby.«

Delia nickte.

»Gibt es da jemanden?«

»Nein.«

»Überhaupt niemanden?«

Delia wurde unruhig, ungeduldig. »Ich will einfach nur, dass Sie mir sagen, ob ich womöglich verrückt bin, das ist alles.«

»Nein«, sagte die Beraterin. »Nein. Ich glaube nicht.«

»Woher wissen Sie das?«

»Weil Leute, die wirklich verrückt sind, so etwas nicht fragen.«

»Danke«, sagte Delia. »Und was meinen Sie denn jetzt, wer ist der Vater von dem Baby?«

»Kommen Sie morgen wieder. Würden Sie das tun? Darüber reden wir morgen. Hier, meine Karte.«

Delia nickte und nahm die Karte.

»Ich glaube, wir sind ein gutes Stück vorangekommen. Finden Sie nicht auch?«

Delia lächelte, blickte in das Gesicht, das vor ehrenamtlichem Mitgefühl glühte, und verließ das Sprechzimmer.

Die Karte warf sie in die erste Mülltonne auf der Straße. Wenn sie die letzten zwanzig Minuten damit verbracht hätte, auf der Stelle im Kreis zu gehen, hätte sich das für sie nicht weniger nach Vorankommen angefühlt.

Seit Delias Verschwinden war Phillip vor Sorge und Schuldgefühl wie gelähmt, in dieser Reihenfolge.

Er machte sich Sorgen, dass er nicht genug getan hatte, um sie zu finden, und wenn er sich sagte, dass er alles versucht habe, fühlte er sich schuldig. Er lenkte sich ab, indem er sich mit aller Macht in die Arbeit stürzte, das Katalogisieren all der neuen Bücher, das er über seinen Studien vernachlässigt hatte.

Es war eine Arbeit, die Konzentration forderte, und am Ende dieses Tages war er so erschöpft, dass ihm ein Karteikasten aus der Hand fiel und beim Aufschlag seinen Inhalt in einem großen Fächer ausgoss. Fluchend bückte er sich, um die Karten aufzuheben, versuchte die mühsam erstellte Ordnung zu bewahren, da fiel sein Blick auf eine Karte, die ein Stück abseits von den anderen gelandet war. Sofort sah er, dass es ein Buch war, das er in der Bibliothek nie gesehen hatte. Er prüfte das Datum und kehrte an seinen Schreibtisch zurück, verärgert, dass sein Versuch, die alten Außenstände einzutreiben, doch noch nicht abgeschlossen war. In der Benutzerkartei fand er die Karte, auf der ein Stück Lebensgeschichte des Ausleihers verewigt war, ein Katalog von Verstößen in schon blasser Tinte, und mehrere Titel waren nie zurückgegeben worden. Als er die Liste las, leuchtete mit

einem Mal ein Funken der Erkenntnis in Phillips Detektiv-
verstand auf.

Er ging wieder an die Regale, um nach den anderen Büchern zu sehen, die dieser Benutzer ausgeliehen hatte. Vielleicht waren die Bände ja doch zurückgegeben und nur auf
der Karte nicht ausgetragen worden. Doch als er an der entsprechenden Stelle der Abteilung »Spiel und Freizeit« stand
und sich vergewisserte, mit dem Zeigefinger über die Buchrücken fuhr, fielen ihm mehrere Lücken in der Zahlenfolge
auf. Vier Bücher fehlten.

Sofort verließ er die Bibliothek. Als er die Tür hinter sich
schloss, dachte er bei sich, dass er nicht nur das erste ein-
deutige Indiz für die Enträtselung eines großen Geheimnis-
ses entdeckt hatte, sondern dass es am Ende auch doch noch
in seinen Büchern versteckt gewesen war.

Phillip klopfte, aber die Hintertür war offen. Als er eintrat,
schlug ihm ein entsetzlicher Geruch aus Terpentin und Kat-
zenpisse entgegen. Er blieb in der Mitte des Raumes stehen
und wartete, dass sich etwas regte. In einem anderen Zimmer lief ein Fernseher. Die Küche stand voll mit ungewa-
schenem Geschirr, rund um das Becken lagen schmutzige
Spültücher, und statt der üblichen Spülmittel standen große
Flaschen Industriehandwaschmittel auf dem Brett.

Gilbert Haines erwachte aus einem pornographischen
Traum, den er oft träumte und der ihm jedes Mal einen wohligen Schlaf bescherte. In diesem Traum konnte er zwischen
mehreren nackten Frauen auswählen, die sich ihm ohne die
geringste Mühe seinerseits und ohne ein Wort dargeboten
hatten – ja, jede war geschmeichelt, wenn er sie überhaupt

beachtete. Erschrocken fuhr er aus dieser Phantasiewelt hoch und stellte fest, dass er beobachtet wurde.

»Ich komme wegen der überfälligen Bücher«, sagte der Bibliothekar.

Gilbert mühte sich, die Augen zu öffnen und die Gestalt zu erkennen, die über ihm stand. »Was?«

»Überfällige Bücher. Vier Stück. Ich habe mir erlaubt einzutreten. Die Tür war offen.«

Ungeduldig wartete Phillip, dass Gilbert sich von seinem Bett hochrappelte, und die Wut auf seinem Gesicht stand in keinem Verhältnis zu der banalen Rückforderung von Bibliothekseigentum.

»Was wollen Sie?«, fragte Gilbert, aber nicht so heftig, wie man vermutet hätte. Er war noch im Halbschlaf und schien zu erwarten, dass er seinen Besucher mit einem Fingerschnippen vertreiben und seine imaginären Konkubinen wieder herbeizaubern könnte.

»Ich glaube, das wissen Sie.«

»Nein. Sagen Sie's mir.«

Die nächsten Worte fielen Phillip nicht leicht.

»Sie sind der Vater, nicht wahr?«

Es folgte eine Pause, bewusst gesetzt, um ihn zu reizen. Gilbert setzte sich im Bett auf und suchte sich eine bequemere Position für das längere Gespräch, das nun unvermeidlich war.

»Herzlichen Glückwunsch«, sagte Gilbert. »Da haben Sie ja lange genug für gebraucht. Wie sind Sie draufgekommen?«

Phillips Herz setzte aus. Er musterte die armselige ölverschmierte Gestalt vor sich und antwortete nicht auf die Frage. Stattdessen versuchte er, sich den mageren Mechaniker neben Delia vorzustellen, von ihr umschlungen, doch er sah Gilbert nur als Täter. Was er sah, war eine Vergewaltigung.

»Sie sind der Vater?«

»Hab ich doch gesagt, Sherlock Holmes.«

»Sagen Sie es mir noch einmal.« Phillip wollte es in eindeutigen Worten hören.

»Hab ich doch gerade, oder?«

»Sie geben es also zu? Sie geben es zu?«

»Sie hat's endlich ausgeplaudert, was? Na, wurde ja auch Zeit. Seit zwei Monaten will ich den Leuten das erklären! Nur dass mir kein Mensch glaubt, weil alle denken, Sie wären's gewesen … Nicht zu glauben. Die dachten, das wär von Ihnen.« Gilbert grinste. »Jedes Mal, wenn ich das Leuten erklären wollte, haben sie mir nur noch 'n Bier spendiert oder sie haben gesagt, ich soll die Klappe halten. Ulkig, was?«

Gilbert schien ehrlich erleichtert, dass er endlich jemanden gefunden hatte, der ihm glaubte, und er war gesprächiger denn je.

»Hast du sie vergewaltigt?«

»Hm?«

»Sie hatte Schrammen.«

»Ich? … Nein, das habe ich nicht.«

»Sie haben Bücher aus der Bibliothek nicht zurückgegeben.«

»Hm?«

»Ich weiß, wie du es gemacht hast.«

»Wovon reden Sie?«

»Du hast sie gezwungen.«

»Was?«

»Oder etwa nicht?«

»Nein. Hören Sie. Nein. So was würde ich nie machen. Könnte ich auch gar nicht. Wahrscheinlich ist sie stärker als ich. Ich liebe sie, verstehen Sie? Niemals würde ich so was machen. Und das brauchte ich auch nicht.«

»Ich weiß, wie du es gemacht hast.«

»Glauben Sie mir, sie hat es gewollt. In Wirklichkeit ist sie zu mir gekommen, wenn Sie es genau wissen wollen. Ich konnte es ja selbst nicht glauben. Ich konnte es nicht glauben. Delia Chapman kam zu *mir*. Ich dachte, ich bin vielleicht schon tot und gleich in den Himmel gekommen oder so was!«

Das gab Phillip zu denken, aber es brachte ihn nicht aus der Bahn. Er hatte sich auf dem Weg zu dem Haus seine Theorie über die Ereignisse zurechtgelegt, auf der Grundlage des Beweismaterials, das er hatte. Fest stand, dass Gilbert nicht im mindesten bedrohlich war: Manche Menschen waren überlebensgroß, doch Gilbert war unterlebensklein. Er war eine Fliege. Ein Geschmeiß. Aber für niemanden eine körperliche Gefahr.

All das war Phillip vom ersten Augenblick an klar, und trotzdem war der Junge in seinen Augen schuldig. Dass jemand ein jämmerlicher Mensch war, gab ihm nicht das Recht auf ein abscheuliches Verbrechen. Phillips Blut war in Wallung, und Gilberts seliger Blick würde ihn wohl kaum beschwichtigen.

»Ist mir auch egal, ob Sie mir glauben oder nicht«, fuhr Gilbert fort. »Delia weiß, wie es war.«

»Erzähl, wie es war.« Phillip konnte es nicht riskieren, den Mechaniker anzusehen, aus Furcht, dass er dann die Beherrschung verlieren würde, und so starrte er stattdessen zum Fenster hinaus auf den schlafenden Vulkan. Der Berg würde nicht ausbrechen; keine Erdspalte würde sich auftun und ihn verschlucken, doch als er sich nun Gilberts verwickelte Geschichte vom einvernehmlichen Geschlechtsverkehr mit Delia auf einem Autositz anhörte, da hatte er das Gefühl, dass er den Boden unter den Füßen verlor.

Gilbert erdreistete sich sogar, diese Begegnung eines einzigen Abends eine »Affäre« zu nennen – eine Begegnung, die so leidenschaftlich gewesen war, dass es Gilbert nicht im mindesten überraschte, dass ein Kind dabei gezeugt worden war.

»Und das Kind ist natürlich von mir«, sagte Gilbert. »Ich habe mit ihr geschlafen. Ich bin ihr Außerirdischer.«

Mit einer Hand strich er sich das Haar glatt, das, zusammengeklebt vom eigenen Fett, in alle Richtungen abstand. »Und sie hat es genossen.« Gilbert fand ein Lächeln angebracht und zeigte ungepflegte, schiefe Zähne.

Phillip beugte sich vor. Er würde aus dem Mechaniker einen vollständigen Bericht über diese Nacht herausbekommen, egal wie viel Schmerz es ihm bereiten mochte. »Wie hast du es gemacht?«

»Wie meinen Sie das?«

»Wie hast du sie dazu gebracht, dass sie mit dir schläft? Komm schon. Was hast du gemacht?«

»Wir sind alte Freunde, das ist alles. Wir haben geredet. Und dann kam sie in Stimmung. Eigentlich hat sie *mich* verführt, könnte man sagen.«

»Sie kam in Stimmung?«

»Genau.«

Phillip spürte, wie er rot anlief. »Tatsächlich?«

»Ja. Und ich hab gedacht, wir wären einfach nur Freunde.«

»Du hast nicht … du hast nicht noch etwas anderes mit ihr gemacht?«

»Was zum Beispiel?« Gilbert grinste unverschämt, und da wusste Phillip, dass seine Taktik zum Erfolg führen würde.

Phillip griff in seine Tasche und zog die vier fraglichen Karteikarten heraus. »Du hast vor zehn Jahren den Empfang quittiert.«

»Ich weiß überhaupt nicht, wovon Sie reden«, sagte Gilbert; eine bessere Verteidigung fiel ihm nicht mehr ein. »Was soll das überhaupt sein?«

»Diese vier Bücher.« Phillip hielt die Karten in die Höhe.

»Was für Bücher? Ich habe keine von euren bescheuerten Büchern! Hören Sie, es wird sowieso höchste Zeit, dass Sie von hier verschwinden. Also … hau ab.«

Phillip warf einen raschen Blick zum Nachttisch. Die vier Bücher lagen dort, in einem Berg aus Lesestoff, der ansonsten nur aus eselsohrigen Autozeitschriften bestand, nicht zu übersehen. Er brauchte die Titel auf den Buchrücken nicht zu lesen, sie standen unausgesprochen zwischen ihm und dem Mechaniker.

»Und?«, fragte Gilbert, plötzlich kleinlaut, da Phillip nun die Trümpfe in der Hand hatte.

»Wirst du mir jetzt sagen, was geschehen ist? Oder nicht?«

»Aber … ich … äh … das habe ich doch gerade.«

»Erzähl's mir noch mal.«

Nun war Gilbert bleich, die gute Laune war verflogen. Zu seiner Rechten lagen die Bücher, und die konnte er nicht mit einem Schnippen seiner Amateurzaubererfinger zum Verschwinden bringen, auch wenn er das noch so gern getan hätte. *Einführung in die Hypnosetechnik. Magie für Anfänger. Die Kunst des Mesmerisierens. Magie der Hypnose.*

Gilbert rappelte sich hoch, entlarvt. »Sie hat es genossen«, sagte er noch einmal, halbherzig, und dann fing er an zu kichern, weil er den forschenden Blick des Bibliothekars nicht mehr ertragen konnte. Im verzweifelten Drang, etwas zu tun, packte er das erste der vier Bücher und schleuderte es Phillip entgegen. Es öffnete sich im Flug, und die Deckel der *Einführung in die Hypnosetechnik* flatterten wie Vogelflügel, bevor der Band links von Phillips geducktem Kopf an die Wand schlug. »Jetzt weißt du's. Und jetzt raus. Jetzt weißt du, wie es war. Jetzt hau ab!« Gilberts Gesicht war zornesrot, als er ein zweites und ein drittes Buch schleuderte. Das vierte zerschmetterte ein Glas, das auf dem Fernseher stand. Plötzlich brüllte Gilbert wie ein Irrer.

Der letzte Stein von Delias Puzzle, der, durch den man mit einem Mal das ganze Bild sehen konnte, war an Ort und Stelle, und schon im nächsten Augenblick hatte Phillip sich auf den Mechaniker gestürzt und ihn zu Boden gerissen. Nach einem kurzen Schlagwechsel fasste Phillip Gilbert am Kragen und schlug ihn mit dem Hinterkopf auf den Fußboden, und ohne an die Folgen zu denken, schlug er immer und immer wieder zu, bis er unter seinen Fäusten Brei spürte. Gilbert rührte sich nicht mehr, und der Mund hing grausig offen. Er sah aus wie tot.

Phillip stand auf und betrachtete die Blutlache, die sich am Hinterkopf des Mechanikers bildete. Die Gespenster seiner gewalttätigen Vergangenheit meldeten sich zu Wort. Nur weg hier!, flüsterten sie. Er drehte sich um und floh aus dem Haus, ließ Gilbert Haines, halb totgeschlagen, in seiner Blutlache in der Wohnzimmerecke liegen, und der Fernseher spielte leise seine Reklame dazu.

Gilbert stöhnte, ein tiefes Gurgeln. Er lag benommen, halb ohnmächtig auf dem Rücken. In seinem Verstand drehten sich die wildesten Phantasien, verbanden sich mit Fetzen echter Erinnerung in einem chaotischen Theater der Halluzinationen.

Er sah eine Tüte Fritten.

Eine Tüte Fritten. Fallen gelassen im Dunkel. Delia dort draußen, wie sie sich bückte, um sie aufzuheben. Und Gilbert, der in seinem Kombi vorfuhr. Gilbert, nicht gerade der, den man sich als edlen Retter für Delia und ihre Fritten vorgestellt hätte, und doch in seinem Delirium ihr großes Glück.

»Was machst du denn so spät abends noch hier draußen?«, fragte er.

»Könnte ich dich genauso fragen.«

»Soll ich dich nach Hause fahren?«

Sie ließ den Blick über die Straße am Fluss schweifen. »Nein«, sagte sie.

»Ich glaube, jetzt kommt endlich der Regen«, sagte er. »Ein richtiges Unwetter.«

Er machte die Tür auf. Widerstrebend stieg Delia ein. Wie lange hatte Gilbert auf diesen Augenblick schon gewartet! Da waren sie also, sie beide, im Dunkeln, auf dem Weg unten am Fluss, nicht weit von der Schnellstraße, die Tagträume eines Jahrzehnts zum Greifen nah.

Er begann mit einem Kartentrick.

Er wusste, dass Jahre beharrlichen Übens sich irgendwann auszahlen würden. Er schaltete das Innenlicht ein und holte aus der Brusttasche ein frisches Kartenspiel heraus. Am Freitagabend steckte er immer neue Karten ein. Er fragte Delia, ob sie einen Trick sehen wolle – einen ganz einfachen. Sie nickte. Er legte ein As ganz oben auf das Pack in seiner Hand und wies sie an, diese Karte im Auge zu behalten, während er die restlichen Karten darunter abhob.

Sie unterbrach ihn. Sie hatte bereits gesehen, was er gemacht hatte.

»Ich habe doch noch überhaupt nichts getan«, protestierte er.

»Ich hab gesehen, wie du das As da … da in deine Jacke gesteckt hast.« Sie zeigte ärgerlich auf die Stelle, enttäuscht, dass Gilbert nichts Bestaunenswertes zustande gebracht hatte.

»Nein, das As ist immer noch oben.«

»Es ist in deiner Jacke.«

Gilbert sah sie mit stieren Augen an; einen Moment lang war er verzweifelt. »Gut, dann zeige ich dir einen anderen. Gleich bin ich so weit.« Er holte das As aus der Tasche, steckte es wieder zu den anderen Karten und begann noch einmal von vorn. Das sei seine letzte Chance, erklärte sie ihm.

Diesmal fiel eine Karte, die Delia ausgesucht und dann wieder ins Spiel gesteckt hatte, schon gleich zwischen ihnen auf den Sitz und verdarb die große Enthüllung. Mit Schweißperlen auf der Stirn erklärte er ihr, er habe die Karte als großen Höhepunkt aus ihrer Frittentüte ziehen wollen. Aber es half nichts mehr.

»Wie lange übst du so was schon?«, fragte sie ungeduldig.

»Nicht lange.«

Sie sah ihn an. Die farblosen Augen blickten leer aus seinem Sommersprossengesicht. Es musste schrecklich sein, Gilbert Haines zu sein.

»Du solltest das aufgeben«, riet sie ihm. Es war das einzig Hilfreiche, was ihr einfiel.

»Aber normalerweise klappt es.«

»Versuch was anderes. Du hast einfach nicht die Finger dafür.«

Gilbert spürte, wie sein Publikum sich von ihm abwandte, wie seine Anziehungskraft verblasste, und in seiner Verzweiflung beschloss er, die Trumpfkarte auszuspielen: Er würde die Tür zum Verborgenen aufsperren und ihr damit beweisen, dass er mehr war als der Blödian mit dem Schraubenschlüssel. Zum ersten Mal war sie neugierig. Hypnose? Das sei doch wohl ein Witz. Er wollte Leute hypnotisieren können, sie in Trance versetzen, ihnen das Bewusstsein nehmen? Und mit einer Trefferquote von 75 Prozent?

»Wo hast du das gelernt?«

»Bücher. Fernsehen. Solche Sachen.«

»So was kann man aus Büchern lernen?«

»Einmal hab ich es auf der Bühne gesehen. Ich hab jemandem dabei zugesehen.«

Gilbert erzählte ihr, wie er mit dreizehn Jahren nach New Plymouth gefahren war, um Olivier Samuels zu sehen, einen bekannten Hypnotiseur, der dort eine Vorstellung gab und der Leute dazu bringen konnte, dass sie eine rohe Zwiebel aßen, ohne mit der Wimper zu zucken, wie einen Apfel.

Das sei der Höhepunkt der Show gewesen, sagte er; doch hier log Gilbert, indem er etwas verschwieg. Was er ihr nicht erzählte, war, dass der Hypnotiseur noch einen weiteren Trick gezeigt hatte, damit die Leute nicht dachten, etwas Besseres als die Zwiebelnummer könne er nicht. Die Zuschauer wollten mehr, sie erwarteten noch etwas Unerhörtes. Und so hatte Samuels erklärt, dass er vor aller Augen und nur mit einem Fingerschnippen ein Mädchen dazu bringen würde, einen unscheinbaren Jungen zu küssen, den sie nie zuvor gesehen hatte. Und mehr als das: Er würde dafür sorgen, dass das Mädchen diesen Kuss *wollte*, dass sie sich tatsächlich nach dem Jungen *sehnte*! Die Zuschauer, und Gilbert unter ihnen, rutschten an die Vorderkante ihrer Sitze, fasziniert, dass ein Grundzug der menschlichen Natur, nämlich der Ekel vor allem Hässlichen, überlistet werden konnte. Sie warteten mit pochendem Herzen, mit angehaltenem Atem, so still, dass man eine Stecknadel hätte fallen hören können, bereit, ihn zum Genie zu proklamieren, wenn ihm dieser Trick gelang, oder zum Scharlatan, wenn er versagte.

Durch simples Hin- und Herbewegen seines Fingers versetzte Samuels das Mädchen in Hypnose, und durch ein einfaches Kommando wurde in ihrem Hirn der Keim zu ihrer Sehnsucht gelegt, bevor sie dann wieder geweckt wurde. Im ganzen Saal lachten die Leute, und das Mädchen hatte keine Ahnung, warum. Sie lächelte, stand verlegen auf der Bühne, wartete auf einen Trick. Das Publikum hingegen platzte vor Spannung, weil es wusste, dass dieses ausgesprochen hübsche Mädchen eine ahnungslose Zeitbombe war, die auf einen Wink des Meisters vor Leidenschaft explodieren konnte. Das war der Augenblick, in dem Gilbert beschloss, dass er Zauberkünstler werden wollte; solche Macht wollte er auch besitzen, denn natürlich überhäufte das Mädchen, als der Magier mit den Fingern schnippte, den mickrigen Knaben mit geradezu leidenschaftlichen Küssen, und später, erzählten die Leute, habe man sie im Foyer sogar noch davon abhalten müssen, sich die Kleider vom Leibe zu reißen, so machtvoll wirkte der Zauber.

Doch Gilbert erzählte Delia nichts von alldem.

»Eine ganze Zwiebel? Das glaube ich nicht.«

»Ich kann's dir beweisen.«

»Wie?«

»Ich zeig's dir.«

»Ja, dann los.«

»Gut, ich mache es mit dir.«

»Nein, mit mir nicht. Mit dir selbst.«

»Red keinen Unsinn.«

»Mach schon!«

»Also, soll ich dir das nun zeigen oder nicht?«

Delia dachte einen Moment lang nach. »Versuch es, wenn du willst. Aber ich wette, du schaffst das nicht.«

Gilbert bewegte seinen Zeigefinger vor ihren Augen hin und her und senkte die Stimme. Gleich werde sie sich ganz müde fühlen, flüsterte er. Und so unglaublich das war: Langsam schloss sie die Augen.

»Von jetzt an musst du tun, was ich dir sage.«

Doch Delia schlug die Augen auf und verkündete, dass es nicht funktioniert habe. Sie habe die Augen nur geschlossen, weil er sie aufgefordert habe, sagte sie. Wahrscheinlich gehöre sie zu den 25 Prozent, bei denen es nicht klappe.

»Du konzentrierst dich nicht«, warf Gilbert ihr vor.

Sie war bereit, es noch ein weiteres Mal zu versuchen.

Wieder fuhr er mit dem Finger hin und her. Ihre Augen wurden schwer von seinen gleichmäßigen Bewegungen, doch ganz langsam schlossen sie sich wie die Blütenblätter einer

Blume; es dauerte so lange, dass Gilberts Zeigefinger währenddessen taub wurde. Am Ende saß sie reglos da, und er traute sich nicht zu fragen, ob sie tatsächlich unter seinem Einfluss stand. Doch als er sie schließlich ansprach, antwortete sie nicht, und ihre Augen blieben fest geschlossen. Zuerst glaubte er, sie mache sich wieder ihren Spaß mit ihm, denn nie zuvor war es ihm gelungen, jemanden zu hypnotisieren, jedenfalls nicht in eine vollständige Trance zu versetzen, auch wenn schon mehrfach Kandidaten bei seinen Versuchen eingeschlafen waren.

Ihre Augen blieben geschlossen.

»Delia?«, fragte er noch einmal.

Schweigen.

Konnte es wahr sein? Er testete es mit dem perfekten Test für eine hypnotisierte Frau, dem Beweis, den das Publikum einem Zauberkünstler immer abnahm: Er berührte sie an der Brust. Wenn sie bei Bewusstsein war, würde sie zurückschrecken, das war die natürliche Reaktion. Aber sie regte sich nicht.

Gilbert konnte es nicht glauben. Es war ihm gelungen! Delia war hypnotisiert, in seinem Auto, im Dunkeln! Zwei Träume zugleich, drei Träume, waren wahr geworden. Er spürte die Erregung, die Skrupellosigkeit des Voyeurs.

»Kannst du mich hören?«, fragte er.

»…Ja.« Ihre Stimme klang seltsam fremd.

Es war wirklich so, merkte er. Sie war in Trance. Sie spielte ihm nichts vor, und er spürte seine körperliche Erregung: Delia stand zu seiner Verfügung, eine willige Dienerin. Hemmungsloser hätte er sich auch bei einer Leiche nicht fühlen können, und es war die Hilflosigkeit einer Leiche, die er sich erträumte – den begehrten Leib, der nicht plötzlich erwachen konnte. Sie konnte nicht sagen, dass er stank, wie ihm das bei einem anderen Mädchen passiert war, oder dass er faule Zähne hatte; und sie konnte auch nicht so tun, als ob man etwas so Hässliches wie ihn überhaupt nicht ansehen könne, konnte nicht zurückschrecken, wenn er lächelte. Jetzt, wo er darauf vertraute, dass man ihn weder mit Worten noch mit Gesten abweisen konnte, gab er sich ganz der unzensierten Welt seiner Libido hin.

Doch was sollte er mit all dieser Schönheit tun, die nun so unverhofft zum Greifen nah war? Was? Was hätte der große Olivier Samuels aus England an seiner Stelle getan, der Mann mit der Zwiebel? Vielleicht hätte er Delia dazu gebracht, dass sie sich nach Gilbert sehnte, sie dann aufgeweckt als willige, hemmungslose Gespielin. Aber Gilbert wollte sie schlafend. Er konnte ihr nicht ins Gesicht sehen. Sie musste reglos sein. Was sollte er jetzt als Nächstes tun?

»Also«, sagte Gilbert. »Kannst du mich hören? Delia ...?«

»... mmm.«

Jahre der vergeblichen Werbung, der nie wahr gewordenen Träume, und plötzlich nun das Ziel seiner Wünsche zum Greifen nah – doch jetzt, wo der Traum Wirklichkeit war, machte es ihm Angst. Delia saß da, mit geschlossenen Augen, ihr Unbewusstes ein offenes Tor, sie wartete auf seine Suggestion.

»Also«, sagte er. Der Schweiß lief ihm in Strömen, und er musste den Blick von ihr abwenden, damit er überhaupt einen Gedanken fassen konnte. Er blickte hinaus ins Dunkel, erhoffte sich Inspiration, und in seinem Kopf drehte sich alles vor unterdrückten Trieben und wahnwitzigen Phantasien, die zusehends erotischer wurden.

Er wusste, dass er eine solche Gelegenheit nur dieses eine, einzige Mal im Leben bekommen würde, und warf alle Skrupel über Bord. Er wies sie an, sich etwas vorzustellen. Und draußen in der Nacht fand Gilbert seinen Stoff.

»Siehst du es?«

»Mmm«, antwortete Delia, und dann lächelte sie. Es war wie eine Einladung, ein Zeichen des Einverständnisses von einem sechzehnjährigen Engel.

Draußen vor Gilberts Haus stand Phillip an den Wagen des Mechanikers gelehnt und rang nach Luft. Angewidert betrachtete er den Vordersitz, auf dem Gilbert sein perverses Zauberkunststück gelungen war. Und er sah das Raumschiff, so wie sie es in ihrer Vorstellung gesehen hatte, und er verstand, warum es im Vergleich so schön gewesen war. Jetzt konnte er sich Delias Geschichte ausmalen, und er begriff, warum ihr Außerirdischer so überwältigend, so faszinierend gewesen war, wieso sie so sehr von ihm gefangen genommen war.

Delia sah einen Außerirdischen.

Delia konnte die Augen nicht von ihm abwenden. Der Kommandant – den sie Phillip einmal beschrieben hatte – sprach Delia mit Namen an, so als ob man ihre Ankunft erwartet hätte. Er fragte Delia, ob sie das Päckchen, das sie in der Hand hatte, ablegen wolle. Er sprach gutes Englisch. Sie stimmte zu, und er griff nach ihrer Tüte Fritten und legte sie behutsam beiseite. Dann machte er sich daran, sie auszuziehen. Er war geduldig, denn ihre Bewegungen waren so langsam wie die eines Tauchers unter Wasser. Er schien unendlich freundlich und höflich, ja sogar schön auf seine außerirdische Art. Sofort spürte sie seine Intelligenz. Ob sie eine Untersuchung ihres Körpers gestatte? Sie konnte nur mit »Mmm« antworten. Und binnen kurzem hatte sie Sex mit dem Kommandanten gehabt. Das hatte sie in einen halluzinogenen Zustand von solcher Intensität versetzt, dass sie vergaß, dass sie auf einem Raumschiff war, und sich merkwürdigerweise auf dem Vordersitz eines Autos wiederfand, allein mit einem fremden Mann, und der Geschlechtsverkehr dort war ganz anders als der an Bord des Schiffes: Er war hässlich und schmerzhaft, sie weinte und murmelte »Nicht«. Doch diese grässliche Halluzination verschwand wieder, sie kehrte in ihren wahren Leib zurück, und nun wusste sie, dass das bezauberndste, reinste Wesen, das man sich nur vorstellen konnte, in himmlischem Zwiegespräch mit ihr vereint war. Und als ihre Lippen sich bewegten und sie zum letzten Mal »Nicht« oder »Nein« hauchte, kamen diese Worte so lieblich, dass keinerlei Widerstand mehr aus ihnen sprach. Ein Besucher aus einer anderen Welt konnte ihre Tränen als Freudentränen deuten.

Phillip ging davon, und es war ihm gleich, ob der Mann, den er bewusstlos zurückließ, am Leben blieb.

Delia sah einen Außerirdischen.

Gilbert kam mit einem Grunzen und stieg von ihr ab, ließ sich japsend wieder auf seinen Sitz rollen und zog dabei die Hose hoch – sein erster Gedanke hatte seiner eigenen Blöße gegolten. Die Begegnung war von einer solchen erotischen

Intensität gewesen, dass er es nur eine einzige Minute ausgehalten hatte, gerade einmal sechzig Sekunden, dann war die Kombination aus verbotener Magie und willkommener Gefügigkeit zu viel für seine Lenden gewesen. Er hatte schon ein paarmal mit Mädchen geschlafen, aber das war nichts im Vergleich zu Delia in ihrer willenlosen Hingabe gewesen.

Delia regte sich nicht und schlug nicht die Augen auf, so vollkommen war die Hypnose. Er konnte es kaum glauben, dass so hemmungsloser Sex sie nicht aus ihrer Trance gerissen hatte. Mehrere Male rief er ihren Namen, während er seinen Reißverschluss hochzog und das Hemd in die Hose stopfte.

»Delia? Hörst du mich? Alles in Ordnung?«

Er beugte sich über sie und knöpfte die weiße Kittelschürze über ihren Brüsten zu, denn sie machte keinerlei Anstalten, sich anzuziehen. Seine dicken Finger mühten sich im Dunkeln mit den Knöpfen. Ihr Höschen ließ sich nicht über die reglosen Hüften ziehen. Bei seinen Versuchen redete er unablässig mit ihr und vergaß, dass er ja derjenige war, der sie wecken musste. »Komm schon, Delia … ich kann das nicht machen, wenn du nicht … den Po hebst …« Schließlich gab er es auf, stieg aus und sagte: »Ich kann dich auch nicht nach Hause fahren, Delia. Du weißt doch, wie dein Vater ist.« Als er um die Schnauze seines Autos herum auf die Beifahrerseite ging, näherte sich ein zweiter Wagen auf der Straße am Fluss, und schon in der nächsten Sekunde fiel das Scheinwerferlicht auf die Bäume.

Gilbert stellte sich Delias Vater vor, mit einer Schrotflinte bewaffnet. Im allerletzten Augenblick, bevor der Wagen um die Kurve kam, lief er weg und versteckte sich hinter einem Busch. Er kauerte dort, dachte überhaupt nicht mehr daran, dass Delia immer noch in Trance war, und wartete. Wenn es sein musste, dachte er, würde ihr schon eine Ausrede einfallen. Doch der andere Fahrer, der davon ausging, dass es ein heimliches Liebestreffen war, wandte diskret den Blick ab.

Als Gilbert wieder an seinem Wagen war und die Beifahrertür öffnete, stellte er fest, dass Delia fort war.

Er rief nach ihr und rannte in seiner Panik fünfzig Meter in drei verschiedene Richtungen, dann kämpfte er sich durch die Bäume in Richtung Schnellstraße vor, von wo weitere Lichter durch das Unterholz huschten. Mit den Unterarmen schirmte er im Laufen sein Gesicht gegen die Zweige ab. Als er die Straße erreichte, sah er gerade noch, wie Phillips Ford davonfuhr.

Gilbert regte sich. Er erwachte aus seinem Delirium auf dem Teppich und nahm alle seine Kräfte zusammen, um zum Telefon am anderen Ende des Zimmers zu kriechen.

Auf der Flucht

Phillip war es gelungen, das meiste von Gilberts Blut aus seiner Kleidung auszuwaschen, und er hatte die Wunden im Gesicht und an den Händen gereinigt. Er hatte anonym im Krankenhaus angerufen – wie amateurhaft! – und einen Mann gemeldet, der einen Krankenwagen brauche. Und jetzt war er eben im Begriff, die Bibliothek durch die Hintertür zu verlassen. Er wollte sich der Polizei stellen, die verrückte Wiederauflage der Ereignisse bei der Armee. Auch da war er zunächst geflohen und erst später zur Besinnung gekommen. Diesmal würde er zu Watson fahren, den Mann zu Hause stören und ihm alles beichten, was er getan hatte, so wie er damals den Paradeplatz überquert hatte, bei dem Lieutenant an die Tür geklopft und gesagt hatte: »Hier bin ich.«

Doch in dem Augenblick läutete das Telefon. Automatisch hob er ab.

»Ein Buch? Ja. Ja. Was sagen Sie, von wo rufen Sie an? Verstehe. Gut. Welcher Titel?« Der Stift, den Phillip auf dem Notizblock angesetzt hatte, erstarrte. »Wie haben Sie es bekommen? Haben Sie die junge Frau gesehen, die es liegengelassen hat? Können Sie mir Ihre Adresse sagen? Nein. Ich komme jetzt gleich. Ich komme es holen. Ich weiß, dass es vierzig Kilometer sind. Haben Sie vielen Dank. Bis gleich.«

Phillip legte den Hörer auf und änderte seine Pläne. Die Entscheidung fiel ihm nicht schwer. Bevor er sich stellte, würde er noch ein Buch abholen und noch einmal nach derjenigen forschen, die es entliehen hatte.

Sein Tempo auf der Fahrt nach New Plymouth lag weit über der zulässigen Höchstgeschwindigkeit, eine Fahrt, von der niemand etwas mitbekam außer der Verkehrsüberwachungskamera, deren magisches Auge einmal zwinkerte, als der Wagen im Dunkel vorüberschoss.

Harvey Watson erreichte die Bibliothek zu spät und fand sie verschlossen. Er überlegte, ob Phillip sich möglicherweise drinnen versteckte, und so schlug er ein Fenster ein und vergeudete eine Viertelstunde damit, ihn zwischen den Regalen zu suchen. Als der Polizist wieder nach draußen kam, fühlte er sich wie eine Motte.

Delia war am Waschbecken im Flur gewesen. Auf dem Rückweg zu ihrem Zimmer hörte sie ein »Psst« vom anderen Ende des Ganges. Es war einer der beiden Zwillinge mit dem Bürstenhaarschnitt, und mit einem Nicken des Kopfes winkte er sie heran.

»Ich w-weiß, wer Sie sind«, sagte er. Er stotterte ein wenig.

»Wer?«

»S-s-Sie sind die Raumschifffrau.«

Delia nickte, aber sie bat ihn, es niemandem zu verraten.

»Gut«, sagte er. »Das m-m-m-muss ich nicht, wenn Sie nicht wollen.«

»Bitte nicht.« Die Verzweiflung in ihren Augen war echt.

»Keine Sorge, das mache ich nicht. We-we-we-we-wenn...«

»Was?«

»Wenn Sie auch etwas für uns tun. Für uns.«

»Wen?«

Der Mann zuckte mit den Schultern, dann versuchte er zu lächeln und trat einen Schritt zurück in sein Zimmer, wo Delia seinen Zwillingsbruder auf dem Bett sitzen sah. Mit den Handflächen patschte er zweimal einladend auf die Matratze.

Delia lachte über diese Geste. »Nein«, sagte sie, doch schon im nächsten Augenblick wurde sie in den Raum geschubst, und die Tür schloss sich hinter ihr. Auf den Regalen im Zimmer standen überall Schiffsmodelle, und Schwadronen von Plastikflugzeugen hingen an Zwirnfäden von der Decke. An der schieren Menge sah Delia sofort, dass auch hier wieder ein harmloses Hobby außer Kontrolle geraten war.

»Wir v-versprechen, dass wir nichts sagen«, sagte der erste Bruder.

»Ein Kuss … für jeden«, sagte der Zweite. Die Tür war nicht verschlossen, doch der Erste stand mit dem Rücken darangelehnt und versperrte Delia den Fluchtweg.

»N-nur ein Kuss für jeden. Von der … von der Raumschifflady.«

»Ihr solltet euch was schämen. Macht die Tür auf.« Es war eine groteske Forderung, und Delia erschrak.

»Sonst sagen wir es.« Der zweite Bruder grinste lüstern.

»Ich schreie«, drohte sie.

»Keiner wird Sie hören. Also … einer für jeden. Für jeden.« Das machte er unmissverständlich klar: Sein geifernder Bruder sollte auch seinen Teil bekommen.

»Ihr habt wohl Angst, dass euch nie eine küsst, was?«, sagte sie.

»Ich k-k-k-k-kann immer jemanden finden, der mich k-k-k-k-küsst. W-w-wenn ich das« – seine Stimme wurde schwächer –, »wenn ich das will.«

Delia überlegte blitzschnell. Von einem Regalbrett schnappte sie sich das größte Schlachtschiff aus der Liliputanerflotte und hielt es in die Höhe.

Er schüttelte den Kopf. »Nein!«

»Macht auf. Sonst schmeiße ich es auf den Boden.« Das Schmuckstück schwankte in ihren Riesenhänden.

Dem Bruder blieb keine Wahl. Mit einer Handbewegung gab er ihr zu verstehen, sie solle nichts Unvernünftiges tun, und rückte langsam von der Türe ab. Delia stürmte hinaus und ließ das Schiffsmodell auf den Flur fallen, dass es zerbrach.

Von diesem Augenblick an war die Pension nicht mehr die Zuflucht, die sie einmal darin gesehen hatte. Delia war die Treppe hinunter, zur Tür hinaus und halb die Straße entlang, und erst dann hörte sie auf zu rennen.

Für die halbstündige Fahrt nach New Plymouth auf der Suche nach Delia brauchte Phillip zwanzig Minuten. Er fand den Lebensmittelladen sofort, gerade als dieser schließen wollte.

»Was kann ich für Sie tun?«, fragte die Frau hinter der Theke gut gelaunt.

»Ich komme von der Stadtbibliothek Opunake. Sie haben vor ungefähr einer halben Stunde angerufen –«

»*Sie* waren das?«

»Ich bin gleich hergefahren …«

»Oh! Das war aber verdammt schnell! Die Bibliotheken

werden heutzutage auch immer schneller, was? Dann warten Sie. Bin gleich wieder da.« Mit diesen Worten teilte sie die bunten Kunststoffstreifen, die in der Tür hingen, und verschwand.

Phillip blieb allein zurück und musterte die mit Waren vollgestellte Theke: eine bunte Mischung aus Schokoriegeln, Zeitschriften, Kaugummi und Zeitungen. In puncto Raumausnutzung konnte seine Bibliothek von diesem Laden etwas lernen.

»Hier haben wir es«, sagte die Frau, als sie mit dem vertrauten Band zurückkehrte, den er einige Monate zuvor für Delia besorgt hatte. »Das ist das schwangere Mädchen, stimmt's? … Sie war ein paarmal hier, und letztes Mal hat sie es hier vergessen.«

»Sie wissen nicht zufällig, wo sie wohnt?«

»Keine Ahnung, junger Mann, keine Ahnung. Sie spricht nicht viel. Aber sie muss irgendwo hier in der Gegend sein. Sie kommt immer zu Fuß. Sie suchen nach ihr, was?«

»Ja.«

»Oh. Dann … sind Sie der Dad, stimmt's?«

Es war eine gewagte Schlussfolgerung, aber ganz unrecht hatte sie ja nicht.

»Ja«, antwortete Phillip. »Ja, das bin ich.«

Er war überrascht, wie viel Freude ihm dieser Satz machte. Schon seit einer ganzen Weile hatte er nun die Rolle des Vaters übernommen, aber er hatte sich noch keine großen Gedanken gemacht, welche Folgen das für ihn haben würde, und diese Bestätigung war der Start in ein neues Leben, ein entscheidender Augenblick. Er dankte der Frau herzlich und verließ den Laden mit dem wiedergefundenen Buch unter dem Arm; nun war er niemand mehr, der für sich allein lebte, sondern ein Mann mit einem Platz in der Welt.

Er machte sich daran, die Hotels und Pensionen der Gegend abzusuchen. Das Belgravia war das dritte auf seiner Liste. Er erfuhr, dass Delia Chapman gerade vor ein paar Minuten nach draußen gestürmt sei, dass die Hoteltür aber um zehn Uhr abends geschlossen werde und sie folglich bald zurückzuerwarten sei. Er setzte sich vor der Tür auf die Stufen, und in seinem Kopf drehte sich alles, als er an die Dinge dachte, die er an diesem Abend erfahren hatte und die er Delia nun erklären sollte. Er hatte Angst, dass sie ihn nicht sehen wollte. Das letzte Mal, als sie miteinander gesprochen hatten, hatte sie ihn aus der Wohnung geworfen. Vielleicht würde sie überhaupt nicht zum Hotel zurückkommen. Aber all seine Ängste verflogen, als er die vertraute Kombination aus Kappe und T-Shirt auf sich zukommen sah.

Delia betrachtete Phillip ohne das kleinste Anzeichen von Überraschung und sagte mit tonloser Stimme: »Tut mir leid, dass ich dein Geld genommen habe – ich zahl's dir zurück.«

Wenn er sich vorgestellt hatte, dass sie verzweifelt oder krank oder verstört aussehen würde, dann hatte er sich getäuscht. Sie war das blühende Leben. Ihre Haut war rosig, das Haar schimmerte, und sie wirkte selbstbewusster denn je.

»Und«, sagte sie, »wie hast du mich gefunden?«

Er hielt das Buch hoch.

Sie lächelte. »Du hättest doch Detektiv werden sollen. Was ist mit deinem Gesicht?«

»Das ist eine lange Geschichte.«

Ein Jahrmarkt hatte seine Zelte auf einem leeren Grundstück abseits der Hauptstraße aufgeschlagen. Phillip bezahlte den Eintritt. Seite an Seite musterten Delia und er die armseligen Attraktionen, und er wartete auf einen passenden Augenblick, in dem er enthüllen konnte, was er erfahren hatte. Aber er hatte es ja nicht eilig damit, sich von neuem verhasst zu machen, nun, wo er sie gefunden hatte. Wieso musste sie jetzt schon wissen, dass Gilbert Haines wahrscheinlich in New Plymouth im Krankenhaus lag?

Sie hatten sich den ganzen Rummelplatz angesehen, bevor das erste Wort fiel.

»Damals, als du mich aus deiner Wohnung rausgeworfen hast ... das tut mir leid. Ich hatte nicht sagen wollen, dass ich dir deine Geschichte nicht glaube.«

»Schon in Ordnung«, sagte sie. »Warum hättest du die auch glauben sollen. Ich an deiner Stelle hätte sie auch nicht geglaubt.« Das war Phillips Chance.

»Ich habe mit Gilbert geredet«, sagte er.

»Gilbert?«

»Gilbert Haines.«

»Ach, dieser armselige Knilch. Erzählt er immer noch überall rum, dass er der Vater ist?«

»Ist er das denn nicht?« Phillip sah sie ernst an.

»Spinnst du?«

»Ich ... ich glaube, er ist tatsächlich der Vater von deinem Kind.«

»Du *glaubst* ihm?« Sie lachte.

»Wir haben geredet. Er hat mir ein paar Sachen erzählt. Er hat mir erzählt, dass er ... dass er einmal in seinem Wagen mit dir geschlafen hat.« Zu seinem Erstaunen merkte Phillip, dass dieses Thema ihm selbst mehr ausmachte als Delia. Sie ließ sich nicht aus der Ruhe bringen; sie schien über diesen Dingen zu stehen.

»Ha! Als ob ich mit Gilbert Haines schlafen würde!«

»Er sagt, er hat dich vorher hypnotisiert. Er hat Bücher zu dem Thema.«

Sie lachte wieder, lauter diesmal. »Da müsste man ein Mädchen auch hypnotisieren, bevor sie es mit Gilbert Haines macht. Gilbert Haines könnte keine Fliege hypnotisieren. Er versucht schon seit Jahren, Leute zu hypnotisieren. In seinem ganzen Leben hat der noch keinen einzigen Zaubertrick hingekriegt. Und du hast ihm das abgenommen, dass er mich hypnotisiert hat?«

»Ja, das habe ich. Und zwar war es, kurz bevor wir beide uns das erste Mal begegnet sind, an dem Abend. Ich glaube, dass es ihm da gelungen ist. Und ich glaube, dass er dir in der Trance, in die er dich versetzt hat, eingeredet hat, du hättest ein Raumschiff gesehen, und das ist das Einzige, woran du dich jetzt erinnern willst.«

Sie sah ihn an, als habe er gerade den lächerlichsten Satz aller Zeiten gesagt. »Er hat immer davon geträumt, mal jemanden zu hypnotisieren. Seit er einen großen Hypnosekünstler gesehen hat oder so was. Hat er dir davon auch erzählt? In der Schule hat er über nichts anderes geredet. – Phillip, er ist einfach nur eifersüchtig. Er ist nicht der Vater. Er schwärmt für mich, seit wir Kinder waren. Er hat dir das nur erzählt, um dich wütend zu machen.«

Phillip war sprachlos. Er sah Gilberts irrsinnigen Blick noch vor sich, doch jetzt, wo Delia seine Theorie so selbstverständlich abtat, war er sich selbst nicht mehr sicher.

»Ich hoffe, du hast nichts Unvernünftiges gemacht«, sagte sie.

Er sah den Mechaniker in dessen Zimmer am Fernseher liegen, und das Blut lief ihm aus der Nase. »Ich habe ihn zusammengeschlagen.«

»Ach Gott.« Sie lachte noch ein letztes Mal, dann ließ sie Phillip ohne ein weiteres Wort stehen. Er konnte ihr nicht gleich folgen und spielte erst einmal die verschiedenen Möglichkeiten in seinem Kopf durch.

Er überlegte, ob sie eine hässliche Tatsache einfach nicht wahrhaben wollte, und wenn das so war, hatte Jean-Paul Sartre dann doch recht? Er kannte die Ansicht des Existentialisten (und hatte sie sich zu eigen gemacht), dass Selbstbetrug unter gewissen Umständen moralisch zu rechtfertigen war, wenn jemand Zuflucht vor der Realität brauchte. Wer tauscht denn schon gern einen schönen Traum gegen einen Albtraum, ein strahlendes Raumschiff gegen einen zerbeulten Kombi, einen überirdischen Lichtschein gegen gewöhnliche Autoscheinwerfer und zärtliche schlanke Finger gegen die ölverschmierten Pranken eines Mechanikers?

Oder war es seine eigene Frustration gewesen, die ihn in einem Kurzschluss auf Gilbert als den Schuldigen gebracht hatte? Gilbert war ein Stümper, und Delia hatte die Idee auf Anhieb verworfen. Wenn Phillip sich geirrt hatte, dann hatte er einen Unschuldigen krankenhausreif geschlagen.

Vielleicht war die Wahrheit aber auch eine seltsame Kombination aus seiner und aus Delias Geschichte; oder womöglich etwas ganz anderes, auf das er noch gar nicht gekommen war?

Immer schneller drehte sich der Strudel der Gedanken, der

möglichen Erklärungen, und in diesem Strudel verschwand am Ende der letzte Rest von Phillips Neugier. Er kam zu dem Schluss, dass die beste Zauberkünstlerin in diesem ganzen Stück Delia selbst war, und ihre Zauberei war instinktiv: Im einen Augenblick war das Kaninchen noch da, im nächsten war es fort.

Er lief ihr nach, wollte sich entschuldigen. Sie weigerte sich, auch nur ein einziges weiteres Wort über die Vergangenheit zu sagen, und Phillip, dem beim besten Willen nichts anderes mehr einfiel, stimmte zu.

Er wollte mit ihr in der altmodischen Geisterbahn fahren, doch sie hatte etwas Spektakuläreres im Auge, den Oktopus. Acht Arme stemmten die Kinder in fröhlichem Chaos in die Höhe, schleuderte sie in kreischenden Parabeln himmelwärts, ein Meteoritenschwarm, stählerne Fahrzeuge, die wie fliegende Untertassen kreisten.

Delia und Phillip warteten, bis sie an die Reihe kamen, Arm in Arm.

Schwimmen mit dem Strom

Vic Young öffnete das Gartentürchen. Ein weißes Huhn kam ihm auf dem sonnenbeschienenen Rasen entgegen, gackerte, reckte den Kopf. Eine weißhaarige alte Frau erschien in der Tür. Das Strickzeug, an dem sie gearbeitet hatte, hielt sie noch in der Hand. Die junge Frau, die er sprechen wolle, sagte sie, finde er hinter dem Haus.

Die kleine gelbe Hütte stand in der Ecke des Gartens zwischen Pflaumenbäumen, deren verschlungene Äste bis vor die Fenster reichten. Der Weg zur Haustür führte durch ein Meer von Gänseblümchen.

Delia Chapman erwartete ihn – ja, sie freute sich, ihn zu sehen. Und er wunderte sich nicht über diese Begrüßung. Sie selbst hatte ihn in ihre neue Wohnung in New Plymouth eingeladen, wohin sie gezogen war, um in der Nähe eines Freundes zu sein, und sie hatte ihm gesagt, er solle sein Notizbuch mitbringen.

Vic konnte sich denken, wer dieser Freund war. Er wusste, dass der Mechaniker im Krankenhaus lag und dass man am Tag darauf in New Plymouth den Bibliothekar verhaftet hatte. Dem Mann war er einmal begegnet, hatte aber nie ein Wort mit ihm gesprochen. Die Polizei hatte Phillip Sullivans Wagen auf einem Feld vor der Stadt gefunden, und Phillip schlief auf dem Rücksitz mit Delia in den Armen. Er war bereits vor dem Bezirksgericht in New Plymouth erschienen und der schweren Körperverletzung angeklagt worden, und nun saß er im Stadtgefängnis in Untersuchungshaft.

»Danke, dass Sie gekommen sind«, sagte Delia.

Sie bot ihm einen Platz in einem kleinen Zimmer an, das sie schon ein wenig verschönert hatte: mit einer Vase, Muscheln, Kerzen, einem kristallenen Windspiel, das im Fenster klimperte, als bewege es sich aus eigener Kraft. Sie hatte geduscht und ein Handtuch um den Kopf geschlungen, ein Rest Talkumpuder schimmerte noch an ihrem Hals. Vic sah Delia nur an, wenn es sich nicht vermeiden ließ, denn er wollte nicht, dass die Leidenschaft, die ihm einige Monate zuvor schlaflose Nächte bereitet hatte, neue Nahrung bekam.

»Ich erzähle Ihnen alles, was Sie neulich wissen wollten, wenn Sie es noch haben wollen. Das Geschäft, von dem Sie gesprochen haben.«

»Ein Geschäft?«

»Sie wissen, was ich meine.« Sie rückte das Handtuch zurecht.

Vic zwang sich wegzusehen, damit sie sich nicht in die Zwölfjährige verwandelte, nach der er verrückt gewesen war. »Gut«, sagte er, »was haben Sie zu sagen?«

»Ich will zuerst über das Geld reden.« Sie schien ein vollkommen anderer Mensch zu sein.

Er nickte, roch einen Hauch Seifenduft. »Wie viel wollen Sie?«

Die Summe hatte sie sich schon überlegt. »Zehntausend Dollar.«

Sie hatte es genau kalkuliert: So viel brauchte sie, um für Phillip die Kaution zu zahlen und den besten Anwalt aus

Auckland als Verteidiger zu engagieren, wenn demnächst die Anhörung vor Gericht anstand.

»Was bekommen wir für das Geld?«

Sie sah ihn an. »Ich erzähle Ihnen alles, was Sie hören wollen.«

»Sie meinen darüber, wie es *wirklich* war?«

»Alles«, sagte sie, zu allem bereit.

Und Vic Youngs Herz setzte eine Sekunde lang aus; sofort war seine journalistische Neugier erwacht, tauchte aus der Versenkung auf, als sei sie ihm nie abhandengekommen. »Was zum Beispiel?«

»Alles«, sagte sie gelassen. Er sollte seine kleine Vorschau bekommen. »Alles über die Außerirdischen.«

»Oh.« Vic konnte die gewaltige Enttäuschung nicht verbergen. »Außerirdische. Ach je.«

Sie runzelte die Stirn. »Wollten Sie das denn nicht hören?« Sie konnte ihre Geschichte gern der Nachfrage anpassen.

Er nickte bitter. Das war natürlich die Geschichte, für die seine Zeitung jeden Preis zahlen würde, aber alles Interesse, das er selbst vielleicht einmal daran gehabt hatte, war längst durch Enttäuschung, Schuldgefühle und das mystische Bettgeflüster seiner Geliebten verlorengegangen. Er persönlich, er wollte die Wahrheit. Er hatte genug von all den Lügenmärchen.

»Also«, fuhr Delia fort, »dann erzähle ich Ihnen, wie das Raumschiff aussah. Alles, was an Bord geschehen ist. Solche Sachen. Mit wie vielen ich Sex hatte. Alles, was Sie wissen wollen.«

Vic konnte nur müde nicken. Sein Chef werde begeistert sein, sagte er.

»Oh, und noch etwas«, fügte Delia strahlend hinzu. »Gestern Abend, da habe ich noch mal ein Raumschiff gesehen. Sie haben gesagt, sie kommen jetzt regelmäßig vorbei und schauen nach, wie es ihrem Kind geht.«

Vic zuckte mit keiner Wimper. Es war der historische Moment, in dem ihm aufging, dass er zum Opfer seines eigenen Geschöpfs geworden war. Er hatte etwas in die Welt gesetzt, das zu eigenem Leben erwacht war und das dem, was er sich einmal vorgestellt hatte, kaum noch ähnlich sah; er war der Frankenstein des Ufo-Business, er hatte in seinem Wahn ein Ungeheuer zusammengestoppelt, das sich nun gegen seinen Schöpfer wandte.

»Ja. Ich bin sicher, für so eine Geschichte werden sie zahlen.«

»Sollen wir dann jetzt gleich anfangen? Oder lieber später?«

Er zuckte mit den Schultern. Er wusste, dass er eigentlich in der Redaktion anrufen und sich den Deal bestätigen lassen sollte, aber auch, dass er das Geld dafür bekommen würde, und so griff er zu seinem Stift, als wiege er eine Tonne, seufzte und sah Delia mit trüben Augen an.

»Dann erzählen Sie mir von gestern Abend. Ich nehme an –«

»Ich will einen Scheck«, sagte sie.

»Den kriegen Sie.«

»Gut. Also, was genau wollen Sie wissen? Wie groß sie waren? Was sie gesagt haben? Was sie mit mir gemacht haben?«

»Fangen wir«, sagte Vic, und ihm wurde dabei schwindlig, »fangen wir doch damit an, wie viele es waren.«

Der Chefredakteur des *Sunday Enquirer* war begeistert wie nie, als Vic Young ihn eine halbe Stunde später vom Haupthaus aus anrief.

»Wie lange noch, bis das Baby kommt?«, fragte Hungerford, als der Journalist ihm seine Notizen vorgelesen hatte.

»Drei Monate ungefähr.«

»Was ist mit den anderen beiden Mädchen?«

Vic hielt inne und dachte über seine Antwort nach. »Da bin ich mir nicht sicher.«

»Wieso nicht?«

»Die eine wird von ihren Eltern abgeschottet, und die andere ...«

»Ja? Vic? Bist du noch da?«

»Die hat ... ein wenig Verspätung.«

Young brauchte volle zehn Minuten, bis er diese obskure Auskunft erläutert hatte, ohne dass er dabei seine Freundin verriet.

Untersuchungshäftlinge durften ihre Zivilkleidung tragen, und als Phillip in den Besucherraum gebracht wurde, trug er seine alten Jeans und ein Baumwollhemd, in dem Delia ihn schon viele Male gesehen hatte. Sie hatten ihm die Haare geschnitten.

»So schlecht sieht es hier doch gar nicht aus.« Delia hatte sich auf das Schlimmste gefasst gemacht.

Er konnte nicht leugnen, dass es gar nicht so viel anders als bei der Armee war.

Glücklich war er allerdings nicht. Er hatte mit einem anderen Untersuchungshäftling gesprochen, einem Mann, den man acht Monate zuvor verhaftet hatte, weil er seine eigenen

Hanfpflanzen anbaute, und der wartete immer noch auf seinen Prozess. Delia streckte den Arm aus, fasste seine Hand, und er bedeckte sie sogleich mit seiner eigenen. Sie erzählte ihm, dass sie die fünftausend Dollar Kaution bezahlen werde. Und es bleibe hoffentlich immer noch genug, um einen guten Anwalt zu engagieren. Sie habe sogar Geld von Fremden bekommen, Schecks, die Leute an die Zeitung geschickt hatten. Einen hielt sie in die Höhe.

»Und ich habe jetzt auch meine eigene Philosophie!«

»Tatsächlich?«

»Na, eigentlich stammt sie von Mum. Ich weiß nicht, ob das eine gute Idee ist, wenn man seine Philosophie von jemandem hat, der sich umgebracht hat, aber so ist das eben. Es ist mir die Tage wieder eingefallen. Und es ist was ganz Einfaches. Ich weiß gar nicht, ob es überhaupt eine Philosophie ist oder einfach nur ein Sprichwort.«

Delia verriet ihm, was es war, und wartete gespannt, was Phillip dazu sagen würde. Vor einer Woche war es ihr bei einem Strandspaziergang wieder eingefallen: der Rat ihrer Mutter, dass man, wenn die Strömung einen hinausziehe, mit ihr aufs offene Meer schwimmen solle, bevor einen das Ankämpfen erschöpfe. Und man dürfe sich auch nicht einfach mitziehen lassen, hatte ihre Mutter sie gewarnt, man müsse schneller als die Strömung sein! Nur so entgehe man dem Würgegriff der See.

Es war eine späte Botschaft aus der Vergangenheit, in einem Augenblick geflüstert, in dem Delia keine Kraft mehr hatte und kurz davorstand aufzugeben. Sofort hatte sie sich leichter gefühlt, lebendig, voller Hoffnung; das Beispiel ihrer Mutter, ein Leben, in dem sie immer nur vergebens geschwommen war, sprach über all die Jahre hinweg durch diesen nie beherzigten Spruch zu ihr.

Phillip bestätigte ihr gerne, dass dies ohne weiteres als Philosophie gelten könne und dass gerade die Einfachheit des Gedankens seine große Stärke sei. Delia strahlte. Jetzt hatte sie ihre eigene Philosophie.

»Heißt das, dass ich jetzt auch eine Intellektuelle bin?«

»Besser als das. Du bist klug.«

Der Beschluss, sich an die Presse zu wenden, im Gegenzug gegen das versprochene Geld, war die erste Folge ihrer neuen Philosophie gewesen, und ihre Augen blitzten beim Gedanken an alles, was sie in Zukunft damit noch erreichen würde.

»Hast du eine Unterkunft gefunden?«, fragte Phillip, und er ballte und öffnete die Fäuste, begierig, sich etwas anderes vorzustellen als seine Zelle oder diesen unwirtlichen Raum.

Sie erzählte ihm, dass sie etwas in Gehweite vom Gefängnis gefunden habe, eine Hütte inmitten von Pflaumenbäumen im Garten einer alten Dame, die als Miete nur zwei Tage Hausarbeit die Woche fordere. Es sehe schon sehr schön aus, erzählte sie; sie habe Möbel besorgt und sei sogar bei ihrem Vater gewesen, um ein Erbstück einzufordern, einen Spiegel, den ihre Mutter ihr schon als Kind versprochen hatte. Sie war ängstlich gewesen, doch als sie ankam, hatte sie ihren Vater im düsteren Wohnzimmer gefunden. Er sprach kein Wort mit ihr. Mürrisch war er in seinem Sessel sitzen geblieben und hatte auf den Fernsehschirm gestarrt. Der Mann war ein Opfer von Familienserien geworden, lebte ganz in deren Welt, und die Farm verfiel. Die Tore hingen schief in ihren Angeln, Farbe blätterte ab, und Marty verlor sich im

Schicksal erfundener Gestalten mit ihren künstlichen Leidenschaften. Als Delia wieder gegangen war, hatte er den Blick nicht eine Sekunde vom Bildschirm abgewandt.

Phillip sah, wie sehr Delia sich verändert hatte. Sie war distanziert und voller Selbstvertrauen, als sie von ihrem Vater sprach.

Dann nahm sie ihren Mut zusammen und erzählte Phillip die schlimmste Neuigkeit. »Jemand hat deine Bibliothek in Brand gesteckt. Es tut mir so leid.«

Es war die Wahrheit. Die Bibliothek war schwer beschädigt und musste auf unbestimmte Zeit geschlossen werden. Der Brandstifter hatte das Feuer vor der Eingangstür gelegt. Die freiwillige Feuerwehr hatte sich noch rechtzeitig aus ihren Betten gewälzt, um den Großteil des Gebäudes zu retten, und sich in einer einzigen Nacht fieberhafter Stümperei ihre jährlichen Zuwendungen verdient, aber für die meisten Bücher hatte sie nichts mehr tun können. Am schlimmsten hatte es die neuen Nachschlagewerke getroffen, die Enzyklopädien, die *Great Books*, die Liebesromane und die Klassiker. Es war eine Ironie des Schicksals, dass die ältesten Bestände, die Kriegs- und die Gartenbücher, fast unversehrt geblieben waren.

Phillip zeigte keinerlei Regung bei Delias grausigem Bericht; er ließ ihn mit genau jener unerschütterlichen Miene über sich ergehen, die sie an ihm kannte, seit sie ihm zum ersten Mal begegnet war. Sie sah keinerlei Zeichen von Trauer, und er sprach auch mit keinem Wort davon, dass er eines Tages nach Opunake zurückkehren könnte, um noch einmal von vorn zu beginnen. Sein einziger Kommentar war ein banales Sprichwort, das Delia als philosophisch deutete: Man kann einen Esel ans Wasser führen, aber man kann ihn nicht dazu bringen, dass er trinkt.

Er beugte sich vor und küsste sie. Es war ein seltsames Band, das die beiden verknüpfte. Ernst, noch keine Spur von Leidenschaft; vielleicht würde nie Liebe daraus – vielleicht aber auch doch. Aber es war rein. So empfand Delia es.

Als sie ging, fühlte sie sich, wie sie es bei jedem ihrer Besuche bei Phillip tat, erfrischt, sauber, klar und ein wenig hoffnungsvoller.

Schwere Türen schlossen sich knarzend hinter ihr.

Als der Herbst zu Ende ging, fand in der Stadthalle eine Versammlung statt, ein Protest gegen die vorübergehende Schließung von Borthwicks Fleischfabrik. Kaum ein Mensch kam. Selbst die Arbeiter, die am meisten verlieren würden, sahen die Veränderungen nun als unvermeidlich an.

Riesige Lastwagen brachten die neuen Maschinen und krochen mit nervtötenden fünf Kilometern die Stunde die Hauptstraße entlang. Die kleinsten Kinder konnten vor diesen Schwertransportern hergehen, und ihre Körper waren nicht größer als die Radnaben. Die spannende Frage, wie die Roboter denn nun eigentlich aussahen, wurde nicht beantwortet. Die Wagen verschwanden hinter dem Fabriktor, und die Metallcontainer wurden abgeladen, aufgetürmt, sogleich mit Planen abgedeckt und standen dort wie ein riesiger, geheimnisvoller Pavillon.

Die Zukunft schien aussichtslos.

Unter diesen Umständen waren die Zeitungsartikel über Delia wie Licht in einer dunklen Zeit. Und was sie jetzt erzählte, war so ungeheuerlich, dass bald auch in landesweiten

Radiosendungen und in den Fernsehnachrichten davon zu hören war.

Am ersten Sonntagmorgen dieser neuen Ära saß Harvey Watson in Whittakers Frisierstuhl und las alles über Delia, eine ganze Seite mit den unglaublichsten Spekulationen und den unmöglichsten Behauptungen, alles in vertraut sachlichem Ton präsentiert. Aber was er las, machte ihm keine Angst. Er wusste jetzt, dass er sich um Delia keine Sorgen machen musste. Und zwar sah er es daran, dass sie, so unglaublich das war, diesmal die vollen Namen der Außerirdischen preisgegeben hatte, und noch beeindruckender wurde diese Enthüllung dadurch, dass Watsons eigener an erster Stelle stand. Der Sergeant brüllte vor Lachen. »O ja!«

Das Lachen sorgte dafür, dass der Barbier sofort neben ihm auftauchte. Die Außerirdischen hatten sich eine Liste irdischer Pseudonyme zugelegt, vermutlich Namen, die sie an dem Abend vor Ort gehört hatten, und sie an die Stelle ihrer eigenen, unaussprechlichen gesetzt; nicht nur der Polizist war darunter, auch der Bürgermeister, Delias eigener Vater und noch mehrere weitere Persönlichkeiten des Städtchens, sie alle wurden so auf die Bühne von Delias großer Burleske gezerrt. Aber so absurd es auch war, Watson sah es auch als eine raffinierte Geheimbotschaft von ihr, mit der sie ihm zu verstehen gab, dass er sich um ihre geistige Gesundheit keine Sorgen zu machen brauche und dass sie die Schakale von der Presse am Kragen gepackt hatte und sie mit der Schnauze in ihre eigene Scheiße steckte, dahin, wohin sie gehörten!

Watson stieß einen tiefen Seufzer der Erleichterung aus und beschloss, dass er die Auferstehung seines Schützlings feiern würde.

»Whittaker? Schnappen Sie sich Ihre Schere, bevor ich es mir anders überlege.«

Energisch schlug er die Zeitung wieder auf, und unter dem Schnippschnipp von Whittakers neubeschwingter Schere lachte er noch einmal dröhnend bei dem Gedanken an ferne Welten, die einfältig genug waren, ihre Bewohner mit Namen wie Jim, Marty oder, der Himmel verhüte es, Harvey auszustatten.

Die ersten Bilder im überregionalen Fernsehen zeigten Delia, mittlerweile im sechsten Monat, wie sie einen berühmten und sichtlich unbeeindruckten Talkmaster anlächelte, der sie fragte, was die ganze Geschichte denn nun eigentlich solle.

»Ich bekomme ein Baby«, antwortete sie schlicht.

Der Talkmaster, an die Offenbarung unerhörter Leidenschaften gewöhnt, fragte: »Aber das ist nicht einfach nur ein ganz normales Baby, nicht wahr?«

Delia konnte ihm nur beipflichten. Auf die Frage, ob sie das näher erläutern könne, erklärte sie, dass der Vater der Kommandant eines Raumschiffes sei, dass er in einer außerordentlich hochentwickelten Zivilisation lebe und wahrscheinlich sogar in der Lage sei, diese Sendung zu empfangen. Der Moderator fragte, ob sie ihm eine Botschaft senden wolle. »Ja«, sagte sie und drehte sich ganz gelassen zur Kamera: »Falls du mich hören kannst – uns beiden geht es gut.«

Es blieb noch Zeit für eine letzte Frage.

Opunake hielt vor den Fernsehschirmen den Atem an.

Ob sie denn auch schon Pläne für die Zukunft habe?

Einen Moment lang überlegte sie, dann sah sie den Talkmaster an und sagte: »Also, eine Verfilmung wäre nicht schlecht.«

Der weiße Kragen von Pater O'Brien war ein guter Gradmesser seiner Verfassung. Einst war es ein steifes, festes Band gewesen, das ihm den Hals aufgescheuert hatte, dann hatte er immer lockerer gesessen, eine Phase durchgemacht, wo er ihm nur noch wie ein Ring um den Hals gehangen hatte, und nun plötzlich war er ganz verschwunden. Und auch bei dem Zeitschriftenhändler und Barbier ließ er sich nicht mehr blicken – sein Haar, zuvor wie Zuckerwatte, war erbärmlich dünn geworden.

Der Priester schritt in Zivilkleidung zur Kirche Unserer hilfreichen Jungfrau und schloss mit einem großen Schlüssel das Portal auf. Zum ersten Mal in der Geschichte der Kirche hatte er die schweren Türen verschlossen, seit einem Vorfall in der Woche zuvor, wo eine zum Schlachten bestimmte Kuh aus den überquellenden Pferchen bei Borthwick ausgebrochen und auf die Hauptstraße geraten war. Dort war sie benommen dahingetrottet, als sei sie in Delhi und nicht in Opunake, und heilig, wie sie sich fühlte, hatte sie Zuflucht in der Kirche gesucht und dort beträchtlichen Schaden angerichtet. Viele Gemeindemitglieder sahen eine Verbindung zwischen der verschlossenen Kirchentür und der bevorstehenden Schließung der Fleischfabrik, noch ein böses Omen mehr.

Der Priester stand vor dem Bild des Prager Jesulein und rauchte gottlos eine Zigarette. In derart verzweifelten Zeiten brauchte Opunake dringend einen Heiland, aber er hatte nicht mehr die Kraft, den Menschen den Weg zu weisen. In Gedanken war O'Brien schon bei der Bekanntgabe seines sorgsam bedachten Rückzugs aus dem Priesteramt. Er konnte dieses Amt nicht länger bekleiden. Seine Eingeweide zogen sich vor Skrupeln zusammen, aber schließlich nahm er doch in dem Beichtstuhl Platz, die Hände im Schoß gefaltet. Im Dunkel auf der anderen Seite des Schirms stellte sich bald ein zweiter Sünder ein – eine Sünder*in*.

Die Stimme war sanft und wohltuend. »Vergib mir, Vater, denn ich habe gesündigt.«

Er antwortete ihr durch den Schirm. »Hallo, Yvonne.«

»Können wir nicht wenigstens irgendwo reden, wo wir uns sehen können?«

Im stillen Gewölbe der Sakristei lauschte der Priester dem schwangeren Mädchen.

»Ich konnte es meinen Eltern nicht sagen, aber ich habe es gemacht wie besprochen.«

»Und du hast ihnen einen Brief geschrieben?«

»Ich kam mir dumm vor«, sagte Yvonne, »aber ich hab's gemacht. Ich hab alles aufgeschrieben. Es war wie eine Beichte.«

»Und hast ihnen den Brief per Post geschickt?«

»Ja. Anders habe ich es nicht fertiggebracht.«

Der Priester seufzte schwer. »Dann hätten wir also zwei Briefe«, sagte er düster.

Verwirrt sah sie ihn durch das Beichtstuhlgitter an. Der gramgebeugte Priester drehte sein unrasiertes Gesicht zu ihr. »Ich habe heute Morgen an den Bischof geschrieben.«

»Das ist nicht wahr!«

»Ich mache Schluss, Yvonne. Ich höre auf. Die Entscheidung ist gefallen.«

»Das geht doch nicht.«

»Es ist getan.«

Yvonne starrte ihn an, schockiert, dass der steife Mantel

der Priesterschaft von einer Sekunde auf die andere von ihm abfallen konnte, und zurück blieb einfach nur ein Mann. Sie betrachtete ihn, nun, wo sie ihn zum ersten Mal in diesem neuen Licht sah. Ein Junggeselle in mittleren Jahren. Gepflegte Hände. Das schon etwas graue Haar war dünn und wirr. Die Augen blickten sanft. Er wirkte wie jemand auf einem alten Bild.

Sie kam aus ihrer Seite des Beichtstuhls heraus und setzte sich zu ihm, nahm seine Hand in die ihre. Er sah aus, als ob er den Trost dringender brauche als sie. Gemeinsam saßen sie in einer Insel der Ruhe, von wo aus sich schon bald eine Brise erheben würde, ein Lüftlein, das sich kräuseln und sie in immer größer werdenden Kreisen und Spiralen umwehen würde, ein Wind, der Stunde um Stunde zunehmen würde, bis er sich auswuchs zu einem Taifun der Beschimpfungen, der Verurteilungen, des abgrundtiefen Abscheus.

Sie wollte aus der Kirche hinaus. Sie wollte spazieren gehen. Mit ihm. Einfach irgendwo hingehen. Das war gut für das Baby, und es war gut für sie beide.

Er war sich nicht sicher, ob es wirklich der richtige Zeitpunkt war, um sich so in der Öffentlichkeit zu zeigen. Aber dann dachte er: Wenn nicht jetzt, wann denn dann? Der Priester ergriff die Hand der jungen Frau und fragte sich, ob sie denn nun seine Braut war.

In den Tagen, die nun folgten, Tagen, in denen Pater O'Brien seines Priesteramts enthoben und in einer spärlich besuchten Freiluftzeremonie mit Yvonne McKay verheiratet wurde, Tagen, in denen die Stadt versuchte, eine neue Identität zu finden, während die unerhörte Zahl von fünfzehnhundert

Rindern pro Tag geschlachtet wurde, das letzte Todesröcheln, bevor die Fleischfabrik vorübergehend schloss, Tage, in denen die gewaltige Kunststoffkobra einer hochmodernen Wasserrutsche ihr Haupt über der Stadt erhob, zog der Bürgermeister sich in das Dunkel einer selbstgewählten Isolation zurück.

Es war der strategische Rückzug eines Diktators: Er dankte nicht ab, er wurde nur zunehmend unsichtbarer. Er hielt sich in seinem Büro versteckt, eine Silhouette am Fenster, blickte mit hinter dem Rücken verschränkten Armen hinaus auf die Straße und beugte sich seinem eigenen Urteil, dass er in seiner Aufgabe, im Kampf um achthundert Arbeitsplätze, versagt hatte.

Von seinem Platz aus konnte er das GESCHLOSSEN-Schild sehen, das nun auf Dauer ins Fenster der rußgeschwärzten Bibliothek gehängt war. Das war der letzte Schlag gewesen, die eine Kränkung zu viel für einen Mann, der schon eine große Niederlage erlitten hatte. Nicht dass er jemals ein großer Freund der Bibliothek gewesen war, denn er glaubte nicht an den Wert höherer Bildung, aber eine Bibliothek war doch nicht ohne ein gewisses Ansehen, und sie hatte dem Industriestädtchen so etwas wie Respektabilität gebracht. Aber selbst eine so einfache Unternehmung war ihm nicht geglückt, und er war nur ein weiteres Mal beschämt worden, als in der Stadt bekanntgeworden war, dass sein Neffe das Budget eines ganzen Jahres für eine einzige große Lieferung mit nichts als hochgeistigem Geschwafel zum Fenster hinausgeworfen hatte, mit keinem einzigen Krimi dabei! In diesem Moment hatte er sich schwere Vorwürfe gemacht, dass er sich überhaupt für seinen Neffen eingesetzt hatte, und schrieb auch das noch auf seine lange Liste mit Fehlern des vergangenen Jahres.

Umso überraschter war er gewesen, als am Tag zuvor eine grüne Benachrichtigungskarte eingetroffen war, die ihm mitteilte, dass in der unbesetzten Bibliothek ein Buch für ihn bereitliege. Er verschaffte sich mit dem Universalschlüssel Zugang und fand zwischen den verkohlten Überresten seinen Namen auf einem Zettel in einem dicken Buch am Ausgabeschalter, das den Brand überstanden hatte.

Als er wieder in seinem Büro angekommen war, öffnete er das angesengte Buch. Der Verfasser war Spengler, und eine Seite war für ihn mit einem Eselsohr markiert. Er erwartete nicht viel und erhielt für seine Mühen der Lektüre noch weniger als das.

Und zuletzt beginnt die riesenhafte Weltstadt, *die Stadt als Welt*, neben der es keine andere geben *soll*, die Vernichtungsarbeit am Landschaftsbilde. Da werden draußen aus Feldwegen Heerstraßen, aus Wäldern und Wiesen Parks, aus Bergen Aussichtspunkte; eine künstliche Natur wird in der Stadt selbst erfunden, Fontänen statt der Quellen, Blumenbeete, Wasserstreifen, beschnittene Hecken statt der Wiesen, Teiche und Büsche. Die Trachten, selbst die Gesichter sind auf einen Hintergrund von Stein abgestimmt. Und der Bauer steht ratlos auf dem Pflaster, nichts verstehend und von niemandem verstanden.

Er schlug das Buch zu und warf es in den Papierkorb.

Als der Tag für die große Eröffnung des Badeparadieses gekommen war, ließ sich kein einziger Journalist aus der ganzen Region dazu bewegen, der Zeremonie beizuwohnen.

Weit mehr stand nun auf dem Spiel, als man je gedacht hätte. Das große Becken war in der Woche zuvor mit Wasser gefüllt worden. Es wartete glitzernd und blau, und nach ein paar Startschwierigkeiten mit den Filtern war nun tatsächlich alles bereit. Die Tore wurden für das Publikum geöffnet, und das Wetter hätte nicht schöner sein können.

Die Wasserrutsche ragte in ihrer vollen Größe nun über zwanzig Meter auf und war damit um drei Meter höher als das bisher höchste Bauwerk der Stadt, der Uhrenturm. Der Bürgermeister – ein Versuch, aus seiner abgrundtiefen Depression herauszukommen – verkündete, nun habe endlich auch Opunake eine Skyline. Trotzig hatte Opunake zum ersten Mal seit vielen Jahren ein Denkmal errichtet, wenn auch eines aus leuchtend grünen Plastikröhren.

Der gesamte Stadtrat sowie eine ansehnliche Zahl von Einwohnern hatte sich versammelt, um die Ansprache des Bürgermeisters zu hören, in der noch einmal die ganze Geschichte des Projektes zusammengefasst wurde, und mitzuerleben, wie er Mörtel am Sockel einer Peter-Pan-Statue verstrich. Die Kinder, die allesamt ungeduldig auf die Eröffnung der Wasserrutsche warteten, waren schon in Badesachen; mit gierigen Augen drängten sie sich an der Absperrung und konnten die erste Abfahrt gar nicht erwarten. Die Eröffnungsfahrt sollte allerdings, wie es seit langem geplant war, der Bürgermeister machen, eine populäre Geste, und er war bereits in Sandalen und Bademantel. Als er den Mantel auszog und über der knappen Badehose seinen Bierbauch zeigte, gab es johlenden Applaus. Er stieg die Stufen des

Turms hinauf, und die Bürger, die noch immer dieser mutigen Pioniertat applaudierten, legten die Köpfe in den Nacken. Schließlich langte er oben an, und mit dem jovialen Winken eines Premierministers, der an Bord eines Flugzeugs geht, verschwand er in dem Gehäuse.

Lächelnd wartete die Menge, Blicke flitzten hin und her zum Startpunkt der Rutsche zwanzig Meter über ihnen und dem unteren Ende, wo Wasser aus der Röhre in ein kleines Tauchbecken rann, das Wasser, das als Gleitmittel für den artesischen Abstieg des Bürgermeisters dienen würde.

Alle wussten, dass Sullivan gestartet war, denn der Schlag, mit dem er an der ersten Biegung gegen die Wand donnerte, war beeindruckend, und die ganze Rutsche schwankte davon. Ja, auch an der geschlossenen Röhre ließ sich sein Weg nach unten genau verfolgen, man musste nur dem Rumpeln und Beben durch die oberen Kurven und Serpentinen folgen, und als er durch den Looping zischte, war allen klar, dass er die Geschwindigkeit eines Geschosses erreicht hatte; er prallte mit mörderischer Macht gegen die Wände der Röhre.

Als er schließlich wieder ans Tageslicht gespien wurde, hatte Bürgermeister Sullivan das Bewusstsein verloren und schwamm mit dem Gesicht nach unten in dem Tauchbecken wie ein Toter.

Die Wasserrutsche wurde schleunigst wieder geschlossen, bis eine Möglichkeit gefunden war, ihr halsbrecherisches Tempo zu drosseln, und unter den schockierten Blicken der Umstehenden kümmerten sich am Beckenrand Helfer um den Bürgermeister. Für die Kinder wurde derweil das Schwimmbad freigegeben, und sie sprangen hinein und tauften es mit ihrem Urin.

Der Stadtrat würde noch eine Weile warten müssen, bis sich sagen ließ, ob die Pläne, mit diesem ultramodernen Park die Stadt wiederzubeleben, vom gleichen Erfolg gekrönt sein würden wie die Bemühungen der Bademeister um ihr Stadtoberhaupt.

Der Mensch der Zukunft

Delia fand das Notizbuch auf dem Rücksitz von Phillips Wagen. Auf der Titelseite stand in Phillips Handschrift: »Eine psycho-philosophische Untersuchung«. Delia glaubte, sie lese sein Tagebuch und finde dort seine geheimsten Gedanken, aufgeschrieben in Momenten inspirierter Qual, und tatsächlich fand sie darin Passagen von beeindruckender Tiefe:

Was sollen wir von dem Menschen halten, der sich selbst betrügt, der aus Furcht die Wahrheit verbirgt? Man soll kein moralisches Urteil über ihn fällen, doch für mich ist der Selbstbetrug ein Fehler. Wir sollten die Vorhänge aufziehen.

Für Phillip, erfuhr Delia, war das gesamte Universum etwas Göttliches. Das Geschriebene klang oft ziemlich gestelzt, und der Tonfall änderte sich von Absatz zu Absatz, als wäre Phillip eine gespaltene Persönlichkeit. Manchmal benutzte er große Worte, manchmal ganz einfache, doch zwei Themen gab es, die immer wiederkamen: Wo war der, der kommen und uns vor uns selbst beschützen würde; und wenn es einen solchen Beschützer nie gegeben hatte, wie konnten wir es anstellen, ihn zu erschaffen?

Irgendwann, in einer stärkeren Zeit, als diese morsche, selbstzweiflerische Gegenwart ist, muss er uns doch kommen, der *erlösende* Mensch der großen Liebe und Verachtung, der schöpferische Geist, den seine drängende Kraft aus allem Abseits und Jenseits immer wieder wegtreibt, dessen Einsamkeit vom Volke missverstanden wird, als ob sie eine Flucht *vor* der Wirklichkeit sei – während sie nur seine Versenkung, Vergrabung, Vertiefung *in* die Wirklichkeit ist, damit er einst aus ihr, wenn er wieder ans Licht kommt, die *Erlösung* dieser Wirklichkeit heimbringe und der Erde ihr Ziel und dem Menschen seine Hoffnung zurückgebe.

Delia lag auf ihrem Bett und schlief. Phillips Notizbuch mit den obskuren Eintragungen lag aufgeschlagen auf ihrer Brust. Und dann setzten die ersten Wehen ein.

Kindersterblichkeit war ein Wort, das man auf der Entbindungsstation nicht gern gebrauchte. Wenn ein viel zu früh Geborenes nicht durchkam, war das ein solches Unglück, dass man am liebsten gar nicht darüber sprach. Sicher, es gab eine Routine. Die Schwestern wussten, was im Fall des Falles zu tun war. Häufig wurden kleine Kindersärge über den Korridor geschoben, und es hatte keinen Zweck, das zu leugnen. Aber die meiste Zeit versuchten die Schwestern, einfach gar nicht daran zu denken. Und für Delia Chapmans Baby stand hinter den Kulissen schon der Brutkasten bereit. Wie lange es ihn brauchen würde, konnte niemand sagen.

Schon seit sechs Stunden lag Delia in den Wehen.

Nach und nach hatte sich der Vorraum in ein Pressebüro

verwandelt – das war das andere Ereignis dieses Morgens gewesen. Ein Fernseh-Kamerateam und mehrere Journalisten vertrieben sich die Zeit mit Rauchen, aber alle waren in Bereitschaft, um den Aufnahmeknopf zu drücken, die Kamera auf die Schulter zu hieven, die leeren Blätter des Notizblocks mit Kurzschrift zu füllen. Die fetteste Beute würden die ersten Bilder des Babys sein. War es normal, wie jeder erwartete, oder gab es doch noch eine Chance, eine winzig kleine Wahrscheinlichkeit, dass es grün war oder durchsichtig oder sonst irgendwie anders? Die Personalküche konnte gar nicht so viele Cappuccinos liefern, wie verlangt wurden.

Die Oberschwester der Entbindungsstation erschien, und die ganze Bande umringte sie, doch die Schwester sagte nur: »Sie ist noch in den Wehen. Das kann eine ganze Weile dauern. Anscheinend lassen sie wieder nach.«

Die Journalisten kehrten zu brennenden Zigaretten und lauwarmem Kaffee zurück.

Vic Young nutzte die Gelegenheit zu einem Besuch in einer anderen Abteilung des Krankenhauses. Er wollte zu Gilbert Haines, dem Mechaniker, der ihm gerade eine konfuse, doch dringende Nachricht geschickt hatte. Young rechnete fest damit, dass das Baby vollkommen normal sein würde, und wollte dem Schwall enttäuschter Berichte mit seiner eigenen Geschichte vom menschlichen Leid, das hinter all dem steckte, zuvorkommen, ein Projekt, das er nie ganz aufgegeben hatte. Vielleicht konnte der Mechaniker ihm dabei nützlich sein.

Als Gilbert Haines das Bewusstsein wiedererlangt hatte und an die Oberfläche seines Traums geschwommen war, erwachte er in einem tropischen Paradies, umgeben von Blumen und Früchten, die sein Arbeitgeber ihm geschickt hatte, darunter an zentraler Stelle eine Ananas.

Sein Kopf war schwer bandagiert, doch trotzdem brannte er darauf, mit der Presse zu reden und für seinen Besucher ein noch offenes Geheimnis zu lüften, gegen einen bescheidenes Entgelt und wenig Ruhm.

Als Erstes zog Gilbert sein Hemd hoch und enthüllte auf seiner Brust eine blaurote Narbe mit den Umrissen von Südamerika. »Da hab ich mich verbrannt, als ich das Gras mit Barbecue-Benzin angesengt hab. Sehen Sie?«

»Was war mit der Kuh?«

»Was ist mit dem Geld?«

»Geld?«

»Zuerst ein paar Riesen.«

Der Journalist schüttelte den Kopf. »Hinterher. Erst die Geschichte, dann können wir über Geld reden.«

»Okay. Ein Tier von zweihundert Kilo, plattgedrückt wie ein Pfannkuchen. Und kein Anzeichen, wie es in die Mitte von der Landestelle gekommen war. Da wart ihr Presseleute doch begeistert. Wollen Sie wissen, wie ich das gemacht hab?«

Young nickte.

»Es war Zufall. Kann man das glauben? Reiner Zufall. An dem Abend bin ich raus zu Philpotts Farm gefahren – die sind ja die Einzigen, die Gerste anbauen, wissen Sie – und wollte irgendwas tun, um Delia zu helfen, wo sie doch diese Geschichte von den Marsmenschen rumerzählte und so weiter. Ich hab ordentlich Anlauf genommen und dann den Motor und die Lichter abgeschaltet, damit sie mich nicht wecke, wenn ich da an der Farm vorbeirolle. Na, ich muss so ungefähr sechzig Sachen draufgehabt haben, im Stockdunkeln! Ich konnte die Hand vor Augen nicht sehen!«

Und damit begann Gilberts umständlicher Bericht darüber, welche perversen Anstrengungen er unternommen hatte, um eine Welt zu beeindrucken, die mit nicht weniger Willenskraft fest entschlossen war, ihn nicht zu beachten. Er konnte kaum bis zur Spitze seiner Motorhaube blicken und hatte unmöglich die gescheckte Kuh sehen können, die, perfekt getarnt, mitten auf dem Weg stand. Die Rammstange vorn an seinem Wagen hatte ihr bei dem Aufprall den Brustkorb zerschmettert; die Kuh war zur Seite geflogen, der Wagen abrupt zum Stehen gekommen. Noch bevor Gilbert den Kopf vom Steuerrad nehmen konnte, war die zu Tode verwundete Kuh, ein gespenstischer Anblick, aus eigenen Kräften aufgestanden. Blut rann dem armen Tier aus dem Maul, und unter letztem, schmerzlichem Muhen kroch es davon, ins Gerstenfeld hinein. Gilbert folgte ihm, schockiert, mit flauem Magen. Als die Kuh schließlich tot am Boden lag, machte Gilbert sie zum Bestandteil seines irrsinnigen Plans, mit dem er Delias Geschichte von dem Raumschiff zu mehr Glaubwürdigkeit verhelfen wollte: einem Geschenk für seine Geliebte.

Niemand war erstaunter als Gilbert selbst, dass diese Unternehmung ein Erfolg war, denn eigentlich war er enttäuscht gewesen, dass ihm sein Trick so schlecht gelungen war. Als er wegging, war er überzeugt gewesen, dass er versagt hatte, und konnte nur staunen, welche Reaktionen gekommen waren: Er erklärte sie sich damit, dass die Leute sich dermaßen wünschten, dass diese Landestelle echt war, dass alle, auch Young, die vielen Indizien, die das Gegenteil bewiesen, übersehen hatten.

Gilbert zog sein Hemd wieder herunter und verkündete, die purpurne Brandnarbe auf seinen Rippen werde sein Leben lang der Beweis sein, dass er die Wahrheit gesagt habe und nichts als die Wahrheit.

Doch der Journalist hörte ihm kaum noch zu; seine Gedanken waren längst zu anderem weitergewandert.

»Was ist nun mit dem Geld?«, fragte Gilbert.

»Was?«

»Dem Geld.«

Young schlug sein Notizbuch zu, in das er kein einziges Wort geschrieben hatte. »Nein, da wird nichts draus«, sagte er.

Er war es einfach leid, dass junge Leute ihm die abstrusesten Geschichten erzählten, nur damit ihr Foto in die Zeitung kam. Nichts an diesem Bericht war glaubwürdig, und was noch mehr ins Gewicht fiel: Der Mechaniker war ihm auf den ersten Blick unsympathisch gewesen.

Er musste auch eingestehen, dass er sich mittlerweile an die weit phantasievollere Gedankenwelt seiner Geliebten gewöhnt hatte, und im Vergleich dazu war die Geschichte hier leblos, langweilig, an den Haaren herbeigezogen.

Als er Gilbert umgeben von seinen arkadischen Früchten zurückließ, hatte er bereits beschlossen, dass diese Geschichte keine Reportage wert war und dass er sie einfach vergessen würde. Er wollte zurück zur Entbindungsstation, denn dort geschahen die Dinge, für die er sich wirklich interessierte.

Am 25. Juni um ein Uhr in der Früh erschien die diensthabende Schwester in der Tür und verkündete der Journalistenschar, dass Delia Chapman um Punkt Mitternacht ein Baby zur Welt gebracht habe, ein winziges Kind von 1065 Gramm, so viel wie vier Stücke Butter. »Es ist ein kleiner Junge, der es sehr in sich hat«, sagte sie. »Es ist ein Wunder, dass er mit seinen vierundzwanzig Wochen überhaupt am Leben ist. Er ist ein Geschenk Gottes, und wir alle hier beten, dass er durchkommt.« Der Zustand des Kindes sei kritisch, erklärte sie, und es sei ungewiss, ob es die nächsten Stunden überleben werde. Sie bat sie um Rücksicht und Verständnis.

Die Schwester wurde mit Fragen bombardiert, von denen sie die meisten ignorierte. Sie konnte jedoch noch erklären, dass das Kind auf der Intensivstation sei, weil sich in seiner Lunge das Surfactant noch nicht ausgebildet habe – Stifte kratzten, als sie es auf Bitten der Reporter buchstabierte; kleine Bläschen in der Lunge, die verhinderten, dass die inneren Wände beim Ausatmen aneinanderklebten –, und deshalb werde eine künstliche Substanz in die winzigen Lungen gespritzt.

Bevor die Journalisten herausbekamen, ob das Kind denn nun wie ein Alien aussah, war die Schwester wieder fort.

Delias Baby lag im Brutkasten, und sie konnte es vorerst nicht in die Arme nehmen. In dieser hygienisch reinen Luftblase wurde alles getan, um sein kleines Elfenherz zum Schlagen zu ermuntern, doch bei jedem einzelnen Schlag war ungewiss, ob es einen nächsten geben würde. Sie wartete und hoffte darauf, dass das Leben ihm noch zur Gewohnheit wurde.

Man hatte einen Kaplan kommen lassen. Delia wollte

nicht, dass ihr Baby die letzte Ölung bekam, aber sie fragte, ob er es stattdessen taufen könne. Den Namen wusste sie: James, nach James Dean. Das hatte sie schon vor langem entschieden, und wenn sie mit ihm im Mutterleib geredet hatte, hatte sie ihn Jimmy genannt. Es hatte sich immer richtig angefühlt.

In Mundschutz und Arztkittel nahm der Kaplan eine einfache Taufe vor. Da er wegen der Infektionsgefahr den Kopf des Kindes nicht berühren durfte, machte er die entsprechenden Bewegungen in der Luft oberhalb des Brutkastens. Delia saß schweigend daneben, die behandschuhte Hand an der Seite des Kastens, und wandte keinen Moment den Blick ab; sie verfolgte die winzigen Bewegungen ihres Sohns, der zusammengerollt, noch nicht ganz ausgeformt, dort lag.

Und Phillip hatte recht behalten: Das Kind war in menschlicher Gestalt zur Welt gekommen. Doch so klein und embryohaft, wie es war, erinnerte es Delia an den sanftmütigen Alien in dem Buch aus der Bibliothek. Der Kaplan taufte das Kind auf den Namen James Christopher und versprengte zwei Tropfen Weihwasser, die auf dem Deckel des Kastens über der Stirn des Kleinen haften blieben.

Nach der Taufe ließ sich Delia durch nichts dazu bewegen, den Raum zu verlassen, und sie blieb noch viele Stunden lang.

Die ganze Nacht über sang sie Lieder für ihr Baby und redete mit ihm, überzeugt, dass es sie hören konnte. Die kleinen grünen Spitzen, die in regelmäßigen Abständen auf dem Herzmonitor erschienen, sahen beängstigend aus. Warum war er so früh geboren worden? Nur weil sie ab und zu eine Zigarette geraucht hatte? Oder war es die Strafe dafür, dass sie keine gute Mutter war? Verdiente sie es, dass sie dieses Kind verlor?

Die ganze lange Nacht lang weinte sie, dann fasste sie sich für einen Augenblick, trocknete die Tränen, dann weinte sie wieder mit der unendlichen Traurigkeit einer trauernden Mutter, bis sie am nächsten Morgen erschöpft und mit geschwollenen Augen in ihr Bett sank.

Ein Pfleger kam mit einem Armvoll Blumen und wandte sich an die Schwester, die vor Delias Zimmertür stand. »Blumen für die Chapman«, sagte er. »Draußen sind noch mehr.«

»Wir legen sie ihr aufs Bett«, meinte die Schwester. »Da findet sie sie, wenn sie aufwacht.«

Der Pfleger regte sich nicht. »Ich glaube, Sie kommen lieber mal mit und schauen sich das an.«

Am Ende des Ganges öffnete er die Stationstür. Der Flur dahinter war ein einziger Garten Eden.

»Es kommen immer noch mehr, aus dem ganzen Land.«

Die Schwester schüttelte ungläubig den Kopf. Sie wusste auch nicht, was sie damit machen sollten.

Während sie noch diskutierten, huschten drei junge Frauen unbemerkt vorbei. Um diese Tageszeit war der Zugang nur engen Angehörigen gestattet.

Deborah Kerr, Suzy Jackson und ihre neue Freundin Mara Maxwell suchten die Station ab, schauten in Zimmer, in denen Mütter schliefen, mit Krippen neben dem Bett. Sie blieben an dem Fenster stehen, wo die Neugeborenen gezeigt wurden, und dicht aneinandergedrängt, die Nasen ans Glas gedrückt, spähten sie hinein zu dem kleinen Brutkasten auf der anderen Seite der Glasscheibe.

Das Kind drinnen war so winzig, dass man ihm ein Taschentuch als Windel gebunden hatte.

Die jungen Frauen tuschelten miteinander, bis der Pfleger dazutrat.

Deborah drehte sich zu ihm um. »Entschuldigung, ist das hier das Chapman-Baby?«

Er nickte. »Das arme kleine Ding ist so viel zu früh, dass sein Herz noch gar nicht richtig ausgebildet ist. Es setzt immer wieder aus.«

Die Mädchen hatten nicht gewusst, dass das Kind in solcher Gefahr war. Erschrocken fragte Suzy: »Wie würde man merken, wenn sein Herz nicht mehr schlägt?«

»In der Matte, auf der er liegt, ist ein Sensor, und der hängt an einer Art Alarm. Aber die Ärzte werden erst in ein paar Tagen sagen können, ob er durchkommt. Jetzt gerade kämpft er um sein Leben.«

Die Mädchen waren von Opunake gekommen, weil sie dachten, es wäre doch ein Spaß, das Baby zu sehen, von dem sie sich nichts weiter vorgestellt hatten, als dass es ziemlich klein und völlig bescheuert sein würde, so wie Delias Mutter. Aber hauptsächlich wollten sie es einfach nur mit eigenen Augen gesehen haben, damit sie ihr Ich-hab's-euch-doch-Gesagt loswerden konnten.

Der Pfleger verließ sie wieder, und sie standen schweigend da und betrachteten das Häuflein Elend, und sie schämten sich sehr. Wenn sie jetzt miteinander redeten, dann in schuldbewussten Ton, und während das Baby still um sein Leben rang, gestand Deborah: »Ich fühle mich schrecklich.«

Danach sagte mehrere Minuten lang keine mehr etwas, bis Suzy flüsterte: »Was meint ihr, schläft er?«

»Nein, der ist wach.« Mara Maxwell wusste mehr als die anderen, denn ihre Schwester hatte gerade ein Baby bekommen. »Seine Augen sind noch nicht so weit, dass er sie aufmachen kann.«

Diese Vorstellung bestärkte sie noch in dem, was sie ohnehin schon fühlten. »Der arme kleine Kerl«, sagte Deborah.

Suzy schüttelte den Kopf. »Nie im Leben habe ich so ein winziges Baby gesehen. Wenn man sich das ansieht, wie klein die Windel ist.«

Plötzlich ging der Alarm an dem Brutkasten los. Ein Licht begann zu blinken, und es kam ein lauter, schnarrender Ton. Sie brauchten eine Sekunde, bevor sie begriffen, was geschah.

Die Mädchen packten sich an den Armen, zu Tode erschrocken.

»Meine Güte!«, hauchte Mara.

»Was ist das?«, rief Suzy.

»Der Scheißalarm ist losgegangen!«, brüllte Deborah. »Holt eine Schwester! Schnell!«

Kein Mensch war auf dem Korridor zu sehen. Die Erste, die loslief, war Deborah. Sie lief in die eine Richtung, Suzy in die andere. Mara wusste nicht, was sie tun sollte, und stand einfach nur da, weiß wie ein Gespenst. Der Alarm schnarrte. Das Baby rührte sich anscheinend nicht.

Deborah fand als Erste eine Schwester. Die schien es nicht eilig zu haben, und Deborah brüllte: »Jetzt laufen Sie doch, um Gottes willen!«

»Immer mit der Ruhe, immer mit der Ruhe.«

Die Schwester lief hinein zu dem Brutkasten. Die drei Mädchen versammelten sich wieder vor dem Fenster, mit angehaltenem Atem. Nach einer kurzen Inspektion von Schläuchen und Geräten pochte die Schwester mit dem Finger-knöchel an die Anzeige des Apparates. Anfangs lief der Alarm weiter, doch nach einem zweiten Pochen verstummte er. Die Schwester drehte sich um und gab den Mädchen das Okayzeichen: nur eine Panne. Sie wies auf den Monitor, der während des ganzen Zwischenfalls den Herzschlag des Kindes weiter angezeigt hatte.

Sechs Augen blickten, als würden sie gleich aus ihren Höhlen springen, und blieben auf das Baby geheftet. Keines der Mädchen wollte sich einen Atemzug gestatten, bevor das Kind sich nicht geregt hatte, und zum Glück regte es sich dann auch.

»Heilige Scheiße«, sagte Deborah Kerr.

»Jetzt brauche ich ein frisches Höschen«, stimmte Mara ihr zu.

Sie hatten sich wieder alle drei an den Unterarmen gefasst.

»Ich glaube, ich bleibe gleich hier im Krankenhaus«, meinte Suzy.

Mara und Deborah lachten, und die Schwester kam wieder aus dem Raum mit dem Brutkasten heraus.

»Tut mir leid. Einfach nur alte Geräte.«

Sie verschwand wieder, und die Mädchen, die unerwartet zu Wächterinnen geworden waren, blieben allein zurück.

Deborah, Suzy und Mara steckten eine verbotene Zigarette an, jede nahm ein paar rein medizinische Züge davon, dann drückten sie sie in einem Blumentopf aus. Sie kehrten an die Glasscheibe zurück und hielten Wache über Delias Baby. Dort blieben sie, lösten sich ab, hielten ein schützendes Auge auf das Kind und blieben noch fast den ganzen Tag.

Als Delia erwachte, fragte die Schwester, ob sie sich gut genug fühle, um Besuch zu empfangen. Drei Mädchen warteten draußen.

Sie kamen herein, grinsend, und scharten sich um das Bett. Sie hatten noch rasch Geschenke gekauft – eine Babyflasche, ein winziges Schaffell und ein Plastiktablett mit kleinen Kuchen – und legten sie ihr jetzt ans Fußende des Betts.

»Wir wollten dir nur sagen«, sagte Deborah, die als Erste das Wort an ihre alte Freundin richtete, »dass du jetzt nicht mehr im Basketball-Team bist.«

»Ja«, sagte Suzy. »Und wir auch nicht. Borthwick gibt uns kein Geld mehr. Haben wir gestern von Harvey gehört.«

Delia in ihrem Krankenhausbett nickte.

»Es sei denn, wir finden einen anderen Sponsor«, fügte Suzy hinzu.

»Wir haben schon überlegt, ob wir selbst Geld reinstecken«, sagte Mara.

»Okay«, sagte Delia. »Da bin ich dabei.«

»Ehrlich?«

»Ehrlich. Aber lasst mir ein bisschen Zeit, damit ich mich erst mal erhole.«

Es folgte ein verlegenes Schweigen. Monate der Gehässigkeit, des Neids und der Grausamkeit wurden mit ein paar Augenblicken des Schuldbewusstseins, der Scham und des Mitleids wettgemacht.

»Wir haben das Baby gesehen«, sagte Deborah.

»Tatsächlich?«

»Gerade eben.«

Die Mädchen sagten ihr nicht, dass sie schon seit dreieinhalb Stunden im Krankenhaus waren und zum Umfallen müde.

»Ein hübscher Junge«, sagte Suzy. Mara nickte. Und Deborah fügte hinzu: »Wir finden, er sieht aus wie du.«

»Stimmt«, bestätigten die beiden anderen und hofften insgeheim, dass sie ihr damit auch zu verstehen gaben, dass für sie die Frage der Vaterschaft passé war.

»Hast du schon einen Namen für ihn?«, fragte Mara.

»Wir haben uns überlegt, dass du ihn Cosmo nennen könntest«, sagte Suzy. »Wie findest du das? War nur ein Witz.«

»Nein!«, sagte Delia. »Er ist schon getauft. James Christopher. Ich nenne ihn Jimmy. Nur für den Fall, dass er es nicht schafft, wisst ihr.«

Sie hatten alle drei Tränen in den Augen und umarmten ihre Freundin nicht nur, um Delia zu trösten, sondern auch zum Trost für sich selbst.

Schließlich gab Delia ihnen zu verstehen, dass sie müde war, und sie fragten, ob sie wiederkommen dürften.

»'türlich könnt ihr das. Ich freu mich doch, wenn ich euch sehe. Und danke für die Geschenke.«

»Er ist jetzt auf neun«, sagte Suzy, die mit der Schwester gesprochen hatte. »Das hat uns die Schwester gesagt. Wir wissen nicht, was das bedeutet, aber fünfzehn ist normal. Das wird also noch eine Weile dauern.«

Zwölf Tage später kamen Harvey Watson, Vic Young und Bürgermeister Sullivan alle im gleichen Augenblick im Krankenhaus an, und jeder von den dreien hatte Blumen mitgebracht: einen roten Weihnachtsstern, einen Strauß süß duftender Rosen und ein Arrangement aus parfümierten Lilien.

Gemeinsam standen sie an der Glasscheibe, aber sie konnten nicht sagen, welches von den Neugeborenen auf der Station das Chapman-Baby war. Erschrocken bei dem Gedanken, dass sie womöglich zu spät kamen, fragten sie eine Schwester, doch sie erfuhren, die Verfassung des Kindes habe sich so weit gebessert, dass man den Brutkasten aufs Zimmer der Mutter gestellt hatte.

Ein kurzer Besuch wurde den Männern gestattet, und sie begrüßten Delia, legten ihre Blumen auf die Bettdecke und gingen auf Zehenspitzen zu dem Kasten, spähten hinein, geradezu andächtig, und gaben mit gedämpften Stimmen ihre Kommentare ab.

Delia beobachtete sie, amüsierte sich darüber, wie steif sie waren, und erklärte, dass sie ruhig normal sprechen könnten, es sei ja keine Bibliothek und ihr Baby sei heute schon ein wenig kräftiger. Man habe ihr gesagt, dass mit jeder Stunde, die es lebe, seine Überlebenschancen besser würden.

Die Männer lächelten, entspannten sich, und der Bürgermeister ergriff für alle das Wort. Er könne es gar nicht abwarten, dass Delia nach Opunake zurückkehre, wenn es dem Baby gut genug dafür gehe. Opunake sei auf dem Sprung, es mache sich bereit für eine neue Zeit des Wohlstands, die Stadt schwimme ganz oben auf einer goldenen Welle des Erfolgs, und Delia und die neue Generation würden eine entscheidende Rolle dabei spielen. Sie dankte ihm, und ein verlegenes Schweigen folgte. Watson, Young und Sullivan wandten sich wieder dem Brutkasten zu.

»Der arme kleine Wurm«, sagte Harvey. Er bemühte sich, den richtigen Tonfall zu finden: nicht Trauer, sondern Zärtlichkeit mit einer Spur Hoffnung darin.

»Aber er kämpft«, fügte der Bürgermeister hinzu und wollte damit herausstellen, dass er ein gutes Beispiel für alle war, ganz besonders für ihn selbst. »Irgendwie fühlt man sich bei dem Anblick schuldig.«

Harvey nickte schon, so als habe er genau das auch sagen wollen. »Wir nehmen die Dinge für selbstverständlich, bis sie nicht mehr da sind«, sagte er. »Und dann sieht man so etwas.«

»Superman«, murmelte Vic Young gedankenverloren, und alle drei sahen ihn zum ersten Mal an. »Er sieht aus wie Superman.« Er wurde rot, als er merkte, dass er plötzlich im Mittelpunkt der Aufmerksamkeit stand, und suchte in den Gesichtern der anderen nach Bestätigung. »Im Comic. Als er auf der Erde ankommt. Als Baby, verstehen Sie, von … in dieser Kapsel. Das sah genauso aus. Die Kapsel. Wissen Sie, was ich meine?«

Die beiden Männer blickten ihn verständnislos an, und er hatte das Gefühl, dass er etwas Unpassendes gesagt hatte, ohne es zu wollen. Nur Delia half ihm aus der Verlegenheit.

»Ich weiß, was Sie meinen«, sagte sie.

Als es Zeit zum Gehen war, blieb der Bürgermeister allein zurück. Er hatte noch etwas auf dem Herzen. »Ich dachte, das willst du vielleicht noch wissen. Wenn du mit Phillip sprichst« – Delia wusste aus ihren vielen Telefonaten mit Phillip, dass niemand außer ihr versucht hatte, mit ihm im Gefängnis Kontakt aufzunehmen –, »wenn du mit ihm sprichst, dann sag ihm, dass sich in den letzten paar Tagen eine gewisse Bereitschaft bemerkbar macht, die … ähm … die Bibliothek wieder instandzusetzen. Am Sonntag hatten wir ein kleines spontanes Arbeitstreffen dazu. Genauer gesagt waren sogar eine ganze Menge Leute da. Und wegen dieser anderen Sache: Harvey meint, bei der Schlägerei, da hat es wohl doch so was wie Provokation gegeben, und eine Flucht unter solchen Umständen sei durchaus verständlich, also sag ihm einfach … ach, sag ihm doch einfach, dass er mich mal anrufen soll.«

Delia nickte, denn sie wollte die sichtlichen Qualen des Bürgermeisters nicht verlängern. Sie verstand, was er sagen wollte.

Als die Männer gegangen waren, schlug Delia Phillips Notizbuch auf, das sie immer auf dem Nachttisch liegen hatte; sie las darin, studierte ein und dieselben Passagen immer wieder, bis sie eine Bedeutung preisgaben – nicht unbedingt diejenige, die der Verfasser gemeint hatte, aber eine Bedeutung war es doch.

Und welch grimmes Tier, die Stunde endlich da,
Schleppt sich nach Bethlehem zu seiner Geburt?

Sie stieg aus dem Bett und setzte sich auf den Schemel neben dem Brutkasten. Sie versuchte, durch die Kunststoffwände Kontakt mit ihrem Sohn aufzunehmen, unglücklich und frustriert, dass sie ihn noch immer nicht in den Armen halten konnte, dass sie seine Augen nicht sehen konnte, die sich noch immer nicht öffnen wollten, dass sie nicht nach den kleinen Fingern greifen konnte, die er vergeblich in die Luft streckte, nach einer Welt ausstreckte, die er noch nicht gesehen hatte. Sie versuchte, ihrem Baby in seiner Isolation etwas zuzuflüstern, summte ihm kleine Lieder vor, legte beschwichtigend die Wange an das Gehäuse, wenn er unruhig schien, betrachtete das winzige Herz, das schnell wie das einer Eidechse schlug, unter der beinahe durchsichtigen Haut.

Drei Stunden lang saß Delia so da, dann trat ein strahlendes Lächeln auf ihr Gesicht, Tränen kullerten ihr über die Wangen. Endlich spürte sie, dass sie einen Zugang gefunden hatte, spürte jene Hellsichtigkeit, die Mütter von Neugeborenen haben und nach der sie so lange hatte suchen müssen. Den Kopf hatte sie an das Gehäuse des Brutkastens gelegt, in übersinnlichem Zwiegespräch mit dem Kind dort drinnen. Dann schloss sie die Augen, ruhig geworden, voller Vertrauen, voller Gewissheit, dass sie in einer unbekannten Sprache endlich ein geheimes Zeichen des Einverständnisses von ihrem Sohn empfangen hatte, ein Zeichen, dass er ihr schon bald zu verstehen geben würde, dass er auf diesem Planeten angekommen war.

Bitte beachten Sie
auch die folgenden Seiten

Anthony McCarten
im Diogenes Verlag

Superhero

Roman
Aus dem Englischen von
Manfred Allié und Gabriele Kempf-Allié

Donald Delpe ist 14, voller unerfüllter Sehnsucht, Comiczeichner. Er möchte nur eines wissen: Wie geht Liebe? Doch er hat wenig Zeit – er ist schwerkrank. Was ihm bleibt, ist ein Leben im schnellen Vorlauf. Das schafft aber nur ein Superheld. Donald hat sogar einen erfunden – MiracleMan. Aber kann MiracleMan ihm helfen, oder braucht Donald ganz andere Helden?

»Anthony McCartens Roman *Superhero* ist ein radikales Buch über den Hunger nach Liebe und das Sterben im Pop-Zeitalter. *Superhero* ist ein Schicksalsdrama aus dem 21. Jahrhundert, ein brillantes Porträt unserer Zeit. Nach der Lektüre dieses Buches sieht man superheroisch dem Tod ins Auge und traut sich zu, das Leben, die Liebe neu zu definieren, wie der jugendliche Überheld es vormacht.«
Evelyn Finger / Die Zeit, Hamburg

Auch als Diogenes Hörbuch erschienen,
gelesen von Rufus Beck

Englischer Harem

Roman. Deutsch von Manfred Allié
und Gabriele Kempf-Allié

Eine junge Frau zu ihren Eltern, untere Mittelschicht im Londoner Vorort: »Ich habe eine gute und eine schlechte Nachricht. Die gute: Ich heirate, die schlechte: Er ist Perser. Und übrigens: Er hat bereits zwei Frauen.« So beginnt ein provozierender Roman über Heimat, Kochen und die Faszination des Fremden... und eine Liebesgeschichte wie keine andere – für diese Zeit.

»*Englischer Harem* heißt Anthony McCartens charmante und scharfsinnige Liebesgeschichte, mit Dialogen, geschliffen wie feines Kristall. Seine Geschichte ist vor allem ein Aufruf zur Toleranz, eine Analyse des Andersseins, die Formen des Lebens und Liebens beleuchtet, die unsere Kultur nicht kennt.«
Angela Wittmann / Brigitte, Hamburg

»Eine derart turbulente, intelligent konstruierte und flott geschriebene Romankomödie gibt's nur selten.«
Hajo Steinert / Die Welt, Berlin

Hand aufs Herz
Roman
Deutsch von Manfred Allié

Brauchen Sie ein neues Auto? Oder vielleicht gar ein neues Leben? Hier ist Ihre Chance: ein Ausdauerwettbewerb, bei dem ein glänzendes neues Auto zu gewinnen ist. Doch für zwei der vierzig Wettbewerbsteilnehmer geht es nicht ums Gewinnen, sondern ums nackte Überleben. Was anfängt wie ein Kampf jeder gegen jeden, wird zu der Geschichte eines ungewöhnlichen Miteinanders.

»Kaum einer schaut den Menschen so tief ins Herz und ist dabei so komisch wie Anthony McCarten. Sein Händchen für skurrile Situationen und originelle Charaktere beweist er mit seinem dritten Roman *Hand aufs Herz*. Ein wunderbar geschriebener Roman.«
Peter Twiehaus / ZDF, Mainz

»Anthony McCarten hat die unglaubliche Gabe, Geschichten so aufzuschreiben, dass es einem das Herz zerreißt, während man über seine Einfälle, Sprüche und seinen unbesiegbaren Humor lacht.«
Annemarie Stoltenberg / Hamburger Abendblatt

Auch als Diogenes Hörbuch erschienen,
gelesen von Rufus Beck

Liebe am Ende der Welt

Roman
Deutsch von Manfred Allié

Ein verschlafenes Provinznest am Ende der Welt. Kurz vor Heiligabend behauptet die 16-jährige Delia, einen Außerirdischen gesehen zu haben – und wird von allen ausgelacht. Keiner glaubt ihr. Das ändert sich, als in einem Kornkreis eine plattgewalzte Kuh entdeckt wird… und als das Mädchen merkt, dass es schwanger ist, obwohl es mit keinem der jungen Männer im Ort intimen Kontakt hatte.

Fasziniert von den unerhörten Ereignissen, versuchen drei Männer, jeder auf seine Weise, das Geheimnis zu ergründen: der Pfarrer, ein Skandaljournalist, dem nur noch ein Knüller die Karriere retten kann, und der neue Bibliothekar, ein stiller, aber zorniger Intellektueller, dessen Liebe bisher ausschließlich den Büchern galt.

»*Liebe am Ende der Welt* ist eine Geschichte über verlorene und wiedergefundene Unschuld. Von einem Autor, der gleichzeitig Jongleur, Seiltänzer und Moralist ist.« *David Finkle / The New York Times*

»Fabelhaft. Bizarr, tragikomisch und glänzend erzählt.« *Dagmar Kaindl / News, Wien*

Ganz normale Helden

Roman. Deutsch von
Manfred Allié und Gabriele Kempf-Allié

Ein Jahr lang hat Jeff Delpe, 18, versucht, seinen Eltern über den Tod seines jüngeren Bruders Donald hinwegzuhelfen. Jetzt hat er die Schnauze voll. Denn sein Vater Jim sieht die Rettung nur in einem Umzug aufs Land, und Mutter Renata chattet – mit einem Unbekannten namens Gott. Da taucht Jeff unter. Spurlos. Seine neue Adresse lautet www.lifeoflore.com, wo er der Star eines Onlinespiels ist und damit viel Geld verdient.

Um nicht auch noch seinen zweiten Sohn zu verlieren, sucht der verzweifelte Vater ihn schließlich an dem Ort, der ihm fremder ist als jeder andere. Er schleicht sich in Jeffs neue Welt ein … und stiftet Chaos, am allermeisten in sich selbst. Denn während er sich online Level für Level in die Sphären seines Sohnes hochkämpft, fällt er offline immer tiefer, droht seinen Job und seine Frau zu verlieren.

Ist dies das Ende von Familie Delpe? Ganz im Gegenteil.

»Anthony McCarten mutet nicht nur seinen Figuren, sondern auch den Lesern die Gewissensfrage zu: Was ist man aufzugeben bereit, um wieder an etwas zu glauben? Birgt nicht erst das Ungewisse im Gegensatz zum Starren eine neue Perspektive?«
Anja Hirsch / Frankfurter Allgemeine Zeitung

Auch als Diogenes Hörbuch erschienen,
gelesen von Rufus Beck

Andrej Kurkow
im Diogenes Verlag

Andrej Kurkow, geboren 1961 in St. Petersburg, lebt seit
seiner Kindheit in Kiew. Er studierte Fremdsprachen (er
spricht insgesamt elf Sprachen), arbeitete als Redakteur
und während des Militärdienstes als Gefängniswärter.
Danach wurde er Kameramann und schrieb zahlreiche
Drehbücher. Seit 1996 ist er freier Mitarbeiter bei Radio
und Fernsehen und freier Schriftsteller. Er lebt in Kiew
und London.

»Kurkow beweist, dass man auch auf Russisch wieder
frische Geschichten erzählen darf: intelligent, witzig,
weder die Realität verkleisternd noch sie ausblendend,
nicht angestrengt antirealistisch, aber auch nicht wirklich traditionell.«
Thomas Grob / Neue Zürcher Zeitung

Joey Goebel
im Diogenes Verlag

Joey Goebel ist 1980 in Henderson, Kentucky, geboren, wo er auch heute lebt und Schreiben lehrt. Als Leadsänger tourte er mit seiner Punkrockband ›The Mullets‹ durch den Mittleren Westen.

»Joey Goebel rockt das gleichgeschaltete Amerika. Gegen diese Art des Erzählens wirken die zeitgenössischen Stars des amerikanischen Realismus – von Philip Roth bis Jonathan Franzen –, aber auch die erprobten Postmodernisten – von Donald Barthelme bis zu Paul Auster – arg verschmockt. Momentan wird Joey Goebel nur durch sich selbst übertroffen.«
Evelyn Finger / Die Zeit, Hamburg

»Solange sich junge Erzähler finden wie Joey Goebel, ist uns um die Zukunft nicht bange.«
Elmar Krekeler / Die Welt, Berlin

Vincent
Roman
Aus dem Amerikanischen von
Hans M. Herzog und Matthias Jendis

Freaks
Roman
Deutsch von Hans M. Herzog
Auch als Diogenes Hörbuch erschienen,
gelesen von Cosma Shiva Hagen, Jan Josef Liefers,
Charlotte Roche, Cordula Trantow
und Feridun Zaimoglu

Heartland
Roman
Deutsch von Hans M. Herzog